EMMA SCOTT

Mille Momenti

QUIXOTE EDIZIONI

MILLE MOMENTI
Full Tilt Duet #1
Emma Scott

Traduzione dall'inglese di:
Valentina Nobili

A cura di:
Alessandra Magagnato

Questa è un'opera di fantasia. Ogni riferimento a persone e luoghi è da considerarsi puramente casuale.

In copertina:
Progetto grafico a cura di:
PF Graphic Design
VitalikRadko/depositphotos.com

Full Tilt

ISBN: 978-88-5490-873-4
Prima edizione: giugno 2023

Nota dell'autrice

Scrivere questo libro non è stato semplice. Non era la storia che avevo in mente di raccontare. Ma non mi abbandonava, nonostante le insidie e le difficoltà. A essere onesti, mi spaventava a morte, ma mi implorava di raccontarla. Perché ritengo che le storie d'amore abbiano qualunque forma e sostanza. Alcune persone si incontrano, si innamorano, vengono colpite dalla tragedia e vanno avanti insieme, magari vanno in pezzi, tornano insieme e trovano la pace nell'amore che hanno. Ma che dire di quelli che si innamorano quando la tragedia incombe già all'orizzonte, in bella vista? Quanto vale l'amore per coloro che sono alla fine del loro viaggio, e non all'inizio? L'amore può nascere in ogni momento, in ogni ambito della vita. È questa la bellezza dell'esistenza umana, e la sua speranza. Mi auguro che questa storia d'amore renda giustizia a tale idea.

Credo fermamente nel concetto di lieto fine. Per tutti. Non importa quando o di chi o come si innamorino. Perché quell'amore è esistito, lo hanno provato, e questo vale tutto. Non può essere vinto.

È l'amore che vince sempre.

Questo libro, tra le altre cose, riguarda i fratelli. È dedicato a mio fratello Bob, che mi ha messa su questa strada, pur senza volerlo, con una magica e-mail e un suggerimento. Mi hai spinta a intraprendere questo viaggio, raccontandomi storie d'amore, la mia vocazione, e cambiando per sempre la mia vita. Con amore e gratitudine, questo è per te.

Parte Uno

Full tilt (s.) (*poker*): Giocare in modo emotivo anziché razionale; prendere decisioni dettate dall'emozione e dall'impeto, e non dalla logica.

Prologo

JONAH

Quindici mesi prima...

Una luce bianca mi trafiggeva gli occhi. Lottai per tenerli aperti, poi mi arresi e lasciai che si richiudessero di nuovo. Invece, ascoltai le macchine, mi feci trasportare dal loro suono verso uno stato d'incoscienza. Il pulsante segnale acustico era il mio cuore. Il mio cuore nuovo, che pompava lentamente nel mio petto. Il giorno prima apparteneva a un giocatore di basket di ventitré anni che era rimasto coinvolto in un incidente d'auto fuori Henderson. Adesso era mio. Dolore e gratitudine danzavano ai limiti della mia coscienza.

Grazie. Mi dispiace, e grazie...

Dio, il petto. Mi sentivo come se un'incudine me lo avesse schiacciato, spappolandomi le costole. Da qualche parte, in quel forte e intenso dolore, c'era il mio cuore. Una grossa agonia rigonfia al di sotto del mio sterno, che era stato spalancato come un armadietto e poi richiuso con dei punti.

Gemetti, e quel suono si sprigionò da dentro di me, cavalcando una scarica di dolore.

«Si sta svegliando. Ti stai svegliando, tesoro?»

Mi costrinsi ad aprire gli occhi, e la luce bianca mi accecò.

Forse sono morto.

Il bianco delle lenzuola dell'ospedale e la forte luce delle lampade al neon mi bruciarono gli occhi, ma poi mi abituai. Le figure in ombra presero forma. I miei genitori erano chini su di me alla mia destra. Mia madre aveva gli occhi lucidi, e allungò una mano per accarezzare un ricciolo sulla mia fronte. Sistemò la cannula che avevo infilata su per il naso, anche se probabilmente non ce n'era bisogno.

«Hai un aspetto fantastico, tesoro,» disse con voce tremula.

Mi sentivo come se mi fosse passato sopra un treno merci, e prima ancora ero stato malissimo per settimane. Ma non intendeva dire che avevo un bell'aspetto. Intendeva che avevo l'aspetto di una persona in vita.

Per amore suo, mi sforzai di sorridere.

«Sei stato bravo, figliolo,» disse mio padre. «Il dottor Morrison ha detto che sembra andare tutto benissimo.» Mi rivolse un sorriso tirato e poi distolse lo sguardo, tossendo nel pugno per nascondere le sue emozioni.

«Theo?» gracchiai, poi sussultai per l'intenso dolore al petto. Respirai affannosamente e lo cercai con lo sguardo alla mia sinistra.

Era lì, rannicchiato su una sedia, con gli avambracci appoggiati alle ginocchia. Forte. Duro.

«Ehi, fratello,» disse, e avvertii la leggerezza forzata

nella sua voce profonda. «Mamma ti prende in giro. Hai un aspetto di merda.»

«Theodore,» disse lei. «Non è vero. È bellissimo.»

Non avevo le forze di fare una battuta a mio fratello. Riuscii soltanto a sorridergli. Lui ricambiò il sorriso, ma era teso e combattuto. Conoscevo mio fratello meglio di chiunque altro. Sapevo quando qualcosa lo consumava. La rabbia in lui ardeva come una fiamma pilota, e in quel momento era divampante.

Perché...?

Gettai uno sguardo intorno alla stanza, e allora capii. «Audrey?»

L'aria si fece tesa, e mia madre sussultò come se qualcuno l'avesse punta con uno spillo. Attorno a me ci furono degli scambi di sguardi, come uccelli che sfrecciavano sopra il mio letto.

«È tardi,» disse mio padre. «È andata a casa.» Era un consigliere comunale, e aveva sfoggiato la sua voce da politico, quella che usava quando doveva comunicare una verità sgradevole in un modo gradevole.

Mia madre, una maestra d'asilo e consolatrice esperta, si intromise. «Ma adesso dovresti riposare, tesoro. Dormi. Ti sentirai più forte dopo una bella dormita.» Mi diede un bacio sulla fronte. «Ti voglio bene, Jonah. Te la caverai benissimo.»

Mio padre la prese per le spalle. «Lascialo riposare, Beverly.»

Mi riposai. Mi addormentai e mi risvegliai da un sonno agitato e intriso di dolore, finché un'infermiera non armeggiò con la flebo al mio braccio, e a quel punto dormii profondamente.

Quando mi risvegliai, Theo era lì. Audrey non c'era. Il mio cuore nuovo iniziò a martellare con delle fitte sorde e intense. Tutti i circuiti adrenalinici si ricollegarono, oppure venni semplicemente sopraffatto da quell'ormone che si scatenava quando qualcosa che pensavi sarebbe durato per sempre finiva.

«Lei dov'è?» domandai. «Dimmi la verità.»

Theo sapeva a chi mi stavo riferendo. «È partita per Parigi ieri mattina.»

«Le hai parlato? Cos'ha detto?»

Si avvicinò con la sedia. «Una cazzo di storiella strappalacrime. Su come avesse dei progetti per la sua vita e questo...» Spostò lo sguardo intorno alla stanza.

«Questo non ne facesse parte,» dissi.

«Non poteva farcela...» Si passò una mano tra i capelli. «Merda, non avrei dovuto dirti niente.»

«No,» dissi, scuotendo leggermente il capo. «Sono felice che tu me lo abbia detto. Avevo bisogno di sentirlo.»

«Mi dispiace, fratello. Tre anni. Le hai dato tre anni, e lei ha solo...»

«Va tutto bene. Meglio così.»

«Meglio? Come cazzo può essere meglio?»

Sentivo già gli occhi pesanti e avevo voglia di chiuderli, di tirare le tende e lasciarmi scivolare di nuovo nell'oblio per un po'. Non avevo la forza di dirgli che non detestavo Audrey per avermi lasciato. Me lo ero aspettato. Anche se ero malato e con un cuore che si stava indebolendo poco alla volta, mi ero reso conto di come lei fremesse e sussultasse, con gli occhi che schizzavano verso la porta mentre progettava una via di fuga dalla mia malattia e dalla vita che essa mi avrebbe riservato.

Faceva male, ognuno dei tre anni in cui eravamo stati insieme era come un coltello che si conficcava nel mio cuore nuovo. Ma non la odiavo. Non la odiavo perché non la amavo. Non nel modo in cui volevo amare una donna: con tutto me stesso.

Audrey se n'era andata. Theo poteva odiarla per me. I miei genitori potevano meravigliarsi della sua crudeltà nei miei confronti. Ma io la lasciai andare, perché in quel momento non sapevo che sarebbe stata l'ultima...

CAPITOLO 1
Kacey

Un sabato sera di luglio.

Ero ubriaca.

Per quale altro motivo sennò avrei avuto in mano il cellulare, con il pollice che aleggiava sopra il numero di casa dei miei genitori a San Diego?

Telefonate da sbronzi, pensai. *Non più solo una cosa riservata agli ex fidanzati.*

Feci una risata nasale. Mi uscì più come un singulto, che riecheggiò per la tromba delle scale. Ero seduta in quello spazio buio e angusto, con le ginocchia strette al petto nel tentativo di farmi piccola. Di rendermi invisibilc. Dall'altra parte del muro di cemento potevo sentire le grida e i fischi soffusi di tremila persone in attesa che le Rapid Confession salissero sul palco. Il nostro manager, Jimmy Ray, ci aveva fatto segno che mancavano dieci minuti ormai più di venti minuti prima, e con tutta probabilità le ragazze della band mi stavano cercando.

Bevvi un sorso dalla mia bottiglia di acqua, riempita per tre quarti di vodka, una delle mie solite furbate, e contemplai il telefono. Sfidai me stessa a fare quella chiamata. Mi consigliai di non farlo, di metterlo via e raggiungere la band in camerino. Saremmo salite sul palco e sarebbe stato l'ennesimo concerto con il tutto esaurito. Sarei diventata famosissima, avrei fatto dei bei soldi e avrei continuato a scoparmi un tizio diverso ogni sera.

Insomma, rock and roll.

Che ironia. Io non ero rock and roll. Ne avevo l'aspetto, soprattutto quella sera, con minigonna, stivali alti fino alla coscia e bustino. I capelli, decolorati al punto da essere quasi bianchi, si arricciavano intorno alle mie spalle in perfetto stile pin-up. Le labbra erano tinte di rosso e gli occhi marcati di nero. La mia pelle era adorna di tatuaggi, che contribuivano all'immagine della rockettara grunge, ma quelli non erano un travestimento. Erano miei.

Ne avevo l'aspetto, ma mi sentivo come un pezzo di vetro sgretolato e i cui frammenti erano sparsi per terra. Non sapevo più chi o cosa fossi, ma sotto i riflettori risplendevo in modo magnifico.

Bevvi un altro sorso di vodka e feci quasi cadere il telefono. Armeggiai per riacchiapparlo, e quando lo sollevai vidi che avevo premuto quel grande bottone verde per far partire la chiamata.

«*Cazzo*...»

Lentamente, mi portai il telefono all'orecchio. Mia madre rispose al terzo squillo.

«Pronto, casa Dawson.»

Avvertii un nodo allo stomaco. La mia mascella si muoveva, ma non riuscivo a far uscire alcun suono.

«Pronto?»

«Io...»

«Pronto, posso aiutarla?»

Riattaccherà!

«Ehi, mamma. Sono io. Kacey.»

«Cassandra.»

Odiavo quel nome e non lo usavo da anni, ma sentii il sollievo nella voce di mia madre, avvolto intorno a quelle tre sillabe. Lo *sentii*.

«Sì, ciao!» dissi con fare allegro, a voce troppo alta. «Come, ehm... come state?»

«Stiamo bene,» disse. Adesso la sua voce era sommessa, come se non volesse farsi sentire. «Da dove stai chiamando?»

«Las Vegas,» dissi. «Perché siamo in tour. Io e la mia band. Le Rapid Confession. Stasera il concerto è sold-out per la seconda sera di fila. A dire il vero, la maggior parte dei concerti del tour hanno fatto il tutto esaurito. È davvero grandioso. Stiamo sfondando.»

«Sono molto felice per te, Cassandra.»

Avvertii l'influenza di mio padre dietro le parole di mia madre, che la trasformava in un dannato robot, che sputava fuori frasi che era stato costretto a memorizzare.

«Il nostro ultimo singolo, *Talk Me Down*, beh...» Mi morsi le labbra. «È al sesto posto in classifica. E io... beh, l'ho scritto io, mamma. Voglio dire, l'abbiamo scritto io e la band, ma le parole... la maggior parte sono mie. E *Wanderlust*? Ho scritto anche quella. È la numero dodici in classifica.»

Niente.

Deglutii. «Come sta papà?»

«Sta bene,» rispose mia madre, la sua voce adesso era quasi un sussurro.

«È... è lì?»

Mia madre sospirò, un piccolo sbuffo di fiato. «Cassie... Sei al sicuro? Si prendono cura di te?»

«Mi prendo cura io di me stessa, mamma,» dissi. «E sono un successo. Questa band... Facciamo faville.»

Dio, quanto lo odiavo. Il tono patetico della mia voce, vantarmi dei trionfi della band, implorare mia madre di essere felice per il nostro successo quando io stessa sentivo a malapena qualcosa, a parte il bisogno di essere amata. Era come un appetito che non veniva mai saziato. Una fame disperata tutta attorcigliata nel mio stomaco, intrecciata in nodi famelici che non riuscivo a sciogliere.

Non riuscivo mai a placare quel tremendo appetito. Solo ad affogarlo nell'alcol per un po', e a tentare di rigettarlo fuori il giorno seguente.

«Mamma? Ti prego, di' a papà...»

«Cassie, devo andare.»

«Aspetta, puoi passarmelo? O solo... Puoi dirgli che sei al telefono con me in questo momento? Solo questo, mamma. Vedi cosa dice.»

Silenzio. «Non credo sia una buona idea,» disse infine. «Di recente è... allegro. Non si arrabbia. Non voglio disturbarlo.»

«Ce l'ha ancora con me?» domandai, con voce incerta. «È stato quattro anni fa, mamma. Non sto neanche più con Chett.»

Chett mi aveva mollata a Las Vegas quattro anni prima, lasciandomi al verde, con il cuore infranto e sconvolta. Un tour per tutto il Paese, un contratto di registrazione, innumerevoli storie di una notte e due nuovi tatuaggi dopo ed eccomi lì, di nuovo una bambina ribelle che implorava i suoi genitori di perdonarla.

Ricacciai indietro le lacrime. «Io te l'ho raccontato, mamma. Ma tu l'hai raccontato a *lui*? Hai mai detto a papà che ero una senzatetto che dormiva in un rifugio quando mi ha cacciata di casa? Una *senzatetto*, mamma. Avevo diciassette anni, cazzo.»

La sentii deglutire rumorosamente. Spingere giù le lacrime, le emozioni e tutto quello che avrebbe voluto dire ma non avrebbe mai detto. Non aveva raccontato nulla su di me a mio padre, se non che ero ancora viva, che mi aveva sentita e che me la cavavo. Aveva mantenuto quel copione, poco importava quante volte l'avessi implorata di provare con del materiale nuovo.

«Avresti dovuto pensarci due volte prima di portare a casa quel ragazzo,» disse mia madre, facendo appello a un po' di fermezza. «Sapevi che avrebbe fatto arrabbiare tuo padre.»

«Ogni cosa che facevo lo faceva arrabbiare,» gridai, la mia voce che riecheggiava per la tromba delle scale. «Non gli andava mai bene niente. Già, portare Chett a casa è stata una pessima idea, ma *volevo* essere beccata. Sai perché, mamma? Per costringere papà a parlarmi. E quanto cavolo è triste? La sua stessa figlia. La sua *bambina*.»

«Cassandra, adesso devo andare. Dirò a tuo padre che ho avuto tue notizie, e...»

«Che me la cavo?» conclusi. «Non me la sto *cavando*, mamma,» sbottai, e mi pulii il naso con il dorso della mano. «Siamo un cazzo di *successone*. Siamo delle *star nascenti*...»

«Sai che tutto questo linguaggio scurrile non mi piace, Cassandra,» disse lei. Adesso la sua voce stava diventando glaciale, mi stava tenendo a distanza. Ma non potevo fermarmi.

«Dillo a papà, okay? Digli che ce l'ho fatta, e che l'ho fatto senza il suo cazzo di aiuto o la sua approvazione o... o il suo dannato tetto sopra la testa.»

«Adesso riattacco, Cassandra.»

Inspirai a fondo, pentendomi subito di ogni parola. Avevo bisogno di sentire ancora la sua voce. «Mamma, aspetta. Mi dispiace. Mi dispiace tanto...»

C'era silenzio nella linea e pensai che avesse riattaccato, finché non la sentii fare un piccolo sospiro tremulo.

Ne emisi uno a mia volta e chiusi gli occhi. «Mi dispiace. Di' a papà...» Ingoiai le lacrime. «Digli che gli voglio bene. D'accordo? Per favore?»

«Lo farò,» disse, anche se non le credetti. Neanche per un istante.

«Grazie, mamma. E voglio bene anche a te. Come...?»

«Adesso devo lasciarti. Stammi bene.»

La linea divenne definitivamente muta.

Fissai il telefono per qualche altro istante. Una lacrima cadde sullo schermo e la ripulii con il pollice. Valutai di premere di nuovo il pulsante di chiamata. Avrei potuto richiamarla e dirle che mi dispiaceva di aver imprecato. Oppure potevo richiamarla e dirle che col cazzo ero dispiaciuta. Non avrei più richiamato. Avevo chiuso con loro, come loro avevano chiuso con me.

Hanno chiuso con me?

Il pensiero mi provocò una fitta al cuore. No, non ancora. Mia madre non aveva chiuso. Aveva bisogno delle mie telefonate. Lo sapevo. Ma se non l'avessi più richiamata, lei non mi avrebbe telefonato. Sapevo anche quello. Era ancora una spettatrice nella vita di sua figlia.

Mi appoggiai contro il muro di cemento. Riuscivo a sentire la folla dall'altra parte che iniziava a farsi impaziente. Sembrava come una tempesta in avvicinamento. Se non fossimo salite al più presto sul palco...

Avevo bisogno di fumare.

Tirai fuori un pacchetto malconcio di sigarette dalla parte superiore dei miei stivali alti, e ne accesi una con una scatola di fiammiferi infilata nel cellophane.

Aspirai a fondo, espirai, e scivolai più in basso contro il muro, schiacciata dal peso delle lacrime che non avevo versato nell'arco degli ultimi quattro anni. Adesso minacciavano di esplodere nella mia tempesta personale. Le ricacciai indietro, inspirai a fondo, le avvolsi nel fumo e le spinsi giù fino allo stomaco, dove si posarono come un peso morto.

Papà non vuole neppure parlare con me.

Buttai fuori quel pensiero con un sospiro. *E allora? Chi se ne frega di cosa pensa? Non gli è mai importato un cazzo in ventidue anni, perché dovrebbe iniziare adesso? Che vada al diavolo.*

Un discorso ardito, se non fosse che avrei dato qualunque cosa per sentire la voce di mio padre, e perché non fosse intrisa di delusione o rabbia. Per sentigli dire che gli mancavo, o che mi voleva bene. Perché mi dicesse che potevo tornare a casa quando volevo, e che la porta sarebbe stata aperta...

Ma quella porta lui l'aveva chiusa a chiave, forse per sempre, e le fondamenta su cui ero cresciuta si erano ridotte in polvere.

Dall'altra parte del muro la folla stava ruggendo. Ci reclamava a gran voce. Reclamava me. Il pubblico mi amava.

E come avrebbe detto Roxie Hart di *Chicago*, io amavo il pubblico perché lui amava me.

Presi un altro sorso di vodka e mi sollevai dal mio cantuccio, proprio mentre Jimmy Ray correva fuori dalla porta sul pianerottolo sopra di me, con un aspetto concitato e agitato.

Il nostro manager aveva quasi cinquant'anni e stava

iniziando a perdere i capelli. Il suo completo, che era sempre firmato Armani da quando tre mesi prima una casa discografica di medie dimensioni ci aveva messe sotto contratto, ricadeva sul suo fisico smilzo in modo un po' troppo abbondante. I suoi occhi sgranati si posarono su di me, e si accasciò contro il muro con esagerato sollievo e una mano sopra il cuore.

«Gesù, micetta, vuoi farmi venire un infarto? Il concerto sarebbe dovuto iniziare mezz'ora fa.»

Spensi la sigaretta sotto il tacco dello stivale e plasmai un sorriso sul mio volto. «Scusa, Jimmy. Dovevo fare una telefonata importante. Ma adesso sono a posto. Pronta per spaccare.»

«Buono a sentirsi. La folla ci mangerà vivi se non andiamo subito là fuori.»

Lo superai ma lui mi bloccò, mi posò una mano sul mento e studiò il mio viso.

«Hai pianto?»

Inspirai tra i denti. Jimmy Ray non era l'ideale di figura paterna, ma era stato buono con noi. Buono con me. Iniziai a sentirmi sciogliere sotto la sua gentilezza, desiderosa di raccontarglielo...

«Perché hai il trucco tutto rovinato,» disse. «Assicurati di sistemarlo prima di andare in scena, okay?»

Annuii in silenzio.

«Brava la mia ragazza.»

Mi diede una leggera pacca sul sedere per farmi muovere e mi seguì all'interno, di nuovo verso il camerino, dove il resto della band era in attesa.

CAPITOLO 2
Kacey

Erano tutte in tenuta da concerto: pelle, vinile e un sacco di vistosa bigiotteria. Violet, la nostra bassista, portava i capelli castani legati stretti da un lato, mettendo così in mostra il piccolo corvo nero che aveva tatuato sulla cute rasata sopra l'orecchio. Mi fece un cenno con il capo e il segno della pace con le dita.

Lola, la mia migliore amica, era seduta su una poltrona e si rigirava con destrezza le bacchette tra le dita. Balzò in piedi e mi si avvicinò, scrutandomi in volto attraverso folte ciocche di capelli neri e blu elettrico. I suoi occhi scuri erano acuti, perspicaci e ricolmi di preoccupazione.

«Tutto bene? Dov'eri finita?»

Jeannie, la cantante, mi evitò di dover rispondere. Era intenta a riscaldarsi la voce, ma si bloccò nel bel mezzo di una scala.

«Ma che cazzo, Kacey?» I suoi occhi, sui quali aveva una riga di kajal scura come i suoi pantaloni di pelle aderenti, si piantarono su di me. Era una bella ragazza, la nostra indomita leader, o avrebbe potuto esserlo se non fosse stato per quella perpetua espressione costipata in volto.

Avvertii il peso della stanza su di me, gravoso e accusatorio. Incrociai le braccia sul petto e scimmiottai una voce stridula da anziana con un leggero accento del Midwest. «*Ciao, Jeannie, è un piacere rivederti, cosa vuoi?*»

Lola ridacchiò, e Violet soffocò una risata dietro la mano.

«Cosa voglio? Tu...» La confusione di Jeannie si trasformò in irritazione. «Aspetta, stai di nuovo citando qualche stupido film contro di me?»

«Stupido?» Rimasi a bocca aperta in modo teatrale. «*Una pazza giornata di vacanza* è nientemeno che un classico. Un tesoro nazionale...»

Jeannie fece un gesto di sufficienza con la mano, facendo tintinnare i braccialetti. «Come ti pare. Se dedicassi alla band lo stesso tempo che dedichi al fare baldoria e a guardare reliquie degli anni Ottanta...»

«Avanti, Jeannie,» disse Violet con un sospiro. «Non iniziamo a discutere prima dello show. È qui. Siamo in elegante ritardo. E allora?»

Lola annuì. «Solo i novellini iniziano un concerto in orario. È pronta a spaccare, vero, Kace?»

«Oh, smettetela di coccolarla, per la miseria,» sbottò Jeannie contro Lola, dopodiché Jimmy si intromise e la prese in disparte, parlandole a bassa voce in modo rassicurante.

Sottovoce mormorai: «*Mmm-mmm-mmm, stronzetta inacidita.*»

Violet scoppiò a ridere, ma lo sguardo di Lola si spostò verso la mia "bottiglietta d'acqua". Quella ragazza era un etilometro vivente. Con un gesto rapido gettai la bottiglia nella pattumiera, prima che si accorgesse del contenuto e mi propinasse un'altra delle sue ramanzine brevettate. La vodka aveva comunque già iniziato a fare effetto, portandomi a un gigantesco passo indietro dalla realtà, come se fossi dietro un pannello di vetro.

«Non litighiamo, signore,» ci rimproverò Jimmy, riportando Jeannie verso il centro del camerino. «Tremila spettatori paganti ci aspettano.»

«Ha ragione,» disse Jeannie, sfoderando quella che chiamavamo la sua espressione "da Leader Indomita", seria e agguerrita mentre ci squadrava tutte a turno. «Dobbiamo concentrarci e regalare loro la performance della nostra vita. Tutte in cerchio.»

Formammo un cerchio al centro del camerino, prendendoci per mano mentre Jeannie mormorava una sorta di preghiera indistinta. Violet era buddista, Lola atea, perciò la preghiera di gruppo era più un momento per canalizzare le energie, essere grate per le nostre opportunità e sincronizzarci le une con le altre, così da poter suonare come un'unica unità coesa.

Era questo ciò che volevo? riflettei, mentre Jeannie blaterava discorsi positivi. Sospettavo che la risposta fosse no, ma ormai ero andata troppo oltre. Lola contava su di me. Se non fosse stato per lei, mi sarei trovata ancora in mezzo a una strada. Mi aveva accolta dopo che Chett mi aveva mollata, e adesso avevamo ottenuto insieme quell'ingaggio. Aveva bisogno che *non* combinassi casini, e io avevo bisogno di *non* essere un casino.

«Dimenticate tutti gli altri spettacoli,» stava dicendo Jeannie, con una delle sue tipiche frasi di chiusura. «Dimenticate che siamo in tour da mesi. Questi fan meritano il nostro meglio, perciò andiamo là fuori e suoniamo come se fosse il primo giorno della tournée. Sangue, sudore e lacrime, signore.»

Emettemmo dei forti versi di assenso per caricarci, poi ci dirigemmo fuori.

Lola mi prese da parte. «Stai bene? Sul serio?»

«Certo. Sto bene. Benissimo.»

«Dove sei stata?»

«Oh, io... ho chiamato i miei genitori.»

Lola curvò le spalle e si coprì gli occhi con una mano. «Oh merda, no. No, no, no. Continuo a dirti di lasciar perdere. Ti si ritorce sempre contro, Kace. Ogni volta. Ti sconvolge di brutto, e poi finisci per devastarti anche più del solito.»

«No, no, è stato fantastico!» dissi. «Ho parlato solo con mia mamma, ma... beh, mio papà mi ha salutata. L'ho sentito in sottofondo. È un inizio, giusto?»

A questo sei arrivata? Mentire alla tua migliore amica dopo tutto quello che ha fatto per te?

Lola sembrava colpita. «Davvero? Ha parlato con te?»

«Mi ha salutato, Lola. Lo ha fatto sul serio.»

Lola mi squadrò, gli occhi ridotti a due fessure, e alla fine si addolcì.

«È meraviglioso, Kace,» disse abbracciandomi. «Sono davvero felice per te. A essere onesti, negli ultimi tempi ero un po' preoccupata. Fai baldoria ventiquattr'ore su ventiquattro e vai a letto con un ragazzo diverso ogni sera.»

«Non *ogni* sera,» dissi. «Ho i miei periodi di magra. Tipo martedì.»

Lola fece una risata nasale.

«Andiamo, ragazze.» Jimmy ricomparve sulla porta. «Vi stanno aspettando.»

Scoccai un sorriso rassicurante a Lola. «Spaccheremo di brutto stasera. Te lo assicuro.»

«Vorrei che mi assicurassi che dopo non esagererai troppo con i festeggiamenti. Così magari riusciresti a *ricordare* quanto abbiamo spaccato.»

Mi finsi oltraggiata. «È la cosa meno rock and roll che abbia mai sentito in vita mia. Keith Richards si rivolterebbe nella tomba se ti sentisse parlare così.»

Un sorriso fece capolino sulle labbra di Lola. «Keith Richards è ancora vivo.»

«Visto? Nulla di cui preoccuparsi.»

Alzò gli occhi al cielo e rise, circondandomi con un braccio. Protettiva, come sempre.

Hugo Williams, il capo della sicurezza del Pony Club, comparve sulla porta del camerino per accompagnarci sul palco. I suoi occhi neri erano caldi e gentili mentre mi sorrideva, i suoi denti bianchi e lucenti risaltavano sulla sua pelle scura.

«Ehi, Hugo,» dissi mentre uscivamo.

«Ehi, dolcezza,» rispose lui, con un profondo tono baritonale.

Era soltanto la nostra seconda notte al Pony Club, ma Hugo sembrava super premuroso nei miei confronti e faceva del suo meglio per accertarsi che mi sentissi al sicuro.

Jimmy mi passò un braccio sulle spalle nude. «La folla stasera sembra indiavolata, Hugo.»

Sorrisi verso il bodyguard. «Hugo si prenderà cura di me. È il mio eroe.»

Il massiccio bodyguard annuì, come un soldato che riceveva un ordine, e ci condusse fino al palco. Percorremmo tortuosi corridoi secondari, con le tubature che correvano lungo il soffitto. Il rumore dei nostri passi riecheggiava sul cemento.

Jimmy si voltò verso di me. «Pronta?»

«Sono nata pronta, Jimmy.»

«Così ti voglio.»

Mi unii alla band su una piccola rampa di scale che conduceva al palco. Proruppe un boato, la folla stava rispondendo al presentatore che parlava al microfono.

«Las Vegas! Siete pronti per le Rapid Confession?»

Un'altra ondata assordante, come una valanga che stava distruggendo le mura del locale.

La porta si aprì, uno scuro rettangolo illuminato dalle luci del palcoscenico. Sfilammo lungo la rampa di scale e sopra il palco. La mia Fender rossa mi stava aspettando su un sostegno. Mi infilai la cinghia a tracolla sulla spalla, e vidi Jeannie rivolgermi un cenno del capo e un sorriso nervoso: un accordo di pace. Ricambiai il cenno e il sorriso, accordo accettato.

Lola batté le bacchette sopra la testa, contando fino a quattro per l'intro di *Talk Me Down*.

Suonai con tutta l'anima. Avevo scritto *Talk Me Down* per me stessa. Era un inno a tutto ciò che mi spaventava rispetto a dove stavo andando e cosa stavo facendo con la mia vita. Nessuno sapeva che era mia. Facevo il controcanto sulla melodia di Jeannie. Ma quando suonavo, ci mettevo tutto il cuore. La musica mi scavava nel petto, mi spezzava in due le costole e mostrava al mondo tutto ciò che c'era lì dentro.

Spaccai di brutto sui miei assoli. Tutto l'alcol che avevo bevuto a stomaco vuoto trasformò le luci del palco in sfocate sfere bianche. I volti tra la folla si fusero insieme, diventando un'unica massa rumoreggiante, agitata ed elettrizzata. Mi nutrivo di quell'energia, risucchiavo le loro grida di approvazione e le risputavo fuori con ogni accordo e progressione fino a farmi sanguinare le dita, e a fine concerto ci mancò poco che facessi a pezzi la mia Fender sul palco.

Mentre le note finali dell'ultima canzone vibravano nell'aria e poi svanivano, la folla perse del tutto la testa. Ero incandescente come i fuochi d'artificio del Quattro Luglio, e iniziai a correre lungo il bordo del palco dando il cinque agli spettatori in prima fila. Questi mi afferrarono e mi tirarono giù. Io ridevo e ridevo, facendo crowd surfing su un'onda di mani adoranti, ubriaca marcia e strafatta di tutto quell'amore.

Hugo e la sua squadra di bestioni si fecero largo tra la folla, mi recuperarono e mi portarono via. Ma non volevo che finisse. Gridai, rivolta alla folla attorno a me.

«Vi amo tutti tantissimo! Venite via con me...» Indicai degli estranei a caso. «Venite con me! Facciamo continuare la festa...»

Hugo mi trascinò fino in camerino, dove la band stava festeggiando. Lo champagne volava in aria in gettiti ad arco dorati e schiumosi. Afferrai una bottiglia dalle mani di qualcuno e ne bevvi metà in un solo sorso. Urlai alla sicurezza di far entrare la piccola folla che avevo invitato.

«Sono con me,» gridai.

Circa due dozzine di persone entrarono a forza nella stanza. Le ragazze della band erano troppo inebriate dall'esaltante successo del concerto per preoccuparsene. Jimmy sembrava sul punto di finire lungo disteso per terra.

Misi da parte lo champagne e afferrai una bottiglia a caso dal lungo tavolo di cibo e bevande per il dopo spettacolo. Jägermeister.

Una scelta audace, pensai ridendo, ed emisi un urletto stridulo dopo che il liquore mi fu scivolato giù per la gola, facendola bruciare. La stanza piena dei miei nuovi amici rispose con grida entusiastiche. Volti estranei che non riconoscevo, di cui il giorno dopo non mi sarei ricordata. Persone che erano lì per la musica, l'alcol gratis e il divertimento, e io ero la loro santa patrona del Divertimento. Salii in cima a un tavolo, e loro esultarono e alzarono le bottiglie verso di me.

Mi amano.

La stanza prese a girare come se fossi su una giostra. C'era troppa gente lì dentro. Mi mancava l'aria. La sicurezza stava cercando di farsi spazio in quel muro di corpi. Vetri che si infrangevano. Qualcuno nella folla che esultava, altri invece che imprecavano.

Lola mi gridò di scendere prima di spaccarmi l'osso del collo, poi si perse tra la folla. L'enorme e imponente figura di Hugo divise le acque come Mosè. Cercai di portarmi la bottiglia verde scuro alle labbra per un ultimo sorso, perché quella festa stava degenerando e io stavo per toccare il fondo e andare in mille pezzi.

Le parole di mio padre di quattro anni prima risuonarono nella mia mente, chiare come se le avesse pronunciate il giorno prima. *Vattene! Fuori da casa mia!*

«No,» dissi, poi più forte, in modo confuso, con la bocca impastata e impacciata nel pronunciare le parole. «*Tu* vattene. Questa è casa mia. Casa *mia*.»

Sollevai la bottiglia in aria. «*Questa è casa mia*,» gridai, e migliaia di voci alzarono le loro bottiglie e mi acclamarono, finché il suono non mi lacerò come faceva il vento con la carta velina.

Scoppiai a ridere, o forse a piangere, poi barcollai di lato. La bottiglia di liquore mi scivolò dalle dita proprio mentre anch'io scivolavo dal tavolo, dritta tra le braccia pronte di Hugo. Vidi il nero della sua t-shirt, poi il nero dietro i miei occhi mi inghiottì completamente.

CAPITOLO 3
Jonah

Il cartello sopra di me si illuminava a intermittenza. Rosso e bianco. *Pony Club*. I bordi del metallo erano arrugginiti, e tre lampadine esterne erano bruciate. Aveva un aspetto scadente. Pacchiano. Come molte cose a Las Vegas. Ma se strizzavo gli occhi...

Le luci si confondevano, e potevo immaginare palle di vetro bianche e rosse. Perline di vetro, magari. Una manciata tenuta insieme dal filo per creare un bouquet. La mia mente allungò le perline rosse, trasformandole in petali appiattiti. Una stella di Natale con della gipsofila bianca. Un bouquet natalizio di vetro che non aveva bisogno di essere innaffiato. A mia madre sarebbe piaciuto. O forse a Dena. Feci per tirare fuori il piccolo taccuino malconcio che tenevo nella tasca frontale della camicia per appuntarmi quell'idea, poi mi bloccai.

Mancavano sei mesi a Natale.

Un piccolo spasmo di dolore cercò di piantare radici in me, e lo schiacciai con perfetta disinvoltura, come un grumo di gomma da masticare appiccicato sotto il tavolo.

Attieniti alla routine.

Abbassai la mano e lasciai il taccuino lì dov'era.

Il rumore dentro il Pony Club era sempre più forte. In teoria il concerto doveva essere già finito da un'ora, ma le grida scatenate di un qualche epico festeggiamento giungevano forti e chiare, seppur ovattate, attraverso la parete sul retro del locale.

Estrassi il cellulare dalla tasca frontale dei pantaloni della divisa per controllare l'ora. Era quasi l'una. La limousine era stata prenotata solo fino alle due, ma potevo già intuire che sarebbe stata una nottata di straordinari forzati.

Che poi, cosa mi importava se facevo tardi al lavoro? Non dormivo comunque granché, e i soldi mi facevano comodo. Sarei rimasto finché la band e il manager non si fossero trascinati fuori dal locale, strafatti e maleodoranti, e li avrei riportati alla mega villa a Summerlin da cui li avevo prelevati quel pomeriggio alle cinque.

Il lato positivo del guidare di notte era che mi lasciava il tempo di lavorare durante il giorno. Il lato negativo erano i tempi morti. Un sacco di ore sprecate ad aspettare che i clienti avessero finito con la cena o lo spettacolo, o che si decidessero a riemergere dal casinò, puzzando di alcol e fumo e lamentandosi fin troppo spesso delle loro perdite ai tavoli da blackjack o poker.

Gli autisti di limousine tendevano a fare squadra durante gli eventi, allineati fuori dai locali in una sfilata di lucidi veicoli neri o bianchi. Vedevo sempre le stesse facce durante i diversi lavori, e alcuni erano miei colleghi alla A-1 Limousine. Ma io dovevo evitare il fumo, e non mi interessava farmi nuovi amici. Rimanevo in disparte, e mi attenevo alla mia routine.

Mi appoggiai alla limousine e alzai lo sguardo. Nessuna stella poteva avere la meglio contro le luci di Las Vegas. Avrei dovuto aspettare un paio di settimane per vedere delle vere stelle, fino al viaggio in campeggio al Great Basin organizzato dal mio migliore amico. Ma la Strip aveva una costellazione tutta sua. Un tripudio di sgargianti colori fluo e luci sfavillanti. A suo modo era bellissimo, bastava non abbassare lo sguardo.

Ai miei piedi, nel canale di scolo tra la strada e il marciapiede, c'erano mozziconi di sigarette, un bicchiere di plastica schiacciato di un fast food e un volantino di uno spettacolo di nudo sulla Strip. Dei vetri infranti rilucevano di verde sotto la luce del lampione.

Uno degli altri autisti di limousine mi si avvicinò. «Hai una sigaretta?»

Era giovane. O comunque più giovane rispetto ai miei ventisei anni. Il sudore gli imperlava la fronte mentre mi fissava speranzoso. Persino nella calura estiva, indossava ancora la livrea di servizio, una giacca in poliestere marrone con il bordino dorato. Un novellino. La mia giacca nera era sul sedile anteriore, e si trovava lì da quando la band e il manager erano usciti dalla mia limousine quasi otto ore prima.

«Non fumo, amico,» gli dissi. «Mi dispiace.»

Il "mi dispiace" era un messaggio in codice per *conversazione conclusa*, ma quel tizio non aveva colto.

«Merda, le ho finite un'ora fa,» borbottò. Sulla sua targhetta c'era scritto Trevor. «Ehi, chi hai accompagnato? Io un gruppetto di ricchi adolescenti che sono andati a vedere il concerto delle Rapid Confession.» Proruppe in una risata. «Marmocchi viziati. Voglio dire, cosa può esserci di peggio?»

«Non riesco a immaginarlo,» mormorai.

Il mio telefono vibrò per l'arrivo di un messaggio.

Probabilmente mio fratello Theo, che mi controllava ogni ora. Tirai fuori il telefono dalla tasca dei pantaloni. Appunto.

Come va? Stai bene?

Alzai gli occhi al cielo, e feci uno screenshot della nostra conversazione di mezzanotte: lo stesso identico messaggio, e io che gli rispondevo che stavo bene. Premetti "invio".

Mi scrisse di nuovo. *Stronzo.*

Sogghignai mentre digitavo una risposta. *Me lo rendi così facile. Vai a dormire, Teddy. Ti chiamo domattina.*

«Mi domando chi sia l'autista della band,» disse Trevor, scrutando lungo la fila di limousine. «Se ci fossi io con quelle sgualdrine, sarebbe epico. Mi svolterebbe la serata.»

Ricevetti un altro messaggio con foto, questa volta del dito medio di Theo. Detestava quando lo chiamavo Teddy. Quasi quanto io detestavo gli uomini che chiamavano le donne "sgualdrine".

Mi voltai verso Trevor per dirgli di andarsene, quando la porta posteriore del Pony Club si aprì di colpo e il rumore di risate roche, urla e vetri infranti si diffuse in strada. Un enorme bodyguard corse fuori trasportando il corpo inerte di una donna, la gonna di pelle sollevata lungo le cosce e la testa a penzoloni, con i capelli biondi rovesciati sul braccio della guardia del corpo.

Diedi a Trevor una spintarella per farlo togliere di mezzo e aprii lo sportello del passeggero della limousine. Il bodyguard non interruppe la sua corsa, bensì piegò in avanti il proprio mastodontico corpo per depositare la ragazza dentro l'auto, sopra il lungo sedile in pelle posizionato di fronte alla portiera.

Trevor inspirò a denti stretti. «È lei! La bionda... La chitarrista delle RC.» Mi guardò come se fossi il suo eroe. «Sei *tu* il loro autista?»

Il bodyguard riemerse da dentro la limousine e torreggiò sopra Trevor, le mani che si serravano in pugni. «La cosa ti riguarda?»

Trevor rabbrividì e indietreggiò. «N-no, signore.»

«Intendi raccontare a qualcuno quello che hai visto qui?»

«No, certo che no.»

«Ottima risposta.» Si voltò verso di me. «Riportala a casa. Veloce. Prima che arrivino i paparazzi. Là dentro è un dannato bordello.» Girò il capo verso il locale, nel quale le urla stavano aumentando di volume, intervallate da imprecazioni strillate e altri vetri infranti. «Devo rientrare.» Mi conficcò un dito nel petto. «Assicurati che arrivi a casa sana e salva.»

Vidi con chiarezza la preoccupazione negli occhi scuri dell'uomo, che guardavano dritto nei miei, dopodiché tornò rapido dentro il locale. Delle sirene risuonavano in lontananza, sempre più vicine.

Una volta che l'enorme bodyguard si fu allontanato, Trevor avanzò pian piano, sbirciando dentro la limousine. «Amico. *Amico*, è una fica pazzesca.»

Non potevo non concordare con la dichiarazione di Trevor, ma era anche ubriaca e svenuta. Per allettare persino le mie più fugaci fantasie sessuali, le donne dovevano essere coerenti e coscienti. Trevor aveva la lingua a penzoloni fuori dalla bocca, e io chiusi con forza la portiera, disgustato, negandogli la visuale.

«Cosa farai con lei?» domandò Trevor.

Mi fermai accanto allo sportello dell'autista per fissarlo. «La porto a *casa*, coglione.»

Trevor alzò le mani. «Cavolo, rilassati. Non intendevo...»

Non udii il resto perché salii in auto e chiusi la portiera.

Trevor non avrebbe mantenuto la promessa fatta al bodyguard riguardo la ragazza sul sedile posteriore. Neanche per sogno. E le notizie a proposito di qualunque cosa fosse successa dentro il Pony Club si sarebbero comunque diffuse, e le sirene ne erano la certezza.

Limitati a portarla a casa, concludi il lavoro, attieniti alla tua routine.

Uscii dal parcheggio con la limousine. Mi immisi nel traffico della Strip e abbassai il vetro divisorio per controllare la ragazza. Aveva ancora la gonna tirata su, che rivelava delle calze a rete e parte di un tatuaggio. Altri motivi tatuati si arrampicavano lungo la pelle bianca del suo avambraccio, e uno più grande le copriva la spalla destra. Le curve del suo seno fuoriuscivano dal bustino che indossava. Ma io le stavo guardando il petto per vedere se si muoveva, perché mi confermasse che stava respirando.

Mi chiesi se non fosse il caso di dirigersi al Sunrise Hospital, quando la ragazza emise un gemito e rotolò su un fianco. Guardai le strade di fronte a me mentre la sentivo vomitare quello che sembrava un intero barile di alcol sui tappetini della limousine. Lo spazio angusto si riempì dell'odore acido di liquore rigurgitato.

«Fantastico,» borbottai. «È per questo che mi pagano bei soldoni.»

Quando ebbe finito di vomitare, la ragazza, che a sentire Trevor era la chitarrista, si accasciò sul sedile e gemette a bassa voce, con gli occhi ancora chiusi e i capelli biondo platino appiccicati alla guancia.

Svoltai dalla Strip, trovai una stradina buia e deserta, e accostai. Passai sul retro dell'auto, dove la mia cliente era riversa sul lungo sedile, superai il disastro sul pavimento e mi sedetti accanto alla sua testa per scostarle i capelli dal viso.

Detestavo il fatto di dover dar ragione a Trevor, ma quella ragazza era bellissima. Persino ubriaca, svenuta e con la puzza di alcol, vomito e sigaretta, era comunque stupenda. Occhi grandi orlati da lunghe ciglia scure, labbra grandi e carnose dipinte di rosso intenso, e delle sopracciglia scure e ben delineate che contrastavano con i capelli color platino.

Ricordai a me stesso che ero lì per assicurarmi che non mi morisse tra le braccia, non per perdere tempo a mangiarla con gli occhi. C'erano state parecchie belle ragazze nelle mie limousine negli scorsi mesi. Parecchie belle ragazze *ubriache*. Lei non era diversa.

La ragazza, magari avessi pensato a farmi dire il nome dal bodyguard, respirava meglio e aveva ripreso un po' di colorito in volto. Probabilmente vomitare tutto quel liquore era servito. Soddisfatto nel constatare che non aveva bisogno di andare in ospedale, anche se non invidiavo l'epico post-sbornia con cui si sarebbe risvegliata, mi concentrai sul riportarla a casa, così da concludere la serata.

Guidai in direzione nordovest, verso il quartiere di Summerlin. La grande casa era color pesca chiaro, con colonne bianche e un vialetto circolare, ed era completamente al buio.

«Merda.»

Scesi dalla limousine e suonai al campanello, sperando che l'assistente personale di qualcuno, o magari un altro addetto alla sicurezza, fosse nei paraggi. Niente. Provai con la porta d'ingresso, nella remota possibilità che l'avessero lasciata aperta. Niente da fare.

Tornai nella limousine e pescai il cellulare dalla tasca, poi chiamai il centralino della A-1. Mi rispose Tony Politino.

«Tony? Sono Jonah. Mi serve il recapito per il servizio alle Rapid Confession.»

«Ti sei beccato *quel* lavoro?» Tony emise un fischio di approvazione. «Bastardo fortunato.»

«Non fortunato come la squadra di pulizia,» mormorai. «Hai il numero o no?»

«Resta in linea...»

Mi sfregai gli occhi e attesi che Tony mi aggiornasse.

«Jimmy Ray. È il loro manager,» disse. Mi dettò il numero di telefono. «Ehi, fai qualche foto per me, okay? La bionda? È proprio da urlo.»

Rivolsi uno sguardo alla ragazza sdraiata sul sedile posteriore. Un pensiero subdolo si insinuò in me. In effetti avrei *potuto* farle qualche foto, venderle a un giornaletto di gossip e farci un sacco di soldi. Avrei perso il lavoro, certo, ma con i soldi delle foto non mi sarebbe più servito. Avrei potuto passare tutte le mie giornate in laboratorio senza dovermi più preoccupare se la mia installazione sarebbe stata pronta in tempo per l'inaugurazione della galleria a ottobre.

Era una bella fantasia, tranne per il piccolo particolare che non mi sarei mai perdonato per essere stato un tale, spregevole sacco di merda. Persino il fatto che avessi preso in considerazione l'idea era disgustoso. Diedi la colpa alla stanchezza, assieme alla forte fitta di terrore che si celava dietro ogni mio pensiero, pronta a spuntare fuori se glielo consentivo. La paura che mi diceva che stavo esaurendo il tempo, e che l'installazione sarebbe rimasta incompiuta per sempre.

«Attieniti alla routine,» mormorai.

«Cosa hai detto, amico?» chiese Tony.

«Niente, grazie per il numero.»

Riattaccai con Tony e chiamai Jimmy Ray, il manager della band. Mi ricordavo di lui, mi era sembrato un pacchiano rivenditore di auto usate. Un tizio magro di mezza età che si vestiva e si comportava come se fosse di dieci anni più giovane, e che cercava di atteggiarsi a fenomeno. Si rivolgeva alle donne della band come se fossero la sua fonte di sostentamento, e non degli esseri umani.

Jimmy Ray rispose al telefono al quinto squillo, ma parlare era impossibile. In sottofondo risuonava musica ad alto volume, e i suoni caotici di centinaia di voci che urlavano e gridavano lo sovrastavano quasi del tutto.

«Pronto, che c'è? *Che c'è?*»

«Signor Ray,» dovetti gridare. «Sono l'autista.»

«Cosa? Non riesco a sentire un accidente.»

«Sono della A-1 Limousine...»

«Ma chi cazzo sei?»

Mi sfregai gli occhi. «Elvis. Elvis Presley. Le voci sulla mia morte sono state ampiamente esagerate...»

«Senti, chiunque tu sia, ho una dannata catastrofe tra le mani. Chiamami in un altro momento.»

Altre grida, e poi tutto divenne ovattato. Il tizio doveva essersi rimesso il telefono in tasca senza riattaccare.

Buttai giù e controllai l'ora. Erano appena passate le due. Sulla strada buia, nessuna luce che si dirigeva verso di me, nessuno che tornava a casa. Guardai la ragazza senza nome dentro l'abitacolo.

«Cosa faccio con te?»

Avevo la forte tentazione di riportarla al Pony Club

e restituirla al bodyguard, ma quel povero bastardo con tutta probabilità aveva il suo bel da fare.

Richiusi lo sportello del passeggero e salii di nuovo al volante. Tutta quella storia sembrava squallida e sbagliata. Volevo portarla al sicuro da qualche parte, e per quanto il mio appartamento non fosse proprio l'ideale, era meglio che vederla ubriaca sul retro di una limousine imbrattata di vomito.

«Spero tu ti renda conto che questa è una situazione decisamente anomala,» le dissi mentre facevo inversione e mi allontanavo dalla zona di Summerlin. «Del tutto *contraria* al decalogo dei dipendenti. Anzi, mi pare di ricordare di aver visto un video educativo su questo genere di cose. *Come non beccarsi una causa da lasciarti in mutande*. Primo passo, non portarti a casa i clienti, soprattutto se sono del genere *donna ubriaca fradicia*.»

Alle due del mattino, Las Vegas mostrava il suo lato oscuro. Le strade erano popolate dai più disperati: giocatori d'azzardo che speravano di recuperare un po' delle loro perdite, incorreggibili ubriachi, spacciatori e prostitute. Quella era la Las Vegas che odiavo, ma mentre attraversavo la Strip diretto a est, passai accanto al Bellagio. Mi tornò il sorriso. C'era della vera bellezza a Las Vegas. Dovevi solo sapere dove guardare.

Il soffitto della hall del Bellagio era uno di quei posti. Nel mio specchietto retrovisore ce n'era un altro.

La ragazza priva di sensi sul sedile posteriore si portò un braccio tatuato sugli occhi e le sfuggì un piccolo gemito.

«Ci siamo quasi,» le dissi con dolcezza. «Andrà tutto bene.»

CAPITOLO 4

Jonah

Accostai la limousine di fronte al mio condominio. Vivevo in un edificio squadrato in cemento, con intonaco grigio chiaro e ringhiere color verde lime da cui si stava scrostando la vernice.

«So che non è la villa di lusso a cui sei abituata,» le dissi, «ma a caval donato non si guarda in bocca, no?»

La ragazza, che ancora dormiva in preda ai fumi dell'alcol, non era nella posizione di guardare proprio niente.

Parcheggiai la limousine a fianco all'edificio, il più vicino possibile al mio appartamento al primo piano. Parcheggio non consentito, ma nascosto alla vista della strada.

Feci una corsa fino all'ingresso, aprii la porta e la lasciai spalancata, poi accesi la luce subito accanto. Tornai alla limousine, salii sul retro e sedetti accanto alla ragazza.

«Ehi,» dissi, dandole un lieve colpetto al braccio. «Ehi. Riesci a svegliarti?»

Non si mosse neppure.

«Merda.» Feci un sospiro pesante. «D'accordo, andiamo.»

Era minuta, forse un metro e sessantacinque, e non poteva pesare più di una cinquantina di chili, ma l'alcol l'aveva resa un peso morto. Teneva braccia e gambe inerti e la testa a ciondoloni. Mi sforzai di tirarla fuori da quella maledetta limousine senza farle sbattere la testa contro la portiera. Speravo di riuscire a trascinarla in casa in posizione semi eretta, ma era come gelatina, e mi scivolava via dalle braccia.

Presi un profondo respiro e la sollevai reggendola sotto le ginocchia e la schiena, e la strinsi a me, così da farle poggiare la testa sul mio petto.

Al dottor Morrison sarebbe venuto un colpo se mi avesse visto sollevare di peso un essere umano. Theo sarebbe uscito di testa. Ma in quel momento nessuno dei due era lì. Altro vantaggio del turno di notte. A parte una decina di messaggi da parte di Theo, ero libero da quella sorveglianza che non faceva altro che ricordarmi della mia condizione, quando io invece cercavo di non pensarci e rispettare la mia tabella di marcia.

Portai in braccio la ragazza oltre la soglia di casa mia, e mi richiusi la porta alle spalle con un calcio. La adagiai sul divano e mi sedetti accanto a lei a riprendere fiato. Stavo ansimando, ma non stavo male. Un paio di respiri profondi ed ero di nuovo in pista.

«Non è stato così difficile, vero?»

Le labbra piene della ragazza erano dischiuse e stava respirando con un ritmo calmo, aveva solo qualche lieve goccia di sudore lungo la fronte e il petto. Immaginai che non stesse molto comoda con quegli stivali e il bustino. Non che avrei fatto nulla al riguardo. Era già abbastanza sbagliato che fosse nel mio appartamento.

Persino toglierle le scarpe avrebbe alimentato qualunque tipo di disastro di pubbliche relazioni che mi attendeva l'indomani. Mi chiesi se avrei potuto perdere il mio lavoro per quello. Per lei.

Adesso che era al sicuro, mi soffermai a riflettere sulla mia situazione. Il lavoro mi serviva. Avevo progettato una perfetta routine e non potevo permettere che una sola cosa mandasse tutto all'aria. Sarei dovuto tornare al Pony Club a prendere la band, cosa per cui ero stato ingaggiato, ma poi? Li avrei portati tutti lì per recuperare la chitarrista? E tanto per cominciare, era una buona idea lasciarla da sola?

La guardai. Era una giovane donna, supponevo di circa ventidue anni. Era incosciente, ma il suo splendido volto era in pace, le sopracciglia non aggrottate per la prima volta in tutta la serata.

Sospirai. *È tardi. Lasciala dormire.*

Richiamai la A-1 e dissi a Tony che avevo tenuto io la limousine, e che l'avrei riportata al garage entro le sette del mattino. Tony mi avvisò che il nostro capo, Harry, si sarebbe incazzato se avesse saputo che una delle sue auto era fuori. Per non parlare del fatto che lasciavo la band a piedi al Pony Club.

«Ma in fondo, Harry ti adora,» disse Tony. «Sei il suo autista preferito.»

Era vero, ed era proprio il motivo per cui mi aveva affidato il lavoro con le Rapid Confession. Ciononostante, stavo esponendo il mio lavoro a un rischio davvero enorme; un lavoro di cui avevo un disperato bisogno.

Con un gemito di frustrazione, buttai il telefono su quel rottame di tavolinetto da caffè che avevo di fronte al divano. Picchiò contro uno dei tre pezzi in vetro scuro posati sulla sua superficie in legno graffiato.

Recuperai una coperta dallo sgabuzzino e la dispiegai sopra la mia ospite, poi misi un bicchiere d'acqua e due aspirine dalla mia piccola farmacia personale sul tavolo accanto a lei. Un'offerta di pace, casomai la ragazza si fosse svegliata e si fosse chiesta se fosse stata rapita da un folle psicotico che collezionava soprammobili.

La ragazza. Se l'avessi chiamata così ancora una volta, persino nella mia mente, sarei andato fuori di testa.

Sul ripiano della cucina che si affacciava sul salotto c'era il mio laptop. Lo aprii e digitai "Rapid Confession" nella barra di ricerca di Google. Comparvero una manciata di foto e articoli, molti dei quali risalenti al giorno prima. La band stava per "esplodere sulla scena musicale come una bomba Molotov", secondo lo *Spin*, ed era "la cosa migliore capitata al rock and roll dai tempi dei Foo Fighters", così diceva *Rolling Stone*. Scorsi i risultati finché non trovai un'ammiccante foto promozionale con scritti i nomi di ciascun membro della band.

«Kacey Dawson,» mormorai. «Alleluia.»

Fissai la foto promozionale. Persino mentre mostrava il dito medio con un'espressione alla "non me ne frega un cazzo", Kacey Dawson era da mozzare il fiato.

«Datti una regolata, Fletcher.»

Richiusi il laptop e mi diressi in camera da letto. C'era un luccichio insistente che proveniva dalla segreteria telefonica sul muro della cucina. Premetti il pulsante di ascolto.

«*Hai tre nuovi messaggi.*»

Sarebbe stato meglio se fossi andato a letto.

«*Ehi, Jonah, sono io, Mike Spence. Della Carnegie. Senti... so che stai affrontando un periodo da schifo adesso, ma... vediamoci, amico. Prendiamoci una birra come ai vecchi tempi. O perlomeno, richiamami e...*»

Premetti con forza il pulsante "cancella", e la segreteria passò al successivo.

«*Ciao tesoro, sono la mamma. Ti chiamavo solo per vedere come stai. Detesto davvero che lavori fino a tardi. So che sembro un disco rotto, ma... beh, chiamami domattina. E domenica, verrai a cena come al solito? Tuo padre vuole fare il barbecue. Chiamami, tesoro. Ti voglio bene. Okay. Un bacio. Ciao.*»

Cancellai anche quello, e desiderai di poter cancellare con altrettanta facilità il tono esitante nella voce di mia madre. Sembrava come se fosse sempre pronta a ricevere brutte notizie.

Partì l'ultimo messaggio, che risaliva ad appena pochi minuti prima, forse mentre stavo trasportando in casa il mio carico privo di sensi. Sapevo che si trattava di Theo prima ancora di sentire la sua voce.

«*Ehi fratello, volevo solo sapere come va. Richiamami. Ciao.*»

Theo sembrava noncurante, ma l'ora della telefonata e i precedenti messaggi lo tradivano. Sentii montare la rabbia, ma la spinsi via. Magari Theo stava lavorando fino a tardi al Vegas Ink. A volte aveva clienti che arrivavano a tutte le ore. O magari era fuori per un appuntamento. Non riuscivo a tenere il conto delle sue donne, andavano e venivano così velocemente.

Cancellai il messaggio nell'istante in cui mi arrivò un sms sul cellulare. Lo afferrai dal tavolino da caffè, mentre Kacey Dawson continuava a dormire, ignara di tutto.

Theo: *Ancora al lavoro?*

A quel punto alzai gli occhi al cielo, mentre l'irritazione iniziava a radicarsi in me. Digitai un messaggio, pigiando i tasti con forza. *No, sono fuori a fumare Marlboro rosse a oltranza e a mangiare bistecca al sangue.*

Molto divertente. Sei a casa?

Sospirai e contemplai il vuoto, con il pollice che fremeva per mandarlo al diavolo e dirgli di smetterla di starmi addosso e di lasciarmi in pace. Digitai con rabbia un paio di parole con quel senso, poi cancellai il messaggio con un sospiro. Non potevo più arrabbiarmi. O almeno, non potevo darlo a vedere. Non con lui o con i miei genitori. La mia situazione faceva già abbastanza schifo senza che li facessi sentire anche peggio.

Sì, sono a casa, scrissi. *Buonanotte Theo.*

Ci vediamo al laboratorio domenica.

«Senz'altro,» mormorai.

Misi il telefono in modalità silenziosa e lo lasciai sul ripiano della cucina, poi mi diressi in camera da letto. Una volta lì, mi tolsi la divisa e la posai sul letto ben rifatto e probabilmente un po' impolverato. Indossai una canottiera bianca e pantaloni del pigiama presi dalla cassettiera di legno, poi mi diressi nel bagno in corridoio per fare pipì e lavarmi i denti.

Nel farlo, pianificai le cose da fare l'indomani.

Riportare Kacey alla casa di Summerlin come prima cosa il mattino seguente.

Riportare la limousine alla A-1 e recuperare il mio pick-up.

Tornare alla mia routine.

Nessun problema. Un piccolo dosso, ecco cos'era stato quella notte.

In salotto, Kacey Dawson dava l'impressione di star dormendo comoda, o per quanto si poteva stare comodi con indosso abiti in pelle e vinile. Ricordavo dai miei tempi al college che avere il post-sbornia ed espellere l'alcol della notte precedente con il sudore era una combo micidiale. Accesi l'aria condizionata accanto alla finestra e mi posizionai sulla poltrona reclinabile di fronte al divano.

La scena che si sarebbe presentata alla mia ospite nel caso si fosse svegliata nel cuore della notte mi fece ridere: un appartamentino anziché la sua mega villa, e uno strano tizio che dormiva su una poltrona a neanche due metri di distanza, piuttosto che in un letto come una persona normale.

«Stephen King dovrebbe prendere appunti,» mormorai, sistemandomi nella posizione semisdraiata che mi aveva raccomandato il dottore. «Questo ti insegnerà ad affogare le tue possibilità nell'alcol, Kacey Dawson,» borbottai, mentre mi si chiudevano gli occhi. «Ci vuole moderazione in tutto.»

Come nel mio sonno.

Mi svegliai alle sei, con il culo intorpidito per essere rimasto tutta la notte nella stessa posizione. Non poter cambiare posizione era uno schifo, ma comunque non dormivo mai molto, e mi svegliavo sempre pronto e in allerta. Era come se il mio corpo sapesse che il tempo era un lusso che non potevo permettermi di sprecare.

Dirottai i miei pensieri verso qualcosa di positivo. La luce del sole, gialla e intensa, penetrava dalla finestra. Le bottiglie in vetro e i fermacarte la riflettevano, la catturavano e la proiettavano sul tavolino da caffè in chiazze rosse, blu e viola.

«Bellissimi,» mormorai. E avevo davanti a me l'intero sabato al laboratorio per crearne altri.

La figura sul divano gemette e sospirò nel sonno, ricordandomi, con un piccolo sussulto, che come prima cosa avevo delle questioni in sospeso di cui occuparmi. Mi scostai di dosso la coperta e mi avvicinai al divano.

Mi accucciai accanto a Kacey Dawson e studiai il suo volto addormentato per un istante.

«Ehi.»

Non si mosse. Aveva la bocca leggermente aperta. Dormiva come un sasso.

«Vado a fare una doccia,» le dissi. «Non rubare niente.»

Valutai se scriverle un biglietto per dirle che non era stata rapita, ma dopotutto forse non era la prima volta che Kacey Dawson si svegliava dopo una notte di baldoria senza sapere dove si trovasse. Mi affidai al caso e andai a fare la doccia.

Era ancora fuori combattimento quando feci ritorno, con indosso dei jeans e una semplice t-shirt. La mia uniforme da laboratorio. Alle sette in punto presi le medicine, mandando giù una pillola dopo l'altra. Quindici in tutto. Il mio stomaco iniziò subito a lamentarsi, e mi misi all'opera per preparare l'altrettanto rivoltante frullato proteico che bevevo ogni mattina.

«Scusa, Kacey, questo farà male,» mormorai, poi premetti il pulsante del frullatore, facendo risuonare il suo tremendo ronzio in tutto il mio piccolo appartamento.

Kacey Dawson, con i pesanti postumi della sbornia, si agitò, gemette e infine si tirò su a sedere, scostandosi i capelli arruffati dagli occhi. Si guardò intorno con sguardo appannato, senza notare me che la osservavo dalla cucina alle sue spalle.

Allora non lo sapevo, non potevo saperlo, ma in quell'istante ebbe inizio il resto della mia vita, o ciò che ne rimaneva.

CAPITOLO 5
Kacey

Qualcuno stava abbattendo un albero. Anzi, un'intera foresta, cazzo.

Che razza di bastardo malato...

Sollevai la testa, sbattendo a fatica le palpebre. Il ronzio si interruppe e il mio sguardo annebbiato fu attratto dal tavolino da caffè e dalla sua varietà di fermacarte in vetro colorati. Erano belli, addirittura bellissimi, ma il mio apprezzamento venne meno quando rifletterono la luce del sole direttamente nei miei occhi.

Spostai lo sguardo e vidi un bicchiere pieno di acqua con due aspirine accanto. Mi tirai su a sedere molto lentamente, e un'orrenda coperta a maglia, arancione e verde, mi scivolò giù dalle spalle. Guardai in basso. Ero ancora vestita al cento percento. Persino gli stivali.

Dignità intatta. Un punto per me.

Ma il pensiero non mi era di conforto. Di nuovo, mi risvegliavo in un posto strano dopo una notte di bevute di cui non conservavo alcun ricordo. Questa volta su un divano, ma poteva essere un vicolo disseminato di spazzatura. O il proverbiale fosso in cui le mamme avvisavano sempre che sarebbero finiti i loro figli, se non avessero prestato attenzione. Io non prestavo attenzione. Non lo facevo mai.

Faceva troppo male muoversi o guardarsi intorno. Faceva male sbattere le palpebre. Concentrai la mia attenzione sul mandare giù l'aspirina, facendola seguire dall'acqua. La mia bocca sembrava asciutta e polverosa come il deserto del Nevada. Mi sarei scolata l'intero bicchiere se avessi pensato che il mio stomaco poteva reggerlo, ma avevo dei dubbi. Presi un paio di respiri profondi e aspettai finché la sensazione di agitazione allo stomaco non diminuì, poi diedi un'occhiata in giro.

Un appartamentino, decorato qua e là con mobili banali e non coordinati. Dall'altro lato del tavolino da caffè e dei gingilli in vetro c'era una vecchia poltrona reclinabile rivolta verso una TV a schermo piatto. Le pareti erano spoglie eccetto due diplomi di università incorniciati, che non riuscivo a leggere dal divano, e una mezza dozzina di foto. La finestra frontale mostrava una vista su una strada trafficata di Las Vegas. Niente in quel posto mi colpì in alcun modo. E neppure mi era familiare.

«Beh, non sono incatenata e la porta è a un metro di distanza,» mormorai tra me e me, e sollevai il bicchiere di acqua per un altro sorso.

«Vero in entrambi i casi.»

Tossii, sputandomi l'acqua addosso e mi guardai intorno. «Che cazzo...?»

C'era un tizio in piedi nel cucinotto alle mie spalle. I suoi capelli scuri erano bagnati, sembrava appena uscito dalla doccia, e i suoi attenti occhi marroni mi stavano fissando con asciutta perplessità. Era alto, carino e decisamente non il mio tipo. Mi piacevano i riccioli spessi e incolti, e lui era troppo curato per i miei gusti. I miei uomini avevano tatuaggi e piercing, ed erano sempre pronti a darsela a gambe dopo che avevo dormito con loro. Il tizio in cucina sembrava uno che preparava la colazione per qualsiasi donna passasse la notte con lui, e invece di cacciarla via le diceva loro di "fare come a casa propria".

Un bravo ragazzo in tutto e per tutto.

Ma cavoli, aveva un viso dolce. Un viso che avrei giurato di aver già visto prima. Frugai negli sbronzi meandri della mia memoria per capire quando e dove...

«Sono l'autista della limousine,» disse. «Ho portato te e la tua band al Pony Club ieri sera.»

«Oh, giusto,» dissi. «È vero.»

Il tizio fece il giro del ripiano della cucina, rivolto verso il salotto, e vi si appoggiò contro a braccia incrociate. «Jonah Fletcher.»

«Come?» Il cervello mi rimbombava dietro gli occhi al ritmo del mio battito cardiaco.

«Il mio nome,» disse lentamente, «è Jonah Fletcher. Nel caso ti stessi domandando di chi è il divano su cui sei seduta.»

«Oh, scusa,» risposi, con le guance in fiamme. «Stavo solo... ascoltando il mio mal di testa. Io sono Kacey Dawson. Anche se con tutta probabilità già lo sai.»

Jonah sgranò appena gli occhi, perplesso, e io scrollai il capo, un movimento di cui mi pentii all'istante. «Non intendevo perché sono famosa o altro, volevo dire per via del tuo lavoro. Il mio nome deve essere stato su qualche documento... Eh, lascia perdere.»

Mi presi la testa dolorante tra le mani e cercai di

ricordare qualcosa della notte precedente. Un vago sentore che fosse successo Qualcosa di Non Molto Buono alimentò il tormento dei miei postumi della sbornia.

Sbirciai verso Jonah Fletcher. «Perciò ehm... ieri notte. Abbiamo...?»

Lui mi guardò inarcando un sopracciglio. L'altro neppure si mosse. «Abbiamo... *cosa*?»

Sbuffai. «Devo farti lo spelling?»

L'espressione rigida e decisa sul suo volto si addolcì un po'. «No. Eri incosciente.» Inclinò la testa. «Non ricordi nulla?»

«Non molto.»

«Succede spesso?»

Feci un verso con il naso. «Non vedo come siano affari tuoi.»

«Eppure ieri sera sono diventati affari miei.» Scrollò le spalle. «Sembra un'abitudine pericolosa, tutto qui. Non tutti gli uomini sono gentili come me.»

«Questo è ancora da stabilire,» borbottai, poi mi guardai intorno. «Questa è casa tua? Perché non mi hai riportato alla casa di Summerlin?»

«Oh, credimi, ci ho provato. Portarti qui non è propriamente il protocollo di lavoro. Potrei perdere il posto.»

«Cos'è successo?» domandai, soprattutto perché dovevo, non perché volevo saperlo.

Il tizio, Jonah, si sfregò il mento pensieroso e si sedette di fronte a me sulla poltrona reclinabile malconcia. Il rivestimento della poltrona forse era in pelle marrone, ma a me dava più l'impressione di essere vinile, crepato in alcuni punti e usurato. Jonah si sedette e posò le braccia sulle ginocchia fasciate nei jeans. Un pesante bracciale d'argento gli circondava il polso destro.

La t-shirt gli aderiva alle spalle e ai bicipiti. Bei muscoli. Sottili, ma definiti.

Il mio sguardo vagò fino al colletto della maglietta, per sbirciargli il petto. Da sopra la cucitura spuntava una striscia di pelle rossa di circa tre centimetri. Una qualche specie di sgradevole cicatrice.

Distolsi lo sguardo in fretta.

«Ho cercato di riportarti a casa,» stava dicendo Jonah. «Ho anche cercato di contattare il tuo manager. Niente da fare. Quindi o ti portavo qui, o ti riportavo al Pony Club, ma il tuo bodyguard ha insistito parecchio che ti portassi via da quella situazione.»

Un nodo di paura si andò ad aggiungere a quello che avevo allo stomaco. «Che situazione, di preciso?»

«Non ne sono sicuro. Sembrava che ci fossero dei disordini in corso.»

«Dei disordini.»

Quel poco colorito che ancora avevo in volto scomparve di colpo. Un ricordo vago, sfocato e annacquato nell'alcol, riemerse. Io che invitavo un gruppo di fan in camerino. Non riuscivo a ricordare quel preciso istante, ma il suono di moltissime voci festanti mi rimbombava in testa e me la faceva dolere ancora di più.

«E, ehm... Hugo, il bodyguard. Ti ha detto cos'è successo? Com'è iniziata?»

Jonah scosse il capo. «Non ricordi nulla?»

«Di sicuro non ci tengo,» dissi, la voce a malapena un sussurro.

Frugai nella parte superiore degli stivali in cerca del mio pacchetto di sigarette. Ne tirai fuori una, e stavo armeggiando con la scatola di fiammiferi quando Jonah si schiarì la voce.

«Qui è vietato fumare, se non ti dispiace.»

«Abbi pietà,» dissi con un debole sorriso. «E poi, tutti fumano a Las Vegas.»

«Non io.» Il tono duro della voce di Jonah mi paralizzò la mano. Mi rivolse un lieve sorriso. «Scusa. Regole della casa.»

Posai controvoglia il pacchetto sul tavolo. «Hai scelto una città difficile in cui vivere se non ti piace il fumo.»

«Eppure in qualche maniera me la cavo.» Si sfregò le mani sulle cosce con fare impaziente. «Non devi chiamare qualcuno dei tuoi? Vorranno sapere che stai bene. In effetti, preferirei che sapessero che stai bene. In pratica mi aspetto che una squadra SWAT sfondi la mia porta da un minuto all'altro perché ti ho rapita.»

«Immagino di sì...» L'ultima cosa che volevo fare era chiamare "qualcuno dei miei", ma Jonah mi stava guardando.

Togliamoci il pensiero.

«Posso usare il tuo telefono?»

Jonah mi porse il suo cellulare, e iniziai a digitare il numero di Jimmy. Ero sicura al novantanove percento che qualunque catastrofe fosse successa al Pony Club fosse stata colpa mia, e al cento percento che non volevo sapere quanto brutto lo scenario fosse davvero. Quindi, visto che me la stavo facendo sotto, telefonai a Lola.

Rispose al terzo squillo. «Pronto?» disse, con la voce assonnata.

«Lola? Sono io.»

«Kacey?» Sbadigliò. «Dove sei? Mi stai chiamando da dentro casa?»

«Ehm, no,» dissi. «Non sono... lì.»

«Beh, questo restringe il campo,» disse Lola con un sospiro. «Gesù, Kace. Devo inviare una squadra di ricerca? A ripensarci, meglio se resti nascosta dove

Jimmy non può trovarti. Ieri sera era *incazzato*. Anche Jeannie. Ma, del resto, lei è sempre incazzata.»

Chiusi gli occhi di fronte a quell'accusa e mi preparai psicologicamente. «Come mai è incazzato?»

«Non ricordi, vero? Ti sei ubriacata al punto da andare in coma da Jägermeister, dopo aver invitato in camerino mezzo pubblico. Ma invece di rimanere a sistemare il tuo casino, Hugo ti ha salvata. Ti ha messo sulla limousine, giusto? Già, noi siamo dovute tornare a casa in taxi. Jimmy non ne era affatto contento.»

Mi arrotolai una ciocca di capelli attorno al dito. «È per questo che era incazzato? Perché ha dovuto prendere un taxi?»

«Kace, pensi che fosse preoccupato per te? Tesoro, ha immaginato che stessi scopando con l'autista della limousine.» Una pausa. Riuscivo a sentire le parole non dette. *Lo abbiamo pensato tutte*.

Il mio collo si scaldò con una brutta vampata e mi rifiutai in modo risoluto di guardare verso Jonah.

«Beh, invece no. Ero in coma da Jägermeister, ricordi? Puoi riferirglielo.»

«Vabbè. Che importa? Jimmy ha chiamato la compagnia e ha fatto loro una lavata di capo perché non sono venuti a prenderci. Quell'autista di limousine è nei guai fino al collo. E anche Hugo.»

«No, no, non ha fatto nulla di male.» Mi mossi sul divano, allontanandomi da Jonah, e abbassai la voce. Il mal di testa si intensificò dieci volte di più. «Nessuno dei due lo ha fatto. Di' a Jimmy che non è stata colpa di Hugo. Io sto bene.»

Sentii Lola accendersi una sigaretta. Vidi le mie dita allungarsi verso il mio pacchetto, e dovetti sedermi sopra la mia mano.

«Ti rendi conto che hai completamente distrutto il

locale, vero?» domandò Lola, buttando fuori il fumo. «A sentire Jimmy, il Pony Club sta valutando un'azione legale per pagare i danni.»

Feci quasi cadere il telefono di Jonah. «Qualcuno si è fatto male?» chiesi in un sussurro.

«No,» rispose lei, la rabbia che si smorzava nella sua voce. «Ma il camerino è distrutto. Molto più che distrutto. Quando ce ne siamo andate sembrava una zona di guerra.»

«Quindi... che succede adesso? Lo spettacolo di stasera è cancellato?»

Lola fece un verso con il naso. «Col cazzo. Non con in ballo sessantamila dollari di biglietti venduti.»

«Oh.»

«Dirò a Jimmy che stai bene, ma magari... non saprei, Kace. Forse è meglio se resti nascosta per un paio d'ore. Almeno finché a Jimmy non saranno passati i postumi della sbornia. Voglio dire, a essere sinceri eravamo messi tutti piuttosto male ieri sera.» Adesso potevo sentire un sorrisetto nelle parole della mia amica. «È stato un concerto epico. *Epico*.»

«Davvero?»

«Oh, ragazza, non ne hai idea. Siamo a un passo dal diventare delle star e te lo stai perdendo. No, stai quasi *rovinando* tutto.»

«Ma non l'ho fatto, vero?»

«No. Lo spettacolo deve andare avanti.» Lola sospirò di nuovo. «Riposati. Fatti passare la sbronza per lo spettacolo di stasera. Sei sempre pronta a suonare, vero?» domandò, e potevo sentire l'avvertimento nella sua voce. Non era solo la mia grande occasione, ma anche la sua.

«Certo,» dissi debolmente. «Grazie, Lola. E di' a Jimmy...»

«Che ti dispiace? Già, già. È il momento di trovare materiale nuovo, Kace. Ci sentiamo dopo.»

Restituii il telefono a Jonah. «Grazie.»

«La polizia farà irruzione dalla mia porta da un momento all'altro?» domandò cupo. «O sto per perdere il mio lavoro? O entrambe?»

«No. Beh... forse.»

Jonah sgranò gli occhi. «Forse *cosa*?»

Arrossii per la vergogna e l'umiliazione. «La seconda. Ascolta, parlerò con il tuo capo al deposito delle limousine...» cominciai, mentre Jonah saltava su dalla poltrona con un'imprecazione.

Mi ignorò e iniziò a digitare sul telefono.

«Harry? Sono io, Jonah. Io...» Mi scoccò un'occhiata mentre ascoltava quello che gli veniva detto dall'altro capo del telefono.

Mi presi la testa dolorante tra le mani, mentre Jonah cercava di spiegare la situazione. Alla fine, nel mio campo visivo comparve un cellulare.

«Ti dispiacerebbe dire al mio capo perché non ho potuto portare a termine il lavoro la scorsa notte?» domandò rigido.

«Sì, certo.» Presi il telefono. «Ehm... Salve. Harry, giusto? Sono Kacey. Delle Rapid Confession. Ho avuto... una serataccia, e Jonah è stato così carino da farmi dormire sul suo divano. *Non è successo niente*,» aggiunsi, guadagnandomi una strana occhiata da Jonah. «Voleva tornare a riprendere il resto della band, ma non me la stavo passando molto bene. Si è preso cura di me. Okay?»

Harry promise di non licenziare Jonah, e brontolò dicendo che rivoleva indietro la limousine il prima possibile. Poi riattaccò.

Jonah mi guardò storto. «Dunque?»

«Non sei licenziato. Ma Harry rivuole indietro la limousine. Tipo, subito.»

Annuì. «Okay, bene. Andiamo. E già che ci siamo, ti riporterò a casa dalla band.»

«Ehm...» Strappai un filo che pendeva dalla coperta.

«Che c'è?» sbottò Jonah. «Hai sentito il mio capo. Devo restituire quella cavolo di auto.» Sollevò il capo verso di me. «Non devi tornare indietro?»

No, pensai. *Proprio no*. Non ero pronta ad affrontarlo. Non ero pronta ad affrontare niente. Non ancora.

Rivolsi a Jonah un debole sorriso. «L'aspirina non ha fatto granché per questo mal di testa. Ti va bene se faccio un pisolino mentre tu riporti indietro la limousine? Dopo chiamerò un taxi e andrò fuori dai piedi, promesso.»

Jonah sgranò gli occhi scuri. «Vuoi che ti lasci da sola a casa mia mentre restituisco la limousine, dentro la quale hai vomitato, per inciso, così che tu possa farti un pisolino?»

«Prometto che farò solo un pisolino e me ne andrò,» dissi, poi avvertii una stretta allo stomaco. «Aspetta. Ho vomitato nella tua limousine?»

Jonah sembrava aver pronta una risposta sagace, ma dovette dispiacersi per me, perché disse in tono più gentile: «Non hai un concerto stasera?»

«Ho un po' di tempo prima di dover rientrare.»

Jonah si massaggiò il mento, apparentemente combattuto. «Dopo aver restituito la limousine, avevo in programma di andare al lavoro. *L'altro* lavoro,» aggiunse. «Ho una tabella di marcia serrata, molto serrata, e devo tenere il passo.»

«Mi dispiace. Non voglio interferire.» Alzai lo

sguardo verso di lui e gli rivolsi un sorriso. «Cosa fai come altro lavoro?»

Jonah mosse la mano, indicando gli oggetti in vetro sul tavolino da caffè.

«Sei un collezionista?»

«No, li faccio io.»

Sgranai gli occhi, mentre guardavo i pezzi in vetro sotto una nuova luce. C'erano due fermacarte sferici, uno che sembrava riempito con fauna marina della barriera corallina, e l'altro che aveva un vortice di colori parecchio intricato. Oltre ai fermacarte c'era una bottiglia striata con polvere dorata immersa in strisce di rosso.

Presi il fermacarte con la fauna marina: anemoni con tentacoli bianchi e gialli, strisce increspate di colore e, in qualche modo, le colorazioni punteggiate di un pesce tropicale.

«Un pezzo di oceano tra le mani,» mormorai. Alzai lo sguardo verso di lui. «Lo hai *fatto* tu?»

«Già. È quello che faccio. Non sono un autista di limousine. Quello è un lavoro notturno. Di giorno sono un artista industriale. Illuminazioni, metallo, vetro. Soprattutto vetro.»

«Sei davvero bravo,» dissi. «Più che bravo. Questo è sbalorditivo.»

«Già, grazie.» Si massaggiò la nuca, guardandomi mentre tenevo in mano il pezzo di vetro.

Probabilmente pensa che finirò col romperlo. Rimisi con cautela il fermacarte al suo posto.

«Perciò, devo andare in laboratorio,» disse Jonah. «È lì che li faccio, i pezzi in vetro. Sarò lì fino alle due del pomeriggio circa.» Serrò le labbra con fare meditativo. Infine, disse: «Immagino... beh, immagino che tu possa restare qui fino a quell'ora.»

«Davvero? Non ti dispiace?»

«Di questo non ne sono sicuro,» disse Jonah con un sorriso asciutto. «C'è del cibo in frigo, quando o se ti venisse voglia di mangiare. Anche le bottiglie d'acqua sono a tua disposizione. Se proprio devi fumare, c'è un piccolo cortile al centro del condominio. Troverai la passerella per raggiungerlo appena fuori sulla destra. Ci sono delle panchine e un posacenere.»

«Okay, certo. Capito,» dissi, sentendomi pervadere dal sollievo al pensiero che avevo qualche ora di tranquillità, prima che la musica cambiasse. In tutti i sensi.

Jonah scrisse qualcosa su un pezzo di carta sopra il ripiano della cucina e me lo consegnò. «Questo è il mio numero. Se hai bisogno di qualcosa, chiama. Il telefono è in cucina.»

Presi il pezzo di carta e incrociai il suo sguardo. Da vicino, i suoi occhi erano molto più pieni di calore. Occhi di un marrone intenso e brillante.

«Ti ringrazio tanto per permettermi di rimanere qui,» dissi. «Lo apprezzo davvero. Non molti lascerebbero un completo estraneo a girare per casa senza tenerlo d'occhio.»

Jonah fece un sorriso tirato. «Non me ne parlare.»

Si mise le chiavi in tasca e uscì, chiudendo a chiave la porta una volta fuori. Mi lasciò sola in casa sua. Io. La ragazza che aveva distrutto il Pony Club appena qualche ora prima, vomitato nella sua auto, invaso il suo appartamento e che gli era quasi costato il lavoro. Era stato così gentile. Più che gentile.

Si fida di me. Più o meno.

Non che io meritassi fiducia. Rabbrividii al pensiero dell'aspetto che avrebbe avuto il camerino quella sera. Doverci andare e fare un altro concerto mi riempiva di una strana specie di terrore.

Cosa c'è che non va in me?

Presumevo che mi sarei cacciata in meno guai se avessi dormito, e comunque non avevo mentito a Jonah a proposito del bisogno di fare un pisolino. La testa mi martellava dal dolore, e avrei voluto dormire per un milione di anni. Mi distesi sul cuscino del divano e mi tirai la vecchia coperta fin sopra le spalle. Non era brutta come mi era parsa all'inizio. Il suo peso era confortante. Come un buon abbraccio.

Il mio sguardo stanco si posò sulla bellissima gamma di pezzi in vetro scuro sul tavolino da caffè. Meravigliosi vortici di colori e fantasie, intrappolati e lasciati fluttuare al centro dei fermacarte, intrecciati come nastri lungo il corpo della bottiglia.

«Bellissimi,» mormorai. Nel turbinio dei miei pensieri, immaginai che dentro uno di quei fermacarte ci fosse pace e tranquillità. Sarei potuta fluttuare senza peso in un oceano in vetro, sospesa tra la bellezza, circondata da colore e calma. Nessun rumore. Nessuna batteria martellante, né riff acuti o fan urlanti. Soltanto... silenzio.

E sicurezza.

Mi addormentai nel giro di pochi istanti.

CAPITOLO 6
Kacey

Mi svegliai, incapace di ricordare dove mi trovassi finché il mio sguardo non si posò sui fermacarte in vetro. L'appartamento dell'autista di limousine. Jonah Fletcher. Fletch, come il film di Chevy Chase. Sorrisi tra me e me, e mi stiracchiai.

La luce che filtrava dalla finestra era intensa e luminosa, del tipo che si vedeva a mezzogiorno. L'orologio del videoregistratore segnava l'una. Avevo dormito per sei ore filate. Il mio stomaco non era più in preda alla nausea, bensì reclamava del cibo.

Prima, però, volevo una sigaretta. Afferrai il pacchetto e mi diressi fuori, verso il cortile di cui Jonah mi aveva parlato.

Il calore mi picchiò in testa, e quella minacciò di tornare a farmi male. Non avevo idea di come ci si potesse abituare al caldo del deserto. Nata e cresciuta a San Diego, dove c'erano quasi sempre ventitré gradi e un bel venticello, non riuscivo a tollerare quel genere di caldo secco ed estremo per più di un giorno o due.

Era come vivere in un forno. Anche se da un certo punto di vista detestavo l'idea di riunirmi alla band, ero felice che quel martedì avremmo lasciato il Nevada.

Sedetti su una delle panchine in ferro battuto del cortile, che grazie a una metà del complesso di appartamenti a forma di L rimaneva all'ombra. Il cortile era costituito da terra e pietrisco calcareo, costeggiato da cactus e altre piante desertiche che non riconoscevo. Nulla lì era davvero verde, solo verde chiaro, come se fosse stato rivestito dalla sabbia del deserto.

Aspirai una boccata di fumo e rivalutai mentalmente il pensiero di riunirmi alla band. Davvero *detestavo* l'idea? Eravamo a un passo dal diventare delle star. Si prospettavano soldi a palate e grande fama.

Allora perché mi sentivo come se volessi scappar via?

Perché non vuoi finire ammazzata, sopraggiunse in aiuto un pensiero.

Rabbrividii nonostante il folle calore, e presi una profonda boccata di fumo. La porta di un appartamento che affacciava sul cortile si aprì e ne uscì una signora anziana con una vestaglia color pesca, pantofole e bigodini tra i capelli corti. Quando mi vide si bloccò.

La salutai con una mano. «Fa caldo, eh?»

La donna fece un verso con il naso e agitò entrambe le mani in aria verso di me, poi rientrò in casa sbattendo la porta.

Guardai in basso le mie tette che fuoriuscivano dal bustino e scoppiai a ridere. Ero ancora strizzata dentro al latex e al vinile del mio outfit da concerto, e stavo sudando come un maiale. La signora con tutta probabilità doveva aver pensato che fossi una prostituta. Il sudore mi gocciolava lungo la schiena e me lo sentivo lungo i fianchi strizzati dal corsetto. Uscire al caldo era stata una pessima idea.

Spensi la sigaretta sotto lo stivale e tornai all'appartamento di Jonah, pregando di non essermi chiusa fuori. Non solo non mi ero chiusa fuori, avevo lasciato la porta appena socchiusa.

Ottimo, pensai. *Lui ti ospita e tu gli lasci la porta di casa aperta.*

Il condominio non sembrava gridare denaro e ricchezze, ma Jonah aveva i suoi bellissimi pezzi in vetro soffiato. A me sembravano di valore.

Rientrata in presenza della clemente aria condizionata, mi sedetti di nuovo sul divano e mi tolsi gli stivali. Le calze a rete erano strappate in almeno una decina di punti. Tolsi anche quelle, chiusi gli occhi per il sollievo e allungai le gambe. La sigaretta non aveva aiutato affatto con i postumi della sbornia. Mi sentivo la lingua gonfia, e i denti avevano una patina sopra, come se non li lavassi da una settimana. Forse Jonah aveva del collutorio. Oppure potevo lavarmi i denti mettendo il suo dentifricio su un dito.

Dopo aver fatto pipì nell'unico bagno dell'appartamento, andai a lavarmi le mani al lavandino. Mi aspettavo di trovare ogni genere di schifezza da uomo che vive da solo: residui di rasatura, o grumi di muco. Nel breve periodo che avevo vissuto con Chett, aveva lasciato sempre qualche schifezza nel lavandino o nel water.

Jonah non era Chett.

Come il resto dell'appartamento, il lavandino era pulito e ordinato. Iniziai a lavarmi le mani, ma il riflesso nello specchio mi fece paralizzare.

Ciò che rimaneva del mio trucco era sbavato lungo le guance, come se avessi pianto. Il rossetto mi aveva lasciato una pallida macchia di rosso sotto il labbro inferiore, come una specie di sfogo. I capelli erano un groviglio, e la mia pelle chiara sembrava giallastra sotto le luci fluorescenti. La mortificazione al pensiero che fossi rimasta a parlare con Jonah conciata così tutta la mattina mi colpì allo stomaco come un pugno.

«Dio, Kacey...»

Mi ripulii l'eyeliner sbavato e il rossetto con la carta igienica, poi aprii l'armadietto dei medicinali in cerca del dentifricio. Quello che vidi mi gelò sul posto.

Dentifricio e collutorio erano lì, ma erano circondati da tantissimi altri medicinali. Confezioni di pillole color arancione con cappucci bianchi a perdita d'occhio.

«Porca puttana, che farmacia, Batman.»

Ruotai alcune delle confezioni verso di me per leggere i nomi. Nessuna mi era neanche lontanamente familiare.

Prednisone. Rapamune. Gengraf. Ciclosporina. Norvasc.

«Che cazzo.» Voltai altre etichette verso di me. Alcune avevano nomi che mi parve di riconoscere dalle pubblicità in televisione; antidolorifici, un paio per la pressione arteriosa alta, due per abbassare il colesterolo e una confezione di antibiotici.

Perché a un ragazzo giovane servirebbero medicine per il colesterolo e la pressione arteriosa?

La cucitura rosa della cicatrice sul petto di Jonah fece capolino nella mia mente. Un qualche tipo di problema cardiaco? Il che spiegava la contrarietà al fumo e la piccola farmacia che aveva nell'armadietto dei medicinali.

Richiusi lo sportello velocemente, dimenticandomi del dentifricio, mi sentivo come se avessi appena beccato qualcuno senza vestiti o se avessi letto una pagina molto, molto privata di un diario. Uscii dal bagno e andai in cucina in cerca di altra acqua. Avevo bisogno di sciacquarmi di bocca il saporaccio per aver sbirciato nella vita di Jonah.

In frigo trovai l'acqua in bottiglia di cui Jonah aveva parlato e non molto altro. Qualche verdura avvizzita, sacchetti di insalata e almeno tre vassoi di vari stufati ricoperti con l'alluminio. Sbirciai il freezer, concedendomi un istante di apprezzamento per l'aria fredda, e vidi altro cibo confezionato: marche di cibo dietetico e "sano per il cuore", come se Jonah fosse a dieta.

Quello non era il frigo di un tipico scapolo di Las Vegas.

E l'armadietto dei medicinali invece sì?

Sentii i crampi allo stomaco per il nervosismo invece che per la fame. Non me l'ero mai cavata con la gente malata. Non sapevo mai quale fosse la cosa giusta da dire, non trovavo mai il giusto equilibrio tra empatia e pietà. Durante qualunque conversazione sulla salute, mi chiudevo a riccio, e gli ospedali mi inquietavano.

Non essere stupida. Devi mangiare. Non mangi da...

Non riuscivo a ricordare l'ultima volta in cui avevo mangiato. A quanto pareva, anch'io ero a dieta. Una dieta a base di liquidi.

Una ciotola di cereali poteva essere una scelta sicura. Aprii un paio di mobiletti, in cerca di una classica scatola di Cheerios. Invece, trovai una marea di vitamine, integratori e proteine in polvere.

Chiusi di colpo lo sportello.

«Dannazione.»

Jonah aveva detto che potevo servirmi, ma adesso avevo del tutto perso l'appetito. Non era solo un perfetto estraneo; era un perfetto estraneo con un grave problema di salute. Sembrava molto indiscreto sapere tutte quelle cose così presto. Stavo seguendo un corso accelerato sulle sue questioni estremamente personali, e lui non sapeva quasi nulla di me. Desiderai essere abbastanza coraggiosa da lasciarmi semplicemente riportare alla casa di Summerlin.

Vagai per il salotto, non del tutto certa di cosa fare. In televisione poteva forse esserci qualche notizia su quanto accaduto al Pony Club la notte prima, perciò la evitai e cercai di far sì che la tranquillità di casa di Jonah mi calmasse.

Non riuscivo a stare ferma e seduta. Da bambina, mia madre mi aveva subito diagnosticato l'iperattività, usandola per giustificare il mio comportamento esuberante con mio padre, che si irritava al minimo rumore o segno di mancanza di disciplina. Ero sempre irrequieta nella mia stessa pelle. Nel crescere, mi ero sentita come se ci fossero state due persone intrappolate nello stesso corpo; una introversa che indietreggiava di fronte alle prediche rabbiose di mio padre, e una estroversa che si esercitava in garage con la chitarra elettrica, facendo più rumore possibile per farlo incazzare. Una costante guerra con me stessa.

In quell'istante, l'introversa che era in me mi stava sussurrando di godermi la tranquillità.

L'estroversa voleva un drink.

Su una delle pareti del salotto di Jonah c'erano delle mensole piene di libri: arti industriali, storia dell'arte, biografie di artisti, alcuni di cui avevo sentito parlare, ma la maggior parte a me sconosciuti. Io preferivo i romanzi d'amore, gli horror e qualche giallo divertente ogni tanto. Jonah era tutto per la saggistica. Noioso.

Continuai a muovermi.

Sul muro dalla parte opposta erano appese alcune foto incorniciate. La maggior parte mostrava Jonah che sorrideva con quelli che sembravano sua madre e suo padre, e un ragazzo pensieroso e di bell'aspetto. Un fratello magari? Il tizio aveva la stessa struttura facciale di Jonah, gli stessi capelli scuri, ma era più basso e più massiccio. I suoi lineamenti erano più scolpiti. Gli occhi erano di un marrone più chiaro, ed erano più duri. Dei tatuaggi scuri gli si attorcigliavano lungo le braccia ben tornite.

Sembrava proprio il tipo di ragazzo che adoravo portarmi a casa per una notte, per perdermi in tutto ciò che di mascolino, forte e potente ci fosse in lui. Un ragazzo che il mattino dopo sarebbe fuggito alle prime luci dell'alba, senza creare legami, proprio come piaceva a me.

Jonah sembrava il tipo di uomo che avresti voluto incontrare di notte sul ciglio della strada perché ti aiutasse a cambiare una gomma forata.

O se sei svenuta, ubriaca e malconcia in un club di Las Vegas.

«Anche,» mormorai in modo assente, e continuai a guardare.

Lo stesso fratello sexy e altri due amici, un tizio afroamericano e una bella ragazza con i capelli lunghi, comparivano in un sacco di foto. In un locale, a una festa, circondati da alti alberi verdi durante una gita in campeggio o su una piana desertica, con il sole che sorgeva o tramontava alle loro spalle.

In quasi ogni foto Jonah aveva un sorriso ampio e smagliante che gli illuminava tutto il volto. Che contrasto con l'espressione rigida e seria che aveva avuto con me. Non potei evitare di ricambiare quel suo sorriso.

Notai che una ragazza, una bellissima brunetta con lineamenti delicati, era accanto a Jonah in molte foto. Lui di solito teneva un braccio attorno a lei, con lo stesso sorriso felice in volto, mentre la donna sembrava tirata e in posa, come se stesse rivolgendo all'obiettivo il suo "lato migliore".

Sopra le fotografie c'erano i due diplomi incorniciati che avevo notato quel mattino. Uno era un diploma dell'Università del Nevada, Las Vegas, e l'altro era della Carnegie Mellon.

Carnegie Mellon... Quella era una grossa università. Forse persino una della Ivy League. Jonah era talentuoso *e* intelligente. Sembrava giovane, solo di un paio di anni più grande di me. Non avrebbe dovuto essere ancora alla Carnegie Mellon? Oppure era stato costretto a mollare per qualunque problema di salute avesse?

Toccai una foto di un Jonah sorridente e in preda alle risate. «Cosa ti è successo?»

Sta bene. Sta facendo roba in vetro in un laboratorio, qualunque cosa sia. Tu, d'altro canto, hai dato il via a dei disordini e poi hai perso conoscenza. La domanda migliore è, cos'è successo a te?

«Sto bene,» dissi, parlando da sola, anche se in quel momento avrei dato qualunque cosa per un Bloody Mary.

Tutt'a un tratto, quel dannato bustino mi sembrava di dieci taglie più piccolo, anziché solo di due. Non riuscivo a respirare e iniziai di nuovo a sudare. L'aria condizionata spirava silenziosa sopra la finestra che affacciava sulla strada trafficata. Anziché regalare un brivido ai vicini, tornai in cucina e tirai i lacci che tenevano insieme il bustino. Me lo sfilai e lo lasciai cadere a terra, rimanendo con indosso un reggiseno nero senza spalline mentre aprivo lo sportello del freezer.

Ero troppo bassa. L'aria ghiacciata mi colpì in faccia, ma non dove ne avevo bisogno. Intravidi uno sgabello accanto ai mobiletti, lo trascinai di fronte al freezer e mi arrampicai. Sollevai i capelli dal collo e me li tenni premuti contro la nuca, lasciando che l'aria gelida che usciva dagli scomparti mi colpisse sotto le braccia e sul petto, raffreddando la mia pelle in fiamme e attenuando il mio bisogno di qualcosa di forte da bere.

«Ehm… ciao?»

Jonah. Non lo avevo sentito entrare per via del ronzio dell'aria. Quasi caddi giù dallo sgabello.

«Oh mio Dio, sul serio?» Recuperai in un balzo il bustino da terra e me lo poggiai sul petto come uno scudo. «Ti pare il caso di spaventare a morte una ragazza?»

Sembrava che stesse trattenendo a forza un sorriso. «Scusa. Stavo solo cercando di capire cosa stessi facendo.»

«Ripescavo uno dei tuoi pasti dietetici con le tette,» replicai. «Cosa credi stessi facendo? Mi stavo rinfrescando.»

«Sono abbastanza sicuro che l'aria condizionata serva proprio a quello,» disse lui, indicando alle sue spalle col pollice.

«Sì, ma è vicino alla finestra, intelligentone. Non volevo dare spettacolo a tutta la strada.»

Jonah alzò le mani. «Touché.»

Calò un breve silenzio, durante il quale era ovvio che nessuno dei due sapesse cos'altro fare o dire.

Emisi un sospiro. «Senti, intendi restare lì a fissarmi tutto il giorno o magari pensi di aiutarmi? La tua vicina già pensa che sia una squillo. Questo è un outfit di scena, non abbigliamento per il tempo libero.»

Adesso era più che evidente che stesse cercando di non sorridere. «Aspetta un attimo.» Andò in camera e fece ritorno con una semplice t-shirt nera. «Questa può andare?»

Gli voltai le spalle e mi infilai la maglietta da sopra la testa. Era troppo grande e aveva lo scollo a V, che non era decisamente nel mio stile, e aveva il suo stesso odore.

Ancora una volta, la sensazione di essere diventata troppo intima troppo presto con quel tizio mi travolse. Ero scalza nella sua cucina, con indosso la sua maglietta.

«Grazie,» dissi, voltandomi verso di lui. Un altro breve silenzio, durante il quale Jonah mi fissò. Non in modo inquietante, più come se stesse cercando di capire cosa fare con me.

Mi capitava molto spesso.

Mi dondolai da un piede all'altro. «Com'è andata la lavorazione del vetro?»

«Soffiatura.»

«Come scusa?»

«È soffiatura del vetro,» disse Jonah. «Io non lavoro il vetro, ricavo i pezzi da un vetro riscaldato a temperature elevate soffiando l'aria attraverso un tubo...» Fece un gesto di sufficienza con la mano. «Lascia perdere. È un processo lungo, non voglio annoiarti con i dettagli, ed è meglio se ti riporto...»

«Non sembra noioso,» dissi di getto. «Non riesco neppure a immaginare come tu possa creare quelle cose così intricate. Il fermacarte con le creature marine. Voglio dire... come ci riesci?»

Dio, stavo balbettando come un'idiota nel tentativo di tenermi a galla, perché il pensiero di far ritorno a Summerlin era come un peso morto che mi trascinava a fondo. Jonah aggrottò la fronte, nel chiaro tentativo di decidere se davvero mi importasse o se stessi solo temporeggiando.

Entrambi.

«Potrei spiegartelo,» disse, «ma mi ci vorrebbe

tutto il giorno, e ho una tabella di marcia serrata da rispettare, e...»

«Avermi qui è un'enorme spina nel fianco,» conclusi, cercando di non incassare le spalle. «Lo capisco. Non fa niente.»

«Non sei una spina nel fianco,» disse Jonah.

Inclinai la testa e lo guardai.

«Okay, forse un tantino,» disse lui con un sorrisetto.

Lo presi come un buon segno. «Ehi, sai cosa? Sto morendo di fame, cazzo. Perché non andiamo a mangiare da qualche parte? Ho ancora un'ora prima di dover tornare e prepararmi per il concerto. Che ne dici? Hai voglia di qualcosa? Offro io.»

Il volto di Jonah si fece tirato, e i muscoli delle spalle si tesero. «Devo guidare stasera alle sei, e ho una tabella di marcia davvero serrata...»

«Continui a ripeterlo.» Gli diedi una pacca sulla spalla, come fossimo vecchi amici. «Non spezzi mai la tua routine?»

«No, affatto.»

«Oh.» Mi morsi le labbra. Sapevo essere particolarmente ostinata. «Non ci vorrà molto per un pranzo alla buona post-sbornia in un diner, no? Mezz'ora, quarantacinque minuti al massimo.»

Gli astuti occhi scuri di Jonah incrociarono i miei, e potevo sentirlo mentre mi studiava. Era perspicace quel tipo, e mi sentivo come se le mie insicurezze fossero scritte dappertutto sul mio corpo.

O magari è perché sembri la ragazza immagine della camminata della vergogna.

«Ho detto che potevi mangiare quello che volevi qui,» disse infine.

«Ed è stato gentile da parte tua offrirmelo, ma non hai molto... cibo vero.»

«Ho molte restrizioni alimentari,» disse.

«Certo.» Tossii. «Ma perché, di preciso?»

Sembrava che stesse combattendo una lotta interna, indeciso dirmi o no ciò che già sospettavo.

«Ho un problema cardiaco,» disse lentamente.

«Oh?» Come se non avessi già ficcanasato nel suo armadietto dei medicinali. I miei occhi fremevano per sbirciare la cicatrice che partiva dalla piega del suo collo. Mantenni lo sguardo inchiodato al suo volto. Dovevo sembrare una pazza a fissarlo con una simile intensità, perché Jonah fece un passo indietro.

«Comunque, questa è un'altra lunga storia e... sì, immagino che possiamo andare a mangiare, se proprio hai fame.»

«Da morire!» Mi rinfilai gli stivali alti fino alla coscia, che avevano un aspetto bizzarro con la gonna di pelle e la t-shirt da uomo, ma almeno non indossavo più quel bustino.

«Sono pronta.»

«Okay,» disse Jonah, esitante. «Un pranzo veloce e poi ti riporto a Summerlin.»

«Fantastico.»

Con tutta probabilità aveva acconsentito al pranzo solo perché cambiassimo argomento, ma quale che fosse il motivo, ero felice del rinvio dell'esecuzione. Non era molto, ma mi accontentai.

CAPITOLO 7
Jonah

Condussi Kacey fuori attraverso il parcheggio fino al mio pick-up, un piccolo pick-up color blu, con il cassone pieno di cartoni. Le tenni aperto lo sportello del passeggero, cosa che parve sorprenderla. Tutta questa storia del pranzo fuori aveva sorpreso me; non rientrava affatto nella tabella di marcia. Ma era ovvio che Kacey non avesse fretta di ricongiungersi con la band. Dopo qualunque catastrofe avesse causato al Pony Club, restare con me era un atto di autoconservazione.

Mi misi dietro al volante e il mio sguardo vagò di nuovo verso le cosce di Kacey, una porzione di pelle liscia tra gli stivali e la quasi inesistente minigonna. Su una coscia si intravedeva parte di un tatuaggio colorato, e l'impellenza di vederne il resto era ridicolmente forte. Kacey era una gioia per gli occhi. In verità, era molto più di quello. Era bellissima. E con ciò? Era più il tipo di Theo, con quei capelli ossigenati, i vestiti di pelle e i tatuaggi.

Il mio sguardo si posò di nuovo sulle sue cosce.

Quanto tempo era passato dall'ultima volta che avevo toccato una donna?

Un anno, quattro mesi, tredici giorni e diciotto ore.

Risi del matematico che era in me, sebbene il numero con tutta probabilità non fosse poi tanto sbagliato. Non ero più stato con una donna dalla mia ultima ragazza, Audrey. Prima di stare male.

«Come mai quegli scatoloni sul retro?» domandò Kacey, distogliendomi di colpo dai miei pensieri. «Stai traslocando?»

«No, sono pieni di vetro,» dissi, grato per quella distrazione. «Vecchie bottiglie e barattoli, che poi fondo per realizzare i miei pezzi. Domani li porterò in laboratorio.»

«Perciò il laboratorio è il posto in cui fai i lavoretti di bocca col vetro?» ridacchiò Kacey.

Inarcai un sopracciglio.

«Lo so, lo so. Ho ventidue anni, ma ho il senso dell'umorismo di un ragazzino di quattordici.» Si mosse sul sedile per voltarsi verso di me. «E come fai a farlo?»

«Fare cosa?»

«Sollevare un unico sopracciglio. Ho sempre voluto farlo.»

Feci spallucce. «Non lo so. Lo faccio e basta.»

«Rifallo.»

«Perché?»

«Perché è fico.»

Inarcai il sopracciglio guardandola. «Ah sì?»

Lei rise e si risistemò sul sedile, soddisfatta. L'ampio sorriso rimase sulle sue labbra mentre osservava Las Vegas sfilarle accanto attraverso il finestrino. Persino girata solo per metà verso di me, aveva un sorriso splendido.

«Perciò su cosa stai lavorando?» domandò dopo un

istante. «In laboratorio.»

«Beh... sto lavorando a una mostra per una galleria locale. Inaugurerà a ottobre. La mostra, non la galleria.»

Vacci piano, Fletcher. Ma erano mesi che non parlavo della mostra con un estraneo. Avevo ristretto la cerchia a esattamente tre amici, la mia famiglia e il curatore della galleria. Prima di Kacey, non mi ero del tutto reso conto di quanto ridotta fosse quella cerchia.

«Venderai i tuoi pezzi durante la mostra?» domandò Kacey. «Tipo quei bellissimi fermacarte?»

«Sì, ci saranno dei piccoli pezzi come quelli in vendita, ma l'obiettivo principale sarà un'installazione su larga scala.»

Iniziò a pormi un'altra domanda mentre entravo con il pick-up nel parcheggio di Mulligan's, un diner a conduzione familiare. Erano quasi le tre del pomeriggio, la folla dell'ora di pranzo si era diradata e c'era un sacco di parcheggio. Mi immisi nel posto accanto alla porta.

«È proprio in fondo alla strada per casa tua,» disse. «Saremmo potuti venire a piedi.»

«Con questo caldo?» dissi, e spensi il motore.

«Giusta osservazione. Questo caldo è tremendo. Non so come facciate voi abitanti del deserto.»

Le tenni aperta la porta del locale, sorprendendola di nuovo. Mi sorrise radiosa, e quasi persi il filo dei miei pensieri.

«Sono nato e cresciuto nel deserto,» dissi. «Ci sono abituato, ma alcune persone non ce la fanno proprio. Rammolliti e mammolette, tutti quanti.»

Kacey fece una risata e mi diede un colpetto col gomito mentre mi superava per entrare nel ristorante. Sospirò di sollievo quando fummo accolti dall'aria condizionata, poi mi beccò a scoccarle un'occhiata maliziosa.

«Oh, d'accordo. Sono una rammollita,» rise. «Trova un tavolo, simpaticone, io intanto vado alla toilette.»

Ridacchiai mentre mi dirigevo verso la postazione della hostess di sala. Era piacevole stare in compagnia di quella ragazza. E sembrava che anche a lei piacesse la mia compagnia, come se ci conoscessimo da anni anziché da qualche ora.

Una cameriera mi accolse. «Quanti, tesoro?»

«Due,» dissi, e avvertii subito una fitta al petto.

Avevo sentito dire che quando ti veniva amputato un arto si avvertiva comunque il dolore della sua assenza. Non sentivo la mancanza di Audrey, la mia ultima ragazza. Lei aveva amputato *me*, subito dopo il mio trapianto. Avevamo progettato un certo tipo di vita insieme, ma quando quel virus mi aveva danneggiato il cuore e mi aveva quasi ucciso, aveva anche danneggiato i nostri piani e ucciso la nostra relazione.

Audrey non aveva sopportato la malattia, gli ospedali, lo spettro della morte che incombeva su di me, finché non era arrivata la telefonata per dire che era disponibile un donatore di cuore. Se n'era andata ancora prima che mi risvegliassi dall'anestesia.

Theo non l'avrebbe mai perdonata per avermi lasciato, ma io l'avevo superata presto, anche se eravamo stati insieme per tre anni. Il fatto che se ne fosse andata mi aveva ferito, e il tempismo di certo era stato pessimo, ma l'avevo perdonata per avermi lasciato per cercare qualcun altro, qualcuno in salute di cui potesse innamorarsi perdutamente e con cui costruire una vera vita.

Non sentivo la sua mancanza. Eppure, nel rispondere all'innocente domanda della cameriera, mi resi conto che sentivo la mancanza del "noi due". Fare parte di una coppia, tenere la porta aperta a qualcuno, chiedere un tavolo per due, scherzare, punzecchiarsi, venir chiamato "simpaticone" da qualcuno... La mia piccola cerchia di affetti non includeva una ragazza, e non lo avrebbe più fatto. Pensavo di essermi rassegnato, ma una qualche parte di me, molto in profondità, la pensava diversamente.

Mi sedetti al tavolo e presi il menù, per distrarmi da pensieri che non desideravo. Mulligan's offriva piatti tipici da diner, colazione servita tutto il giorno e per pranzo una gamma di hamburger e sandwich. Per mia sfortuna, più della metà delle pietanze mi erano severamente proibite.

Kacey si accomodò nel posto di fronte a me, aveva un aspetto vivace e ripulito. Cercai di non pensare al fatto che stava indossando la mia t-shirt, come a volte alle ragazze capitava di fare con gli indumenti dei propri ragazzi.

La cameriera posò due bicchieri d'acqua sul tavolo. «Caffè?»

«Sì, per favore,» fece Kacey. «Assolutamente sì.»

«Per me decaffeinato,» dissi.

La cameriera si allontanò, e Kacey mi rivolse un'occhiata strana. «Decaffeinato?»

«Non posso assumere caffeina.»

«Che tragedia.» Si chinò sul tavolo. «Sai cosa si dice sul decaffeinato. C'è un tempo e un luogo: *mai* e *nella spazzatura*.»

Risi assieme a lei. «Dovrò ricordarmene.»

Kacey studiò il menù. «Ho talmente fame che potrei prendere uno di tutto. Tu invece? Cosa prendi? Aspetta...» Lasciò cadere il menù sul tavolo. «Cosa *puoi* prendere?»

«Non ne sono ancora sicuro. Le mie opzioni sono alquanto limitate.»

«Per via delle tue restrizioni alimentari.»

«Già.»

«Beh, cazzo, Jonah, perché mi hai portato qui?» Agitò la mano verso il menù. «Qui è tutto unto e grasso.»

Risi e alzai le mani di fronte alla sua improvvisa esplosione. «Ehi, tranquilla. Troverò qualcosa.»

Si morse il labbro. «Sì, ma...»

«Ti ho portata qui per te. Questo è il perfetto cibo da post-sbronza,» dissi. «Di solito venivo qui con gli amici quando ero all'università.» Picchiettai l'angolo del menù. «Prendi quello che vuoi. Va bene così, te lo giuro.»

Sembrava ancora dubbiosa quando la cameriera fece ritorno con i nostri caffè e posò un sottobicchiere arancione sotto la mia tazza, per indicare che il mio era decaffeinato.

«Siete pronti a ordinare?»

Kacey si torturò le labbra coi denti.

«Ordina,» le dissi. «A meno che tu non preferisca tornare a casa mia e gustarti uno dei miei pasti dietetici.»

«Se la metti così...» Kacey si voltò verso la cameriera e disse con voce profonda: «*Sì, benissimo, prenderò un Bloody Mary, un filetto ai ferri, con accanto un filetto ai ferri.*»

La cameriera la guardò in modo strano, e io mi accigliai per il Bloody Mary.

Kacey spostò lo sguardo tra me e lei. «È da *Fletch – un colpo da prima pagina*. Il film?» Mi puntò contro il dito. «Tu, Jonah *Fletcher*, non dirmi che non hai mai visto il più grande film di sempre con Chevy Chase?»

«Spiacente, me lo sono perso.»

«È un classico,» disse lei. «Ho un debole per i film degli anni Ottanta.»

La cameriera si schiarì la voce. «Anch'io, tesoro, ma non abbiamo il filetto ai ferri né il Bloody Mary.»

Kacey ordinò un cheeseburger con patatine, e io ordinai un'insalata Cobb senza bacon con del pane tostato senza burro.

Quando la cameriera si allontanò, Kacey scosse il capo. «Niente bacon? L'unica cosa buona dell'insalata Cobb è che ci si mette il bacon.»

Scrollai le spalle. «Non è sulla lista.»

«Che sfiga. Cos'altro non puoi mangiare?»

«Niente carne rossa, niente cioccolato, non posso condire con il sale...»

Kacey quasi si strozzò col suo caffè. «Aspetta un momento. Niente *cioccolato*?»

«Mi manca di più il sale,» dissi. «E il burro. Niente di grasso, niente di succulento.» Feci una risata asciutta. «In sintesi, non posso mangiare niente di gustoso.»

Kacey scosse il capo. «Non so come tu faccia.»

«Non è che abbia scelta. E ci sono cose peggiori.»

«Sto cercando di immaginare qualcosa di peggio di non poter mangiare la cioccolata.» Si bloccò, poi posò la tazza di caffè, il sorriso che le svaniva dal volto. «Oh Dio, è una cosa tremenda da dire a qualcuno con un problema cardiaco. Scusami. Lo faccio spesso, sputo fuori qualunque cosa mi passi per la testa.»

«Ehi, non ti preoccupare. Non posso neanche più farmi di cocaina, ma la cosa si è rivelata una fortuna nella sfortuna, considerando tutti i soldi che sto risparmiando.»

Il suo imbarazzo scomparve per lasciare il posto a un sorriso. «Già, mi sembri proprio il tipo che si fa di cocaina.»

«Un vero cocainomane. Riabilitato.»

Kacey si rilassò e si appoggiò allo schienale. «Perciò sei andato all'Università del Nevada? È lì che hai studiato arte industriale?»

«Sì, sia io che mio fratello abbiamo studiato arte lì.»

«E poi alla Carnegie Mellon?»

Sorseggiai il mio caffè. «Certo che fai un sacco di domande.»

«Hai un sacco di foto e diplomi sulla parete. Prima di decidere di raffreddarmi le tette nel tuo freezer dovevo ammazzare il tempo.»

Posai la tazza prima di rovesciarne il contenuto. «Non è qualcosa che senti tutti i giorni.»

«Nel mio mondo, sì,» disse Kacey con un sorriso triste, come se fosse una vecchia battuta che si era stancata di sentire. Ma la scacciò con un gesto di noncuranza.

«La Carnegie Mellon è... dov'è?» domandò.

«In Pennsylvania. Alla faccia dello shock climatico. Il primo inverno lì avrei voluto andare in letargo.»

«Rammollito,» disse da dietro l'orlo della tazza. «Ma da una mammoletta a un'altra, nella East Coast c'è troppo maltempo anche per i miei gusti. Sono nata e cresciuta a San Diego, dove per una pioggerella la gente perde la testa.»

La cameriera arrivò con il nostro cibo. Non permettevo a nessuno di modificare la propria dieta quando stava con me, ma il profumo che proveniva dal piatto di Kacey mi si avvinghiò alle narici, ricco, carnoso e grigliato. Diedi uno sguardo alla mia insalata che non aveva alcun odore e ne presi un boccone, soprattutto per il bene di Kacey.

«Quindi hai l'inaugurazione di una galleria a ottobre?» domandò Kacey, pulendosi la bocca con un tovagliolo. «Peccato che non sarò da queste parti per vederla. Sarò in tour per i prossimi fantastiliardi di anni.»

«Un fantastiliardo di anni... è un tour lungo. Spero che ti piaccia viaggiare.»

Fece spallucce. «Eh. Non è poi così bello come dicono.»

«No?»

«Sembra una cosa da ingrati. La maggior parte dei musicisti darebbe la tetta destra per firmare un contratto con un'etichetta discografica e partire per un tour di molte città, giusto?»

«Dal momento che non ho tette da dare, destra o sinistra che sia, non posso dirlo per certo,» dissi con un sorriso. «Ma in base alle mie osservazioni da professionista, in qualità di tuo chauffeur, non sembra che tu ti stia proprio divertendo da morire.»

I suoi occhi si sollevarono verso il soffitto. «Cosa mi ha tradita? Il locale devastato, oppure aver perso conoscenza e aver vomitato nella tua limousine?»

«Entrambi.»

Sorrise. «Mi manca la musica sincera, senza tutte quelle sceneggiate, sai? Adoravo sedermi con la mia chitarra e suonare una canzone. Trovare un riff o una melodia, dedicarmi a scrivere i testi.»

«Hai studiato musica a San Diego?»

«No, non sono proprio andata al college,» disse. «Ma... suono da quando ero bambina. Quando avevo dieci anni, mia nonna mi regalò una chitarra. Mi piaceva suonarla, ma soprattutto mi piaceva scrivere canzoni. La chitarra era un modo per dare un'armonia alle mie parole. Avrebbe potuto essere qualunque cosa: un pianoforte, una batteria... Volevo solo scrivere e cantare.»

«Canti anche?»

«Ormai faccio solo il controcanto,» disse, evitando il mio sguardo. «E non scrivo più roba per me. Solo roba per la band.»

«Come mai?»

Si sfiorò con un dito la linea di una delle sopracciglia nere con fare assente. I suoi capelli erano biondi, ma le sopracciglia erano più scure. E perfette.

«Siamo una squadra adesso. Scrivo per noi,» stava dicendo Kacey. «Ma da un certo punto di vista per me è meglio. Mi serve la band.» Mi guardò attraverso le ciglia abbassate. «Non me la cavo molto bene da sola.»

Annuii, sforzandomi di pensare a qualcosa di costruttivo da dire. Di restare concentrato sulle sue parole, e non sui piccoli dettagli del suo viso.

«Mi sento come se tutto si stesse muovendo troppo velocemente,» proseguì Kacey, «e io non avessi il tempo di sedermi e riordinare le idee. Tipo, cosa voglio fare? È questo che voglio fare? Essere una rockstar? Una parte di me dice, "Diamine, sì!". L'altra ha paura.»

«Paura di cosa?»

«Dello stile di vita. Le feste. Mi sento come se lo stessi facendo per non dover prendere qualche vera decisione. Mi limito a seguire la band, suono musica molto forte e bevo parecchio perché...»

«Perché?» le domandai con dolcezza.

Lei scrollò le spalle con noncuranza, anche se le sue parole mostrarono l'esatto contrario. «Perché non ho altro posto in cui andare.»

Un'immagine del bodyguard che la portava in braccio fuori dal locale la notte precedente mi balenò in testa, in contrapposizione con la foto promozionale in cui mostrava il dito medio al mondo. Vulnerabile e tosta al tempo stesso.

Sembra persa...

Kacey si appoggiò allo schienale e mosse una mano, come se le sue parole fossero fumo di sigaretta da dissipare. «Comunque, questa è la mia angosciante storia da dopo sbornia.»

Sapevo che non era tutto lì. Avevo l'impressione che dentro di lei custodisse un sacco di altre storie e un sacco di altre canzoni.

Tra noi calò il silenzio, e io sorseggiai il mio decaffeinato ormai freddo. Provai a iniziare una frase almeno una mezza dozzina di volte, desideroso di condividere qualcosa con lei. Qualcosa di molto personale, come se ci fosse una specie di tabellone cosmico su cui pareggiare il punteggio.

Ma la cosa più personale che avevo era troppo. Troppo cupa. Kacey Dawson era luminosa, e non potevo sopportare l'idea di vedere la mia più profonda verità calare su di lei come un velo e offuscare la sua luce con la sua tremenda conclusione.

Giocherellai sotto il tavolo con il mio braccialetto medico. Potevo almeno dirle perché dovevo mangiare una dannata insalata anziché un hamburger. Stavo per dirglielo, poi comparve la cameriera con la caraffa di caffè. Riempì la tazza di Kacey, e fece per riempire la mia.

La mano di Kacey si protese a coprire la mia tazza. «Aspetta! È caffè normale? Lui può bere solo decaffeinato!»

La cameriera tirò indietro la caraffa con un gridolino. «Diamine, tesoro, ti ho quasi ustionata.»

«Mi dispiace,» disse Kacey. «È solo... è importante.» Mi rivolse uno sguardo.

«Non è un buon motivo per rischiare un'ustione,» dissi. Ma quel gesto mi commosse.

«Vado a prendere l'altra caraffa,» disse la cameriera, e se ne andò stizzita.

Kacey riportò la mano in grembo, e le sue guance si colorarono. «Scusa. Ho un po' esagerato.»

«Arrivi fino a undici,» dissi, immaginando che la citazione di un film anni Ottanta avrebbe appianato le cose.

Sollevò di scatto la testa, mentre un sorriso le illuminava il volto come la luce dell'alba. «*This is Spinal Tap*,» disse. «Un classico.»

La guardai negli occhi, percependo quel momento tra noi, caloroso e intenso. «Grazie per aver protetto il mio caffè,» dissi. «È importante.»

Il suo sguardo si addolcì. «Mi dirai perché?»

«Io, ehm... ho subìto un trapianto di cuore.»

«Oh,» disse lei, appoggiandosi allo schienale della seduta. Il suo sguardo indugiò nel vuoto per un istante, poi scrollò la testa in modo brusco. «Un trapianto di cuore. Ma... sei così giovane. Quanti anni hai? Venticinque?»

«Ventisei. Al virus che mi ha rovinato il cuore non fregava un cazzo quanti anni avessi.» Feci un sorriso triste. «I virus sono proprio degli stronzi.»

Kacey non sorrise. Indicò il mio polso e il braccialetto medico. «Posso vederlo?»

Allungai il braccio sopra il tavolo verso di lei. Rigirò la targhetta rettangolare, dalla croce rossa smaltata sino alle parole incise sull'altro lato.

«*Paziente trapiantato di cuore. Vedere tessera nel portafogli.*» Kacey sollevò lo sguardo verso di me. «Cosa c'è sulla tessera nel portafogli?»

«I miei contatti di emergenza, il gruppo sanguigno, bla bla bla.»

Il suo sguardo si intensificò. «*Bla bla bla*?»

«Cosa fare nel caso avessi dei problemi.»

Annuì. Ero quasi sicuro che mi avrebbe domandato che tipo di problemi avrei potuto avere, e mi sarei inventato qualcosa a proposito di effetti collaterali dei medicinali, che era davvero molto più facile da sentire che non un'insufficienza cardiaca.

Invece, mi chiese: «È recente?»

«Quasi un anno e mezzo fa.»

Sgranò gli occhi. «È molto recente.» Lasciò andare la targhetta, e la sua mano si posò sopra la mia. Un istante immobile e silenzioso, dopodiché la fece scivolare all'indietro, palmo contro palmo. Le sue dita si chiusero sopra le mie e le strinsero. Fissai il mio pollice che si posava sulle sue nocche e si muoveva lentamente avanti e indietro.

La cameriera tornò con una caraffa di decaffeinato dal bordo arancione. Aveva un'espressione ostile in volto, ma poi notò le nostre mani. Sorrise mentre riempiva la mia tazza.

«Mi dispiace sentire tutto questo,» disse Kacey quando la cameriera se ne fu andata. Diede un'ultima stretta alle mie dita, poi le lasciò andare.

Mi posai la mano vuota in grembo. «Anche a me.»

Kacey giocherellò con il suo cucchiaio. «È dura parlarne?»

«Già,» ammisi. «Solo le persone a me più vicine lo sanno.»

«E io sono la nuova arrivata che irrompe nel tuo spazio personale e ti fa ogni genere di domanda.»

«Sì,» dissi, «sei proprio un'impicciona.»

Emise uno strillo e mi lanciò contro una patatina

fritta. Risi e me la tolsi di grembo.

«Cazzo, fermo! Non puoi mangiarla!» Kacey si allungò sul tavolo per strapparmela dalle mani. «Non mi sono quasi ustionata col tuo cavolo di caffè solo per poi farti mangiare una patatina fritta.»

«Prendo atto del tuo sacrificio.» Me la infilai tutta in bocca, quasi gemendo in estasi. Avevo dimenticato quanto potesse essere buona una patatina fritta. Perfezione salata e unta. «Mamma mia quanto è buona.»

Kacey allontanò il suo piatto dalla mia portata. «Non ne avrai altre, amico. Non sarò responsabile dei tuoi sgarri alla dieta. Ho già interrotto la tabella di marcia di cui continui a parlare, giusto? Ho una cattiva influenza su di te...»

La mia risata morì e il mio sorriso si congelò. Aveva ragione. Nel tempo di un pranzo, Kacey non solo aveva interrotto la mia dieta, ma aveva anche intaccato la mia routine elaborata con cura. Non mi riferivo soltanto al tempo che avrei potuto trascorrere in laboratorio. Era *quello*. Il pranzo. Le risate a cuor leggero e le confidenze. Raccontarci a vicenda i segreti. Dita che si intrecciavano con dolcezza...

Quella era una pietanza proibita sul menù.

Faceva male al mio cuore.

Mi ripulii la bocca con un tovagliolo e lo posai sul tavolo.

«Già, a proposito della mia tabella di marcia,» dissi. «Ho solo un paio d'ore prima dell'inizio del mio turno alla A-1, e tu hai un concerto stasera. È il caso di riportarti a Summerlin.»

Il sorriso svanì dal suo volto, e sollevò il mento di fronte al mio evidente cambio di atteggiamento. «Oh. Certo.» La sua luce si offuscò. «Quando vuoi, sono pronta.»

CAPITOLO 8
Jonah

Tornai con l'auto al mio appartamento, così che Kacey potesse recuperare il suo bustino e i resti delle sue calze a rete. Ma quando parcheggiai, non uscì subito dal fugone e rimase seduta lì, immobile.

«Butta via quello stupido bustino,» disse infine.

«Sicura?»

«Proseguiamo,» disse, ma sembrava più un "Facciamola finita".

La riaccompagnai alla casa di Summerlin in silenzio. Fermai il pick-up nel grande vialetto circolare, lei scese e guardò la casa.

«Cazzo, odio Las Vegas,» mormorò con voce talmente bassa che quasi non la sentii. Si voltò verso di me e si appoggiò al finestrino del passeggero. «Grazie per esserti occupato di me ieri notte.»

«Non c'è di che,» dissi. *Di' qualcos'altro. Di' qualcosa di* meglio. Ma le parole mi si strozzarono in gola.

«E grazie per aver pagato il pranzo. Avrei dovuto offrirlo io, ma non avevo soldi con me. Ovvio.» Scosse il capo. «Se aspetti un secondo, vado a prendere dei contanti.»

«Ma figurati,» dissi. «Ho mangiato una patatina fritta per la prima volta in un anno. È valsa la pena spendere venti verdoni.»

Sollevò lo sguardo verso il mio. «Grazie anche per quello.»

«Per cosa? Per aver mangiato una patatina?»

«Per avermi tirata su di morale. Ogni volta che mi sono sentita un po' giù, hai fatto una battuta per rallegrarmi.»

Annuii come un idiota muto, incerto su cosa mi sarebbe uscito di bocca, se una battuta o la verità. Farla ridere era come fare un piccolo jackpot.

Strascicò i piedi. «Okay, beh. Devo andare.»

«Mi raccomando, spacca stasera,» riuscii a dire infine.

«Sarà una fortuna se non sarò io a spaccarmi,» rispose lei, con una risata debole. Fece per chiudere lo sportello, poi si bloccò. «Grazie di essere un bravo ragazzo, Jonah. Non ce ne sono abbastanza al mondo.»

Chiuse la portiera e si allontanò, i capelli chiari che rilucevano nel sole come fibre di vetro. La osservai camminare fino all'ingresso, per assicurarmi che entrasse sana e salva, dissi a me stesso, e aspettai finché non ebbe varcato i bui confini della casa. Ne fu inghiottita, e la porta si richiuse alle sue spalle.

* * *

Senza Kaccy, il mio appartamento sembrava chiuso e privo d'aria. E silenzioso. Era sempre stato così tranquillo? Andai verso il divano per piegare la coperta.

Tracce del suo profumo si diffusero nell'aria, e per poco non mi portai quell'affare al naso per annusarle.

Non hai tempo per questo.

Dovevo ricostruire le mie fortificazioni, forgiare di nuovo l'armatura che mi serviva per farcela entro ottobre. Dovevo cancellare la notte precedente e quel pomeriggio, seppellirli assieme al ricordo degli occhi di Kacey quando sorrideva, o di come le sue cosce nude sotto la minigonna avessero cercato di risvegliare un desiderio fisico che avevo negato esistesse ancora...

Con delle silenziose scuse verso la mia defunta nonna, appallottolai la coperta e la gettai nell'armadio. Poi, io e le mie voglie ci facemmo una doccia molto fredda.

In seguito, in piedi nella cucina silenziosa, bevvi i rimasugli di un disgustoso frullato proteico, che non si poteva paragonare alla patatina fritta con cui Kacey mi aveva colpito.

Per la miseria, dacci un taglio.

Soffermarsi su quella o qualsiasi altra donna era una perdita di tempo. Non ero tipo da una botta e via. Non ne ero mai stato capace, e iniziare una relazione in quel momento era fuori discussione. Né con Kacey Dawson né con nessun'altra.

Basta portare splendide donne a casa, o persino a pranzo. Mai più.

Controllai il telefono, erano le cinque di sabato pomeriggio ed ero vestito per il lavoro. Avevo due messaggi da parte di Theo e uno vocale da mio padre, come al solito. Il giorno seguente lo avrei trascorso interamente al laboratorio, poi avrei cenato con la mia famiglia. Tutto come doveva essere. La mia routine aveva subìto una piccola scossa, ma restava intatta.

Mentre mi dirigevo verso la porta, raccolsi il bustino

e le calze a rete distrutte di Kacey, poi le gettai nel bidone nel parcheggio.

«Adesso torniamo alla nostra regolare tabella di marcia.»

* * *

Il mio capo, Harry Kelton, era fuori quando avevo riportato l'auto della notte precedente, ma quella sera era in ufficio. Sospettavo che volesse ribadire di persona che portarsi a casa ragazze ubriache non rientrava nel mio contratto.

«Fletcher,» disse a mo' di saluto, e tirò fuori dal caos sulla sua scrivania i miei documenti per quella sera. Mi lanciò un mazzo di chiavi. Le afferrai con una mano, mentre studiavo l'incarico della serata sotto le luci al neon intermittenti, e quello che lessi mi lasciò a bocca aperta.

«Le Rapid Confession? Di nuovo?»

Kacey...

Harry intrecciò le mani dietro la testa, chiazze tonde di sudore che gli rendevano la camicia più scura sotto le braccia. «Il loro manager ti ha espressamente richiesto.»

«Dopo ieri sera?»

«Immagino che ti abbia perdonato,» disse Harry. «Ed è anche una fortuna. È un buon noleggio.»

Scossi il capo per la frustrazione. «Non è una fortuna se è incazzato e sta cercando di impedirmi di ottenere un altro compenso.»

«Li hai piantati in asso ieri notte,» disse Harry, chinandosi in avanti e premendo un dito grasso sul ripiano incasinato della scrivania. «È una fortuna *per me* che abbia richiesto e pagato un altro noleggio. Aveva tutto il diritto di annullare il pagamento della notte scorsa, figurarsi il tuo compenso.» Si appoggiò allo schienale della sedia, che cigolò. «Doppia vittoria per entrambi, Fletcher. Io mi tengo il cliente e tu ti becchi una seconda occasione.»

«Capo...»

Harry diresse quel dito contro di me. «Sei il mio autista migliore, Jonah, ma non sono affatto contento di ieri sera. Concludi questo ingaggio, se vuoi tenerti il tuo lavoro.»

Uscii dall'ufficio di Harry un po' confuso, con le sue parole che mi rimbombavano in testa.

Una seconda occasione...

«Dannazione,» mormorai. Fui quasi sul punto di voltarmi e ritornare come una furia in ufficio per dire a Harry di scordarselo, che qualcun altro poteva occuparsi di quel noleggio. Solo che Harry stava quasi per licenziarmi, e non potevo permettermi di perdere il lavoro.

Attraversai il garage, superando file di limousine nere e bianche, city car e berline, ricaricandomi mentalmente.

Posso essere professionale. Farò il mio lavoro e supererò questa serata.

«Ehi, Fletcher...»

Mi voltai e vidi Kyle Porter, un altro autista, che si dirigeva verso la sua auto.

«Ho sentito che ti sei beccato il lavoro con le Rapid Confession. *Due volte*, bastardo fortunato. La chitarrista è una figa pazzesca.»

Salii al volante della mia limousine nera e chiusi la portiera sbattendola. «Lascia perdere.»

* * *

Alle sei in punto ero di ritorno alla residenza di Summerlin, avevo parcheggiato nel vialetto circolare ed ero in attesa che la band uscisse. Il sole aveva appena iniziato a tramontare, colorando il cielo di arancione e viola lungo l'orizzonte a ovest. Normalmente avrei studiato il gioco di luci, pensando a come riprodurre quei colori nei vortici di vetro fuso. Ma ero troppo distratto. Cosa le avrei detto? Avrei fatto una battuta? L'avrei fatta sorridere e ridere? Oppure sarei rimasto distaccato. Mi sarei attenuto alla mia routine...

«Sei tu!»

Venni di colpo distolto dai miei pensieri, e vidi che la band e il loro manager erano quasi arrivati alla macchina. E Kacey...

Mi raggiunse con indosso un paio di leggings, stivali alla caviglia e una maxi t-shirt nera con la stampa di Ziggy Stardust. Si era tirata su i capelli in un ciuffo disordinato, e il suo volto era ripulito dal trucco e illuminato da una combinazione di gioia e sollievo che provocò nel mio cuore in prestito una scarica di battiti accelerati.

Si posò le mani sui fianchi, scoccandomi un'occhiata giocosa a sopracciglia inarcate. «Mi stai stalkerando?»

Prima che potessi rispondere, Jimmy Ray si accostò a lei e la cinse con un braccio. «Quindi questo è l'eroico autista di limousine che ieri notte si è preso cura della mia ragazza. L'ho assunto di nuovo, micetta, come ringraziamento personale.» Mi fece l'occhiolino. «È una piccola peste, vero?»

Durante i miei sei mesi come autista di limousine a Las Vegas avevo visto un milione di volte dei coglioni come quel tipo. Li trattavo sempre con distaccata cortesia. Però la mano di Jimmy era sospesa sopra il seno destro di Kacey, e l'impulso di prendere a pugni quella sua faccia tronfia mi travolse come una mareggiata.

«Forza. Sali,» disse Jimmy a Kacey. La liberò dal braccio e le diede una leggera pacca sul sedere per farla affrettare a bordo della limousine.

Sulle labbra di Kacey comparve un sorriso imbarazzato, e mentre saliva non guardò verso di me.

Jimmy Ray protese la mano verso di me, e la presi per un'abitudine professionale.

«Tutto perdonato, amico.» Mi tirò più vicino a sé. «Spero che tu ti sia divertito con la mia ragazza ieri sera, ma non facciamo che diventi un'abitudine, okay? Non mi consumare la merce.»

La sua mano scivolò via dalla mia, lasciandomi nel palmo una banconota da cento dollari.

Accartocciai il denaro nel pugno mentre lui saliva sul retro. Solo il rischio di perdere il lavoro mi trattenne dal lanciargliela ai piedi. Chiusi la portiera della limousine con forza, anche se avrei voluto sbatterla più forte, e caricai le borse della band nel bagagliaio.

Una volta al volante, il mio sguardo saettò in cerca di Kacey nello specchietto retrovisore, ma il vetro divisorio si sollevò, attutendo i rumori delle chiacchiere a voce alta e delle risate. Uscii da Summerlin e guidai lungo la Strip, che già risplendeva nella luce del tramonto.

Appena a est del Flamingo, accanto al centro convegni, svoltai dal viale e mi diressi verso il parcheggio sul retro del Pony Club, proprio come la sera prima. Aprii le portiere e scaricai le borse a una a una, proprio come la sera prima. Ma adesso ero estremamente consapevole di avere Kacey alle spalle, in attesa del suo turno. Fu l'ultima, e mi voltai per porgerle la sua borsa. I suoi occhi erano color blu ceruleo, intensificato dalla tenue luce gialla del lampione che tremolava sopra di noi.

«Perciò Jimmy ti ha espressamente richiesto,» disse lei a voce bassa, mentre le altre varcavano la porta sul retro.

«È così.»

«Spero che non abbia fatto il bastardo con te. Sa essere...»

«*Bastardeggiante*?»

«Già. Ma è un bravo manager.»

Chiusi il portabagagli. «È quello che conta.»

Uno dei membri della band, una ragazza con i capelli blu e neri, fece capolino dalla porta sul retro. «Kace?»

«Arrivo,» gridò da sopra la spalla. «Quella è Lola, la mia migliore amica. Mi ha fatta entrare lei nella band. Se non fosse per lei, con tutta probabilità sarei in mezzo a una strada. Non posso deluderla, sai?»

Sembrava che stesse cercando di convincere se stessa a fare qualcosa di spaventoso. Ebbi l'istinto di consolarla e proteggerla, ma da cosa? Come?

«Come posso esserti utile?» chiesi d'impulso.

«Sarai qui dopo il concerto?» domandò, il volto sincero e speranzoso, con al centro un sorriso triste.

«Sì, Kacey. Sarò qui,» le dissi con dolcezza. «Ti accompagnerò a casa.»

«Ne sono felice,» rispose lei. Strisciò i piedi, evitando il mio sguardo. «Si parla di una festa dopo a Summerlin. Verrà un sacco di gente... i ragazzi che aprono per noi. Dovresti venire anche tu. Voglio dire, se ti va. Se ti è consentito.»

Per nulla. Non ci era permesso socializzare con i nostri clienti, ma il desiderio di proteggerla era forte e né la politica dell'azienda né le mie rigide regole riguardo alla routine potevano cambiarlo.

La sua amica, Lola, spuntò di nuovo dalla porta. «*Kacey*. Non puoi farci fare di nuovo tardi, tesoro. Dico sul serio.»

«Devo andare.» Kacey si avvicinò e mi strinse la mano. «Ci vediamo dopo?»

Corse a riunirsi alla band, e cercai di immaginare quella ragazza che suonava la chitarra elettrica sul palco di fronte a una folla urlante. Sembrava pronta a spezzarsi in due, e a parte la sua amica con i capelli bicolore, sembrava che non ci fosse una sola persona al mondo che la aiutasse a tenere duro.

Mi sfregai la mano sulla tasca dei pantaloni dell'uniforme, come se potessi sfregarmi via il suo tocco e le sensazioni che ne derivavano, ma potevo ancora sentire la sua pelle soffice contro la mia.

Sedetti dietro al volante, in attesa della fine del concerto. La fila di limousine dietro la mia aumentò, ed ero pronto a scommettere che tra di loro ci fosse Trevor, che ancora non aveva imparato a togliersi la sua dannata giacca mentre aspettava al caldo.

A differenza della monotonia della notte precedente, trascorsi la serata con i nervi tesi, augurandomi che Kacey stesse bene, e incazzato con me stesso perché mi stavo preoccupando. Ogni grido ovattato della folla mi faceva sussultare, e mi aspettavo quasi che Hugo uscisse ancora di corsa dalla porta sul retro tenendola tra le braccia.

Dopo due ore, il mio nervosismo si assestò in un dolore sordo alla bocca dello stomaco. Un senzatetto mi affiancò, domandandomi qualche spicciolo, e gli porsi la banconota da cento dollari accartocciata che mi aveva dato Jimmy Ray. Gli occhi del senzatetto erano avvolti da una profondissima stanchezza, ma si spalancarono di colpo mentre mi rivolgeva un sorriso sdentato di enorme sollievo, per poi scivolare di nuovo nella notte.

I migliori cento verdoni che avessi mai speso.

Erano quasi le undici quando il concerto si concluse. Attraverso il vicolo che portava in strada, vidi il flusso di spettatori che usciva. Mi rimisi la giacca e attesi accanto allo sportello della limousine che la band uscisse.

Un'ora dopo stavo ancora aspettando, sudando nella giacca come Trevor.

Alla fine la porta si spalancò, e le Rapid Confession uscirono traballando assieme ai ragazzi del gruppo di apertura. Tutti ubriachi, chiassosi e in preda alle risate con l'ebbrezza da dopo concerto. Cercai Kacey. Adesso aveva l'abbigliamento da concerto: pantaloni di pelle neri aderenti, e una canotta nera scollata che rivelava una vallata di pelle liscia tra le dolci curve dei suoi seni. I tatuaggi sulle braccia risaltavano sulla pelle chiara, i capelli erano ancora legati in modo disordinato sopra la testa, con delle ciocche che le ricadevano a incorniciarle il volto.

Sembrava stremata dal concerto, sudata, scarmigliata e ubriaca. Il batterista del gruppo di apertura le aveva passato un braccio attorno al collo ed entrambi stavano barcollando e si muovevano a zig-zag. Mentre saliva senza troppa grazia sulla limousine, lo sguardo di Kacey, inebetito dall'alcol, incrociò il mio. Mi rivolse un sorriso fiacco, prima di sparire all'interno dell'auto.

Jimmy e il manager dell'altra band salirono per ultimi, senza rivolgermi neppure uno sguardo. Chiusi la porta alle loro spalle, imbottigliando la cacofonia di risate e urla.

Nel tragitto verso Summerlin, i miei occhi continuarono a vagare verso lo specchietto retrovisore, e per due volte quasi rischiai di tamponare l'auto davanti a me. Ma finché il vetro divisorio rimase abbassato, continuai a cercare di intravedere Kacey, per assicurarmi che stesse bene.

Perché ti importa? È una rockstar. Loro fanno così.

Ma mi importava. La notte precedente si era ubriacata fino a perdere i sensi, e quella sera si era sballata allo stesso modo. Quel giorno a pranzo mi aveva detto di avere paura, ma di cosa? Della vita notturna? O di qualcosa di più? E perché nel giro di ventiquattr'ore le sue paure erano diventate così importanti per me?

Svoltai nel vialetto circolare del palazzo rosa di Summerlin, facendo stridere gli pneumatici. Questa volta le luci risplendevano da ogni finestra. Quando aprii la portiera della limousine, ne uscì un grosso groviglio di corpi barcollanti e risate. Azzardai l'ipotesi che il minibar fosse stato ripulito persino dei cubetti di ghiaccio.

Il batterista del gruppo di apertura stava addosso a Kacey, e mentre tutti si dirigevano verso la casa, la vidi cercare di spingerlo via.

«Smettila,» disse lei, barcollando all'indietro. Il ragazzo rise e disse qualcosa che non riuscii a sentire. Le andò di nuovo addosso, passandole un braccio attorno alla vita per tirarla verso di sé.

«No,» disse Kacey, la voce soffocata contro il petto del ragazzo mentre lui la teneva premuta a sé. Questi piegò la testa, la bocca sul collo di lei e l'altra mano che scivolava in basso verso il seno. «Ryan... Smettila...»

«Ehi!» L'amica di Kacey, Lola, si allontanò dal suo ragazzo e iniziò a barcollare verso di lei per aiutarla.

Io fui più veloce.

Afferrai il batterista per la spalla e lo spinsi via da lei

con una forza tale che inciampò sui talloni e finì col culo per terra.

«Ti ha detto di *smetterla*, coglione,» dissi. Il batterista si rialzò in tutta fretta, mentre la sua espressione passava dalla confusione, allo shock, alla rabbia. Lo guardai dall'alto, e quando Kacey si appoggiò a me, il viso sepolto contro la mia giacca, la circondai con un braccio.

«Chi cazzo saresti?» Le labbra del batterista si incurvarono in un ghigno. «L'*autista*...»

«Okay, okay,» disse Jimmy Ray, mettendosi tra di noi. «Diamoci tutti una calmata. Qui siamo tutti amici...»

«Col cazzo,» dissi, senza togliere gli occhi di dosso da Ryan. Con un braccio tenevo ben stretta Kacey, l'altro lungo il fianco, e chiusi la mano a pugno. L'adrenalina mi scorreva nelle vene, mi sentivo davvero bene. Temerario. Non ero un tipo violento, ma se quel bastardo voleva fare a botte, gliele avrei date volentieri.

I membri della band, incalzati da Jimmy, si diressero verso la casa. Ryan era troppo ubriaco per lottare, e pensai che lo sapesse. Mi mostrò il dito medio e si lasciò trascinare via dai suoi compagni. Lola rimase indietro.

«Tutto a posto?» chiese Jimmy. «Stai bene, micetta?»

Kacey si allontanò dal mio braccio ma rimase vicina, aggrappata al risvolto della mia giacca. Gli rivolse un sorriso forzato. «Certo, Jimmy. Sto benissimo.»

«Al diavolo,» disse Lola, guardando il manager di traverso. «Se Ryan la tocca di nuovo gli taglio l'uccello. Sbarazzati di loro, Jimmy. Trova un altro numero di apertura.»

Mi piaceva quella Lola.

Kacey agitò una mano. «No, no, non è niente di che. Va tutto bene...»

«No che non va bene,» dissi.

Jimmy si accarezzò il mento. «Dobbiamo proprio farne una tragedia? Adesso? Stanno per arrivare centinaia di persone per la festa...»

Mentre parlava stavano già arrivando altre auto, taxi e limousine, in un flusso costante di persone. Se non avessi spostato presto la limousine, mi sarei ritrovato imbottigliato.

Abbassai lo sguardo verso Kacey. Era ubriaca, e se l'avessi lasciata entrare in quella casa si sarebbe solo ubriacata ancora di più. O avrebbe perso i sensi. Ryan avrebbe potuto decidere di prendersi comunque quello che voleva, e in una casa di quelle dimensioni, con una festa in corso, chi lo avrebbe saputo?

Attieniti alla routine, pensai, anche se le mie mani si stavano muovendo per conto proprio. Presi il viso di Kacey e lo sollevai con delicatezza, costringendola a guardarmi. La sua bocca carnosa tremava sotto il rossetto rosso. Il trucco scuro trasformava i suoi occhi in lunghi zaffiri blu chiaro con un cerchio più scuro attorno all'iride. Non lo avevo notato prima. Era bellissima. E quello non era il suo posto.

«Vuoi andare via?» chiesi.

Lei resse il mio sguardo, l'alcol che offuscava la luce che avevo visto nei suoi occhi durante il nostro pranzo. Ma la sua voce era ferma quando rispose: «Sì.»

Le sorrisi, stranamente orgoglioso. «E sia.»

I suoi occhi vitrei si spalancarono per la sorpresa, poi con una ventata di alito impregnato di whisky, si appoggiò a me. «Non preoccuparti, Jimmy,» mormorò. «Jonah... Lui è tanto buono con me.»

La accompagnai verso il sedile anteriore della limousine e l'aiutai a salire. La sua testa ciondolò contro il poggiatesta, gli occhi si chiusero e le allacciai io la cintura per tenerla al sicuro.

«Le prepari una borsa?» dissi a Lola, chiudendo la portiera.

Lei socchiuse gli occhi, squadrandomi, poi annuì ed entrò in casa.

Jimmy la seguì con lo sguardo, poi si voltò di colpo verso di me. «Prepararle una *borsa*?»

«Resterà da me per qualche giorno,» dissi.

Lui sbuffò fuori con forza l'aria dalle guance. «Martedì ce ne andiamo da qui.» Anche lui era ubriaco marcio, ma stava cercando di mantenere un po' di autorità. «Ci aspettano altre venticinque città, e lei è sotto contratto. Giusto perché tu sia al corrente della situazione.»

«Lo so,» dissi con voce dura. Forte del mio metro e ottanta, mi ersi sopra di lui. «Si prende una pausa da questo ambiente.»

E poi cosa? mi domandò la voce della prudenza. La ignorai.

«Una pausa. Sì, okay.» Jimmy si accese una sigaretta e puntò verso di me le due dita che la reggevano. «So dove lavori. Se vuoi tenerti il posto, vedi di prenderti cura di lei.»

«Di sicuro meglio di come fai tu,» dissi.

«Credi di essere speciale per lei? Il suo eroe?» Fece una risata nasale. «Prendi il numerino, amico.»

Rientrò in casa, che si stava rapidamente riempiendo. Lola fece ritorno con un borsone e uno zainetto di pelle. Li presi e mi incamminai verso il portabagagli.

«Che sta succedendo qui?» domandò Lola. «Voi due...?»

«No.» Gettai le borse nel portabagagli. «Le serve del tempo lontano da qui. Ovviamente.»

«Perciò starà per qualche giorno sul tuo divano, e poi si riunirà a noi prima della partenza da Las Vegas?»

«Il piano è questo.» Richiusi il portabagagli. «Se sei preoccupata che con me possa essere al sicuro o meno, sappi che lo è. Giuro sulla mia vita che non le farei mai del male, okay?»

Lola annuì con lentezza. «Okay, bene. Può essere una cosa positiva. Non le farà male restare sobria per quarantadue ore consecutive. Le voglio un gran bene, ma è una cazzo di mina vagante. Questa è la nostra grande occasione. È la *mia* grande occasione, e se lei riesce a mantenere il controllo abbastanza a lungo, si renderà conto che è anche la sua.»

Ne dubito. Mi diressi verso lo sportello del guidatore.

«Le telefonerò,» mi disse Lola, seguendomi. «Per assicurarmi che stia bene.»

«Lo spero proprio,» risposi, poi chiusi la portiera.

Con una limousine non si poteva sgommare via, ma ci andai vicino, e il palazzo rosa svanì nello specchietto retrovisore.

* * *

Guidai fino all'A-1 per restituire la limousine, spingendo Kacey attraverso il garage fino a raggiungere il mio pick-up. Per miracolo nessuno ci vide. Di ritorno al mio appartamento, sembrava di nuovo la notte precedente, solo che Kacey non puzzava di vomito e fumo. Mentre la aiutavo a scendere dal pick-up, l'aria si permeò dell'odore del suo profumo, del suo sudore e di un accenno di whisky.

Questa volta non era priva di sensi, ma galleggiava nell'ebbrezza, a volte andando a fondo e riuscendo a malapena a tenersi in piedi, altre riemergendo per prendere aria e camminando assieme a me. Per due volte mi gettò le braccia al collo e mormorò nel mio orecchio quanto mi fosse grata che l'avessi salvata. Mi venne la pelle d'oca, e il mio uccello si contrasse quando la feci distendere sul mio letto.

«Jonah,» sospirò, ancora aggrappata a me, cercando di tirarmi giù sul letto assieme a lei. «Sei così buono con me. L'ultimo uomo buono sulla Terra.»

«Kacey, ferma...»

Cercai di allontanare con delicatezza le sue braccia dal mio collo, ma lei era tenace. Le sue labbra mi sfioravano la pelle sopra il colletto dell'uniforme. Baci caldi e umidi sotto l'orecchio, che risalirono finché i suoi denti non catturarono il mio lobo, e io dovetti serrare i miei. Mi stava leccando e stuzzicando, la sua bocca era una forza gravitazionale che mi risucchiava, ed ero pronto a collassare su di lei e dentro di lei. Le mie mani bramavano la morbidezza della sua pelle e dei suoi capelli, le curve piene dei suoi seni...

«Kacey,» dissi. «Non possiamo...»

«Possiamo,» sussurrò contro la mia guancia. La sua bocca si mosse lungo la mia mascella, le sue labbra tracciavano un percorso lungo una pelle che non aveva più sentito il tocco di una donna da oltre un anno. Le sue mani si aggrovigliarono tra i miei capelli, mentre dalla sua gola fuoriuscivano piccoli, affannati rumori di desiderio. La sua bocca aveva quasi trovato la mia, quando il mio naso fu investito da una penetrante zaffata di whisky, che mi fece tornare in me come uno schiaffo.

Che diavolo stai facendo?

Mi allontanai prima che le sue labbra raggiungessero le mie, e scivolai fuori dal suo abbraccio.

«Non sei affatto divertente,» mormorò lei, poi allungò le braccia sopra la testa, le dita dischiuse sulla spalliera di legno. I seni premevano contro il tessuto sottile e luccicante della sua canotta nera. «Non fare così. Vieni a letto, tesoro.»

La realtà mi colpì come un secchio di acqua ghiacciata.

In questo momento potrei essere chiunque.

«Meglio se ci dormi sopra,» sbottai. Aprii la cerniera del borsone che Lola aveva preparato per lei e frugai fino a trovare una t-shirt e un paio di comodi pantaloncini. Li posai sul letto e mi avviai verso la porta.

Avevo appena spento la luce quando la sua voce mi raggiunse, lieve e fragile nell'oscurità.

«Aspetta. Jonah...?»

Mi fermai ma senza voltarmi, con le spalle abbassate. «Sì?»

«Resta qui. Il soffitto... Gira...»

Non farlo.

Lo feci. Mi lasciai attirare.

Mi voltai e tornai pian piano verso il letto. L'unica luce nella stanza era quella che proveniva dalla strada all'esterno, una luce bianca che proiettava un bagliore argenteo sul letto e attraverso i suoi capelli, che si erano sciolti dal nodo. Allungò una mano verso di me. La presi e mi sedetti accanto a lei.

Kacey scivolò più vicina a me, premette la guancia contro la mia coscia e mi avvolse il ginocchio con le braccia. «Dove sono?» La sua voce era un po' impastata, e diventava sempre più debole mentre il sonno la sopraffaceva. «Dove sono, Jonah?»

«Sei al sicuro, Kacey,» mormorai. La tenni stretta

per un breve istante, poi la aiutai a indossare dei vestiti più comodi, assicurandomi di mantenere lo sguardo quanto più possibile lontano dal suo corpo pallido e vellutato, allungato davanti a me.

Le tirai su le coperte. E dato che pensavo che non se ne sarebbe ricordata il mattino dopo, le accarezzai i capelli finché non si addormentò. Poi uscii dalla stanza, richiudendomi con delicatezza la porta alle spalle.

CAPITOLO 9
Kacey

Qualcuno stava di nuovo adoperando quella dannata motosega.

Mi svegliai di soprassalto, sbattendo le palpebre per la luce del primo mattino che filtrava da una finestrella. Illuminava una camera da letto con un letto, un cassettone, un comodino. Tutto molto semplice, alla maniera degli scapoli. Sul pavimento accanto al letto c'era il mio borsone e lo zainetto di pelle che fungeva da borsetta. Fuori dalla porta, il *ronzio* proseguiva.

Jonah e il suo stramaledetto frullatore.

Impiegai un confuso istante per rimettere insieme i pezzi del puzzle della notte precedente. I ricordi mi si presentarono come fotografie sparpagliate. Il batterista degli Until Tomorrow, il nostro gruppo di apertura, che allungava le mani su di me e Jonah che lo faceva finire con il culo per terra.

"Vuoi andartene da qui?"

Mi ero sentita così al sicuro...

Mi tirai lentamente su a sedere e spinsi via le

coperte, per scoprire che indossavo una t-shirt e i pantaloncini del pigiama. Riemerse un ricordo vago di Jonah che mi aiutava a sfilarmi i pantaloni di pelle, che mi aiutava a cambiarmi...

L'ho baciato. Solo sul collo e l'orecchio... Ma aveva un così buon odore. Ho cercato di tirarlo nel letto e...

«Oh mio Dio.» La mortificazione mi fece avvampare e mi presi la testa dolente tra le mani. «No, no, no... Non Jonah. Non lui.»

Non era stato l'alcol. Non del tutto. Era il mio dannato, insaziabile bisogno di connessione che mi spingeva a cercare conforto ovunque e in ogni modo possibile. Jonah si era preso cura di me, mi aveva protetto, e io lo avevo ridotto allo stesso livello dei fonici senza nome che mi portavo a letto.

Diedi uno sguardo al comodino. Un bicchiere d'acqua, due aspirine.

Gli occhi mi si riempirono di lacrime.

La radiosveglia segnava le 7:04. Da un momento all'altro, Jonah sarebbe uscito per andare in laboratorio. Mi alzai, aprii la porta della camera e misi un piede nello stretto corridoio. Il frullatore tacque, e sentii voci di uomini che parlavano. C'era qualcun altro. Rimasi lì, paralizzata. Una parte di me mi implorava di sgattaiolare di nuovo in camera e nascondermi, fingere che nulla di tutto quello fosse accaduto. L'altra metà, stufa di nascondersi dietro Jägermeister e whisky, mi spinse verso la cucina.

Jonah aveva un aspetto pulito e affascinante con i jeans e una t-shirt azzurra. Prese una pillola dallo scomparto della domenica di uno di quei contenitori di medicinali suddivisi per giorni della settimana. Gli altri scomparti erano pieni zeppi, i coperchi rigonfi come cupole. Mandò giù la pillola con quello che sembrava un grosso bicchiere di fango ed erba macinata. La smorfia che gli distorse le labbra mi rivelò che il sapore di quella roba non era tanto migliore dell'aspetto.

Un arcigno colpo di tosse mi fece distogliere dai miei pensieri con un sussulto. Il tipo sexy delle foto sulla parete del salotto era appoggiato contro il bancone, fasciato in una maglietta nera e dei jeans. Le braccia muscolose, ricoperte di tatuaggi tribali, erano incrociate sull'ampio petto. I capelli scuri erano tagliati corti, e aveva una sottile ricrescita di barba lungo la mascella. Era una versione più massiccia e robusta di Jonah. Doveva essere suo fratello. Ma laddove il volto di Jonah era affascinante nel suo atteggiamento aperto e amichevole, quello del fratello era più chiuso, teso e cupo. Il suo sguardo arrabbiato saettava tra le medicine di Jonah e me, come se non riuscisse a credere che le due cose potessero coesistere nello stesso posto.

La sensazione di essere un'intrusa mi provocò un ulteriore nodo allo stomaco già instabile, poi Jonah si voltò verso di me. Il sorriso che si allargò sul suo volto quando mi vide mi riscaldò come il sole in estate.

«Ehm, ciao,» dissi. «Buongiorno.»

«Ehi.» Jonah colse l'espressione stupefatta del fratello, e fu rapido nel riassumerne a sua volta una neutra. «Kacey, questo è mio fratello, Theo. Theo, questa è Kacey Dawson. Si fermerà qui per qualche giorno.»

«Piacere di conoscerti, Theo.»

Nonostante la sua occhiataccia mortale dall'inferno, ebbi l'istinto di abbracciare Theo; gli abbracci erano il mio forte. E dal momento che era il fratello di Jonah, avvertii subito un senso di affinità con lui. Ma il suo sguardo freddo mi inchiodò sul posto.

Theo mi squadrò dall'alto al basso, soffermandosi

sui capelli in disordine, sulla lunga t-shirt che mi copriva i pantaloncini, e che dava l'impressione che non indossassi nulla sotto. Era alquanto evidente che Theo stava presumendo ci fosse qualcosa tra me e suo fratello, e la cosa non gli piaceva.

«Questo quando è successo?» chiese a Jonah, senza neppure preoccuparsi di celare il tono accusatorio della sua voce.

Questo? Sono un "questo"? Non credo proprio, amico.

Prima che Jonah potesse replicare, dissi: «*Questo* è successo ieri notte. Ci siamo sposati in una di quelle cappelle qui a Las Vegas, non è vero... Johnny? Jordan?» Feci schioccare le dita, corrugando il volto in segno di confusione. «Aspetta, non dirmelo... di sicuro è un nome con la J.»

Jonah soffocò una risata.

Theo mi fulminò con lo sguardo, ma mi ignorò. «Resterà qui? Per quanto tempo? Quando avevi intenzione di dirmelo?»

«Sì, fino a martedì, e stavo per farlo, ma Kacey mi ha battuto sul tempo,» disse Jonah. «E, Cristo, ti stai comportando da vero maleducato. Persino per te.»

La madre di tutti i silenzi imbarazzanti calò su di me, mentre i fratelli si fissavano l'un l'altro e portavano avanti una conversazione privata; in pratica, riuscivo a sentire i pensieri che passavano tra loro come parole.

Alla fine, mi schiarii la voce e indicai una borsa della spesa sul bancone, circondata da panna solubile e bustine di zucchero. «Cos'è quella roba?»

Lo sguardo di Jonah abbandonò lentamente quello di Theo. «Sono uscito e ho preso qualcosina.»

«È gentile da parte tua, così presto al mattino.» Annusai l'aria. «Il decaffeinato non ha mai avuto un profumo migliore...»

«Questo perché è caffè normale.» Jonah prese una tazza dell'Università del Nevada dalla credenza, la riempì e me la porse.

«Grazie.» Passai accanto a Theo con cautela. Emanava ancora avversione nei miei confronti, come una fornace irradiava il calore. Presi uno sgabello dall'altra parte del bancone e mi tirai un po' su la maglietta per dimostrare che sotto indossavo i pantaloni.

Vidi lo sguardo di Theo posarsi sul sugar skull tatuato sulla mia coscia sinistra. Per un breve istante la sua espressione si distese e si fece curiosa. Stavo per intavolare una conversazione a proposito dei suoi tatuaggi, quando l'occhiataccia mortale fece ritorno, come una porta che mi veniva sbattuta in faccia.

Si tirò su dal bancone con una spinta. «Sei pronto, fratello?» disse. «Andiamo.»

Jonah finì il suo frullato proteico e posò la tazza nel lavello. «Tornerò tra qualche ora,» mi disse. «Così non ti ritroverai abbandonata per pranzo.»

Theo sgranò gli occhi. «Non intendi lavorare durante il pranzo?»

«C'è una prima volta per tutto,» rispose Jonah.

«No, non voglio distoglierti dalla tua tabella di marcia,» dissi. «Hai molto lavoro da fare. Qui starò bene, sul serio.» Rivolsi un'occhiata a Theo. «Sul serio.»

«Sul serio,» fece Theo, impassibile.

«*Sul serio*, tornerò per pranzo,» disse Jonah. «Se hai bisogno di altro, c'è un minimarket lungo la strada, a circa dieci minuti a piedi da qui. Lasciami il tuo numero di cellulare, e se farò tardi ti chiamerò.»

Theo osservò con sguardo torvo mentre io e Jonah ci scambiavamo i numeri di telefono. «Verrai comunque a cena stasera, giusto?» disse. Guardò verso di me, i suoi occhi marrone chiaro duri e severi. «Lo facciamo tutte le domeniche. Solo la famiglia.»

Jonah si passò una mano sul volto. «Gesù Cristo, Theo.»

Per una frazione di secondo Theo sembrò pentito, poi tornò distaccato. «Ti aspetto in auto.» Uscì dalla porta dell'appartamento e se la richiuse con forza alle spalle.

«Piacere di averti conosciuto,» dissi alla mia tazza di caffè.

«Mi dispiace tanto. È diventato una vera spina nel fianco da quando...» Jonah fece una breve risata. «Dalla *nascita*, in verità.»

«Lavora anche lui il vetro? È per questo che viene in laboratorio?»

«No, lui è un tatuatore.»

«Davvero? Stavo pensando di farmi un altro tatuaggio. Peccato che mi detesti a morte.»

«Non ti detesta. È solo... protettivo. A volte mi aiuta al laboratorio. Ho anche un'assistente, Tania. Ma la domenica ha il giorno libero.»

«Perciò passa a prenderti qui?»

Jonah si passò una mano tra i capelli. «Già, siamo... siamo legati. E gli piace stare con me.»

«Quindi sotto tutte quelle occhiatacce e quei ringhi è un tenerone.»

Fuori risuonò il clacson di un'auto, acuto e prolungato.

Scoppiai a ridere.

Anche Jonah rise, poi calò un breve silenzio. Pensai che se dovevo scusarmi per la notte precedente, dovevo farlo ora o mai più.

«È stato carino da parte tua farmi dormire nel tuo

letto la scorsa notte. Ero... piuttosto ubriaca. Non volevo sfrattarti. O...»

«Non lo hai fatto,» disse Jonah. «Non dormo nel letto. Non lo faccio da quattro mesi.»

Sgranai gli occhi. «Ehm, okay, starò al gioco. Dove dormi?»

Fece un cenno con la testa verso la zona salotto alle mie spalle. «Sulla poltrona reclinabile. Il dottore vuole che dorma in posizione semi-inclinata. Per respirare meglio. Non è la fine del mondo,» aggiunse in fretta.

Mi accigliai. Sembrava decisamente la fine del mondo. Cosa sarebbe successo se avesse dormito da sdraiato? Avrebbe smesso di respirare? Non potevo chiederglielo, perciò dissi: «È... comodo?»

«È solo una sistemazione come un'altra.»

«Perché non ti compri uno di quei bei letti dove puoi sollevare la testa?»

«Non rientra nel budget,» disse Jonah, e un'espressione amara gli distorse il volto. Si chinò in avanti, le mani sul bancone, la testa che penzolava tra le braccia.

Sentii un tuffo al cuore. «Jonah?» Ogni muscolo del mio corpo si tese. «Stai bene?»

«Tutto a posto,» disse rivolto al pavimento, facendo dei respiri profondi. «Solo un po' di nausea.»

«Vuoi dell'acqua?» Mi ero già alzata dallo sgabello e stavo frugando nei mobiletti in cerca di un bicchiere. Lo riempii dal rubinetto fino a metà e glielo infilai in mano.

Lui si tirò su e bevve un sorso. «Grazie,» fece. «È passato.»

Sentivo l'odore del suo dopobarba, fresco e mascolino. Il ricordo della sua pelle sotto le mie labbra mi fece tremare le ginocchia. Scivolai di nuovo sullo sgabello, con le guance in fiamme.

Jonah fece un ultimo respiro profondo e mise da parte l'acqua. «Grazie ancora.»

«Capita spesso?» chiesi. «Quando prendi quelle pillole?»

Annuì. «Sono immunosoppressori. Impediscono che il mio corpo rifiuti il cuore, ma gli effetti collaterali non sono piacevoli.»

Cercai di pensare a qualcosa di meglio da dire, qualcosa di confortante o qualcosa di buffo per farlo ridere, ma tutto ciò a cui riuscivo a pensare era che mi dispiaceva che dovesse sopportare tutto ciò.

Da fuori, il clacson dell'auto suonò di nuovo.

«Mio fratello, la pazienza in persona,» disse Jonah. «Ci vediamo più tardi.»

Era già sulla porta e stava abbassando la maniglia. Nel giro di qualche istante se ne sarebbe andato, e io avevo ancora delle questioni in sospeso. Chiamai a raccolta il mio coraggio. «Jonah?»

Si fermò e si voltò. «Sì?»

«...mi dispiace per ieri notte.»

Lui si irrigidì. «Va tutto bene. Nessun problema.»

Mi umettai le labbra, che si erano fatte secche, e scivolai giù dallo sgabello, spostandomi dietro al divano come se fosse una barricata.

«No, è un grosso problema. Per me. Mi dispiace molto aver tentato di... Non è una questione di sesso.» Strappai un pezzo di lanuggine inesistente dal rivestimento. «Okay, è un po' una questione di sesso. A chi non piace il sesso, giusto?» Feci una debole risatina, poi tossii. «Ma è soprattutto una questione di conforto. Quello che viene dopo. Essere tenuta tra le braccia da un uomo mentre dormi. Sono sicura che sembri patetico ma è così, e mi dispiace aver tentato di farlo con te. Tu sei molto più di quello.»

Jonah scosse il capo con espressione addolorata. «Non posso essere più di quello, Kacey.»

«No, voglio dire, sei un amico. O forse possiamo essere amici. Se vuoi. E non voglio altro. Davvero, non potrei stare con qualcuno in questo momento, nemmeno se lo volessi. Nel caso non lo avessi notato, sono un casino.»

«Non sei più incasinata di chiunque altro,» disse lui a bassa voce.

Avvertii una stretta al petto, che mi fece affiorare le lacrime agli occhi. «Grazie per averlo detto, anche se non sembra vero.»

Sorrise, e sebbene non fosse il sorriso a trentadue denti che gli illuminava tutto il volto e che mi elettrizzava, era caloroso e gentile. E confortante.

«Devo proprio andare,» disse. «Sono in ritardo.»

«Grazie,» dissi mentre lui apriva la porta d'ingresso. «Per il caffè, e perché mi fai restare qui. Grazie di tutto. Dico sul serio.»

«È un piacere,» rispose. «Anch'io dico sul serio.»

CAPITOLO 10
Jonah

Il pick-up Chevrolet Silverado nero di Theo era fermo accanto al marciapiede. «Era ora,» disse mio fratello, accigliandosi mentre salivo a bordo. «Quella tizia sta già interferendo con la tua vita.»

«Non è stata colpa sua,» risposi. «È per via della dannata ciclosporina.»

«Nausea?» chiese Theo, il suo tono che si tramutava all'istante da arrabbiato a preoccupato. «Stai bene?»

Gli rivolsi un'occhiataccia. «*Quella tizia* mi ha dato dell'acqua e mi sono sentito meglio.»

Theo fece un verso con il naso. Mi squadrò per un'ultima volta, poi si immise nel poco traffico della domenica mattina, in direzione del laboratorio. Guardai scorrere la zona nord di Las Vegas dal mio finestrino: centri commerciali e distributori di benzina, complessi di appartamenti più piccoli e vecchi del mio. Ma i miei pensieri erano concentrati sulle scuse di Kacey.

Non potrei stare con qualcuno in questo momento...

Perfetto. Nemmeno io.

Allora perché il petto mi doleva come una vecchia ferita?

«Stai pensando a lei?» disse Theo.

«A Kacey?»

«No, a Madre Teresa. Sì, Kacey. Chi diavolo è?»

«Perché sei così ostile? È solo una ragazza che dorme sul mio divano.»

Theo stava guardando la strada, e le sue spalle si sollevarono. «Non voglio assistere a un'altra situazione di merda come quella con Audrey.»

«Sono stato con Audrey per tre anni. Kacey la conosco da ventiquattr'ore in tutto. Puoi anche rilassarti.»

«Quanto le hai raccontato della tua situazione?»

Più di quanto avrei dovuto. Mi agitai sul sedile. «Sa che ho subìto un'operazione.»

Theo mi guardò a bocca aperta, così a lungo che pensai che avrebbe finito per schiantarsi con il pick-up. Riportò lo sguardo sulla strada, l'espressione tetra. «Okay, spara. Che succede con lei?» disse. «Sul serio.»

Poggiai il gomito sulla portiera, massaggiandomi il mento. «Succede che ha qualche giorno di riposo finché la band non ripartirà per il tour. Si è presa una pausa. Tutto qui. Sul serio.»

«Perché non sta in un hotel? E da quando racconti a dei perfetti estranei dell'operazione?»

«Non se la cava bene da sola.» Gli rivolsi un'occhiata. «Non è niente di che. Le concedo una pausa, ed è una compagnia piacevole. Ha un buon senso dell'umorismo. Andiamo d'accordo.»

È... scattato qualcosa.

«L'hai conosciuta *ieri*.» La voce di Theo era bassa, ma sentivo rimbombare la sua collera, come una tempesta in lontananza. Mantenne lo sguardo fisso sulla strada. «Te la scopi?»

«Gesù, Theo.» Eppure, l'immagine di Kacey sdraiata sul mio letto mi colpì. L'avevo desiderata la notte precedente, avrei voluto arrendermi a lei, avere ancora una volta le gambe e le braccia di una donna avvinghiate a me. Volevo sentire il corpo soffice di una donna sotto il mio, stare sopra e dentro di lei e...

«Ehi. Te la scopi o no?»

Dimenticavo sempre che Theo poteva leggermi in faccia come fosse la prima pagina di un giornale. «No,» dissi. «Non che siano affari tuoi. Resterà da me fino a martedì, poi ripartirà in tour con la band. Sarà in viaggio per mesi e mesi.»

«E a te sta bene?»

«Certo che sì. Cosa mai potrebbe succedere tra noi? O tra me e chiunque altro, se è per questo.»

Theo serrò la mascella. «Non ricominciare con quella storia del giorno del giudizio. Non sai per certo se...» Scosse il capo, riluttante a esprimere quella possibilità. «Le medicine potrebbero funzionare. Con tutta probabilità *stanno* funzionando.»

«Allora perché sei stato così stronzo con Kacey?»

Scrollò le spalle. «Non me ne frega un cazzo. Il dottore ti ha detto che devi fare attenzione.»

«Ha detto che non devo affaticarmi troppo. Non ha detto che devo diventare un monaco. Mi manca stare con una donna. Mi manca l'intimità.»

«Tu non sei il tipo da una botta e via...» disse Theo. «Cosa che non capirò mai.» Si passò una mano tra i capelli. «Senti, se vuoi farti una scopata, fattela. Solo, non voglio un'altra situazione come quella con Audrey. Non voglio che una qualche tizia ti pianti in asso quando hai bisogno che ti resti accanto, cazzo.»

«Nemmeno io,» dissi. «Ciò che ha fatto Audrey… mi ha ferito, ma non ero innamorato di lei.»

Eravamo arrivati a un semaforo rosso. Theo si voltò sul sedile. «*Cosa?*»

«Volevo bene a Audrey, ma non ero innamorato di lei.» Ascoltai le mie stesse parole, in attesa che fossero seguite da un qualche tipo di dolore. Ma l'unico dolore che sentivo non era per quello che avevo avuto e perso con Audrey, bensì per qualcosa che non avevo mai avuto affatto. «Non sono mai stato innamorato.»

Theo sgranò gli occhi. «Non eri innamorato di Audrey? Davvero? Perché di sicuro hai trascorso una vagonata di tempo con lei.»

«Le volevo bene, ma lei non… mi consumava. Non perdevo il filo dei miei pensieri quando entrava in una stanza, o avvertivo la sensazione che si prova…» Scossi la testa, in cerca delle parole. «Eravamo una bella coppia.» *Come un paio di scarpe*, pensai. «Ma quella *sensazione* non c'era.»

«Quale sensazione?» domandò Theo dubbioso.

«Quella che si presume che tu avverta quando sei insieme alla donna di cui sei innamorato. Non posso descriverla perché non l'ho mai provata. Tu invece?»

Theo mi guardò con le sopracciglia inarcate. «Mi conservo per il matrimonio.»

Scoppiai in una risata. «Mi sa che non funziona così.»

Lo sguardo di Theo si fece di nuovo duro. «Perciò non eri innamorato di Audrey. E questa rivelazione l'hai avuta adesso? Per via di Kacey?»

Spostai lo sguardo verso il finestrino. «Cristo santo, l'ho appena conosciuta. No, è solo che… visto che siamo in argomento. È qualcosa che mi sono perso. Essere innamorato.»

«Non te lo *sei* perso,» fece Theo. «Potresti non perderti nulla. Se tornassi da Morrison e facessi un'altra biopsia...»

Sospirai, stanco di fare la stessa conversazione per la milionesima volta.

«Cosa succederebbe se lo facessi? Scoprirei che c'è un miracolo che mi aspetta? L'arteriosclerosi non passerà da sola.»

«No, ma potrebbe aver rallentato, o essersi fermata del tutto. Magari avrai più tempo di quanto credi. Molto di più. Se non fossi così maledettamente pessimista...»

Mio fratello si aggrappava a una speranza che non esisteva, ma io conoscevo la verità. La sentivo fin nel midollo, nel battito del mio cuore che si faceva via via più debole, le sue pareti e le arterie che si irrigidivano sempre più, come vetro che si raffredda.

«Se faccio un'altra biopsia,» dissi, «perderò almeno un'intera giornata al laboratorio.»

Theo non disse nulla, e la rabbia prese a ribollire con forza dentro di me.

«Ci tornerò dopo l'inaugurazione della galleria, okay? Dannazione, Theo, sto solo cercando di parlare di qualcosa di *reale*, tanto per cambiare. Mi manca avere qualcuno nella mia vita. Non sono egoista; lo so che adesso è troppo tardi. Ma ne sento la mancanza e fa schifo, okay?»

«Sì, certo,» disse Theo, passando a un tono più pacato. «Va bene. È solo che non ne abbiamo mai parlato prima. Di ciò che vuoi.»

«Intendi ciò che voglio prima di morire? Puoi dirlo, Theo. Vorrei che lo facessi.»

«A che pro?» scattò lui. «A chi cazzo può servire farlo?»

«A me. Serve a me. Per non sentirmi come...»

«Cosa?»

Così dannatamente solo.

Ci infilammo nel parcheggio del laboratorio e Theo spense il motore. Rimase seduto dritto, lo sguardo rivolto in avanti mentre parlava.

«Senti, se vuoi o hai bisogno di qualcosa... basta che tu me lo dica, okay? Dici sempre che non vuoi che ti facciamo una lista dei desideri. Ma se c'è qualcosa che vuoi e che io posso darti, dimmelo, okay? Qualsiasi cosa.»

Morire, avevo scoperto, non era un gioco di squadra. Era un'impresa in solitaria. Tutti coloro che amavo erano sulla terraferma, mentre io stavo da solo su una barca che si allontanava pian piano dalla riva, e non c'era nulla che nessuno di loro potesse fare se non vederlo accadere.

Mi sentii subito di merda per aver sfogato la mia rabbia su Theo, o per avergli detto quello che mi mancava o che volevo, e che non avrei mai potuto avere. Cos'era se non un altro fardello da sopportare per lui? Un'altra cosa per cui non poteva fare nulla. Il dolore di tutto ciò era scritto su ogni ruga del suo volto.

«Okay, grazie, Theo. Grazie per prenderti cura di me.» Mi sforzai di sorridere, e gli assestai una pacca sulla spalla. «Forza. Mettiamoci al lavoro.»

CAPITOLO 11
Jonah

Theo avrebbe potuto essere un artista del vetro se lo avesse voluto. Aveva talento, e non aveva paura di nulla. Amava il fuoco, ma detestava la fragilità del vetro subito dopo. A lui piaceva la stabilità. Lavorava con dell'inchiostro nero e denso che perforava la pelle, la faceva sanguinare e poi restava radicato per sempre. Nostro padre pensava che stesse sprecando il suo incredibile talento per il disegno lavorando con i tatuaggi, ma era proprio una cosa adatta a mio fratello.

Stavamo lavorando quasi nel silenzio; eccetto lo sferragliare e il sibilare della fornace, il laboratorio era tranquillo, e mi trovai a ripensare alla nostra conversazione, a Theo, che era stato al mio fianco durante la malattia di fronte al tradimento di Audrey. La mia ex non aveva detto a me che mi stava lasciando, lo aveva detto a Theo e poi se n'era andata dalla città, lasciando che fosse lui a comunicarmi la notizia.

Mi rigirai il tubo tra le mani, osservando le fiamme

che lo avvolgevano, facendolo brillare, bianco e ardente…

* * *

Ero seduto su una sedia nell'ufficio del dottor Morrison. Non l'ambulatorio bianco in cui mi visitava di solito, con il suo lungo tavolo avvolto dalla carta e il vassoietto di strumenti, guanti di lattice e siringhe usa e getta. Quella stanza era per i pazienti in cura. Pazienti che ancora stavano lottando.

Quel giorno ero nell'ufficio privato del dottor Conrad Morrison, chirurgo cardiovascolare e specialista di trapianto cardiaco. Più che un campo di battaglia, lì era dove si stappava lo spumante della vittoria… o si alzava bandiera bianca in segno di resa.

Theo era seduto accanto a me, incurvato, si stava mordicchiando l'unghia del pollice e dondolava le gambe. Potevo sentire l'energia di mio fratello minore irradiarsi. Aveva preso il bagliore giallo della sua paura e lo aveva alimentato fino a farlo diventare rosso fuoco, pronto a infiammarsi.

Mi ero aspettato di ritrovarmi in preda al terrore, ma non sentivo nulla. Nessun terrore. Neppure la paura. Ero oltre la paura. Ero intorpidito.

Stavamo aspettando da cinque minuti in quell'ufficio, avevo osservato l'orologio compiere un giro completo ogni volta. Cinque minuti che erano sembrati anni, e al tempo stesso un niente. La porta si aprì ed entrò il dottor Morrison, con una cartellina infilata sotto il braccio e un'espressione cupa in volto. Il mio cuore in prestito sbatté contro la cassa toracica, frantumando l'intorpidimento. Avvertii subito il desiderio di tornare in quello stato. Non sentire nulla era meglio di quel profondo terrore.

Il dottor Morrison sembrava un insegnante di educazione civica delle medie: quasi sessant'anni, una lieve stempiatura, alto e un po' allampanato. Il suo sguardo era acuto. Occhi da chirurgo che celavano un vasto bagaglio di competenza ed esperienza medica.

Mi rivolse un lieve sorriso e protese la mano per stringere la mia. «Jonah. È un piacere vederti. Scusate se vi ho fatto aspettare.»

Mi alzai appena in piedi, con le gambe molli, e gli strinsi la mano. «Nessun problema,» dissi, adocchiando la cartellina che teneva sotto il braccio.

Quella cartellina raccontava l'improbabile storia di un giovane uomo in perfetta salute che non era mai stato malato in vita sua ad eccezione di un paio di tonsilliti in quinta elementare, colpito da un virus che gli aveva distrutto il cuore. Era spessa adesso, piena di analisi dei tessuti, diagnostiche, esami del sangue, esami di laboratorio, un'operazione d'urgenza, una lista lunga un chilometro di medicinali immunosoppressori e, per ultimo, i risultati delle biopsie. Diciassette in tutto. La numero diciotto era stata quella del giorno prima. Il suo esito doveva trovarsi sopra tutti gli altri documenti.

«Theo,» disse il dottor Morrison con un gesto del capo. Non gli porse la mano, e Theo non si alzò in piedi, limitandosi a restituirgli il cenno. Le sue gambe presero a dondolare più velocemente.

Il dottor Morrison si spostò dietro l'ampia scrivania di mogano per sedersi sulla poltrona in pelle. Posò la cartellina sulla scrivania ma non la aprì. Giunse le mani dalle lunghe dita. Quelle mani che mi avevano rimosso dal corpo il cuore malato quindici mesi prima, e poi ne avevano inserito uno nuovo. Lo avevano deposto con delicatezza nello spazio vuoto, avevano ricollegato tutto ciò *che andava ricollegato, rimesso la mia cassa toracica al suo posto e ricucito il tutto.*

Anziché accogliere quel nuovo cuore, e nonostante i vari cocktail di farmaci immunosoppressori che avevo religiosamente assunto nell'arco degli ultimi tredici mesi, il mio corpo attaccava. Un attacco lento ma implacabile scacciava quell'estraneo intruso pezzo per pezzo, lasciandosi dietro ferite che erano diventate cicatrici. In definitiva, erano le cicatrici che stavano uccidendo il mio cuore nuovo. E uccidendo me.

Il dottor Morrison prese un respiro. «I risultati dell'ultima biopsia non sono quelli che speravamo...»

Lui parlò e io ascoltai le sue parole, una sequela di gergo medico con il quale avevo familiarizzato a fondo nel corso dell'ultimo anno, al punto da non aver più bisogno di una traduzione. Termini come arteriosclerosi, stenosi, vasculopatia coronarica e ischemia miocardica. Una spruzzata di termini latini qua e là, il tutto cucito insieme con scienza e autorevolezza e distillato nel più perentorio risultato finale.

«Mi dispiace, Jonah,» disse il dottor Morrison, la voce bassa e profonda. «Avrei voluto darti notizie migliori.»

Annuii in silenzio. Avrei dovuto dirlo a mia madre.

Quel pensiero scavò in profondità come un veleno, che ribolliva e bruciava l'ultimo rimasuglio di intorpidimento. Quasi mi vomitai in grembo. In qualche modo, invece riuscii a parlare.

«Quanto mi resta?»

Il dottor Morrison intrecciò le mani sulla scrivania. «Vista la rapida progressione della vasculopatia coronarica, sei mesi è una previsione generosa.»

Annuii, facendo un calcolo mentale.

Sei mesi.

La mia installazione artistica doveva essere completata per la mostra in galleria in ottobre, cinque mesi da quel momento.

Era una lotta contro il tempo...

D'un tratto, Theo si alzò dalla sedia, riportandomi al presente. Iniziò a passeggiare avanti e indietro accanto a me come una pantera, gli occhi scuri fissi sul dottor Morrison. L'angoscia nella sua voce mi colpì a ogni sillaba.

«Sei mesi? Cosa succede in sei mesi? Niente. Al diavolo i suoi sei mesi. Torna in lista, giusto? La lista dei trapianti? Se questo cuore non va bene, allora dategliene un altro.»

Il dottor Morrison serrò le labbra. «Ci sono delle implicazioni etiche...»

«Fanculo alle implicazioni,» disse Theo. «Se è sulla lista, è sulla lista. Arriva un nuovo cuore e lui lo prende. Giusto?» Si voltò verso di me con sguardo fiammeggiante. «Giusto?»

Non potevo togliere un altro cuore a qualcuno in quella lista che grazie a esso avrebbe potuto vivere una vita lunga e felice. Avevo un tipo di tessuto raro. Il più raro. Trovare un donatore che fosse abbastanza compatibile era quasi impossibile. Tredici mesi prima, nella fretta di salvarmi la vita, mi avevano dato il cuore migliore possibile, quello più compatibile, e il mio sistema immunitario lo stava distruggendo. Con un altro avrebbe solo fatto lo stesso.

Non ero affatto un martire, e non c'era bisogno che lo fossi. L'etica e le procedure mediche avrebbero preso la decisione al posto mio. Le successive parole del dottor Morrison lo confermarono.

«Sì, Jonah è di nuovo sulla lista dei trapianti.» Si voltò verso di me. «Ma il tuo raro tipo di tessuto costituirà

di nuovo un fattore, così come il rigetto cronico manifestatosi in questo caso e il modo in cui i reni stanno gestendo i medicinali immunosoppressori. Non sono ottimista sul fatto che il consiglio possa approvare un secondo trapianto...»

Potevo sentire la rabbia di Theo come un vento caldo contro la mia schiena. «Cosa intende quando dice che non lo approveranno? Loro... loro lasceranno...»

Era al limite, potevo sentirlo, e io non ne potevo più. Dovevo proteggere il mio fratellino, come avevo sempre fatto. Tenerlo al sicuro.

Mi alzai in piedi, le mie gambe adesso erano forti. «Grazie, dottor M.» Gli porsi la mano. «Ci risentiamo.»

Anche il dottor Morrison si alzò in piedi, ma non mi strinse la mano. Al contrario, mi fece una carezza alla guancia, come se fosse un nonno. «Sarai nelle mie preghiere, Jonah. Stasera e ogni sera.»

«Preghiere.» Una volta nel parcheggio, Theo pronunciò quella parola quasi sputando. «A che cazzo servono le preghiere? È uno scienziato. Deve portare il culo in laboratorio o qualcosa del genere, e capire come bloccare questo maledetto rigetto.»

Poi mi colpì. Tutto quanto. Come un fulmine che si abbatteva sulla cima della mia testa e proseguiva giù, quasi spaccandomi in due.

Mi aggrappai al braccio di Theo, e lui si bloccò con un sussulto.

«Cosa c'è? Jonah? Parlami...»

Lo tirai a me, il sangue che mi saliva al cervello e le parole che mi uscivano in brevi sbuffi d'aria. Avevo la testa in tilt. Sentivo il tempo scorrere via, secondo dopo secondo, e non poteva essere finita lì. Non avevo ancora finito.

«Aiutami, Theo.»

«Cosa c'è?»

«Devi aiutarmi.»

«Sei... Ti serve il dottor...?» La sua testa si voltò tra le fila di auto parcheggiate, pronto a chiedere aiuto.

«Niente dottori. Basta così. Theo, ascoltami. Ho bisogno del tuo aiuto.»

«Dimmi,» fece lui. «Cosa ti serve? Qualunque cosa, Jonah. Qualunque.»

«Aiutami a finirla,» dissi, lo sguardo che indugiava nel suo. «Devo finirla, Theo. L'installazione. A qualunque costo. Devo lasciare qualcosa.»

«Non dire così,» mormorò. «Non andrai da nessuna parte...»

Dovevo farglielo capire. Afferrai mio fratello, stringendolo forte. Era solido e reale, mentre io mi stavo già dissolvendo nell'aria, particella dopo particella. «Non lasciarmi svanire, Theo. Ti prego. Aiutami...»

Lo sguardo di Theo si accese alle mie parole, e la sua presa sulle mie braccia divenne dolorosa. «Ti aiuterò,» disse a denti stretti. «Ti aiuterò. Qualunque cosa tu voglia o ti serva... io ci sarò. E anche tu. Non svanirai, Jonah. Dannazione, no che non lo farai.»

Annuii e inspirai diverse boccate d'aria.

«Okay. Okay, grazie. Mi dispiace, sono andato nel panico ma adesso sto bene. Scusa. Andiamo. Possiamo andare, adesso.»

Iniziai a camminare, e Theo non ebbe altra scelta che seguirmi. Potevo sentirlo scrutarmi come un falco. La sua stabilità mi calmava ancora di più. Non la sua rabbia, quella era una barriera tra lui e il mondo, ma ciò che c'era dietro di essa. La sua devozione verso coloro che amava. Incondizionata e indistruttibile. Perpetua.

Il sangue mi defluì dal cervello, e il mio cuore in

prestito si placò. Tuttavia, continuava a scandire il trascorrere del tempo con ogni battito. Avevo un numero determinato di pulsazioni che potevano essere contate e misurate.

Sei mesi.

Posso farcela, *pensai mentre salivamo sul pick-up di Theo. Se avessi stabilito una tabella di marcia e mi ci fossi attenuto. Se avessi lavorato più che potevo, senza fermarmi, ce l'avrei fatta. Avrei lasciato qualcosa. Non sarei svanito nell'aria, avrei usato il tempo che mi restava per modellare e dare forma al vetro fuso, intrappolandovi dentro il mio respiro, e una volta solidificato una parte di me sarebbe rimasta al suo interno per sempre.*

Per sempre, *pensai, sentendo un po' di quel peso venire meno, sentendo attenuarsi quell'ombra oscura che incombeva su di me, persino nel luminoso sole del deserto. Un po' di speranza per andare avanti. Uno scopo.*

Era il momento di mettersi al lavoro.

* * *

Il vetro raccolto sul tubo gocciolò di nuovo dentro la fornace, distogliendomi di colpo dai miei pensieri. Come il vetro, anche la mia vita era stata incandescente, malleabile e piena di potenziale. Adesso si era solidificata, cotta nella fornace e indurita. Nessuna ricottura. Non si poteva ricominciare con qualcuno di nuovo, visto che non c'era tempo perché qualcuno di nuovo diventasse qualcuno di importante. Avevo la mia installazione. Qualcosa che sarebbe sopravvissuta, che non sarebbe appassita e morta. Qualcosa che sarebbe durata nel tempo. Quel ricordo era di più di un anno prima, ma nulla era cambiato. Era il momento di mettersi al lavoro.

«Prendiamo qualcosa da mangiare e andiamo avanti,» dissi a Theo.

Le sue sopracciglia si sollevarono. «Sì? Pensavo che avresti...»

«Manderò un messaggio a Kacey per dirle che devo restare al lavoro. Può ordinarsi una pizza o qualcos'altro,» dissi, ignorando la sgradevole sensazione allo stomaco, il senso di colpa che mi appesantiva il cuore al pensiero di darle buca.

Theo si massaggiò la mascella, con l'aspetto di chi aveva lottato per far sì che le cose andassero come voleva lui e adesso se ne dispiaceva. «Se sei sicuro...»

«Sono sicuro,» dissi, tirando fuori il telefono. «Devo seguire la mia tabella di marcia.»

Era quella la verità.

Fine della storia.

CAPITOLO 12
Kacey

Feci una doccia per lavarmi via la sera precedente. Tutta quanta. Il concerto, l'alcol, e il modo in cui mi ero lanciata su Jonah. In seguito, mi avvolsi in un asciugamano, ne usai un altro per raccogliere i capelli in un turbante e uscii fuori dal vapore. Passai una mano sullo specchio appannato sopra il lavandino per guardare il mio riflesso. La mano indugiò sul vetro. Dall'altra parte di esso, c'erano le medicine di Jonah.

Aveva fiducia nel lasciarmi lì con loro, e la cosa mi fece sentire bene riguardo a me stessa in un modo che non avvertivo da molto tempo. Ma pensare al trapianto cardiaco di Jonah mi faceva torcere le budella, come se avessi appena buttato giù qualcosa di fortissimo a stomaco vuoto. Terribili catastrofi mediche colpivano giovani innocenti ogni giorno, ma quella sembrava come una specie di casino cosmico. Un tremendo errore. Non riuscivo a capire perché la situazione sembrasse così sbagliata.

Spostai la mano sulla pelle nuda sopra l'asciugamano. Provai a immaginare cosa si provasse ad avere il cuore di qualcun altro che ti batteva nel petto. Lo percepiva come fosse il suo? Poteva accorgersi che non lo era? Una volta, quando ero bambina, avevo ingoiato per sbaglio un cubetto di ghiaccio. Avevo avvertito quel blocco freddo e duro nel petto mentre lo mandavo giù. Mi domandai se Jonah si sentisse così, non per quanto riguardava il freddo, ma per la presenza di qualcosa di duro, pesante ed estraneo in petto.

Non essere stupida, mi dissi. *Sono sicura che non senta alcuna differenza. Oppure che si senta meglio. Il suo vecchio cuore era malato. Quello nuovo gli ha ridato la vita.*

Il pensiero mi rincuorò un po', anche se il sospetto che qualcosa non quadrasse non mi abbandonava.

Infilai dei pantaloncini sfrangiati e una canottiera, poi uscii dal bagno. A parte l'aria condizionata che sibilava alla finestra, l'appartamento era silenzioso. Pacifico. Mi sedetti sul divano per ammirare i bellissimi lavori di Jonah sul tavolino da caffè. Presi il fermacarte nautico, la fauna marina sospesa per sempre in un tranquillo oceano.

Mondi lontanissimi.

Ventiquattr'ore prima vivevo in una delle cinque camere da letto della casa di Summerlin, dove riecheggiavano decine di voci nei corridoi, musica ad alto volume e risate ubriache a ogni ora. Non ero l'unica del gruppo a fare festa, solo quella più accanita. La mia camera in quella casa era un disastro: vestiti sparpagliati dappertutto, il bagno sporco di make-up. Gli unici pezzi di vetro da quelle parti non erano arte delicata, ma un posacencre strapieno o bottiglie vuote che sporcavano il pavimento.

La pacifica quiete dell'appartamento di Jonah

penetrò dentro di me. La assorbii, cercai di custodirla in me, di metterla da parte per dopo quando sarei dovuta di nuovo ripartire in tour.

Avvertii una stretta al petto al pensiero di dire addio a Jonah. Lo conoscevo solo da una manciata di ore, ma mi sembrava molto più tempo. Con lui ero diversa rispetto a com'ero con gli altri uomini. Anziché impegnarci in una sgraziata e serrata unione di corpi in preda all'annebbiamento da alcol, avevamo parlato. Era stato come porre le basi per qualcosa di più duraturo. Jonah aveva una qualche qualità magica che mi permetteva di sentirmi me stessa. Mi piaceva stare con lui, e credevo che anche a lui piacesse avere a che fare con me. Se ne avessimo avuto il tempo, chissà cosa ne sarebbe potuto venire fuori.

Solo che non ce lo avevamo il tempo. Qualunque cosa avessimo iniziato si sarebbe di nuovo sfaldata quando quel martedì sarei partita.

«Possiamo restare in contatto,» mormorai tra me e me. La folle e incalzante tabella di marcia del tour incombeva di fronte a me come una strada senza fine, ma un messaggio o una chiamata da parte di Jonah avrebbero potuto renderla più sopportabile. Solo pensarci mi fece sentire un po' meno scoraggiata.

Lo squillo del mio cellulare spezzò il silenzio. Corsi in camera e ripescai il telefono dalla borsa, e vidi il numero di Lola.

«Ehi.»

«Ehi, amica,» disse, con voce apparentemente stanca. «Sei ancora viva?»

«Già, ma tu mi sembri provata,» dissi. «Com'è andata la festa?»

«Oh Dio, non riesco nemmeno...»

Sentii il *click* di un accendino, e mi resi conto che

non avevo più fumato da dopo il concerto della sera prima. E neanche me ne era venuta voglia.

«È stata epica,» disse, aspirando. «Alcol a fiumi. È arrivata la polizia. Molti hanno fatto sesso, inclusa la sottoscritta.»

«Ah sì?» Mi sedetti sul bordo del letto di Jonah. «Con chi?»

«Jason Hughes. Il bassista del nostro ormai ex gruppo di apertura. È un vero peccato, sai. È sexy. Spero che apprezzi i sacrifici che faccio per te.»

«Per me?» Poi ricordai Ryan Perry, il batterista, che la sera prima aveva allungato le mani su di me. Jonah si era messo di mezzo, e Lola aveva preteso che Jimmy licenziasse gli Until Tomorrow.

«Sì, per te,» disse Lola.

«Forse potremmo...»

«Abbiamo un tour di sei mesi in altre venticinque città da fare con quei tizi. Vuoi davvero correre il rischio?»

Abbassai lo sguardo verso le mani che tenevo in grembo. «Sono certa che Ryan fosse solo ubriaco e stesse facendo lo stupido.»

«Sì, per entrambe. Ma nessuna delle due è una giustificazione.» Lola buttò fuori l'aria, e la sua voce scattò in modalità predica. «Anche tu ti ubriachi e fai la stupida, Kace, ed è solo questione di tempo prima che lui si approfitti della situazione. Diamine, sono sorpresa che non sia ancora successo.»

«Wow, grazie,» dissi, con le guance in fiamme. Stavo per dirle che sapevo badare a me stessa, ma non avevo alcuna prova a sostegno di ciò. Lola vegliava su di me da quando avevo diciassette anni, quando il successo della band mi aveva trascinata in un vortice di registrazioni e tour non-stop. Non me l'ero mai cavata da sola né ero rimasta sobria abbastanza a lungo da provarci.

Ma potrei provarci. Se avessi fegato...

«Scusa se sono scorbutica, tesoro,» disse Lola. «Non voglio che ti succeda nulla. Non voglio che nulla rovini tutto questo, Kace.»

«Lo so,» risposi. «Ma procurarsi un nuovo gruppo di apertura è una seccatura.»

Sarebbe più semplice per le Rapid Confession procurarsi una nuova chitarrista.

Mi ritrovai di colpo quelle parole sulla punta della lingua, e rimasi sconvolta. Ma non riuscii a pronunciarle.

«Non vedo altre alternative,» mi punzecchiò Lola, «a meno che non ti assegniamo Hugo ventiquattr'ore su ventiquattro.»

Per farmi da babysitter.

All'improvviso non avevo più voglia di parlare con Lola. Avevo quella sera e tutto il giorno seguente prima di dover tornare in pista, e non volevo sprecarne un solo istante.

«Devo scappare,» dissi alla mia migliore amica. «Ci sentiamo più tardi?»

«Certo, ti mando un messaggio. Ehi, a proposito, come va con l'autista di limousine? È adorabile. E sexy. Non molti ragazzi riescono a essere entrambe le cose allo stesso tempo. Andate d'accordo?»

In pratica potevo vederla sogghignare, e sentii l'irritazione salire. Se avessi cercato di dirle che stavamo costruendo una potenziale amicizia non avrebbe capito, e di sicuro non avrebbe creduto che non avessi dormito con lui. Cavolo, se Jonah la sera precedente non fosse stato un gentiluomo, ci sarei andata a letto.

Un improvviso e piacevole brivido mi corse lungo la schiena a quel pensiero, perciò incrociai le gambe.

No. Questo è diverso. Jonah è diverso. Non è uno di quei tizi a caso con cui scopo. Lui è...

«È meraviglioso,» dissi. «Ciao, Lola.»

Riattaccai e lanciai il telefono nella borsa, proprio sul fondo.

Neppure un istante dopo, sentii il *bip* di un messaggio. Lo ripescai dalla borsa, e nel vedere il numero di Jonah il mio cuore si librò. Ma quando lessi ciò che aveva scritto, ritornai con i piedi per terra.

Devo darti buca per oggi. Troppo lavoro, poi cena di famiglia. Magari puoi ordinarti una pizza? Scusami.

«Merda,» dissi. La mia mano lasciò ricadere il telefono nella borsa. La delusione affondò i suoi denti, non solo per il fatto che mi aveva piantata in asso, ma per quello stesso messaggio, stringato e freddo.

Digitai *Nessun problema. Ci vediamo* e lo rilessi, soddisfatta che fosse disinvolto e disinteressato. Come doveva essere, ricordai a me stessa. Aveva una tabella di marcia da rispettare, e lo stava facendo.

Premetti invio.

* * *

Le ore trascorsero con lentezza. Non sapevo come fosse possibile sentire la mancanza di qualcuno che conoscevi solo da un giorno e mezzo.

Verso mezzogiorno, feci come aveva suggerito Jonah e ordinai una pizza vegetariana, nel caso più tardi ne avesse voluta una fetta, e un pacco da sei di Coca Light da un posto lì vicino che faceva consegne a domicilio. Feci zapping tra i canali mentre stavo accoccolata sul divano di Jonah. Quando iniziai a sentire freddo, andai in cerca della coperta verde e arancio, e infine la trovai appallottolata nello sgabuzzino.

Feci un secondo giro di pizza per cena, e su un canale via cavo trovai *Harry ti presento Sally*. Uno dei miei preferiti di sempre, ma finii per addormentarmi intorno alle nove. I miei ritmi del sonno erano un mistero, dal momento che di solito restavo sveglia finché qualunque festa a cui mi trovavo non finiva, e crollavo subito dopo. Ma le nove mi sembrava davvero presto. Immaginai che avessi parecchio da recuperare.

Mi appisolai per un po' dopo la scena dello "stupido tavolo da caffè", e mi risvegliai alla fine del film, quando Sally ed Harry erano alla festa di Capodanno. Sally era nel bel mezzo della sua dichiarazione di odio verso Harry, con l'eco della parola "amore" che risuonava dietro ogni "odio". Scoppiai a piangere, come facevo sempre. C'era voluto del tempo perché quei due si trovassero, anche se erano sempre stati lì.

La mia fantasia era l'esatto contrario. Avevo sempre sognato che il vero amore piombasse nella mia vita e mi facesse perdere la testa con un unico, eroico gesto. Lo avrei riconosciuto all'istante, tra noi la scintilla sarebbe scoccata subito. Niente dubbi o giochetti. Amore e lussuria a prima vista. Mi avrebbe salvata dal dolore e dalla solitudine, e non avrei mai più dubitato di essere amata.

Avevo creduto che Chett fosse quell'uomo. Ero stata la classica falena attratta dal suo fuoco, dalla sua luce, solo per finire bruciata e diventare un guscio vuoto quando la nostra relazione si era dimostrata tutta una maledetta bugia. E poi mi ero ritrovata senza nulla. Niente lavoro. Niente soldi. Nemmeno un diploma delle superiori. Dio solo sapeva cosa mi sarebbe successo se non avessi conosciuto Lola.

Ero passata dal dipendere da Chett al dipendere da lei, e persino adesso stavo trovando rifugio sotto il tetto di Jonah. La cosa non mi aveva mai disturbato prima di allora, ma adesso sì.

Mi disturbava molto.

Spensi la TV. Ora l'unica luce proveniva da una piccola lampada. Pensai di andare a letto, ma le palpebre si fecero pesanti ed ero troppo stanca per...

«Kacey?»

Una mano delicata era appoggiata sulla mia spalla.

«Mmh?» Mi risvegliai sbattendo le palpebre. Jonah era in piedi sopra di me, e poi si accucciò accanto al divano. «Sei tornato,» dissi.

«Sono tornato.» La sua espressione era sofferente, i suoi intensi occhi marroni seri. «Mi dispiace di averti lasciata sola tutto il giorno. Sono stato uno stronzo.»

«No...» Mi tirai su a sedere, più sveglia. «Hai il lavoro e la tua famiglia.»

«Sono stato uno stronzo. Sei qui solo per poco tempo, e sarei dovuto tornare per pranzo.»

Sentii un calore diffondersi nel mio petto, e divenni molto consapevole che solo un metro circa ci separava. «Sono sopravvissuta. Ho mangiato la pizza. Un sacco di pizza.»

Lui fece un lieve sorriso. «Stavo pensando che magari ti andrebbe di andare a prendere il dessert. Un gelato o qualcosa del genere. So che è tardi...»

«Ne sarei molto felice,» dissi, e quel calore si intensificò in un'ondata che mi arrossò le guance. «Puoi mangiare i dolci?»

Il sorriso smagliante di Jonah ricomparve, le labbra che si incurvavano pian piano fino a farlo diventare sempre più ampio, al punto da illuminargli gli occhi. «Mi inventerò qualcosa.»

CAPITOLO 13
Jonah

Guidai fino al Sprinkle Cupcakes e parcheggiai lungo una stradina sul retro. Alla nostra destra si ergeva l'Harrah's Casino, e la Strip era a pochi passi a ovest dal negozietto di cupcake. A quell'ora era chiuso, e l'espressione di Kacey si rabbuiò, finché non le mostrai il distributore automatico.

«Questo è un distributore automatico *di cupcake*?» disse, fissando il rettangolo rosa chiaro costruito su una parete del negozio chiuso. «Oh mio Dio, è la cosa migliore che esista.»

«Sapevo che ti sarebbe piaciuto.» Infilai il bancomat nella fessura per i pagamenti, e lo schermo del menù si illuminò. «Serviti pure.»

Lei digitò il suo ordine sullo schermo. Un macchinario dentro il distributore emise un rumore, e una porticina si sollevò per rivelare il suo cupcake: un red velvet con glassa alla crema di formaggio.

«Che fico!»

Io ordinai un semplice cupcake alla vaniglia. Voltai le spalle al distributore, destreggiandomi tra il dolce e il portafogli, e proprio in quell'istante Kacey raccolse con un dito un po' di glassa del suo red velvet e me la offrì.

«Vuoi assaggiare?»

«Aspetta...» Cercai di infilarmi il portafogli nella tasca posteriore dei jeans, ma quell'affare non voleva saperne di entrare. Kacey si alzò in punta di piedi e mi avvicinò il piccolo pezzo di dolce alle labbra. Non ebbi altra scelta se non mangiarlo dalle sue dita.

Inclinò il capo, lo sguardo radioso ed elettrico sotto le luci ambrate dei lampioni. «Buono, vero?»

Annuii, anche se proprio non sentivo il sapore del dolce.

«Hai un po' di glassa...» Allungò di nuovo la mano, e le sue dita sfiorarono l'angolo della mia bocca. Un tocco accennato che crepitò come una piccola scarica elettrica dritta verso il mio inguine, dove si posò, calda e intensa.

Le offrii il mio. «Assaggio?»

Non riuscii a dire altro. Assaggio. Dentro di me mi schernii. *Io Tarzan, tu Jane.*

Kacey prese un piccolo morso del mio cupcake, e la osservai leccarsi le labbra, lo sguardo fisso sulla sua bocca.

«Com'è?» chiesi, una frazione di istante prima che il mio sguardo fisso richiedesse una spiegazione.

«Buono.» Kacey fece un passo indietro e mi rivolse un sorriso. «Hai un ottimo gusto, Fletcher.»

Ci dirigemmo verso ovest in direzione della Strip, passeggiando lungo il marciapiede tra negozi e ristoranti, costeggiato da piante in vaso e alberi. Erano le undici passate di domenica sera, ma Las Vegas era ben sveglia. Coppie, gruppi di amici che ridevano e turisti che parlavano altre lingue ci passavano accanto, o si separavano per lasciarci il passo. Camminammo mangiando i nostri dolcetti, diretti lungo il viale verso il Caesar's Palace. Poi mi girai verso sud.

Volevo mostrarle il Bellagio.

«Fermiamoci qui,» proposi. Appoggiammo le braccia al muro di cemento bianco che circondava il laghetto di fronte al Bellagio. Al di là dell'acqua, l'hotel era illuminato con luci rosa e oro, e si piegava verso le piccole strutture del casinò sottostante come un libro aperto.

«È bellissimo,» disse Kacey. Si voltò per guardare la Strip. La torre Eiffel in scala ridotta riluceva di fronte all'hotel e casinò Paris dall'altra parte della strada. «L'Italia da un lato, la Francia dall'altro,» disse.

«Davvero non sei mai stata dentro un casinò?»

Scosse il capo. «Il programma del nostro tour è talmente assurdo che non abbiamo mai avuto tempo libero fino a dopo il concerto dell'altra sera. Per questo siamo qui fino a martedì, così Jimmy può andare negli strip club e giocare un po' d'azzardo. L'ultima volta che sono stata qui ero troppo giovane per potermi godere qualsiasi divertimento.»

«Sei venuta qui con i tuoi genitori?»

«No,» disse Kacey, rivolgendo lo sguardo alle acque scure e immobili di fronte a noi. «Non li vedo più molto.»

«Troppo impegnata con la band? Il tuo tour toccherà anche San Diego?»

Diedi un morso al dolce, e quando alzai lo sguardo l'atteggiamento di Kacey era del tutto cambiato. Si strinse tra le braccia, anche se la serata era calda e c'era una brezza leggera, e la luce nei suoi occhi si era attenuata mentre fissava l'acqua scura.

«No, non è in programma,» disse. «Non vedo i

miei genitori da quattro anni. Mio padre mi ha cacciata di casa quando avevo diciassette anni.»

Feci quasi cadere il dolcetto e il pezzo che avevo in bocca mi sembrò una roccia frastagliata. Lo mandai giù a fatica. «Ti ha cacciata di casa? A diciassette anni?»

Il mio tono era davvero troppo acuto e duro. Stavo esigendo una risposta da quel bastardo di suo padre, non da lei. Ma Kacey non batté ciglio né indietreggiò. Doveva aver compreso il mio sdegno, e forse si sentì persino un po' meglio grazie a esso.

«Una notte ho fatto intrufolare il mio ragazzo ventiduenne in casa dalla finestra della mia camera. I miei genitori ci hanno beccati... in una posizione compromettente, ed è stato troppo. Mio padre non aveva mai approvato nulla di ciò che facevo; detestava che suonassi la chitarra elettrica, ma quella è stata l'ultima goccia. Mi ha concesso di preparare i bagagli e mi ha chiuso la porta alle spalle. Non avevo neppure finito le superiori.»

Gettai quello che rimaneva del mio cupcake in un bidone lì vicino, avevo perso l'appetito. «Che razza di stronzo butta sua figlia in mezzo a una strada? E tua madre invece? Lei non ti ha aiutata?»

Le spalle di Kacey si sollevarono mentre sbocconcellava il suo dolce. «Non ha detto una parola. Non lo ha mai fatto. È silenziosa e remissiva. Mio padre non abusa di lei, non fisicamente. Ma può chiudersi come un riccio. Silenzio arido e glaciale per giorni se è davvero incazzato, e mia madre non riesce a gestirlo.»

«Perciò ti ha lasciata andare?»

Forse non avrei dovuto domandarlo, ma non avevo potuto farne a meno. Non comprendevo come la gente potesse prendersela con i propri figli. Quel genere di fallimento genitoriale, anzi *violazione*, mi era del tutto estranea. La mia infanzia era stata ridicolmente priva di problemi. Certo, mio padre era duro con Theo, e mia madre era un'ansiosa compulsiva, ma quello era il massimo delle mie lamentele. I miei genitori erano brave persone.

Avrebbero dovuto essere i tuoi, pensai, guardando Kacey. In un bizzarro scherzo del destino, eravamo finiti con i genitori sbagliati. I miei l'avrebbero adorata, avrebbero stravisto per lei. Avrebbero coltivato la sua passione per la musica e sarebbero stati fieri dei suoi risultati. Le avrebbero impartito una disciplina ferrea e appropriata, anziché cacciarla di casa.

I suoi genitori si meritavano un figlio malato terminale. La mia tragedia, inflitta a quel padre crudele e a quella madre smidollata, avrebbe avuto molto più senso. Se io e Kacey ci fossimo scambiati le famiglie, non avrei più temuto il fardello emotivo che mi sarei lasciato alle spalle, e lei sarebbe stata amata per sempre.

«Mia madre non ha lottato per me,» stava dicendo Kacey. Anche lei gettò via il suo cupcake. «Ha perso la sua voce quando ha sposato mio padre. Non so se potrò mai perdonarla per questo. Ciononostante, continuo a chiamarla di quando in quando. Non dice molto, ma penso che le faccia piacere che la chiami. Per sapere che comunque sono ancora viva.»

«Come sei sopravvissuta in strada?»

«Non ero in strada. Ho seguito Chett, il ragazzo con cui i miei mi hanno beccata. Mi aveva detto di volermi sposare, perciò gli sono rimasta accanto mentre lui seguiva quegli schemi per arricchirsi alla svelta, uno dopo l'altro. L'ho seguito fin qui. Aveva finito i soldi, perciò ha avuto la brillante idea di farmi fare la modella.» Fece il gesto delle virgolette muovendo le dita in aria. «Ho subito detto di no a quella merda.»

«Bene.» Le mie mani si serrarono in pugni, e me le ficcai in tasca.

«Ma quando ho detto a Chett che non intendevo collaborare, è andato tutto a rotoli. Ero minorenne. Non potevo bere, giocare d'azzardo e nemmeno entrare in un club per gente dai diciotto anni in su. Si è stancato di me molto in fretta. Mi ha mollata quando ha conosciuto un'altra. Una qualche ballerina.»

«Tu cosa hai fatto?»

«Ho fatto l'autostop per tornare in California, volevo riprovarci con i miei genitori. Tornare a scuola. Me la cavavo molto bene a scuola, a dire il vero.»

«Ci credo,» dissi.

Kacey sorrise grata. «Sono riuscita ad arrivare fino a Los Angeles. Ho provato un posto presso un rifugio della chiesa e lì ho conosciuto Lola. Lei aveva diciannove anni ed era con l'acqua alla gola come me. Lavorando come cameriera, era riuscita a mettere insieme abbastanza soldi per affittare uno squallido monolocale e ospitarmi da lei. Quando ho compiuto diciotto anni, ho iniziato a lavorare nel suo stesso ristorante e trascorrevamo i giorni liberi suonando nei parchi. Io cantavo e suonavo la chitarra, mentre Lola stava alle percussioni. Qualche mese dopo abbiamo trovato un annuncio di una ragazza che voleva mettere insieme una band, e il resto è storia.» Sollevò le mani. «Ed ecco perché, sino a oggi, non ho mai messo piede in un casinò.»

Annuii distratto, le mie emozioni che si fondevano in una ribollente rabbia verso gli uomini della vita di Kacey che l'avevano delusa così profondamente. «Che ne è stato di Chett?»

«Non lo so. Non mi importa,» disse con sufficiente calma, ma ormai avevo imparato che tutto ciò che Kacey provava si rivelava nei suoi grandi occhi luminosi. A lei importava di tutto, con passione.

Le importa al di là dell'immaginabile.

Quel pensiero mi aiutò a reprimere la rabbia che mi stava addentando lo stomaco.

«La senti?» domandò Kacey. «È la serata che muore di una morte lenta e dolorosa grazie alla mia storia strappalacrime.»

«Scusa se ho ficcato il naso.»

Lei fece un gesto come per scacciare via le mie scuse. «Non c'è problema. Mi piace parlare con te. Di solito non parlo della mia vita. Mai. Quindi tutte le cose represse si accumulano e faccio qualcosa di stupido come chiamare i miei. Vengo rifiutata, il rifiuto mi fa ubriacare fino a stordirmi, scateno una rivolta nel camerino e un attimo dopo mi risveglio sul divano del mio autista di limousine.»

«Un circolo vizioso.»

«Oh, non saprei,» disse Kacey. «La parte del divano non era così male.»

Calò un breve silenzio. Nonostante i moniti di attenermi alla mia tabella di marcia e non affezionarmi a quella ragazza che se ne sarebbe andata nel giro di due giorni, sentivo che stavo cedendo, che volevo prendermi sulle spalle quel dolore che si era fidata a raccontarmi. Volevo darle qualcosa in cambio.

«Vuoi venire a vedere il laboratorio domani?» chiesi. «Potresti vedere come funziona il tutto, o magari guardarmi realizzare qualcosa...»

Sentii un calore sulla nuca. Sembrava davvero presuntuoso e noiosissimo al tempo stesso. Come se le avessi chiesto di guardarmi lucidare la mia collezione di monete.

Ma poi Kacey batté le mani. «Dici sul serio? Mi piacerebbe molto.»

«Davvero?»

Usò l'indice per inarcare una delle sue sopracciglia scure. «Davvero.»

Mi chinai all'indietro, ridendo a crepapelle come non facevo da mesi. Gli ingranaggi arrugginiti dentro di me cigolarono per il poco utilizzo, e il mio imbarazzo svanì nel nulla.

«Muoio dalla voglia di vedere come crei quei pezzi bellissimi,» disse Kacey. «Stavo iniziando a pensare che fosse solo per fare scena, Fletcher. Che li ordinassi su Etsy e li spacciassi per tuoi per fare colpo sulle ragazze.»

«Sono davvero miei, lo giuro.»

La sua risata riecheggiò sopra il laghetto e dentro di esso, e sentii delle tracce della sua splendida voce quando cantava. Fece per dire qualcos'altro, quando la musica riempì la piazza di fronte al Bellagio, la struggente intro col flauto di *My heart will go on*.

Kacey mi strinse il braccio. «È la canzone di *Titanic*? Oh mio Dio, è lei. Perché stanno...?» Lasciò la frase in sospeso, mentre la voce di Celine Dion aumentava d'intensità e le fontane del Bellagio iniziavano il loro spettacolo.

Getti d'acqua si sollevarono dal laghetto, ondeggiando a ritmo di musica. All'inizio si mossero con delicatezza, quasi timidamente, come delle coppie al primo appuntamento, toccandosi e poi ricadendo sullo specchio d'acqua. Delle luci blu li illuminavano dal basso. Mentre la canzone aumentava d'intensità, altri getti si sollevarono più in alto e ricaddero con più forza, creando delle nuvole di foschia. I colori passarono dal rosso al viola chiaro e poi al bianco argenteo. La canzone raggiunse il suo crescendo, e la stretta di Kacey sul mio braccio aumentò. Il suo sguardo si addolcì mentre osservava quella danza acquatica, ma io non riuscivo a guardare altro che lei. Lo spettacolo era sullo sfondo rispetto a lei.

La canzone si affievolì sulle note finali, e gli alti getti d'acqua divennero di nuovo aggraziati archi, che si incrociavano l'uno con l'altro in coppia, come ballerini o amanti, per poi scivolare sotto la superficie al termine della canzone.

Kacey tirò su con il naso e si asciugò gli occhi. «Non me lo aspettavo.» Alzò lo sguardo su di me. «È stata una cosa bellissima.»

«Già,» dissi a bassa voce. «Bellissima.»

* * *

Di ritorno al mio appartamento, aprii la porta e la tenni aperta per Kacey. Lei mi sorrise quasi con timidezza mentre entrava.

Porca miseria, è un appuntamento, pensai, chiudendo la porta a chiave. *Sono appena uscito con Kacey per un appuntamento e adesso... Questa è la fine dell'appuntamento.*

«Grazie per il cupcake,» disse lei dal salotto. «E per lo spettacolo acquatico. Era previsto?»

«Conosco questa città. Ad eccezione del periodo post-laurea, ho sempre vissuto qui. E sapere dove sono gli spettacoli migliori fa parte del mio lavoro.»

«Sei bravo nel tuo lavoro,» disse. «A dire il vero, sei proprio eccezionale.» Mi si avvicinò, posò una mano sul mio avambraccio e si allungò per darmi un bacio sulla guancia. «Buonanotte.»

Aspettai che indietreggiasse prima di parlare, non mi fidavo ad aprire la bocca con la sua così vicina.

«Buonanotte,» dissi. La fissai mentre si dirigeva in camera mia. Entro pochi istanti sarebbe stata nel mio letto, con i capelli riversi sul mio cuscino...

Brutta storia. Molto, molto brutta.

Indossai i pantaloni del pigiama e una t-shirt che avevo nascosto nello sgabuzzino, e mi accomodai sulla poltrona reclinabile. Mi posai una mano sopra il cuore malato, che doleva per ragioni che non avevano nulla a che vedere con la mia cartella clinica o la diagnosi, o qualsiasi tremenda biopsia. Mi doleva perché sentivo ancora le morbide labbra di Kacey sulla mia guancia, e mi mancava.

Era a cinque metri di distanza, e non aveva ancora lasciato Las Vegas con la sua band, ma comunque mi mancava lo stesso.

CAPITOLO 14
Kacey

Jonah lavorò al laboratorio tutta la mattina seguente. Tornò da me verso mezzogiorno e pranzammo insieme al ristorante cinese, chiacchierando e ridendo di tutto e niente. Dopo due pranzi e un cupcake, mi sentivo un po' come se stessi diventando parte della sua routine. Non era vero, ma pensarlo mi rendeva felice.

Dopo pranzo guidò fino a una zona industriale nei sobborghi di Las Vegas. Lo scenario fuori dal finestrino era più desertico che civilizzato. Moltissimi capannoni e edifici fatiscenti con rivestimento in alluminio. Parcheggiò il pick-up di fronte a quello che sembrava un piccolo hangar con tre camini. Le pesanti porte metalliche a scomparsa cigolarono mentre le apriva, poi mi fece cenno di entrare.

Jonah rise di fronte alla mia espressione. «So che non c'è molto da vedere.»

Su quello non avevo nulla da ridire. Il laboratorio era circa una decina di metri quadrati di cemento e acciaio, più rovente del caldo del Nevada in piena estate, e odorava di legna bruciata. Un impianto di aria condizionata stava portando avanti una battaglia persa contro due fornaci, una grande e una piccola, che ricoprivano un'intera parete. Davanti a una delle fornaci incandescenti c'era una panca con sponde da entrambi i lati, come degli alti braccioli in acciaio. Accanto alla panca c'era un tavolo con sopra un dizionario spesso e bruciacchiato, e degli utensili a mollo in un secchio d'acqua; tenaglie, tazze e mestoli dall'aspetto strano.

«Lasci le fornaci accese?» domandai, facendomi aria mentre il caldo mi avvolgeva e mi stritolava.

«Di notte le abbasso,» disse Jonah, «e le alimento di nuovo di giorno. Altrimenti ci vuole troppo tempo perché siano abbastanza calde. Lassù c'è l'allarme...» indicò con il capo un'unità da parete con delle luci lampeggianti, «...che mi avvisa sul telefono se ci sono problemi.»

Girovagai oltre una rastrelliera di tubi in acciaio, ognuno lungo circa un metro, su una parete vicina. Accanto c'era un piccolo tavolo di metallo sgombro.

«Quindi è qui che avviene la magia,» dissi.

«Nelle giornate buone.»

«E quali sono le giornate cattive? Quando rompi qualcosa?» I miei piedi calpestarono dei frammenti di vetro sul pavimento, mentre avanzavo tra le fornaci e il tavolo di metallo.

«Rompere un pezzo finito sarebbe un vero schifo, sì.» Jonah bussò con le nocche su un tavolo di legno con degli attrezzi dall'aspetto curioso. «Una giornata cattiva è più che altro una in cui non ho concluso abbastanza.»

«La galleria ti ha dato una scadenza piuttosto serrata?»

Una strana espressione comparve sul volto di Jonah,

un sorriso lieve che non arrivava ai caldi occhi marroni. «Diciamo di sì.» Diede uno sguardo al suo orologio. «Tania è in pausa pranzo. Tornerà tra poco, così potrai conoscerla.»

«Ci vogliono sempre due persone per realizzare un'opera?»

«Non sempre,» disse Jonah. «La maggior parte dei pezzi singoli li faccio da solo, quelli che verranno venduti alla galleria. Ma per le sezioni più ampie dell'installazione ho bisogno di aiuto.»

Mi guardai intorno. «Dov'è l'installazione?»

«Oltre quella porta.» Jonah indicò una porta sulla parete più lontana. «È lì che tengo tutti i pezzi completati.»

«Perciò...» Mi dondolai sui talloni. «Posso avere un'anteprima? Dal momento che non ci sarò in ottobre per l'inaugurazione della galleria. Mi sembra giusto.»

«Te lo farò vedere, ma non sarà nulla di particolarmente spettacolare.»

Mi condusse nella stanza sul retro. Dalle finestre filtrava una tenue luce che illuminava decine e decine di scatoloni di carta, alcuni aperti e straripanti di pluriball o di quei riccioletti di polistirolo che mia nonna chiamava "cacca di fantasma". Altre scatole erano sigillate e impilate, a un'altezza non superiore al metro, con stampato dappertutto FRAGILE. Altri scatoloni appiattiti erano impilati o allineati contro le pareti in cemento, in attesa di essere riempiti. Su un tavolo da lavoro, lungo almeno sei metri, c'erano i pezzi dell'installazione di Jonah.

Avanzai con lentezza verso il tavolo, con la paranoia di poter rompere qualcosa anche senza toccare nulla.

Lunghi riccioli di vetro giallo e arancione erano posati accanto a strisce blu e verdi, arricchite con screziature dorate e ghirigori viola scuro. Dei pezzi in vetro bianco e schiumoso occupavano un'altra sezione del tavolo, imperlati d'incandescenza. Nell'ultima sezione si trovavano sculture di vetro che mi tolsero il fiato: delicati cavallucci e draghi marini, bianche meduse luccicanti sospese in sfere nere, e persino un polpo, con i tentacoli incurvati per circa un metro e mezzo e la pelle increspata da strisce di colore.

Con cautela, tracciai con il dito il bordo smussato di un pezzo in vetro che somigliava a un grosso cubetto di ghiaccio con le fronde corallo. Al suo interno nuotava la perfetta riproduzione di una tartaruga marina.

Guardai Jonah, così tante domande cercavano di fuoriuscire dalla mia bocca aperta, ma nessuna vi riuscì.

Lui si infilò le mani nelle tasche frontali dei jeans. «Non c'è molto da vedere al momento. La maggior parte è già stata impacchettata.»

Scossi il capo. «Sono fantastici. Non ho mai visto niente del genere in vita mia.»

«Grazie.»

«Il resto è nelle scatole? Da mandare alla galleria?»

Annuì. «Non potrò unire il tutto finché non arriverò alla galleria.»

«Ma come sai a cosa lavorare se non puoi vedere tutto l'insieme? È come... scrivere una canzone senza mai suonarla fino al momento del concerto.»

Jonah fece spallucce e si picchiettò la tempia. «Ho tutto qui.»

Probabilmente fraintese la mia espressione sciocccata, perché mosse una mano come per scacciare via un cattivo odore. «Dio, sembra pretenzioso da morire.»

«No, penso di capire.» Indicai il tavolo. «È come uno scavo archeologico ad Atlantide. Come se trovassi i pezzi uno alla volta, e non potessi ancora rimetterli insieme.»

«Sì, mi piace pensarla così.» Il suo sguardo scorse sui pezzi sparpagliati della sua arte. «Credo che una parte del lavorare con il vetro sia che non sai esattamente cosa verrà fuori. La forma e la colata... Il fuoco determina così tanto di ciò che fa il vetro, come può cambiare il colore e la forma. Con alcuni pezzi, tipo la fauna marina, preparo un disegno completo, ovvio. Ma per l'installazione nel suo insieme cerco di seguirla anziché costringerla a essere ciò che non vuole essere.»

Calò un breve silenzio. Guardò verso di me e sollevò il sopracciglio. Scoppiai a ridere e gli diedi una gomitata al fianco. Adoravo sentirlo parlare della sua arte. Un'arte di cui non sapevo nulla, ma che era incredibilmente bella, persino così, sparpagliata in pezzi su un tavolo.

«Okay, fammi vedere,» dissi. «Muoio dalla voglia di vedere come fai. Puoi lavorare e intrattenermi al tempo stesso.»

Per un istante sembrò pensieroso, poi annuì, come se stesse rispondendo a un pensiero privato.

Tornammo nell'area principale del laboratorio. Jonah prese uno dei tubi in acciaio inossidabile dalla rastrelliera alla parete, e io mi sedetti sulla panca con le due sponde.

«Quella mi servirà,» mi disse. Prese una sedia dal muro di fronte e la sistemò per me accanto alla panca.

«Farai qualcosa per l'installazione?»

«No,» disse. «Un pezzo piccolo. Da vendere alla galleria. Penso una bottiglietta di profumo.»

«Mi piacciono le bottigliette di profumo graziose.»

«Ah sì?» domandò di spalle, mentre sistemava una delle estremità del tubo nella fornace più grande, rigirandosela avanti e indietro tra le mani nel mentre.

Quando estrasse il tubo dalla fornace, alla sua estremità c'era appesa una piccola sfera disciolta, all'incirca delle dimensioni di una pallina da tennis. Si diresse al tavolo di acciaio e ci fece rotolare sopra il vetro, avanti e indietro, fino a che non somigliò a una spessa punta di freccia, poi la mise nella fornace più piccola, come se stesse arrostendo un marshmallow su un falò da campeggio. Il fuoco all'interno della fornace piccola brillava con un'intensità dieci volte maggiore rispetto a quello più grande in cui si trovava il vetro fuso.

Jonah si rigirò ancora e ancora il tubo tra le mani. Sul collo e sui bicipiti era comparso del sudore, e osservai quei muscoli muoversi mentre lavorava.

«Kacey?»

Distolsi lo sguardo dalle sue braccia. «Scusami, come?»

«Colore?» Trasportò il tubo con la freccia di vetro rilucente fino a uno scaffale pieno di vassoi. Mantenni una distanza di sicurezza dalla freccia di fuoco che aveva in mano, e vidi che ogni vassoio era pieno di frammenti di vetro schiacciati di vari colori.

«Forza,» disse.

«Viola,» dissi con solennità. «Per Prince.»

«Ottima scelta.»

Jonah premette un lato della rilucente forma incandescente nel vassoio con i frammenti di colore viola. Ruotò il tubo con destrezza e premette il vetro riscaldato dall'altro lato. Aveva un aspetto spugnoso mentre raccoglieva i pezzetti di vetro. Con due strisce di frammenti viola appiccicati al vetro fuso, Jonah portò il tubo verso la fornace piccola, sempre rigirandoselo tra le mani. Quando lo tirò di nuovo fuori, i frammenti di vetro si erano sciolti.

«Perché ruoti il tubo avanti e indietro?» chiesi.

«Se non lo tengo sempre in movimento il vetro esplode in un disastro rovente di dolore liquido che brucia tutto ciò che tocca nel raggio di sei metri.»

Incrociai le braccia e gli rivolsi un'occhiataccia.

«Mantiene l'insieme centrato.»

«Ti ha mai detto nessuno che sei un simpaticone?»

Sogghignò. «Qualcuno. Una o due volte.»

Dovevo concordare con Lola, era davvero adorabile.

Mi sedetti sulla sedia, e Jonah si portò l'estremità del tubo in bocca e ci soffiò dentro in piccoli respiri.

«Ci sai fare con la bocca,» dissi ridendo.

«Se pensi che questo sia divertente, la fornace piccola viene chiamata "glory hole".»

«Sul serio?»

«Sul serio.» Si sedette sulla panca con le sponde di metallo. «Non fare pensieri sporchi, Dawson.»

«Non posso. I miei pensieri sono impossibili da ripulire.»

Jonah mi fece un sorrisetto, gli occhi pieni di calore. Si sedette sulla panchina rivolto in avanti, come se fosse in sella a un cavallo, e appoggiò il tubo sulle sponde, così da avere la lucente palla di vetro davanti a sé. Usò le sponde per far rotolare il tubo con una mano, e prese un mestolo di legno dal secchio d'acqua. Il vetro sfrigolò e si alzò del fumo mentre lo sosteneva con il mestolo di legno, facendo ruotare entrambi così da trasformare la forma a punta di freccia in una piccola sfera.

«Quando hai capito che era questo che volevi fare?» Presi un paio di tenaglie che sembravano fatte con due lame di coltello. «Com'è che uno finisce a soffiare il vetro?»

«Bevendo il corrispettivo del mio peso in birra e shottini di whisky e facendomi quasi arrestare per ubriachezza molesta,» disse. «Cosa che a Las Vegas non è un'impresa da poco, mi permetto di aggiungere.»

«Okay, questa devo sentirla.»

«Per il mio ventunesimo compleanno, io e un paio di amici ci siamo ubriacati e abbiamo fatto il giro dei casinò. Abbiamo giocato d'azzardo e bevuto, e poi bevuto ancora, fino a essere discretamente sbronzi.»

«Sto cercando di immaginarti ubriaco e non ci riesco,» dissi. «Il che non è molto giusto, in fin dei conti.»

«Tu sei un'ubriaca molto più carina,» rispose lui, incrociando il mio sguardo. «In fin dei conti.»

Sentii il rossore risalirmi fino alle guance, e Jonah si schiarì la voce. «Comunque,» disse. «Il mio migliore amico, Oscar, era a capo dell'intera spedizione. Avevamo cinque casinò sull'itinerario, seguiti da uno strip club.»

«Uno strip club? Vergogna.»

«Non faceva per me, a essere onesti,» disse Jonah. «Ma comunque non ci sono mai arrivato. Abbiamo barcollato dentro il Bellagio e io mi sono sdraiato sul pavimento al centro della hall e mi sono rifiutato di alzarmi.»

«Il *pavimento*?» Battei le mani. «Questo mi fa sentire *davvero* meglio rispetto all'aver vomitato nella tua limousine. Ti prego, continua.»

Si mise a ridere. «Non ricordo molto, eccetto il fatto che vedevo il soffitto girare. Ma porca miseria, che soffitto. Venti metri di arte in vetro soffiato. Una profusione di colori in qualche modo armonica. Un caos pianificato, se la cosa ha senso.»

Posai il mento sulla mano. «Ce l'ha.»

«Sinceramente ho pensato di stare avendo le allucinazioni,» disse. «Durante le lezioni all'Università del Nevada avevo studiato Dale Chihuly, un mastro soffiatore di vetro, e sapevo che i suoi lavori erano qui a Las Vegas. Ma non mi ero mai interessato al vetro. Né ero mai stato dentro il Bellagio. Ma quella notte, persino ubriaco da far schifo, quell'installazione mi rimase impressa. Volevo sapere come fosse possibile creare qualcosa del genere con il vetro. Farlo sembrare come un giardino fiorito che fuoriusciva dal soffitto.

«Il giorno dopo sono tornato al Bellagio. Avevo dei tremendi postumi della sbornia, ma volevo vedere se quel soffitto era straordinario come lo ricordavo, o se ero stato semplicemente un idiota ubriaco incantato dai bei colori.»

«Non eri stato un idiota ubriaco.»

«La giuria deve ancora emettere un verdetto su quello,» disse Jonah con un sorrisetto, alzandosi per rimettere il pezzo di vetro nel fuoco. «Ma non ero incantato, ne ero ossessionato. Ho letto tutto ciò che potevo su Dale Chihuly. È diventato il mio idolo, e lo è ancora. Quella settimana il mio focus si è spostato dalle luci al vetro, e per la prima volta ho tenuto in mano un cannello e ho visto un'opera prendere vita. Ho capito che era quello che volevo fare per il resto...» Tossì e si ripulì il mento sudato sulla spalla. «Per il resto dei miei studi.»

«Mi piace ascoltare di come qualcuno scopre la propria passione,» dissi. «O di come lei trova lui.» Mi guardai intorno. «Ma questo non è come dipingere, dove basta prendere un pennello e delle tele. Posso fare l'impicciona?»

«Vuoi sapere come ci si possa permettere questo posto, gli utensili, un'assistente e tutto il vetro che uno desidera con uno stipendio da autista di limousine?»

«Qualcosa del genere.»

«Non pago per nulla di tutto ciò. Ho vinto una

sovvenzione dalla Carnegie Mellon.» Tornò alla panca e prese il dizionario inumidito e bruciacchiato per usarlo per ruotare il vetro, come se lo stesse lucidando. L'odore della carta bruciata si propagò nell'ambiente, e sebbene avesse del vetro fuso bollente a pochi centimetri dalle mani nude, non sembrava affatto preoccupato. Lo ruotò e gli diede forma con l'esperta disinvoltura di chi lo aveva già fatto migliaia di volte.

È un professionista, pensai. *Un maestro.* Mi sentii stranamente orgogliosa mentre lo osservavo. «Non mi sorprende che tu abbia vinto una sovvenzione.»

«In verità è stata una sorta di premio di consolazione,» disse Jonah. «Mi sono ammalato al terzo anno alla Carnegie e non mi sono potuto diplomare. Sono stato in ospedale per cinque mesi, e quando ne sono uscito... non ci sono tornato. I miei genitori volevano che restassi qui. Soprattutto mia madre.»

«Posso immaginare,» dissi a voce bassa, appena sopra il costante sfrigolare e ruggire del fuoco.

«Ma avevo una borsa di studio completa per la Carnegie, e quando ho detto loro che non potevo rimanere per prendere la laurea, mi hanno dato la sovvenzione per realizzare questa installazione. Una specie di progetto di tesi.»

«Devi essere uno speciale, Fletcher, perché ti diano così tanto denaro.» Mi portai un ciuffo di capelli dietro l'orecchio. «Ma è un vero peccato che tu abbia dovuto lasciare la Carnegie. Posso chiederti...?»

«Come mi sono ammalato?» Tornò alla fornace per rimettere di nuovo il vetro nel fuoco.

Annuii. «Non riesco a capire come possa un venticinquenne ritrovarsi ad aver bisogno di un trapianto di cuore.»

Jonah annuì, e quando parlò la sua voce era piatta.

«La scorsa estate sono andato con un gruppetto di amici in viaggio in Sudamerica. Perù, Colombia, Venezuela. Ho preso un virus mentre eravamo accampati fuori Caracas. Pensano che l'abbia preso nuotando in un fiume, sebbene i miei amici e la mia ragazza di allora ci abbiano nuotato a loro volta. In seguito ho scoperto di avere una predisposizione genetica che mi rendeva vulnerabile al virus.»

Tornò alla panca a far rotolare e lucidare il pezzo.

«Ho anche scoperto di avere un tipo di tessuto raro, cosa che ha reso un po' complicato trovare un donatore di cuore. Stavo avendo una giornata davvero brutta quando abbiamo ricevuto la chiamata che ci avvisava che ne avevano trovato uno, il più compatibile che potessero trovare. Ho subìto il trapianto e... tutto è bene ciò che finisce bene, giusto?»

«Sono felice che sia finito tutto bene,» dissi con dolcezza.

Lui non rispose, appese il cannello a testa in giù a un gancio dal soffitto sopra di lui. Sembrava come se all'estremità avesse una lampadina accesa. Prese un secondo tubo dalla fornace grossa in cui si trovava il vetro e tornò con una piccola manciata.

«Quello cosa diventerà?» chiesi, lieta di essere in grado di chiedere qualcosa di innocuo, tanto per cambiare.

«Il collo della bottiglia.» Sedette sulla panca, facendo ruotare il tubo, e prese un paio di quelle che sembravano delle pinzette giganti. Ne premette una parte nel piccolo pezzo di vetro e poi iniziò a spingere, formando un bordo.

«È come una caramella al mou,» dissi.

«Più o meno.»

Lavorò per un po', allungando il collo e poi tagliandone l'estremità per rendere l'apertura perfettamente tonda.

«C'è un silenzio tremendo qui,» disse Jonah, e il suo sorriso fu di nuovo caloroso. «Davanti a me c'è quella che ben presto sarà una chitarrista di fama mondiale, ma non sento musica. Non ha senso.»

Allungai le gambe davanti a me per studiarmi gli stivali. «La mia chitarra acustica è in un furgone con gli altri strumenti della band. Credo.»

«Se accendo la radio, sentirò una delle tue canzoni?»

«Probabile,» dissi. «*Talk me down* va piuttosto forte al momento.»

«L'ho sentita. Non vado matto per la melodia, a essere onesto, ma il testo è davvero buono.»

«L'ho scritto io.»

Jonah si bloccò e mi guardò con intensità. «Davvero?»

«Sorpreso?»

Ci pensò su per un istante. «No.»

Le mie guance si fecero bollenti e dovetti distogliere lo sguardo. «Ma smettila.»

Jonah prese il primo cannello dal gancio al soffitto, poi si sedette di nuovo sulla panca. «Posso farti una domanda?»

Feci un sorrisetto. «No.»

Lui mi rivolse un'occhiata, poi tornò al suo lavoro. «Non sembri troppo entusiasta di essere una rockstar, perciò perché non fai quello che ti piace? Tipo scrivere quello che vuoi e cantarlo tu stessa?»

«Canto un po'. Il controcanto. Le Rapid Confession hanno già una cantante, e Jeannie non vuole che lo si dimentichi mai.» Sorrisi mesta. «Le sta bene che scriva delle canzoni, basta che le canti lei. È la sua band.

E faccio parte della *sua* band in pratica da quando mio padre mi ha cacciata. È l'unica cosa che so fare.»

Jonah unì tra loro il collo della bottiglia con la palla di vetro, poi staccò tutto il pezzo dal primo cannello. Lo portò alla fornace grossa, spiegandomi che ci avrebbe aggiunto sopra un altro strato di vetro trasparente. Tornò alla panca per riprendere a ruotare e modellare.

«Sto iniziando a vedere una bottiglietta,» dissi. «È già bellissima. Hai davvero molto talento.»

«Anche tu,» disse, senza alzare lo sguardo dal suo lavoro. «Ma tutte le parti del tuo talento, cantare, suonare la chitarra, scrivere canzoni... Sono tutte sparpagliate, come la mia installazione. O una *costellazione*. Mettile insieme...» A quel punto alzò lo sguardo, con un sorriso gentile. «L'insieme potrebbe essere davvero spettacolare.»

Sentii ribollire dentro di me un centinaio di emozioni diverse. Le parole di Jonah erano frammenti dei miei stessi pensieri. Riflessioni che non avevo mai avuto il fegato di mettere insieme da sola. Un attimo prima stavo per sbottare, dicendogli di occuparsi dei fatti suoi, quello dopo avrei voluto gettargli le braccia al collo e ringraziarlo per...

Per cosa?

Non ne avevo idea.

E desideravo disperatamente un drink.

«È finito,» disse Jonah, alzandosi in piedi. Staccò tutto il pezzo dal cannello, sorreggendolo con un enorme guanto, simile al guantone di un ricevitore, e lo portò verso un terzo forno. «Quello è l'essiccatoio. Deve raffreddarsi pian piano. Per domani sarà finito.»

Chiuse lo sportello e si voltò verso di me, che non mi ero mossa dalla sedia.

«Scusa se sono sceso troppo sul personale.» Si

massaggiò la nuca con una mano, il sudore che gli imperlava la fronte. «È davvero facile dimenticare che ti ho conosciuta solo ieri.»

«So cosa intendi,» dissi. I miei pensieri turbolenti si placarono, assieme al desiderio di uno shot di qualcosa di forte. Mi alzai in piedi e lo raggiunsi all'essiccatoio. «È facile parlare con te, Fletcher.» Gli rivolsi un'occhiata. «Forse un po' *troppo* facile.»

«Lo stesso vale per te, Dawson.»

Sbirciai attraverso la finestrella schermata. «Non riesco a vederlo.» Mi voltai e ci trovammo faccia a faccia, separati solo da un metro. «Voglio vederlo prima di partire da Las Vegas.»

«Me ne assicurerò,» disse lui pacato.

I nostri sguardi si incrociarono, come se fossero in cerca l'uno dell'altro. Non riuscivo a muovermi. Non volevo farlo. Volevo rimanere nel suo spazio, sentire il suo sguardo dolce su di me, respirare il profumo della sua pelle e dei suoi vestiti. La sua presenza mi scivolava su e giù per tutto il corpo. I secondi che passavano sembravano espandersi e cristallizzarsi. Se mi fossi mossa, li avrei infranti.

Non voglio andarmene.

Quasi lo dissi. Avevo le parole sulla punta della lingua.

Allora non farlo, mi rispose lui nella mia mente, e avvertii un sollievo tangibile, come se lo avesse detto a voce alta. Come se avessi una vita diversa da quella che mi attendeva nel giro di due giorni.

«Dovremmo rientrare,» disse, la voce intensa e, alle mie orecchie, pervasa dal rammarico.

Annuii. «Okay...»

Sentimmo aprirsi la porta d'ingresso, e una voce di

donna chiamò a gran voce. «Ehilà? Scusa se ho fatto tardi. Non crederai mai... Oh. Ciao.»

Una giovane donna con pelle color caramello e occhi scuri si avvicinò a noi. Indossava dei jeans e un top sportivo. I suoi capelli erano un'esplosione di ricci scuri tenuti a bada da una fascia colorata. Era stupenda.

«Tania King,» disse Jonah, «questa è Kacey Dawson. È... un'amica.»

«Molto piacere, Kacey,» disse Tania, porgendomi la mano con un sorriso disinvolto e amichevole. «E com'è che vi conoscete?» domandò, le sopracciglia inarcate per la curiosità quasi fino alla fascia per capelli.

«Kacey è qui per qualche giorno con la sua band,» spiegò Jonah. «Resterà con me fino a martedì.»

Gli occhi di Tania sembravano sul punto di schizzarle via dalle orbite. «Davvero? È *meraviglioso*. E inaspettato...»

«Stavo solo facendo fare a Kacey un tour del laboratorio,» la interruppe Jonah.

Annuii vigorosamente. «È fantastico. Jonah ha realizzato un pezzo per l'inaugurazione della galleria per farmi vedere come viene preparato. Ha un talento incredibile.»

«Sono d'accordo,» disse Tania. «E io adoro dirgli quanto sia talentuoso perché lui non lo sopporta. Proprio per niente. Guardalo.»

Jonah stava alzando gli occhi al cielo e scrollando la testa, mentre il rossore gli risaliva lungo il collo. La sua modestia era sincera, perciò sexy da morire.

Merda, adesso sono io *che sto arrossendo...*

«Che pezzo hai fatto dunque?» gli chiese Tania. «Così lo depenno dalla lista.»

Jonah si passò una mano tra i capelli. «Ehm, è...»

«Una bottiglietta di profumo,» dissi. «È

bellissima.»

Tania aggrottò la fronte. «Una bottiglietta di profumo. Non ricordo che...»

«Devo riportare Kacey a casa mia,» disse Jonah in fretta. «Sarò di ritorno per concludere il lavoro di oggi.»

«Certo, certo,» disse Tania. Sostenne lo sguardo di Jonah per un istante, poi si voltò verso di me. «Ti rivedrò prima che tu parta?»

«No,» dissi. «Abbiamo il volo domani.»

Di nuovo, lo sguardo di Tania incrociò quello di Jonah. Sembrò intercorrere una conversazione silenziosa tra loro, che mi ricordò quella tra lui e suo fratello nella sua cucina il giorno prima.

«Beh, è un vero schifo,» disse infine.

«Tania non si esprime molto bene,» disse Jonah asciutto.

«E non è una fortuna per te che sia così?» ribatté lei. «È stato un piacere conoscerti, Kacey.»

Mi porse di nuovo la mano, ma io invece la abbracciai. «Anche per me, Tania. Magari tornerò a farvi visita presto.»

«Sì,» disse. «Credo che sarebbe proprio una buona, buonissima idea.»

* * *

«Tania è fantastica,» dissi in macchina verso casa. «È la tua assistente da molto?»

«Da quando ho iniziato l'installazione,» disse Jonah. «Circa due mesi fa. È all'ultimo anno all'Università del Nevada. Arti industriali e simili. Sono fortunato ad averla.»

«È sembrata così felice di vedermi. Mi ha fatto

piacere.»

Jonah si mosse sul sedile. «È fatta così. È amichevole.» Mi rivolse un'occhiata, poi tornò a guardare la strada. «La verità è che... da quando ho iniziato l'installazione mi sono allontanato da molte persone.» Stava parlando lentamente, come se stesse studiando ogni parola prima di pronunciarla. «Ho Tania, Theo, i miei genitori e i miei migliori amici, Oscar e Dena. Sono gli unici per cui ho tempo. Penso che Tania fosse felice perché ho portato qualcuno di nuovo al laboratorio.»

«Oscar e Dena sono gli amici che ho visto nelle tue foto? Il ragazzo afroamericano con un bel sorriso? La ragazza carina che sembra del Medio Oriente?»

«Sono loro. I genitori di Dena vengono dall'Iran. Lei e Oscar stanno insieme da anni. In verità dovrei uscire con loro stasera. Ci vediamo ogni settimana. Rientra nella mia routine, come la cena con i miei.»

«Oh.» Mi rigirai le mani in grembo. «Non c'è problema. Credo che io...»

«Ma stavo pensando che, dal momento che è la tua ultima notte qui, magari potrei disdire.»

«No, no,» dissi, anche se sentivo la felicità sbocciarmi in petto. «Non voglio interferire...»

«Avrei voglia di mettermi tranquillo e guardare un film.» Arrivammo a un semaforo rosso e Jonah si voltò verso di me, un sorrisetto che gli incurvava le labbra. «C'è qualche classico degli anni Ottanta in programma?»

«Potrebbe esserci.»

Il semaforo diventò verde, e lui riportò lo sguardo sulla strada. «Sembra ottimo.»

«Già,» dissi, posando il mento sulla mano per nascondere il sorriso idiota sul mio volto. «Sembra perfetto.»

CAPITOLO 15

Jonah

Quando intorno alle otto il mio cellulare squillò, sapevo che si trattava di Theo. Già Tania mi aveva fatto una testa così di ritorno al laboratorio quel pomeriggio, con domande su domande riguardo a Kacey. Mi ero attenuto alla storia, ossia che sarebbe partita il giorno dopo.

«E la bottiglia di profumo?» aveva chiesto Tania, le labbra incurvate in un sorrisetto malizioso. «Non ricordo che fosse sulla lista per la galleria.»

«L'ho aggiunta io.»

«Come vuoi tu, capo,» aveva detto lei, per poi lasciar cadere l'argomento.

Theo, d'altro canto...

«Oscar mi ha mandato un messaggio,» disse. «Hai *disdetto* per stasera?»

«È l'ultima serata per Kacey...»

«Quindi è per via di quella ragazza.»

«*Kacey*. Sì. Io...»

«Hai intenzione di andare a letto con lei?»

«Gesù, Theo!»

«Sì o no?»

Ero seduto su uno dei due sgabelli del ripiano che usavo come tavolo da pranzo, dando le spalle al bagno in corridoio dove Kacey si stava sciacquando la faccia.

«Mi sto comportando in modo educato nei confronti della mia ospite. Non volevo invitarla fuori, sta cercando di non bere, e non volevo lasciarla ad annoiarsi da sola tutta la notte. E comunque, notizia flash...» Abbassai la voce e mi assicurai che scorresse ancora l'acqua dal rubinetto... «Non sono fatti tuoi con chi vado a letto.»

«Sai cos'ha detto il dottor Morrison,» disse Theo. «Devi fare attenzione. Non fare sforzi eccessivi.»

«Theo...»

«E devi usare il preservativo, senza eccezioni.»

«Adesso riattacco.»

Ma ovviamente non lo feci. Perché era mio fratello, e dietro i suoi discorsi da duro era terrorizzato a morte per me. «Ho detto a Oscar e Dena che ci vedremo mercoledì per recuperare. Sei libero?»

«Lavoro fino a tardi mercoledì,» disse Theo. «Se ne va domani?»

«Se ne va domani.»

Ci fu silenzio dall'altro capo del telefono.

«Pronto?» dissi. «Vuoi che le dica addio da parte tua? Che le auguri buon viaggio? Che ne dici di un autografo?»

«Ci sentiamo dopo,» disse Theo, la voce di colpo granitica. Il telefono divenne muto.

Kacey uscì dal bagno con indosso una t-shirt che le arrivava a metà coscia e nient'altro. Fissai le sue lunghe gambe nude e la parte inferiore di un tatuaggio che spuntava da sotto l'orlo della maglietta.

«Non essere così scandalizzato, Fletcher,» disse Kacey, sollevandosi la maglietta. «Sotto ho gli shorts.»

Sgranai gli occhi. Sì, in effetti indossava degli shorts. Degli shorts molto corti.

«Il tuo tatuaggio,» dissi. «Com'è che si chiama? Sugar skull?»

«Già, sugar skull vudù. Vedi il cappello che ha sopra? Adoro la mitologia e la magia vudù. Marie Laveau. Veve.» Tenne la gamba sollevata per farmelo vedere, e io finsi di studiare quel teschio disegnato con colori brillanti e due grossi fiori blu al posto nelle cavità oculari.

«Bello.» Tossii. «Quindi... che film?»

Kacey batté le mani. «Il primo *Nightmare* del 1984. L'ho visto due volte. Johnny Deep è un *bimbo* in quella schifezza.»

La vidi dirigersi in cucina e iniziare ad armeggiare con le pentole, ad aprire gli armadietti e ad accendere un fornello come se lo avesse fatto centinaia di volte.

«Cucini pure?»

Sventolò una busta di chicchi di popcorn. «Fatti in casa. Niente grassi né conservanti né...»

«Sapore?» conclusi io, poi risi della sua espressione stizzita. «Avevo dei popcorn nascosti da qualche parte?»

«No, li ho comprati oggi,» disse Kacey. «Non si può guardare un film dell'orrore senza i popcorn. Ma sto usando l'olio di cocco. Basso contenuto di colesterolo, sano per il cuore. E ti ho preso questo...»

Mi porse un barattolo dal bancone. Sull'etichetta c'era scritto "Sostituto del sale Milton".

«Privo di sodio,» disse Kacey, agitando la pentola coperta sul fornello. «Sale finto. Lo userò anche sui miei popcorn, per solidarietà. Oh, e le bibite.»

Kacey frugò nel frigo, e mi venne offerta una generosa visuale della pelle liscia e perfetta del retro delle sue gambe, prima che si voltasse e mi porgesse una bottiglietta di tè verde con limone e miele.

«Il tè verde è la cosa più sana del mondo, a quanto pare. Personalmente, non bevo mai tè freddo a meno che non sia un tè Long Island, ma ho pensato potessimo fare un tentativo.»

Posai la mia bottiglia sul ripiano e la guardai agitare la pentola nella quale adesso scoppiettavano i popcorn. «Quando sei andata a fare la spesa?»

«Questo pomeriggio mentre eri in laboratorio. A proposito, adoro Tania. È un essere umano di qualità.»

«Sì, lo è,» concordai.

«I popcorn sono pronti,» disse Kacey. Li versò in una ciotola più grande, squadrandomi da capo a piedi. «Che ti prende stasera, comunque?»

«Che intendi?»

«Sembri piuttosto distratto. Hai qualche pensiero?»

«Sono solo scioccato che tu abbia fatto tutto questo.»

«Che sia andata al supermercato? O che abbia sfidato il caldo? Presumo di aver molto lavoro da fare in quanto a responsabilità, se il fatto che abbia comprato dei popcorn e delle bibite ti sconvolge tanto.»

«Scioccato è stata una scelta di parole infelice. Intendevo dire che sono commosso che tu abbia fatto tutto questo. Per me.»

«È il minimo che potevo fare, dal momento che mi hai fatta stare qui.»

Mi sorrise e io ricambiai il sorriso, finché il momento si protrasse troppo a lungo per due amici che si sorridevano l'un l'altro. Assaggiai qualche popcorn.

«Com'è il sale finto?» chiese.

«Non c'è male.»

Spostammo il cibo e le bevande sul divano. Io mi sedetti a un'estremità, immaginando che Kacey si sarebbe seduta all'altra. Invece, si posò la ciotola di popcorn in grembo e si accoccolò addosso a me, con le gambe piegate sotto il sedere. Era appoggiata a me, spalla contro spalla, il suo seno sinistro che mi sfiorava leggermente il braccio.

«Ti va bene?» chiese, prendendo il telecomando. «Tanto per cominciare, è un film horror. E io sono una che ha bisogno del contatto.»

«L'ho notato.» Riuscivo a sentire ogni parte del suo corpo che toccava il mio. «Come mai?»

«Pronto per un po' di psicologia spicciola? Mio padre era un fermo credente dell'astensione dal contatto fisico. Non mi toccava né abbracciava quasi mai. E rimproverava sempre mia madre dicendole di non esagerare e non coccolarmi troppo. Mi avrebbe solo resa debole e delicata.»

«Dici sul serio?» La mia immaginazione evocò l'immagine di una dolce bambina che correva da suo padre con un ginocchio sbucciato o un bel voto in un compito in classe e si vedeva allontanare con freddezza. «Tuo padre non ti ha *mai* abbracciata?»

Scosse il capo. «Ma il suo piano gli si è ritorto contro. Anziché rendermi forte, ha fatto l'esatto opposto. Ora voglio sempre toccare tutti. Per stabilire un contatto, sai?»

«È per questo che abbracci le persone quando le incontri? Come oggi con Tania?»

«Non abbraccio *tutti*. Solo le brave persone. Ho un certo sesto senso.»

«Non hai abbracciato Theo ieri,» dissi. «Lui è un bravo ragazzo.»

«Puoi biasimarmi? Sembrava che volesse staccarmi la testa a morsi.» Il riflesso della televisione rese gli occhi di Kacey di un blu elettrico. «Ma è un bravo ragazzo. *Avrei voluto* abbracciarlo, ma non penso gli sarebbe piaciuto. Non penso di piacergli.»

«Non è uno che si fida con facilità,» dissi. «Sono certo che tu gli piaccia eccome.»

Kacey si voltò per guardarmi, e dato che in pratica era seduta sul mio grembo, il suo volto era a pochi centimetri dal mio. Il suo viso era sincero, i suoi lineamenti ancora più splendidi così da vicino, liberi dall'elaborato trucco che portava di solito.

«Perché dovrebbe aver bisogno di fidarsi di me?» domandò.

Merda. Ottima domanda. «Non si fida di nessuno quando si tratta di me,» dissi, infondendo alle mie parole più disinvoltura possibile. «Dalla mia operazione, è diventato ridicolmente iperprotettivo.»

«Perché? Voglio dire, oltre ai motivi ovvi.»

«La mia terapia è piuttosto rigida, e ha paura che mi faccia distrarre.»

«Teme che possa corromperti? Che ti porti fuori a mangiare una bistecca e a bere alcol?»

Osservai quella ragazza, a cui di solito le persone non davano fiducia, e mi sentii dire: «Quando si tratta di me, non si fida delle donne. Per via di Audrey. La mia ex ragazza.»

A quel punto, Kacey sedette dritta e rivolse la sua completa attenzione a me. «Audrey. È lei quella...?» Indicò la fotografia incorniciata di me e Audrey alla Carnegie appesa al muro accanto all'aria condizionata.

«È lei,» dissi. «Siamo stati insieme per tre anni.

Abbiamo viaggiato molto, e progettavamo di viaggiare ancora dopo il diploma. Per vedere le grandi città del mondo e farci ispirare dalla loro arte.»

«Anche lei lavorava il vetro?»

«No, è una pittrice. Avevamo progettato la nostra vita, e poi è andato tutto in pezzi e lei non ha saputo gestire quel caos. Era con me in Sudamerica quando mi sono ammalato, ed è tornata a casa con me mentre aspettavo un donatore. Ma avere a che fare con i malati o aggirarsi tra gli ospedali non faceva per lei.»

Kacey si appoggiò allo schienale, il volto adombrato. «Cos'è successo?»

«Ha resistito finché non ho ricevuto la telefonata che mi avvisava che era disponibile un cuore.»

Kacey sgranò gli occhi. «Ti ha *lasciato*? Mentre stavi per subire un trapianto di cuore?»

«Più o meno,» dissi. «Ma la morale è che ha detto a Theo che mi stava lasciando, e la cosa lo ha trasformato in un paranoico cane da guardia...»

«E tu?» mi interruppe Kacey.

Mi irrigidii. «Io cosa?»

«Ti ha lasciato. È per quello che segui in modo così religioso la tua tabella di marcia? Per proteggerti?»

Le parole mi rimasero incastrate in gola e riuscii solo ad annuire.

«Mi spiace se è una cosa personale,» disse. «Stavo pensando a come entrambi siamo stati feriti da persone che si presumeva dovessero amarci. Anch'io mi proteggo. Bevendo, facendo casino, suonando musica ad alto volume.» Si voltò verso il televisore. «Odio che le persone ci lascino, quando invece dovrebbero rimanere.»

Annuii, senza parole. Guardammo il film e

mangiammo i popcorn, mentre ogni minuto che passava ci avvicinava sempre più al giorno successivo.

Sullo schermo, una giovane donna si dibatteva nel suo letto. Il suo ragazzo gridava mentre lei moriva di una morte sanguinosa, il suo corpo trascinato contro la parete e fatto a strisce sottili da mani invisibili.

Kacey seppellì il volto nella mia spalla. «Dimmi quando finisce,» disse, la voce ovattata.

«Cosa, questa scena?»

Annuì contro di me, stringendosi al mio braccio. I suoi capelli erano morbidi contro la mia guancia.

In TV le grida del ragazzo si interruppero. «Okay, è andata,» dissi.

Kacey voltò il capo per sbirciare verso lo schermo prima con un occhio, poi con entrambi. «Scusa. Quando si tratta di film horror, sono una vera rammollita.»

«È stata una tua idea.»

«È un film fantastico.»

«Ma sei troppo spaventata per guardarlo.»

«E quindi?» Il suo sguardo di sfida era luminoso e vivace, come se fosse retroilluminato da una luce celeste. «Che vorresti dire?»

«No, niente.» Risi, scrollando il capo. «Ha assolutamente senso.»

Kacey mi diede una gomitata sul fianco, poi si accoccolò di nuovo.

La sentivo così soffice e calda addosso a me, mentre io ero un muro di mattoni con le mani intrappolate tra le braccia incrociate per impedire loro di cercarla. Avrei voluto riempirmi le mani di lui; stringere le sue, o poggiare il palmo sulla pelle nuda della sua coscia premuta contro la mia. O cingerla con un braccio perché, *Gesù*, non era forse l'ultima volta che mi sarei seduto su un divano a guardare un film con una ragazza? Che le avrei fatto nascondere la testa sulla mia spalla nelle parti più spaventose, o che avrei condiviso una ciotola di popcorn? Quella era la mia vita, o ciò che ne rimaneva, e me la stavo perdendo.

Cercai di perdermi nel film. L'orologio ticchettava. Sullo schermo, un giovane Johnny Depp dai capelli cotonati non riusciva a restare sveglio nonostante addormentarsi lo esponesse a morte certa. «*Una cosa* dovevi fare, Johnny,» declamai.

Kacey seppellì il volto nella mia spalla, piantandomi le unghie nel braccio, mentre Johnny veniva risucchiato dentro il suo letto ed esplodeva in un geyser di sangue che schizzava per tutta la stanza.

«Dimmi quando è finita.»

«Come faccio a sapere se è finita?» dissi ridendo. «Sei *tu* che lo hai già visto.»

«Due volte.»

«Okay, le grida sono cessate, puoi venire fuori.»

Kacey sollevò la testa e, Dio, era così bella. Il suo sguardo divertito era euforico, come se fosse appena scesa dalle montagne russe.

La sua bellezza mi lasciò senza fiato. Se fossi rimasto seduto lì, avrei finito per fare qualcosa di stupido. Qualcosa di ingiusto nei confronti di entrambi.

Mi alzai, borbottando qualcosa a proposito del bisogno di andare in bagno. Avvertii lungo tutto il lato destro del corpo una sgradevole sensazione di freddo, proprio dove prima era appoggiata lei e adesso non c'era più. Una volta in bagno, osservai il mio riflesso nello specchio.

«Attieniti alla routine, Fletcher. La stramaledetta routine.»

Quel mantra era un fragile ponte traballante tra ciò

che volevo e ciò che non avrei mai avuto. Sarebbe caduto a pezzi con un soffio di vento, ma era l'unico ponte che avevo. Senza di esso, sarei precipitato nel vuoto.

«Attieniti. Alla. Routine.»

Quando tornai in salotto, Kacey si alzò in piedi, sbadigliando e stirandosi. Sorrise quando mi vide. Un sorriso sorpreso. Come se non avessimo trascorso tutta la serata insieme. Come se fossi stato per anni in Africa, e non due minuti al gabinetto.

Ma lo avvertivo anch'io. Mi mancava. Ogni volta che chiudevo gli occhi, mi mancava.

Rimasi in piedi lontano da lei a fissarla, mentre nella mia testa colmavo la distanza tra noi, la facevo distendere di nuovo tra i cuscini del divano, ma questa volta mi sdraiavo sopra di lei. Baciavo la sua bocca sensuale, sentivo il sapore della sua lingua mentre scivolava sopra la mia. Le sue cosce si schiudevano per me, rivelandomi mutandine già bagnate non appena toccavo la sua...

Gesù Cristo...

Mi rifugiai dietro al bancone della cucina, così che Kacey non potesse vedere la feroce erezione che mi faceva tendere il davanti dei pantaloni di cotone.

«Prendo dell'altro ghiaccio per il tè,» mormorai. «Serve anche a te?»

«Certo.»

Aprii il freezer e rimasi lì, a inspirare l'aria ghiacciata finché il mio sangue non si fu raffreddato e voltarsi fosse sicuro.

O magari potrei chiudermi l'uccello in mezzo allo sportello...

«Come ti va col bere?» domandai, rabbrividendo mentre le parole mi uscivano di bocca. Era ovvio che il sangue dovesse ancora tornare a irrorare il mio cervello.

«Cioè, come va senza qualcosa di più forte del tè freddo da bere?»

«Non male,» disse. «In verità, in questi ultimi giorni è stato piuttosto semplice mettere da parte l'alcol. Pensavo che sarei andata in crisi di astinenza, ma qui mi sento come se potessi rilassarmi. Non ho bisogno del cuscinetto.»

«Cuscinetto?»

«Il cuscinetto alcolico. Quello che metti tra te e la vita vera quando sei ubriaco. È tutto più semplice da sopportare. È più facile sbattersene. Puoi mettere te stessa a distanza di sicurezza.»

«Distanza di sicurezza da cosa?»

Fece spallucce e guardò i cuscini del divano sotto di lei. «Dalla vita. La vita che mi ritrovo a vivere. Una vita che mi è capitata, e che non mi sono creata.» Si concentrò su un filo, arrotolandoselo attorno al dito. «Las Vegas è diversa da come credevo che sarebbe stata. Dopo tutto lo schifo che mi è successo con Chett, pensavo che sarebbe stata un tormento. Ma non è così male. Molto meglio che essere in viaggio con la band. Me ne sto rendendo conto. Perciò stavo pensando che potrei...» Il filo si strinse sempre più attorno al suo dito. «Restare.»

Impallidii con una velocità tale da dovermi aggrappare al bancone.

Restare.

Quella parola aleggiava nell'aria. Una bolla di cristallo di perfezione.

Vuole restare. Potrò vederla ogni giorno, potrò parlarle, potrò toccarla...

I miei pensieri stavano correndo all'impazzata, trascinati dalla corrente del mio battito cardiaco, che mi ronzava nelle orecchie. Era così forte che a malapena riuscii a sentire le successive parole di Kacey. Ma le percepii. Percepii ogni parola; piccoli proiettili che mi colpirono, ciascuno con una nuova emozione; paura, gioia, senso di colpa e qualcosa di spaventosamente simile alla felicità.

«Credo di voler lasciare la band,» disse, ancora concentrata sul filo del cuscino. «Sono sotto contratto, e non ho idea se posso rescinderlo senza che mi facciano causa. Ma penso che potrei provarci. Penso che potrei fare quello che hai detto tu. Cercare di mettere insieme tutti i pezzi. Scrivere le mie canzoni e cantarle da sola. Certo, nel frattempo dovrei trovarmi un lavoro normale, ma anche quello mi farebbe bene.»

Il suo viso... Aveva un'espressione decisa che non le avevo mai visto prima, la sua voce era chiara e forte, mentre si costruiva una vita qui.

Una vita assieme a me?

«Mi troverei un posto in cui stare e mi prenderei cura di me stessa,» stava dicendo, «anziché far gestire tutta la responsabilità a Lola. Pagherei le mie bollette, studierei per il diploma. Sarei autosufficiente, tanto per cambiare...»

Si interruppe e alzò lo sguardo verso di me. Vide la mia espressione affranta, e tutte le sue speranze svanirono. Scivolarono via dai suoi lineamenti come una maschera, e la luce che brillava nei suoi occhi si affievolì.

«In ogni caso,» disse, per poi schiarirsi la voce, «come ho detto non so se sia possibile. Con tutta probabilità sono intrappolata dal mio contratto.»

Continuai a non dire nulla, un migliaio di pensieri che lottavano tra loro, un migliaio di parole bloccate in gola.

Kacey deglutì a fatica, e sollevò il mento di fronte al mio silenzio. «Lascia perdere, è un'idea stupida.» Gettò il cuscino da una parte e si alzò rapida dal divano, dirigendosi verso la camera da letto. «E non mi sento molto bene. Me ne vado a letto. Buonanotte.»

La porta che si chiudeva sbattendo fece ripartire di colpo le mie sinapsi. «Kace, aspetta.»

Nella mia stanza, aveva messo il borsone sul letto e stava tirando fuori i vestiti dai cassetti.

«Aspetta,» dissi. «Ferma. Mi dispiace. Dobbiamo parlarne.»

«Non devi dire nulla,» rispose lei. «Lo capisco, cazzo. Te l'ho letto in faccia. Solo che ti sbagli. Ti sbagli di grosso.»

«Mi sbaglio?»

«Hai l'espressione tipica di uno che se la sta facendo sotto quando la ragazza al primo appuntamento inizia a parlare di matrimonio e figli.» Gettò i vestiti nel borsone, uno per uno. «Ma lascia che ti dica una cosa, il fatto che voglia trasferirmi qui *non è* una proposta di matrimonio. Non voglio avere dei figli da te. Neanche ci *frequentiamo.* E *non voglio* uscire con te. In questo momento, l'ultima cazzo di cosa che voglio fare è uscire con te.»

Le parole mi colpirono, ma a malapena me ne accorsi. La possibilità che si trasferisse lì mi spaventava a morte, e al tempo stesso riportava la luce nelle zone in ombra del mio cuore.

È il mio *cuore, amico, e tu lo stai sprecando.*

Dio, il caos di speranza e terrore di quella situazione mi stava stordendo, e adesso avevo le allucinazioni e sentivo la voce del mio donatore. Scossi il capo per schiarirmi le idee.

«Cosa... davvero lasceresti la band?»

«Sì, Jonah, lo farei davvero.» Si piantò le mani sui fianchi. «La cosa ti sconvolge? Ti ho raccontato cose che non ho detto a nessuno. Ti ho raccontato *tutto*. Di come sia infelice... e spaventata...»

«È vero. E speravo che la lasciassi. Ma non credevo ti saresti trasferita *qui*.»

A quel punto lei trasalì, e serrò la mascella per lottare contro le lacrime che le facevano luccicare gli occhi.

«Dannazione.» Mi passai una mano sul volto. «Non è quello che intendevo.»

«No? Cosa intendevi?»

Ci guardammo, lei in attesa di una risposta e io che cercavo di domare il caos che infuriava dentro di me. Il tira e molla tra il desiderio che restasse e ciò che ci aspettava se lo avesse fatto.

«Detesti il deserto,» dissi infine. «E il caldo. E questa città.»

«Non l'ho mai detto.»

«Credo che le tue esatte parole siano state "Cazzo, odio Las Vegas".»

Lei mi fissò, la sofferenza impressa in ogni millimetro del suo viso. Le mie argomentazioni erano stupide e vuote, e lo sapevamo entrambi. Ci conoscevamo solo da pochi giorni, ma c'era una connessione tra noi.

«Ascolta, lasciami spiegare,» dissi. «Non intendevo...»

«Non preoccuparti,» mi interruppe. «Non importa cosa ho detto, o cosa hai detto tu. Nulla di ciò che ci siamo detti l'un l'altro significa alcunché. Perciò sei al sicuro, okay? Non ti distrarrò più dal lavoro, né scombinerò la tua preziosa tabella di marcia.»

«Kace...»

«Non pensavo di trasferirmi di nuovo qui per te,» disse, mentre la voce le si spezzava. «Chiariamoci subito. Ho avuto questa *folle* idea di affrontare sul serio l'orribile dolore che Chett mi ha inflitto, nella città in cui mi ha mollata. O scrivere di mio padre ed esorcizzare quel particolare demone con una canzone. O dieci. O cento. Tutte quelle che serviranno perché me ne *liberi*. Ho pensato di provare a stare da sola per la prima volta in vita mia. Ho pensato di fare sul serio con la mia musica. E ho pensato, magari, che avrei avuto un amico da chiamare e con cui ogni tanto passare del tempo.» Chiuse la cerniera del borsone. «Ma mi sbagliavo.»

«Non ti sbagliavi,» dissi, sfregandomi gli occhi stanchi.

«No? Strano modo di dimostrarlo.» Prese il borsone e si mise la borsa a tracolla, con ancora indosso i pantaloncini del pigiama e una t-shirt. A piedi nudi all'una di notte, e con le lacrime che minacciavano di esplodere.

«Kace,» dissi con dolcezza. «Dove vorresti andare?»

«Qui non ci resto,» disse. «Prenderò un taxi e tornerò a Summerlin. Tornerò...»

Scoppiò a piangere, le spalle che si piegavano sotto il peso della sua vita tutta racchiusa in un piccolo borsone.

Mi avvicinai a lei, le tolsi il borsone di mano e la borsa dalla spalla, e li lasciai cadere a terra. La cinsi con le braccia. Lei si irrigidì, poi si sciolse contro di me. La tenni stretta mentre piangeva contro il mio petto. Un pianto a dirotto in piena regola, perché sapeva che andava bene piangere così. Con me.

«Ho tanta paura,» sussurrò. «Ho paura di ciò che voglio... di provare a ottenerlo e invece mandare di nuovo tutto a puttane. Ho paura di dover chiamare i miei genitori o Lola... di tornare strisciando da loro chiedendo aiuto, perché avevo l'opportunità della vita sul palmo di una mano e l'ho gettata via.» Si strinse ancora di più a me. «Ho paura di essere così impegnata ad aver paura che non *sarò* mai nulla.»

Le accarezzai i capelli. «Lo farai. Ci riuscirai. Puoi avere paura e riuscirci comunque. So che puoi. E non voglio che pensi che non sarei felice di averti qui a Las Vegas. Lo sarei. Voglio che tu resti, ma...»

«Non mi aspetto che tu ti prenda cura di me,» disse. «Ho solo bisogno di un amico che mi dica che non sono matta. E speravo che quell'amico fossi tu.»

«Posso essere quell'amico, ma...»

Oh merda, ci siamo...

Il mio cuore stava martellando, e l'adrenalina mi scorreva nelle vene.

«C'è una cosa che devo dirti.»

«Che cosa?»

La mia bocca si mosse ma non ne uscì alcun suono. Non avevo nulla di pronto. Nessun discorso standard. Tenevo le persone a distanza proprio per *non doverglielo* dire. Ma adesso c'era Kacey...

Alzò lo sguardo verso di me. I suoi occhi erano bellissimi e luminosi, e ricolmi di una fiducia che non mi ero guadagnato. Fui quasi sul punto di dirle di lasciar perdere. Che ero uno stronzo, e che sarebbe stato meglio per lei non parlarmi mai più.

Ma una parte di me, la parte che saltava di gioia al pensiero che potesse restare, voleva qualcosa di più con quella donna bellissima, energica e impulsiva. Il mio mondo era stato tendente al grigio finché lei non era esplosa come una bomba di luce e colore, e dannazione, lo volevo. Volevo tenerla nella mia vita, anche se solo come amica. Doveva essere solo un'amica, e persino quello sembrava egoista e sbagliato. Ma forse, disse una vocina dentro di me, potevo essere onesto e lasciare che fosse lei a scegliere.

Ma non lì. Non nel mio banale appartamentino. Dovevo portarla in un posto bellissimo, per mostrarle a cosa mi stavo aggrappando e perché.

«Ti va una piccola gita?»

Lei annuì con lentezza. «Okay.»

Feci un sospiro, che però non mi diede alcun sollievo. «Vestiti. Voglio mostrarti una cosa.»

CAPITOLO 16
Kacey

Mentre ci dirigevamo verso qualunque posto in cui Jonah mi stesse portando, la mia mente imbastì un centinaio di possibilità su ciò che stava progettando di dirmi. Qualcosa di grosso. Qualcosa che giustificasse quell'escursione. E a giudicare dal suo sguardo tormentato, non era qualcosa di buono.

Il cuore mi martellava contro le costole.

Calmati. Potrebbe non essere brutto come pensi.

Qualunque cosa fosse, c'ero dentro. Quando gli avevo detto che stavo pensando di restare a Las Vegas, era sorto un futuro tra noi. Non di tipo romantico. Solo... stare insieme. Un legame. Avevamo una connessione innegabile.

Ben presto, la Torre Eiffel incombeva alla nostra destra. Lungo il viale di Las Vegas, l'hotel e casinò Bellagio era illuminato in modo maestoso al di là del lago. Jonah svoltò verso l'ingresso del casinò e parcheggiò.

«Un altro spettacolo acquatico?» domandai.

Mi rivolse un sorrisetto, che rimase confinato alle sue labbra. «Non stasera.»

L'acqua era ancora immobile e scura mentre le camminavamo accanto. Niente luci colorate né getti danzanti. Avvertii dei brividi lungo le braccia nude, nonostante il caldo. Accanto a me, Jonah aveva un aspetto affascinante in jeans e t-shirt nera. Il braccialetto medico al polso destro rifletteva le luci scintillanti dell'hotel.

L'aria condizionata della hall del Bellagio mi fece rabbrividire ancora di più. Un paio di persone stavano attraversando i pavimenti in marmo o erano in attesa al bancone della reception. Il raffinato *ding* di un ascensore riecheggiò sopra il marmo. Sotto i miei piedi, uno splendido mosaico si diramava in tutte le direzioni, conducendo verso una lussuriosa zona relax con piante in vaso. Dietro di essa c'era l'area reception, con eleganti archi color crema chiaro e oro. Il soffitto a cassettoni mi fece sentire come se fossi entrata in un palazzo dell'antica Roma.

Poi il mio sguardo fu attratto verso l'alto, verso la parte centrale della hall del Bellagio e, senza alcun dubbio, il motivo per cui Jonah mi aveva portato lì. Le capriate del soffitto conducevano a un capolavoro di luce e vetro. Centinaia e centinaia di quelli che sembravano ombrelli a testa ingiù, che si increspavano lungo il soffitto in un tripudio di colori.

«*Fiori di Como*,» disse Jonah, camminando accanto a me. «Di Dale Chihuly.»

«Il tuo idolo,» mormorai, fissando quel magnifico bouquet di delicati fiori di vetro che fuoriuscivano dal soffitto.

«Venti metri di lunghezza e dieci di larghezza,» disse

Jonah, la voce bassa e reverenziale. «Più di duemila pezzi.»

«È fantastico,» dissi, poi guardai verso Jonah. «La tua installazione è meglio.»

Lui sorrise, ma era un sorriso carico di qualcosa che andava oltre la tristezza. Qualcosa di così profondo e intenso che avrei desiderato voltarmi, cercare un'uscita e scappare via da qualunque cosa stesse per dirmi.

«Dale Chihuly è un vero maestro,» disse Jonah. «Un virtuoso. Io posso solo sperare di creare qualcosa di simile a ciò che ha fatto lui. Qualcosa di più di una semplice e bellissima opera in vetro.»

«Tipo cosa?» domandai in tono lieve.

«Un lascito,» rispose Jonah. «Sediamoci un istante.»

Mi condusse verso i morbidi divani marroni proprio sotto al vetro soffiato di Chihuly. Il divano era soffice e mi invitava a spaparanzarmi tra i suoi cuscini, ma sedetti impettita, pronta a tutto.

Jonah si chinò in avanti, appoggiando gli avambracci sulle ginocchia e rigirandosi ancora e ancora il braccialetto medico. Capivo che stava soppesando le parole e mettendo insieme delle frasi, cercando il coraggio di dirmi qualcosa che avrebbe cambiato tutto.

«Se intendi chiedermi di sposarti, la risposta è no,» dissi. «A malapena ci conosciamo. Mi servono almeno altri tre cupcake.»

Jonah fece una risatina.

«Non è quello?» dissi, cercando di alleggerire il momento, anche se la mia voce non collaborava. «Sei gay?»

A quel punto Jonah mi guardò, i suoi occhi scuri dolci e pieni di calore. «Strike due,» disse.

«Okay,» dissi, deglutendo a fatica. La mia successiva e ultima domanda mi si bloccò in gola. Una volta che l'avessi esternata e avessi ottenuto risposta, la mia vita non sarebbe più stata la stessa.

«Sei malato?»

«Sì, Kacey.»

«Quanto?»

«Malato terminale.»

Le parole piombarono nello spazio tra di noi come una granata pronta a esplodere. Avvertii una stretta al petto, come se avessi inspirato a temperatura sottozero. Annuii con vigore, in modo spasmodico, quasi a cercare sia di processare che di rifiutare la notizia.

«Okay,» dissi. Mi passai le mani tra i capelli e le tenni bloccate sulla nuca. «Okay. È il cuore?»

«Sì,» disse Jonah. «Rigetto cronico del trapianto.»

Il mio cervello scandagliò in fretta tutto ciò che avevo sentito dire a proposito del rigetto di organi, che non era molto. «Pensavo che fosse qualcosa che succede subito.»

«Il rigetto acuto a volte capita subito dopo l'intervento. Ti danno delle medicine per placare il sistema immunitario, e di solito funziona.»

«Ma tu *prendi* tutte quelle medicine.»

Lui annuì. «È così. Ma anziché una ribellione immediata, il mio sistema immunitario sta intaccando il cuore nel corso del tempo, rigettandolo pian piano, nonostante le medicine.»

Le mie braccia scivolarono fino al girovita, afferrando la maglietta e stringendomi in un abbraccio. «Come sai che sta succedendo? Non sembri malato.»

«Chi ha ricevuto un trapianto di cuore deve fare una biopsia ogni mese per verificare questo genere di cose. Alla terza biopsia, otto mesi fa, hanno trovato tracce di arteriosclerosi, e...»

«Cosa sarebbe?» chiesi, in tono brusco e accusatorio, come se si stesse inventando delle parole.

«Ispessimento delle arterie,» rispose. «La diagnosi esatta è vasculopatia coronarica, abbreviata in CAV. Il sistema immunitario attacca il cuore e lascia delle cicatrici nel tessuto. Le cicatrici si accumulano e iniziano a logorare il cuore, finché alla fine non va in arresto.»

A quel punto, stavo detestando il soffitto. Tutti quei colori brillanti, quella gioia e quella bellezza. Una festa che infuriava sopra l'orrore e l'ingiustizia che mi stavano strangolando. Abbassai lo sguardo sull'ordinario pavimento lucido, cercando di respirare.

«Quanto...?» Di nuovo, dovetti mandare giù il groppo che avevo in gola. «Quanto tempo?»

«Quattro mesi, a questo punto. Forse qualcosa di più. Forse qualcosa di meno.»

Il mio cuore precipitò in caduta libera, e sentii freddo da capo a piedi, come se avessi fatto una doccia di acqua ghiacciata. «Quattro *mesi*?»

Quattro mesi.

Sedici settimane.

Centoventi giorni.

Quattro mesi erano *un niente.*

«Oh mio Dio,» sussurrai, le parole che sembravano essere state spremute fuori dal petto. Sentii le lacrime bagnarmi il volto. Avvertii una goccia scivolarmi sotto il mento e iniziare a discendere lungo il collo. Stavo piangendo. Stavo respirando, pulsando e vivendo.

E Jonah stava morendo.

Allungò una mano come se volesse consolarmi, ma poi la lasciò cadere. «Mi dispiace,» disse.

Mi sfuggì una risata isterica, che riecheggiò tra gli archi in marmo. «Perché? Perché ti stai scusando con me? E perché non me lo hai detto prima?»

«Se potessi vedere il tuo volto in questo momento, sapresti il perché.»

A quel punto, le lacrime mi stavano scivolando giù dal mento. Mi limitai a fissarlo a bocca aperta, sentendo il sapore del sale.

«Cazzo,» disse, colpendo il bracciolo del divano con un pugno. «*Detesto* fare questo alla gente, cazzo. Detesto quello che fa a te, e quello che fa a me. Lo rende così tremendamente reale, quando io sto cercando di tenere la testa bassa e procedere. Andare avanti. Arrivare a ottobre con un'installazione completa e...» Indicò il soffitto sopra di noi. «Questo. Un lascito. Voglio solo lasciare un qualcosa di me che abbia significato.»

«La tua tabella di marcia...» dissi, usando una manica per asciugarmi il volto. «Adesso capisco. Ma non capisco perché hai allontanato tutti i tuoi amici. Per risparmiarglielo? Non pensi che preferiscano decidere per loro stessi? Non pensi che vorrebbero stare con te...?»

«*So* che è così,» rispose. «Ho dovuto dire a *mia madre* quello che ho appena detto a te. Devo guardare la mia famiglia e i miei amici contare i minuti quando sono con me. Il dolore nei loro occhi, le parole misurate, gli abbracci di commiato che durano un po' troppo a lungo. È così con Oscar, Dena e Tania, è così con Theo e con i miei genitori... È così con loro perché deve esserlo. Con chiunque altro... non riesco a sopportarlo. Ho la mia cerchia e basta così. Non voglio dirlo alle persone fuori dalla cerchia. Non voglio che debbano scoprirlo. Non faccio entrare nessuno...»

«Eppure,» dissi, inghiottendo l'aria e ricomponendomi, «eccomi qui.»

«Eccoti qui...» disse Jonah, i suoi occhi che scrutavano il mio viso. «Credimi, non volevo coinvolgerti. Ma era quasi come se...»

«Cosa?» sussurrai.

«Come se non avessi scelta,» disse. «Ho cercato di tenere chiusa la mia cerchia e le mie barriere saldamente alzate, di attenermi alla mia routine... Ma tu sei entrata comunque.» Mi asciugò con delicatezza una lacrima dal mento. «Lo senti anche tu, vero?»

Annuii. «Sì.»

«Kace...» Scosse il capo e si passò una mano tra i capelli, lottando con se stesso. «Non voglio che tu debba affrontare... ciò che succederà. È per questo che mi sono comportato da stronzo prima. Ho avuto una visione di come andrebbero le cose fino alla fine, e non... non posso farti questo.»

Sedemmo in silenzio. La gente andava e veniva, passava accanto al nostro divano, ignara di ciò che stava succedendo.

«Come fanno a sapere che sono quattro mesi?» dissi. «Come riescono a essere così precisi?»

«Possono vederlo. Anche se...»

«Anche se, cosa?» dissi, aggrappandomi a quelle parole come una donna che stava annegando si aggrappava a un enorme salvagente.

«Dovrei fare una biopsia ogni mese. In questo modo possono essere ancor *più* precisi. Ma ho smesso di farle.»

«Perché?»

«Perché è una procedura tremenda e mi mette a terra per quarantott'ore. Ho troppo lavoro da fare al laboratorio per sprecare tutto quel tempo. E poi, non mi serve una biopsia per saperlo. Compariranno i sintomi.»

«Quali sintomi?» chiesi.

«Affaticamento e fiato corto, soprattutto.» Jonah giocherellò col braccialetto medico. «Li ho un po' anche adesso. Non posso più correre o andare in palestra com'ero solito fare. Ma quando inizierò a stancarmi nel fare le piccole cose, o avrò difficoltà a riprendere fiato senza motivo, lo saprò. Non mi serve fare il conto alla rovescia dei giorni nel frattempo.»

Un frammento di speranza, una fiammella nella burrasca, si accese nel mio cuore. «Perciò... non lo sai *davvero*. Non hai idea di quanto brutta o non brutta sia la cardio... quella cosa del CAV. Magari si è fermata. Magari le medicine che prendi stanno funzionando.»

«Non farlo...» disse lui.

Partii in quarta. «Sei come il gatto di Schrödinger. Finché non fai un'altra biopsia, il coperchio della scatola resta chiuso. Potresti vivere a lungo. Persino per *anni*. Felice nell'oscurità.»

Lui fece un lieve sorriso. «Beata ignoranza, eh? Ma non ho false speranze, e non voglio che neanche tu le abbia. Non sono in fase di negazione, ma neppure faccio entrare la fredda e crudele luce del giorno per torturarmi. Riesci a capire la differenza?»

Annuii, e a quel punto gli presi la mano. Le sue dita si arricciarono attorno alle mie e strinsero forte. *La sua mano... forte e salda. Una cicatrice da bruciatura sul polpastrello del pollice, qualche taglio... ma tutto sommato in salute. Lui* deve *essere in salute...*

«Ho cercato di convincermi che i dottori si sbagliassero,» disse Jonah. «Ma non puoi negare a te stesso la verità. Non sono senza speranza, ma sono realistico. Magari si sbagliano. È probabile che non sia così. Sono in dirittura d'arrivo.»

«Ma se invece si sbagliassero? Se fosse...?»

Scosse il capo. «Non posso fare altro che vivere

giorno per giorno... Prendo delle medicine extra per cercare di rallentare la CAV. Ho reso la mia dieta già ferrea ancor più ferrea e dormo su una poltrona reclinabile anziché nel letto. Qualsiasi cosa per guadagnare un po' più di tempo per fare il mio lavoro e vedere l'inaugurazione di quella galleria.»

Mi sforzai di trovare altro su cui discutere, ma non mi restava nulla. Espirai in modo brutale. «Possiamo mettere a verbale che ho affrontato questa conversazione senza bere *né* fumare?»

Scoppiò a ridere, e i nostri sguardi si incrociarono. Un istante, un battito di ciglia, e poi ci ritrovammo l'una nelle braccia dell'altro, a stringerci forte.

«Jonah...» sussurrai contro il suo collo.

«Lo so.»

«Io non... Non posso...»

Mi cullò con dolcezza. «Lo so.»

Restammo così a lungo, finché Jonah non mi diede un'ultima stretta e mi posò le mani sulle spalle. «Torniamo a casa. È tardi. Ci facciamo una dormita e domattina...»

«Arriverà Jimmy per portarmi in aeroporto,» dissi. «E allora cosa farò?»

«Andrai con lui. Parlerai con Lola. Deciderai se restare con la band o trovare il modo di lasciarla, se è ciò di cui hai bisogno. Ti inventerai qualcosa.»

«E tu?»

«Non preoccuparti per me.»

Lo fissai con sguardo piccato. «Un po' tardi per questo, amico.»

Il suo sorriso era dolce e sereno, e la sua voce tremò mentre parlava. «Puoi restare in contatto con me o non farlo. Se lo farai, sarò qui per te. E se non lo farai, capirò. Ti prometto che capirò. Okay?»

Non dissi “okay”. Nulla di tutto quello era “okay”. La mia mente non aveva ancora metabolizzato tutto; avevo altre lacrime da versare, ma al momento sentivo gli occhi prosciugati e intorpiditi. Uscimmo dal Bellagio mano nella mano, passando sotto i fiori di vetro; un giardino che non sarebbe mai morto né appassito.

Tornammo a casa sua. Senza discutere, impilai i cuscini sul letto verso l’alto, così che potesse mettersi inclinato, poi mi accoccolai accanto a lui.

Capivo perché non raccontava a tutti la sua situazione. Un dolore simile andava oltre la sfera privata o personale. Viveva in profondità, sotto ogni cosa superficiale, e trascinava chiunque ne fosse al corrente a fondo con sé. Colmava le distanze.

Ci sdraiammo abbracciati, e io posai la testa sul suo petto.

«Ti fa male?» sussurrai.

Il rimbombo della sua voce nel mio orecchio era assonnato. «No. Sto bene.»

«Ti fa male qualcosa in questo momento?»

«No, Kacey.» Jonah mi accarezzò i capelli, stringendomi più forte. «In questo momento, non fa male nulla.»

Il suo petto si alzò e abbassò al ritmo di una tranquilla respirazione. Sotto il mio orecchio, il suo cuore batteva a un ritmo forte e costante.

Dentro di me si accese una fiammella di speranza, determinata ad ardere per tutta la notte.

CAPITOLO 17
Kacey

Guardai fuori dalla finestra e vidi una berlina nera entrare nel parcheggio del condominio. Ne uscì Jimmy Ray, che si appoggiò contro il paraurti e si accese una sigaretta.

Mi voltai per guardare Jonah al bancone della cucina. «È qui,» dissi.

«Okay.»

«Devo andare,» dissi, cercando di raccogliere le forze per la decisione che mi stava aspettando. Ero andata a dormire la notte precedente fluttuando in una speranzosa pace, e mi ero svegliata con il mal di mare. L'impatto della rivelazione di Jonah mi aveva travolta come una bufera che ululava dentro la mia testa. La sera precedente avevo pensato di sapere cosa dovevo fare. Quel mattino non sapevo che pesci pigliare e non mi fidavo di essere abbastanza forte per nessuno. La band, Jonah, o persino me stessa.

La mia unica certezza era che se non avessi proseguito il tour mentre cercavo di schiarirmi le idee, la scure legale si sarebbe abbattuta su di me per aver sciolto il contratto, e sarei rimasta senza più alcuna opzione.

Diedi le spalle alla finestra. «Andiamo.»

Jonah mi toccò con delicatezza la spalla. «Ti accompagno fuori.»

Mi portò le borse fino al parcheggio dove Jimmy aspettava impaziente, con il caldo che dava la nausea e lo rendeva persino più ansioso del solito.

Mi avvicinai a Jonah. «Non voglio salutarti mentre lui ci guarda.»

«Nemmeno io.»

«Mi serve un altro minuto, Jimmy,» esclamai, la voce graffiata per l'eco delle lacrime.

Jimmy controllò l'orologio e borbottò qualcosa mentre Jonah posava i miei bagagli sul limitare del parcheggio. Ci dirigemmo verso il piccolo cortile, e notai che indossava una giacca leggera anche se la temperatura doveva essere quasi sui trentotto gradi. Tirò fuori dalla tasca un pacchetto delle dimensioni di una pallina da baseball e me lo porse.

«Un regalo per la tua partenza,» disse, con un tremito che gli faceva vibrare la voce.

Presi il pacchetto e lo aprii. Il sole si rifletté sul vetro, e le lacrime mi offuscarono la vista. Era la bottiglietta di profumo, finita e perfetta. Eleganti strisce di violetto e indaco vorticavano intorno al piccolo corpo squadrato. Il collo culminava in un cerchio appiattito, e il tappo era un bellissimo pezzo di marmo chiaro. La sollevai, lasciando che il sole brillasse attraverso il suo interno vuoto.

Non è vuoto, pensai. *C'è dentro il respiro di Jonah.*

Temendo di farla cadere, rimisi la bottiglietta nel pacchetto e lo strinsi forte a me. Alzai lo sguardo verso di lui. «Ho paura,» sussurrai. «Ho paura che se me ne andrò, deluderò me stessa. Se resterò, deluderò la band. E te. Hai detto che aggirarsi per gli ospedali non faceva per la tua ex. Non fa neanche per me. Ho il terrore che, se restassi, ti deluderei.»

Il suo sorriso era dolcissimo e caloroso, ma anche triste. Giallo con delle sfumature di blu. «Non puoi deludermi. Non mi aspetto nulla da te, Kacey. Solo amicizia, tutta quella che vorrai darmi.»

«Non so cosa fare.»

«Lo saprai,» disse Jonah. «Vai in camera tua nella prossima casa o hotel, lontano dalla band. Chiudi la porta a chiave, e nel silenzio domandati cosa vuoi davvero. Tu, Kacey Dawson. Cosa vuoi per te stessa? Non pensare a me, a Lola, a Jimmy o a chiunque altro. Solo a te stessa.»

Quello che volevo. Pensavo di saperlo, ma potevo tornare lì per quello? Potevo trovare la forza di cavarmela da sola? E nel caso, quanto velocemente sarebbero trascorsi quei quattro mesi? Potevo guardare Jonah...?

Rabbrividii, non volevo neppure terminare quel pensiero, e la codarda che era in me mi sussurrò che non avevo il fegato per fare ciò che volevo.

«I contratti sono quasi impossibili da sciogliere,» dissi. «Potrei essere incastrata a prescindere.»

«Potresti. Ma la cosa giusta trova sempre un modo.» Fece un passo avanti. «Riguardati, okay? Più di ogni altra cosa, riguardati.»

Annuii e mi appoggiai a lui. Le sue braccia mi circondarono e voltai il viso contro il suo petto, inspirando a fondo. Volevo portare con me un po' di Jonah, la parte che mi manteneva con i piedi per terra, calma e pacata.

Tornammo verso il parcheggio, dove Jimmy stava

passeggiando di fronte alla berlina torturandosi il colletto della camicia per il caldo.

«Gesù, micetta, sto morendo qui fuori. Andiamo, dai. Dobbiamo essere in aeroporto tra due ore.»

Lui e Jonah si guardarono con intensità, mentre l'autista della berlina prendeva le mie borse e le caricava nel bagagliaio. Poi mi tenne la portiera aperta, e Jimmy mi fece cenno di entrare.

Jonah puntò un dito verso Jimmy. «Prenditi cura di lei.»

«Ovvio. Abbiamo un nuovo gruppo di apertura, come promesso.» Il sorriso di Jimmy era radioso e fasullo. «Mi prendo cura delle mie ragazze. Sono come delle figlie per me.»

Jonah sollevò un sopracciglio, e il suo sguardo si fece di ghiaccio.

Jimmy tossì. «Non importa,» disse, salendo in auto. «Abbiamo una tabella di marcia da seguire.»

Mi voltai verso Jonah. Lui abbassò lo sguardo verso di me e i nostri occhi si trovarono. Nel giro di un secondo mi alzai in punta di piedi e premetti le mie labbra sulle sue. Lui emise un gemito dal profondo del petto, come se stesse soffrendo, e in risposta avvertii il dolore anche nel mio. Mi ritrassi, prima che un lieve bacio diventasse una promessa difficile che non potevo mantenere.

Mi voltai e salii in auto, senza più guardarmi indietro. Neanche per salutarlo con la mano.

Non ero pronta a dire addio.

CAPITOLO 18
Kacey

La casa di Summerlin era un disastro. Ero in piedi al centro della mia stanza e fissavo quel macello. Bruciature di sigaretta sulla moquette, residui di make-up nel lavandino, macchie non identificabili sulla moquette.

«Ti ho fatto i bagagli,» disse Lola sulla porta.

Feci un salto, con il cuore che batteva a mille. «Mi hai spaventata.» Avevo i nervi a fior di pelle. Mi sedetti sul letto sfatto e lisciai la trapunta, come se fosse d'aiuto. «Questo posto è un macello.»

Lola scrollò le spalle. «È a questo che servono i depositi cauzionali.» Incrociò le braccia. «Perciò... sei con noi?»

«Sono qui, no?»

«Sei con noi, ma sei *con* noi? C'è un motivo se si chiama gruppo musicale, sai. Dobbiamo suonare come un'entità unica. Sei pronta per farlo adesso?»

Feci spallucce, senza guardarla. «Certo.»

Sentii Lola sospirare e muoversi sui tacchi. «È per quel tipo? L'autista di limousine?»

«Lui cosa c'entra?»

«È un altro Chett? Un altro tizio che ti incasinerà Dio solo sa come per molti anni? Perché sinceramente, Kacey...»

«Sta morendo.»

Lola lasciò cadere le braccia lungo i fianchi. «Cosa intendi con "sta morendo"?»

La fissai, scuotendo la testa.

Lei inclinò il mento. «Intendi tipo, morendo *morendo*?»

Annuii.

«Cancro?»

«Collasso cardiaco. Un lento collasso cardiaco.»

Un collasso lento che se lo porterà via così velocemente, cazzo...

«Merda.» Lola sedette accanto a me sul letto. «Oh tesoro, mi dispiace tanto.» Mi cinse con le mani, anche se io a malapena lo sentii. «Beh. Lo hai conosciuto venerdì sera, giusto? O sabato mattina? Quando hai ripreso conoscenza sul suo divano.»

«Sì,» dissi. «E con questo?»

«Con questo... è uno schifo che sia malato, ma lo conosci in tutto da quattro giorni. Circa.»

La fissai a occhi sgranati. «E?»

«Sto solo dicendo che lo hai scoperto prima di spingerti troppo oltre. L'ultima cosa che dovresti volere è farti coinvolgere da qualcuno che non può darti un futuro.»

«No.» Mi alzai di colpo dal letto, scuotendo il capo in modo energico. «No, tu non farai questo.»

«Fare cosa? Essere realista?»

«Parlare di lui. Tu non conosci...» Feci un gesto di sufficienza. «Non importa. Non intendo parlare di lui con te. O di questi quattro giorni. Sono miei. Quindi perché non... ci diamo una mossa. Dobbiamo prendere un aereo.»

«Lieta di sentirlo,» disse una voce sulla porta. Jeannie era appoggiata contro lo stipite, le braccia incrociate sopra la maglietta nera che le lasciava scoperto l'ombelico. Si scostò una ciocca di capelli scuri dai capelli. «Sei pronta a riunirti a noi?»

«Va tutto bene, Jeannie,» disse Lola fissandomi, lo sguardo pieno di compassione ma anche di raccomandazioni di *non fare cazzate*. «È pronta. Giusto? Le serviva una piccola pausa. Del tempo per rilassarsi. Non c'è nulla di male in questo.»

«Già, mi sono riposata,» dissi. «Adesso sono pronta.»

«Bene,» replicò Jeannie. Mentre la superavo con una spallata, lei sputò fuori la vuota minaccia che usava contro di me da quando mi ero unita alla band. «Perché ci sono centinaia di chitarristi che *ucciderebbero* per avere il tuo lavoro.»

«Davvero?» borbottai sottovoce.

* * *

Il venerdì ci fu il primo concerto a Denver, e mi esibii da sobria.

Dire che fu un disastro sarebbe stato essere generosi.

Feci casino con il mio assolo su *Talk Me Down*, entrai in ritardo su tre diverse canzoni e suonai gli accordi iniziali di *Taste This* alla fine del set, dimenticandomi che l'avevamo già suonata. Jeannie dovette interrompere il concerto e fare una battuta su un bis anticipato mentre mi scoccava un'occhiataccia mortale.

«Ma che cazzo, Kacey?» mi strillò contro in camerino. «Ti prendi un permesso per assentarti per quattro giorni, in teoria per rimetterti in sesto, e poi torni peggio di prima. Stai *cercando* di rovinarci?»

Violet e Lola erano in attesa di una risposta.

«Mi dispiace,» dissi. «Stasera non ero in vena. Domani starò bene, promesso.»

Ma non fu così. Non dentro di me, in ogni caso. Riuscii a superare il concerto della sera successiva senza fare casini, ma nell'istante in cui finì mi attaccai con fare vorace al liquore in camerino.

Il primo assaggio bruciante di whisky mi fece quasi vomitare. Il secondo fu meglio. Verso il quinto, il dolore che sentivo al cuore non se n'era del tutto andato, ma era sopportabile.

Facemmo festa in hotel, con la band e cinquanta dei nostri più cari amici stipati nelle suite che Jimmy aveva affittato. Non ero mai stata claustrofobica, ma quella sera mi sentii tale. Troppi corpi che parlavano a voce troppo alta e bevevano troppo. Nell'aria il fumo di canne e sigarette aleggiava come una grigia foschia, e la musica era così alta che a malapena riuscivo a sentire il tizio che stava appeso alla mia spalla. Era alto, bello in modo viscido. Come un gangster. Quando si chinava la sua barba mi graffiava la guancia. Non era un fonico o un membro della crew. Un amico dei dirigenti dell'etichetta, forse. O forse no. Non sapevo chi fosse, ed ero troppo ubriaca per scoprirlo. Aveva importanza?

Potrebbe essere chiunque, e io potrei essere chiunque per lui.

«Chiunque più chiunque uguale nessuno,» biascicai.

«Sei ubriaca,» rise lui. Si avvicinò, il fiato umido di vodka contro il mio orecchio. «Vuoi andartene da qui?»

«Sì,» dissi. «Lo voglio. Cazzo se me ne voglio andare da qui.»

Lui sorrise con gli occhi socchiusi e iniziò ad accompagnarmi fuori. Io feci resistenza e mi allontanai da lui, barcollando un po'.

«Lascia che prima vada a incipriarmi il naso,» dissi.

La cosa lo intrigò ancora di più. «Hai della coca?»

«Devo *pisciare*,» dissi a voce alta.

Superai Jimmy, Violet e Lola, tutti impegnati a parlare e ridere. Mi chinai e camminai a zig-zag per evitare di essere avvistata. Davanti al bagno tirai dritto e uscii di corsa dalla suite, e percorsi il corridoio verso la mia stanza.

La trama vorticosa della moquette mi faceva girare la testa. Mi aspettavo che il gangster comparisse alle mie spalle da un momento all'altro, come se fossimo in un brutto film dell'orrore che avevo già visto e sapessi cosa stava per succedere.

Infilai a fatica la chiave magnetica nella serratura e in pratica ruzzolai dentro la stanza. Chiusi la porta sbattendola, feci scattare la serratura e tirai il catenaccio. Le forze mi abbandonarono e scivolai contro la porta, le lacrime che mi scorrevano lungo le guance. Mi sfregai gli occhi, e il mascara mi lasciò delle striature sul dorso delle mani.

Persino a due camere di distanza riuscivo ancora a sentire la festa. Mi coprii le orecchie, fissando la borsetta che tenevo in grembo, da cui fuoriusciva il cellulare. Lo presi, aprii la rubrica e trovai il numero di Jonah. Il mio dito rimase sospeso sopra il pulsante per la chiamata, ma senza toccarlo. Non potevo chiamarlo da ubriaca e isterica. Lo avrei fatto preoccupare a morte, e comunque cosa poteva fare lui?

Era davvero troppo umiliante. Eravamo lontani

dallo stesso numero di giorni che avevamo trascorso insieme, e stavo già cadendo a pezzi. Lui con tutta probabilità doveva aver finito altri otto pezzi della sua installazione. Il suo lascito. Io ero ubriaca sul pavimento di una stanza d'hotel.

Scalciai via le décolleté nere e mi alzai a fatica, gli occhi puntati sul minibar. Lo aprii, tirai fuori una bottiglia di qualcosa di marrone e feci per togliere il tappo, pronta a trasformare quella serata in un oblio.

Poi, il mio sguardo annebbiato si posò sulla bottiglietta di profumo. Quel bellissimo recipiente perfetto con le sue delicate strisce viola che si sollevavano a spirale attorno al centro. Lo fissai. Non era un caso se la me stessa sobria l'aveva messa in cima al mobiletto sopra il minibar, anziché lasciarla in bagno con gli altri miei profumi.

Posai il liquore ma non presi la bottiglietta di profumo. Jonah l'aveva fatta per me. Se l'avessi rotta, non avrei avuto più nulla di lui.

Feci un respiro profondo, presi una bottiglia d'acqua dal mobile e richiusi lo sportello con forza.

Poi andai a letto.

Dietro gli occhi chiusi, i miei pensieri fluttuavano insieme in una confusa fusione: acqua e luci danzanti, fuoco e vetro, e un'orrenda coperta verde e arancione attorno alle mie spalle. Mi avvolsi nei colori, e infine mi addormentai.

CAPITOLO 19

Jonah

«Ehi, Jonah.»

Alzai lo sguardo dalle bollicine che fluttuavano verso la superficie della mia birra analcolica. Oscar mi scrutò.

«Sei ancora con noi?» chiese.

«Scusate.»

«Stai bene, amico?»

«Certo. Alla grande.» Bevvi un sorso, fingendomi interessato alle persone che si muovevano e camminavano intorno a noi. Theo doveva lavorare fino a tardi al Vegas Ink, perciò c'erano solo Oscar e Dena seduti di fronte a me all'alto tavolo del Lift bar dell'hotel Aria, uno dei pochi che non permetteva il fumo in nessuna zona della struttura.

Il Lift era ben lontano dai ristoranti senza fronzoli che frequentavamo di solito, o dalla casetta che Oscar e Dena avevano affittato a Belvedere. Il Lift aveva enormi e spesse colonne che sembravano cortecce d'albero dorate, che si innalzavano da una moquette con ghirigori viola scuro e chiaro. Gli ospiti bevevano cocktail da dodici dollari su eleganti tavoli e sedie viola, e dietro al bancone c'era una spessa parete dorata. Era elegantemente pacchiano per i miei gusti, ma mi serviva una distrazione.

O almeno quello era ciò che mi ero detto. Non ero mai stato insoddisfatto delle nostre solite uscite prima di allora, ma Kacey Dawson aveva portato luce e colore nella mia vita, e adesso quello che per me era stato abituale sembrava banale e scialbo. Il Lift era tutt'altro che banale e scialbo, ma il viola mi faceva pensare a Kacey. Mi sbatteva la sua assenza in faccia.

Chi voglio prendere in giro? Tutto mi fa pensare a Kacey.

«Raccontami della ragazza,» disse Oscar. «Ho sentito da Theo che una rockstar è stata a casa tua. Al lavoro, le Rapid Confession passano ventiquattr'ore su ventiquattro alla radio. Sono il top, amico, e tu hai avuto la loro chitarrista sul tuo divano?»

«Non è niente di che. Le serviva una pausa dall'ambiente festaiolo, e adesso è tornata con la sua band.»

«Ma è stata da te per *quattro giorni*.» Oscar ammiccò con le sopracciglia. «È successo nulla di interessante in quel periodo di tempo che vorresti riferire?»

Mi aspettavo che Dena rimproverasse il suo ragazzo per la volgarità, ma i suoi occhi scuri erano puntati con intensità nei miei. «È stata una buona compagnia? Ti ha fatto piacere averla lì? Raccontaci *tutto*.»

Sapevo che l'interesse di Dena era un po' più raffinato, studiava letteratura classica e poesia mediorientale, ed era una vera romantica. Tuttavia, era anomalo che facessi entrare qualcun altro nella mia cerchia, ed entrambi emanavano ondate di curiosità che mi percuotevano da ogni lato. Presi un sorso della mia birra analcolica per aiutarmi a sedare l'irritazione. Avevano buone intenzioni, ma mi sentivo come un ragazzino che tornava a casa e raccontava della sua prima cotta.

«Non c'è molto da dire,» dissi. «Si è soprattutto riposata, mentre io lavoravo al laboratorio o all'A-1. Sono andato a cena con la mia famiglia domenica e lei è rimasta sola con una pizza.»

«Ma hai disdetto la serata con *noi* per restare a casa con *lei*,» disse Oscar. Mi fece un sorriso complice da sopra la sua birra. «E Theo dice che è sexy.»

«Davvero?» Bevvi un sorso di birra. «Questo è... interessante.»

«Davvero.» Oscar si appoggiò allo schienale della sedia. «Perciò, una bellissima rockstar è stata nel tuo appartamento per quattro giorni. Ti prego, dimmi che non hai permesso che una situazione del genere si concludesse con un abbraccio e una stretta di mano.»

Dena colpì Oscar al braccio. «La rivedrai?»

«Non lo so. Non credo. Vuole rescindere il contratto con la band, ma non è così semplice. Sempre ammesso che sia qualcosa che vuole davvero...»

«Tu *vorresti* rivederla?»

Con tutto me stesso.

«Non ho molta voce in capitolo. Sarà in tour per mesi.»

«Esistono dei dispositivi magici chiamati telefoni.» Dena appoggiò il palmo della mano contro il mento, sollevando le sopracciglia. «Puoi chiamarla, no? Mandarle un messaggio. Sentirla su Skype.»

«Le serve spazio per capire cosa vuole, senza interferenze da parte mia,» dissi. Oscar fece per replicare ma lo bloccai sul nascere. «Sentite, non so cosa succederà, okay? Quello che *so* è che ho un sacco di lavoro da fare prima dell'inaugurazione della galleria. Perciò meglio non avere distrazioni.»

Calò un breve silenzio teso, seguito dal senso di colpa che mi assaliva sempre nelle rare occasioni in cui sbottavo con qualcuno. Iniziai a scusarmi per essere di pessima compagnia, ma Oscar e Dena non erano i miei migliori amici per caso. La loro preoccupazione per me era palpabile in quel chiassoso bar pomposo. Oscar si avvicinò a me, l'espressione seria questa volta, mentre Dena faceva scivolare una mano sul tavolo per stringere la mia.

«Racconta.»

Posai il bicchiere di birra, girandolo e rigirandolo sul tavolo viola. «Doveva andarsene,» dissi a bassa voce. «L'avrebbero rovinata se avesse sciolto il contratto. Deve decidere ciò che è meglio per lei, e non potevo comunque chiederle di restare.»

«Perché no?»

Rivolsi un'occhiata a entrambi. «Sapete perché no. Sapete perché non mi faccio coinvolgere. Non ho altro da offrirle tranne la mia amicizia, e anche quella ha una data di scadenza.» Mi passai le mani tra i capelli. «È stato stupido. Tutto quanto. Sconsiderato e stupido.»

«E quello che vuoi tu, Jonah?» domandò Dena. «*Tu* cosa vuoi?»

Guardai i miei amici, che si amavano fin da quando li avevo conosciuti. La ricerca di Dena di significati più profondi era il perfetto contrappasso con Oscar, che sfrecciava sulla superficie della vita come una moto d'acqua. Lei lo teneva con i piedi per terra, lui la faceva ridere. Il mio sguardo indugiò sulle loro mani strette, sulla pelle scura di lui contro quella chiara di lei, le dita intrecciate. Ricordai la mano di Kacey nella mia al ristorante.

Non era abbastanza. Voglio di più...

Ma non potevo avere di più.

Mi sforzai di sorridere. «Voglio finire la mia installazione, e voglio un'altra birra analcolica da otto dollari.»

Oscar scoppiò a ridere e parve contento di abbandonare l'argomento. Il sorriso di Dena si posò con dolcezza su di me per tutta la sera, e sapevo che lei non avrebbe lasciato perdere con altrettanta facilità.

* * *

Dato che ero sempre l'autista designato, accompagnai Oscar e Dena a casa loro, a sudovest della Strip.

«Non dimenticare,» disse Oscar, afferrandomi per una mano e tirandomi in un mezzo abbraccio prima di scendere dall'auto. «Il campeggio nel Great Basin è tra tre settimane. Assicurati di prenderti del tempo libero dal lavoro.»

«È già in agenda,» dissi.

L'allegria nella mia voce era forzata. Ero un po' preoccupato per il tempo che avrei sottratto al lavoro nel laboratorio e per la perdita di compensi dal mio impiego, ma Oscar e Dena stavano pianificando quel viaggio da mesi. Volevano del tempo con me, e non potevo dire di no. Erano i miei più vecchi amici, gli unici amici che non ero riuscito ad allontanare quando i risultati dell'ultima biopsia erano stati resi noti. Erano radicati nel tessuto della mia vita, non importava quanto questa vita si fosse rivelata breve.

Dena fece il giro e mi raggiunse al sedile del guidatore, con la sua solita espressione materna che significava che stava per arrivarmi una paternale, di solito preceduta da una citazione del suo poeta preferito, Rumi.

«*Ciò che è falso addolora il cuore, ma la verità porta gioiosa tranquillità*,» disse.

«E cosa significa, tesoro?»

«Significa che quella ragazza ti manca. Non fingere che non sia così. Ti sentirai meglio se sarai sincero nei tuoi sentimenti.» Posò una mano sul finestrino abbassato. «Non mi piace parlare della tua tabella di marcia, lo sai.»

Annuii. "La mia tabella di marcia" era diventato un eufemismo per il tempo che mi rimaneva. E "l'inaugurazione della galleria" era la linea del traguardo che dovevo attraversare.

«So che vuoi lasciare una bellissima opera d'arte del tuo passaggio. Ma ti stai focalizzando solo sulla destinazione, e non sul viaggio.» Dena posò il palmo della mano sulla mia guancia. «Lungo la strada, non dovresti provare anche a fare la cosa più importante?»

Misi la mia mano sopra la sua. «Che sarebbe?»

«Essere felice.»

CAPITOLO 20
Kacey

Salt Lake City.

Nove giorni senza Jonah. Cinque giorni senza alcol.

Guardai le bollicine danzare nella mia flûte di champagne ma non lo bevvi. Neanche più un goccio da quell'ultima notte sbronza nella camera d'albergo a Denver. Ogni terminazione nervosa del mio corpo ne implorava un sorso, ma mi limitai a rigirarmi il delicato bicchiere tra le dita. Davano i gettoni della sobrietà dopo cinque giorni? Ne dubitavo, ma avrebbero dovuto. Ogni maledetta *ora* in cui non cedevo al bisogno era una battaglia.

Ero seduta sopra un enorme divanetto a forma di mezzaluna assieme ad altre dieci persone nella zona VIP di un qualche locale. La musica era alta e incessante; potevo sentire il basso rimbombarmi nel petto. Sulla pista da ballo, un livello sotto di noi, i corpi si dimenavano. Sul nostro divanetto, chiacchiere e risate zigzagavano intorno a me. Le ragazze della band stavano flirtando con i ragazzi del nuovo gruppo di apertura. Erano tutti felici che la nostra ultima serie di concerti fosse andata bene, ma tutto ciò a cui io riuscivo a pensare era che mi trovavo nel posto sbagliato, a fare la cosa sbagliata con le persone sbagliate.

Ero seduta schiacciata tra Jimmy Ray e Phil Miller, il proprietario di quel locale e, guarda caso, del Pony Club di Las Vegas. Questi si voltò verso di me, premendomi addosso la sua mole con una zaffata di sudore e troppa acqua di colonia.

«Perciò tu sei la mia piccola combinaguai, eh?» disse.

Fumava un sigaro dal vago odore di liquirizia. Detestavo la liquirizia. Sollevai le spalle, che rimasero alzate. C'erano quattro persone alla mia destra e cinque alla mia sinistra. Ero incastrata nel bel mezzo del divanetto.

«Sai, mi costerà una piccola fortuna rimettere a posto il camerino.»

«Mi dispiace,» mormorai.

Jimmy si voltò verso di noi. «Avanti, Phil. Non passiamo subito agli affari senza prima esserci concessi un po' di piacere, no?» Mi circondò con un braccio, la sua mano che mi sfiorava la spalla nuda. Indossavo una canottiera di seta sovrapposta a un'altra canottiera più attillata, entrambe scollate. Lo sguardo di Phil sembrava focalizzato in modo permanente sul mio décolleté. «A Kacey piace divertirsi, ecco tutto. A volte le piace un po' troppo.»

Il proprietario del Pony Club masticò l'estremità del sigaro che teneva in bocca. «Ehi, non posso biasimarti, tesorino. Anche a me piace divertirmi.» La sua mano destra si posò sulla mia coscia sopra i pantaloni di pelle. La scacciai via, il volto in fiamme per l'umiliazione e la rabbia.

Phil e Jimmy si scambiarono un'occhiata che non mi piacque, e poi Jimmy mi sussurrò nell'orecchio:

«Un'azione legale sarebbe davvero una brutta cosa adesso, micetta. La nostra casa discografica non ha il budget enorme della Sony o della Interscope.» Mi strizzò una spalla. «Ci faresti un grosso favore se mettessi Phil Miller di buon umore.»

Voltai con lentezza il capo verso di lui. «E di preciso come vorresti che facessi, Jimmy?»

Si chinò appena all'indietro, ridendo. «Cos'è quest'occhiataccia? Solo... bevi qualche drink con lui. Magari uno o due balli. Vedi quel che succede.»

«Vedi quel che succede.»

Di colpo, seduta in quel divanetto, circondata da persone in un locale affollato, mi sentii profondamente sola. *Se Jonah fosse qui spaccherebbe il naso di Jimmy e taglierebbe le mani lunghe di Phil. È questo ciò che succederebbe.*

Ma lui non c'era. Dovevo difendermi da sola.

Non diedi un pugno sul naso a Jimmy, non volevo ferire la mano che mi serviva per suonare la chitarra e scrivere canzoni. Invece, presi il Gin Tonic di Jimmy e glielo tirai in faccia. Le altre persone al tavolo smisero di conversare a gran voce e tacquero sotto la musica pulsante, fissandoci, oppure, nel caso dei ragazzi del gruppo di apertura, ridendo.

Jimmy tirò fuori un fazzoletto. Cubetti di ghiaccio e gin brillavano sul bavero della sua giacca. «Questo è stato un po' avventato, micetta...»

«Ho aspettato anche troppo,» dissi, e mi misi in spalla la borsetta. Mi arrampicai sul sedile, il tacco degli stivali che scavava profondi solchi nell'imbottitura, poi sopra il tavolo. I bicchieri si rovesciarono e il loro contenuto si versò mentre ci camminavo sopra.

«Che diavolo stai facendo?»

«Me ne vado, a te cosa sembra che stia facendo?»

Saltai giù dal tavolo e atterrai senza rompermi una caviglia, cosa che avrebbe davvero rovinato la mia uscita, e lasciai il locale. Delle voci mi gridarono dietro, quella di Lola era la più forte, ma io continuai a camminare senza guardarmi indietro.

Uscii dal locale e chiamai un taxi. Il tragitto fino all'hotel sembrò durare secoli, i minuti che ticchettavano, altro tempo trascorso senza sentire Jonah. Non una parola in nove giorni, nemmeno un messaggio. Il mio telefono in modalità silenziosa si illuminò per la profusione di messaggi da parte di Lola e di Jimmy, e poi per le chiamate da parte di entrambi. Ignorai tutto.

Nella mia suite, con la porta chiusa a chiave, mi sedetti sul letto con il cuore che martellava. Con il telefono ancora in mano, guardai la bottiglietta di vetro viola sul comodino. Adesso conteneva qualche millilitro del mio profumo preferito.

Presi un respiro mentre il mio dito scorreva fino al numero di Jonah, ma poi rimase fermo sopra il pulsante di chiamata. Erano le due del mattino di venerdì.

Forse è ancora al lavoro. Magari non può parlare. Potrei mandargli un messaggio invece.

E se lui adesso stava meglio? Magari era andato avanti, era tornato alla sua tabella di marcia, concentrato e sulla giusta rotta senza che ci fossi io a distrarlo.

Forse diceva sul serio riguardo al fatto che sarebbe stato meglio non contattarlo più?

Il mio sguardo tornò alla bottiglietta di profumo, una piccolissima sfera di vetro che era stata il mio talismano per la forza e l'autocontrollo in quegli ultimi nove giorni. Dovevo dire a Jonah che lasciavo la band, ma gli avrei concesso una via di uscita: un messaggio era semplice da ignorare, e se lo avesse fatto, non ne avrei inviato un altro.

Lascio la band. Spero che tu stia bene <3 Kacey

Premetti "invia" prima di cambiare idea sull'emoji del cuore. Osservai lo stato del messaggio passare da "consegnato" a "letto". Non comparvero i tre puntini del testo di risposta.

«Okay. Va bene,» dissi con voce tremante, poi mi sfuggì un grido di sorpresa quando il telefono si illuminò, mostrando il numero di Jonah.

«Ciao,» dissi, sbattendo le palpebre per via delle strane e improvvise lacrime agli occhi.

«Stai bene?» La sua voce profonda era piena di preoccupazione e, ne ero certa, felicità.

«Sì. Sto molto bene. L'ho fatto. Ho lasciato la band. Proprio adesso. Stasera. Jimmy ha cercato di farmi andare a letto con il tizio del Pony Club…»

«Lui *cosa*?»

«…ma io gli ho buttato un drink in faccia. Sul serio. È stato fantastico.»

«Buon per te,» disse Jonah, ma potevo sentire la rabbia tingere le sue parole.

«Quindi adesso potrei essere rovinata per sempre, o potrei uscirne per il rotto della cuffia. Non lo so ancora, ma so che era la cosa giusta da fare. Lo sento. E non avrei avuto la forza di farlo se non fosse stato per te.»

«No,» disse. «Ci saresti arrivata. Sapevo che era dentro di te.»

Scoppiai in una risata commossa. «Invece no.»

«Sono davvero felice per te, Kacey,» disse pacato Jonah, e riuscii a immaginarlo appoggiato alla sua limousine in attesa di un cliente, che dava le spalle al mondo per poter parlare con me. E sorrideva.

«Anch'io,» dissi. «Ma adesso sono una senzatetto senza un posto in cui vivere.» Inspirai, mentre le lacrime mi riempivano di nuovo gli occhi, spinte da un'ondata di emozioni che riuscivo a malapena a contenere. «Hai qualche suggerimento immobiliare?»

Jonah non disse nulla per un istante, e quando parlò la sua voce era roca e intensa. «Dicono che Las Vegas sia bella in questo periodo dell'anno.»

Mi portai una mano al cuore, e mi servì un istante prima di riuscire a sussurrare una risposta. «Speravo che lo dicessi.»

«Speravo che lo chiedessi.»

«Ho ancora paura di poterti deludere come ha fatto Audrey.»

«Non mi deluderai,» disse. «Non sei *affatto* come Audrey.»

L'intensità delle sue parole mi colpì dritto al cuore e mi fece provare un brivido in tutto il corpo. Mi asciugai gli occhi, rincuorata dalla sua fiducia in me.

«Non c'è possibilità di delusione, comunque,» disse Jonah. «Sarai mia amica e io lo sarò per te, e vivremo giorno per giorno. Okay?»

Annuii contro il telefono. «Giorno per giorno. Momento dopo momento. Okay,» dissi, e feci un sospiro. «Posso farcela.»

«Anch'io,» disse. «Il mio cliente sta uscendo. Devo andare...»

Mi sentii come se mi fossi levata un grosso peso dalle spalle, e qualunque dubbio avessi avuto riguardo al lasciare la band fu ridotto in cenere.

«Ci vediamo presto, Jonah. Buonanotte.»

«Buonanotte, Kacey.»

Parte Due

Non si ricordano i giorni, si ricordano gli attimi – Cesare Pavese

CAPITOLO 21
Kacey

Ero a casa. 212 Banks St, Appartamento 2C, Las Vegas, Nevada.

Dalla finestra del soggiorno avevo una vista su Flamingo Avenue, e a un paio di isolati da lì c'era la Strip. Riuscivo anche a vedere l'enorme insegna rossa di Harrah's. C'era una camera da letto, un bagno, un cucinotto e un minuscolo balconcino. Era tutto mio.

Ed era a tre isolati dalla casa di Jonah.

Avevo abbandonato il tour delle Rapid Confession quattro giorni prima, con due valigie di vestiti, la mia chitarra acustica e una liquidazione di trentamila dollari.

Jimmy, con l'accidentale aiuto di una molto incazzata Jeannie, era riuscito a tirarmi fuori dal mio contratto. Un dirigente della casa discografica aveva una nipote che suonava la chitarra, e l'avevano assunta su due piedi prima ancora che le parole "me ne vado" mi fossero uscite dalla bocca. I pezzi grossi avevano fatto due conti ed erano venuti da me con trentamila dollari. Era quanto restava dopo aver detratto il mio anticipo, le tasse, i costi dei danni al Pony Club e le previsioni di royalties sulle vendite del tour fino a quel momento.

Jimmy aveva detto che ero stata fortunata a beccarmi qualcosa, ma da quel martedì avevo la sensazione di essere stata derubata in parecchi modi diversi, rescissione del contratto o meno. Lola me lo confermò. Mi chiamò mentre ero nella mia nuova casa, in attesa che mi arrivasse l'ultimo mobile, un divano.

«Ti hanno truffata, cazzo,» mi disse da Vancouver. «Trentamila? Mi prendi per il culo? Jimmy ha detto che incasseremo almeno un milione ciascuna dopo questo tour. *Ciascuna.*» La sentii prendere una boccata della sua sigaretta. «Non lo so, Kace...»

Avvertii una fitta al "milione ciascuna". Dopotutto, ero un essere umano. Ma più che altro mi sentivo felice e basta. «Va bene così, Lola. Ho una nuova casa e un nuovo lavoro.»

«Me lo hai detto. Servire cocktail al Caesar's Palace? Sul serio pensi che passare ogni sera circondata da alcol gratis ti farà meglio che stare nella band?»

«È così. Non bevevo perché l'alcol era disponibile,» le dissi. «Bevevo perché rendeva più semplice fingere.»

«Fingere cosa?»

Feci spallucce e passai un dito lungo lo scadente rivestimento in ceramica. Ma era il *mio* scadente rivestimento in ceramica del *mio* ripiano della cucina. «Fingere che stessi facendo ciò che volevo. Essere così indipendente è meglio per me.»

Lola esalò un sospiro. «Nessuno ti ha puntato una pistola alla tempia per farti unire alla band.»

«Lola,» dissi decisa. «Ti voglio bene. Sei la mia migliore amica. Mi hai salvato il culo e non sarò mai in grado di ripagarti per questo. Se fossi andata avanti così, avrei finito per morire o ritrovarmi in un posto molto brutto. Lo sai.»

Un altro sospiro, questa volta più dolce. «Già, lo so. Allora che mi dici del semplice fatto che è uno schifo perché mi manchi?»

Sorrisi. «Anche tu mi manchi. Com'è la nuova tipa?»

«Non male. Jeannie non la odia. Non ancora.»

«Dalle tempo.»

«Com'è la tua nuova casa? Non hai sperperato tutta la tua enorme fortuna, vero? Trentamila sembrano molti, ma finiranno presto. Soprattutto con una paga da cameriera.»

«Eh già. Ho dovuto comprare un'auto, ovviamente usata, e dei mobili per il mio appartamentino. Giusto il mese scorso hanno aperto IKEA qui vicino. Casa mia sembra una loro pubblicità vivente.»

Non ebbi il fegato di dirle che avevo anche speso cinquemila dollari per un letto di prima qualità, al momento in consegna, o forse già recapitato, a casa di Jonah. Poteva essere regolato perché sollevasse la testa o i piedi, così uno poteva dormire in qualunque posizione volesse. Non potevo sopportare l'idea che trascorresse un'altra notte in quella dannata poltrona reclinabile solo per tenere rialzato il petto, e sapevo che non si sarebbe mai comprato da solo un letto del genere.

«Quindi ora che succede?» domandò Lola. «Scriverai di nuovo le tue canzoni? Diventerai una star di YouTube? Non sto facendo la spiritosa, tu hai un talento enorme, tesoro. Questo potrebbe essere l'inizio di qualcosa di grande.»

«Grazie, Lo,» dissi, lo sguardo rivolto alla bottiglietta di profumo sul davanzale. Sorrisi. «Me la prenderò con calma. Vediamo come andranno le cose.»

Una pausa. «E come sta il tuo amico? Il tizio con i problemi al cuore?»

«Sta bene. Lui e suo fratello vengono ogni volta che possono per aiutarmi a montare i mobili.»

Il pensiero mi fece sorridere ancora di più. Jonah si era preso del tempo libero tra il laboratorio e l'A-1 per aiutarmi, trascinando con sé Theo ogni volta che non lavorava al Vegas Ink.

Le successive parole di Lola mi spensero il sorriso. «Il tuo amico, Jonah... può sollevare cose pesanti come i mobili?»

Dio, sono tutti dottori.

«Certo,» dissi. «Sta benissimo.»

«Benissimo? Una settimana fa stava morendo.»

Serrai i denti. Potevo controllare quelle parole quando restavano nella mia testa. Sentirle dire da qualcun altro faceva riemergere le emozioni nel mio stomaco.

«Era un brutto momento per me quando l'ho detto,» feci. «Pessima scelta di parole.»

«Kacey...»

«Sta bene. È forte...»

«Ma che cazzo...»

«Dico sul serio, Lola. Devo andare.»

«Dove?» chiese Lola. «Di nuovo a ficcare la testa nella sabbia? Qui non si tratta di una bolletta che non puoi pagare e che quindi butti nella spazzatura e fingi di non aver mai ricevuto. E nel giro di un istante ti tagliano la luce e ti lasciano al buio. So che tu fai così, Kacey. Ti limiti a scacciar via la merda e fingi che sia tutto okay, finché poi non lo è più.»

«Non è così,» sussurrai.

«No? Di sicuro sembra così.»

«Sta bene. Sul serio.»

Ripensai a quando Jonah mi era venuto a prendere all'aeroporto, dieci giorni prima. Aveva avuto in mano un grosso cartello con sopra il mio nome, e aveva scherzato sul fatto che sarebbe stata l'ultima volta che mi avrebbe fatto da autista. Gli avevo gettato le braccia al collo e lo avevo stretto forte, e avevo sentito il suo cuore battere contro il mio petto, forte e costante...

«Quindi lo hanno guarito?»

«Smettila, Lola. Adesso sta bene. Non passerò il tempo che ci resta a indugiare sui se e sui ma. Ed è tremendo da parte tua cercare di rovinare la mia felicità, cazzo.»

«Non sto cercando di rovinarti nulla, Kacey. Sto cercando di proteggerti.»

«Beh, non ho più bisogno della tua protezione. So cosa sto facendo.»

«Ah sì? Perché sembra che tu ti sia tirata fuori da una situazione di merda per ritrovarti schiacciata nel bel mezzo di un'altra.» Fece una pausa. «Voi due... state insieme? Ti prego, dimmi che non sei così pazza da farti coinvolgere da un ragazzo che... è davvero malato.»

«Siamo solo amici. Buoni amici. Uno dei migliori che io abbia da parecchio. Mi fa sentire che posso essere me stessa.» Sembravo petulante, ma avevo pianificato di vivere momento per momento. Non ero pronta a guardare oltre i successivi quattro mesi. Non ancora.

Forse mai. Magari le medicine stanno funzionando...

«Beh, sono felice per te, Kacey,» disse Lola, distogliendomi dai miei pensieri. «E voglio il meglio per te. Ma non voglio che tu finisca per perderti.»

«Perdermi?»

«Quando le luci alla fine si spegneranno.»

Mi morsi le labbra, in cerca di qualcosa da dire, di

una qualsiasi replica. Il campanello di casa suonò. «Devo andare, Lola. Sono arrivati quelli di IKEA.»

«Okay, tesoro. Abbi cura di te.»

«Ti voglio bene. Ciao.» Riattaccai e posai il telefono sul ripiano. Poi lo misi silenzioso. E poi a faccia in giù.

Aprii la porta di casa e mi trovai davanti non i fattorini di IKEA, ma Jonah. La mia espressione si trasformò in un ampio sorriso, come se non lo avessi visto appena due giorni prima, e sentii il sangue affluirmi alle guance.

Gesù, datti una calmata.

Era bello da morire con dei semplici jeans e una t-shirt verde scuro. Aveva le mani infilate nelle tasche davanti dei pantaloni e un'espressione divertita in volto.

«Tu non sei il mio divano,» dissi, fingendomi confusa.

«L'ultima volta che ho controllato non lo ero. Ma a proposito di voluminosi mobili di casa, ho ricevuto una consegna molto interessante ieri,» disse, dondolandosi sui talloni.

«Ah sì?»

«Sì. Tu per caso sai nulla del costosissimo mega *letto* Sleep Number regolabile, all'avanguardia e con il telecomando, che mi sono ritrovato sulla porta di casa?»

Mi finsi allarmata. «Sulla *porta di casa*? Cielo, spero di no. Quel letto sembra *fantastico*. Avrei sperato che venisse consegnato anche con delle persone per montarlo.»

«Oh, è così. Un intero team di tecnici che "aveva ricevuto ordini" di non accettare un no come risposta.» Sospirò e scosse la testa, l'espressione che diventava seria. «Kace, è troppo. Troppo caro. Non dovevi farlo.»

«Sì, invece,» dissi. «Non avrei mollato la band se tu non mi avessi offerto un posto in cui stare per schiarirmi le idee. Quello è il mio ringraziamento.» Mi posai una mano sul fianco. «Hai intenzione di restare tutto il pomeriggio sulla porta? Stai facendo entrare tutto il maledetto calore.»

Jonah mi fissò un istante ancora, a occhi stretti.

Lo guardai anch'io. «Che c'è?»

«Sto decidendo se serve a qualcosa discutere con te.»

«Non serve,» dissi. «Dentro o fuori? Sei come un dannato gatto.»

Cedette con una risatina e una scrollata di capo, e si chinò per raccogliere qualcosa da terra accanto a lui. «Dunque, questo è il tuo regalo per la casa nuova, del quale ero piuttosto orgoglioso finché non mi hai mandato Mega-Letto.» Inarcò un sopracciglio. «Avrei dovuto farti un lampadario.»

Ignorai il suo sarcasmo, troppo presa a fissare la bellissima lampada tra le sue mani. Erano due lampade, a dire il vero, ricavate da antiche bottiglie ambrate di whisky dalla forma squadrata. Ad ognuna era stato tagliato e allungato il fondo. All'interno del collo erano attaccate delle lampadine. Delle cordicelle fuoriuscivano dal collo delle bottiglie ed erano intrecciate con gli anellini di una catena di ferro lavorato che collegava le due lampade come una coppia.

«Oddio.» Fissai la lampada, poi lui. «È bellissima. L'hai fatta tu? Che cavolo sto dicendo, è ovvio che l'hai fatta tu.»

«Vuoi provarla?»

Mi morsi il labbro, guardandomi intorno. «Non so dove... Oh, il balcone.»

Raggiungemmo le porte di vetro a scomparsa che conducevano sul mio balconcino affacciato sulla strada. «Ho in mente di fare una zona relax qui fuori. Piante in vaso e un tavolinetto con una sedia per bere il caffè al mattino.»

Jonah mi scoccò un'occhiata. «Tu? Con questo caldo?»

«Devo abituarmici. A nessuno piace chi si lamenta del tempo ogni minuto.»

«Dici bene,» mormorò.

Gli diedi una spintarella verso la porta del bancone. «Fuori. Luci. Appendere.»

Appese le due lampade-bottiglie di whisky a due ganci per le piante, uno leggermente più basso dell'altro, e le collegò a una presa esterna coperta. Illuminato dall'interno, il vetro ambrato riluceva come se fosse ancora pieno di whisky.

«Sono splendide,» dissi. «Non vedo l'ora di vederle di notte.» Alzai lo sguardo verso di lui al mio fianco. «Adesso ho *due* pezzi originali di Jonah Fletcher. Dopotutto, non ho bisogno di lavorare al Caesar's. e-Bay, sto arrivando.»

Lui alzò gli occhi al cielo. «Aspetterei a dare il preavviso di due settimane.»

«In ogni caso non mi separerei mai da loro. Ma penso sia solo questione di tempo prima che il mondo scopra quanto talento tu abbia.»

Abbassò lo sguardo verso di me. «Potrei dire lo stesso di te.»

L'aria tra noi si fece più densa, e i suoi occhi marroni erano pieni di dolcezza. Quando mi osservavano così, mi sentivo come se mi stesse guardando nel profondo, in un luogo che io stessa esaminavo di rado, ma in cui, se lo avessi fatto, avrei potuto trovare nascosta un'ottima canzone.

I secondi passarono. Avrei dovuto distogliere lo sguardo ma non lo feci, e nemmeno lui, finché una macchina di passaggio inchiodò al semaforo e quel rumore rovinò il momento. Jonah si infilò le mani in tasca, e i miei occhi vagarono in cerca di qualcosa da guardare che non fosse lui.

«Perciò, bottiglie di whisky,» dissi, accennando alle luci con un gesto del capo. «Vuoi rispolverare le mie brutte abitudini?»

Sorrise. «No, è solo un amichevole promemoria.»

«Di cosa?»

«Del fatto che la bellezza è ovunque, persino nelle cose che più ci spaventano.»

Un calore si propagò nel mio petto, e quasi lo presi in giro per essere così profondo, ma mi ricordai della telefonata con Lola, e di come avesse espresso ciò che in effetti mi spaventava di più: perdermi nell'oscurità.

Rivolsi lo sguardo alla mia nuova lampada, poi all'uomo che l'aveva creata. *Lola si sbaglia. In qualche modo, la sua luce resterà accesa e io non mi perderò mai nell'oscurità.*

CAPITOLO 22
Jonah

Quando il divano di Kacey arrivò, io, lei e Theo impiegammo metà della serata a montarlo. Una volta fatto e buttate via le scatole vuote e le pagine con le istruzioni, il suo appartamento era completo.

«Beh,» disse lei, osservando il prodotto finito. «È proprio come uno di quei modelli di stanza dell'IKEA. Dovrebbero pagarmi per la pubblicità gratuita.»

Theo esibì la sua versione di un sorriso. Nell'arco degli ultimi dieci giorni si era appena un po' addolcito nei confronti di Kacey. Non alzava in automatico gli occhi al cielo quando lei gli rivolgeva la parola, e aveva addirittura risposto a un paio dei suoi commenti provocatori.

Adesso, mentre ci preparavamo ad andarcene, lei gli gettò le braccia al collo. «Grazie, Teddy,» disse, poi gli diede un bacio su una guancia. «Ti va bene se ti chiamo così?»

Decisamente *non* andava bene. Mi preparai per

l'aspro rimprovero di Theo riguardo all'essere chiamato Teddy, ma lui si limitò a borbottare qualcosa a proposito dell'aspettarmi al pick-up e uscì.

A occhi sgranati lo osservai andarsene, poi riportai lo sguardo su Kacey. «Lui *odia* il nome Teddy. Nessuno lo chiama Teddy.»

Lei sorrise e fece spallucce. «Non sembrava gli dispiacesse quando l'ho detto. E poi gli si addice. Ha un lato tenero.»

«Sì, ce l'ha,» dissi. Calò un breve silenzio tra noi. Succedeva spesso da quando era tornata. Le battute e le punzecchiature svanivano, e c'eravamo solo io e Kacey, l'uno nello spazio dell'altra, in attesa di cosa sarebbe successo. Una parola o un tocco che poteva cambiare tutto...

Ma non poteva. Non potevo portarla con me, perché alla fine saremmo arrivati a un punto in cui io avrei dovuto andare avanti, e lei non avrebbe potuto seguirmi.

«Okay,» dissi. «Vado, prima che Theo dia di matto.»

Kacey mi mise le mani intorno al collo e mi diede un bacio sulla guancia, proprio come aveva fatto con Theo. Sentii il suo corpo premuto contro il mio e mi ritrovai senza fiato. Le mie braccia erano rigide e caute, come se temessi di poterla romperla.

O che lei potesse rompere me.

«Grazie per avermi aiutata stasera, e tutte le altre sere,» disse, facendo scivolare le mani lungo le mie spalle prima di allontanarsi.

«Figurati,» dissi. «Buonanotte, Kace.»

«Anche a te. Oh, ehi, stavo pensando di passare dal laboratorio qualche volta questa settimana. Posso portarvi qualcosa da mangiare?»

«Di nuovo? Sarebbe la quinta volta in due settimane. Non devi sfamarci.»

«Lo so,» disse. «Ma voglio farlo. Lascia che ci pensi io, Fletcher. Mi prenderò cura di te.»

È troppo. Di' di no. Attieniti alla routine...

Col cavolo. Kacey era lì adesso, ed era parte della mia routine. Le avevo detto di tornare a Las Vegas perché mi mancava e la volevo nella mia vita, ma non avevo idea di quanto sarebbe stato difficile tenerla a distanza di sicurezza. Ero come un uomo affamato davanti a un buffet, ogni giorno in lotta con la fame di ciò che gli stava di fronte.

«Mi sembra ottimo allora,» dissi, e poi me ne andai da lì prima di fare qualcosa di stupido.

Theo era seduto al volante del suo pick-up spento. Ma anziché guardarmi torvo o lamentarsi di averlo fatto aspettare, si limitò a fissarmi mentre salivo in auto, studiando il mio volto come se fosse in cerca di qualcosa.

«Che c'è adesso?»

Tornò a guardare di fronte a sé. «Niente.»

Guidò lungo le strade quasi del tutto deserte della Las Vegas residenziale, con condominii e casette su entrambi i lati. La Strip non era visibile, ma da sopra i tetti si intravedevano le sue luci.

Raggiungemmo un semaforo rosso e Theo disse: «Le piaci.»

Fissai mio fratello, con la bocca secca. «Tu dici?»

«Non è ovvio?»

«Illuminami.»

Lui fece spallucce. «Il modo in cui ti guarda.»

Il cuore mi fece un salto nel petto. Feci del mio meglio per sembrare super indifferente, e non come un ragazzino delle medie. «In che modo mi guarda?»

Theo mi fissò di sottecchi. «Come se non potesse smettere di farlo. E tu sei messo altrettanto male. Mi meraviglia che siamo riusciti a montare il divano.»

Guardai dritto di fronte a me, i miei pensieri che correvano all'impazzata per quella rivelazione. Certo, i miei occhi erano attirati verso Kacey ogni volta che era nella stanza. Non potevo farne a meno. Era radiosa. Ma sentir dire che lei faceva lo stesso con me...

Un calore si propagò dentro di me, un lieve barlume di speranza che avevo tenuto soffocata.

«Ha paura di deludermi,» dissi lentamente. «Di fare come Audrey.»

«Perciò ne avete parlato?» chiese Theo. «Di stare insieme? È per questo che è tornata qui?»

«No, siamo solo amici. Non possiamo essere altro.» Mi massaggiai il punto sulla guancia in cui Kacey mi aveva baciato. «È già difficile così.»

«Ma tu provi qualcosa per lei,» disse Theo. Non era una domanda, e la sua voce era curiosamente pacata.

«Io... Forse. Non lo so,» dissi. «A volte penso che non avrei dovuto dirle di tornare qui.»

«Ma lo hai fatto,» rispose Theo nello stesso tono basso, «perché provi *davvero* qualcosa per lei.»

Sospirai, in parte per la sorpresa di poter parlare di questo con mio fratello, quando invece mi ero aspettato un'altra paternale. Mi sentivo bene a parlarne con lui, anziché essere rimbalzato dalla sua preoccupazione.

Ti guarda come se non potesse smettere di farlo.

Arrivammo al mio condominio. Theo parcheggiò il pick-up e si voltò a guardarmi. «Cosa vuoi fare?»

«Cosa posso fare? Non ho tempo, e lei lo sa. Le ho detto dell'ultima biopsia.»

«Beh, ecco fatto,» disse lui, agitando una mano. «Glielo hai detto.»

«Sì. E quindi?»
«E lei è ancora qui.»

CAPITOLO 23

Jonah

Era venerdì sera ed ero sdraiato a letto a leggere. O meglio, ci stavo provando. La mia concentrazione continuava a venir meno. Le tre del mattino era l'ora più silenziosa e tranquilla della notte, persino in una città come Las Vegas, e il silenzio amplificava i pensieri che crepitavano nel mio cuore e nella mia mente. Riempivano la stanza, pretendendo di essere presi in considerazione, implorando una risposta.

Kacey...

«Piantala,» dissi sottovoce.

Cosa starà facendo adesso?

Doveva aver staccato dal lavoro un'ora prima. Se non aveva fatto tardi, era arrivata a casa venti minuti dopo.

«Sta dormendo,» dissi. «Cosa che dovresti fare anche tu.»

Misi da parte il libro, spensi la luce e mi sistemai nel letto.

Mi ha comprato un letto.

«Ne sono consapevole,» dissi.

Quel letto era infinitamente più comodo della poltrona, ma comunque non riuscivo a dormire. Mi sistemai sul lato destro. Il sinistro mi pareva lungo chilometri, come la tundra innevata. Freddo e desolato.

Mi manca.

«Taci, Fletcher. Mettiti a dormire.»

Chiusi gli occhi, consapevole che fosse inutile. Poi il mio cellulare sul comodino vibrò per un messaggio.

«Dannazione, Theo.»

Ma non era Theo. Mi tirai su a sedere, il cuore che mi martellava nel petto.

Kacey.

Sei sveglio?

Riuscii ad aspettare ben dieci secondi prima di rispondere. *Sempre. Che succede?*

Ho telefonato a mio padre.

«Porca miseria,» sussurrai, sapendo ciò che significava per lei. Aspettai di vedere se mi avrebbe detto altro. Niente puntini luminosi a indicare che stava digitando. Esitai, un migliaio di risposte già pronte. Risposte che avrebbero potuto confortarla a distanza di sicurezza. *Com'è andata? Stai bene? Vuoi parlarmene?*

Le risposi: *Posso venire*

Senza punti. Né una domanda né un'affermazione. Abbastanza vago perché mi dicesse di no.

I puntini di sospensione, e poi la sua risposta:

Okay.

* * *

Avrei potuto camminare fino all'appartamento di Kacey, ma guadagnai tre minuti andando in auto. Fuori dalla sua porta, esitai.

Cosa stai facendo?

«L'amico.» L'aria afosa della notte masticò la parola "amico" e me la risputò addosso. «Un amico che fa visite a domicilio.»

Bussai alla porta e sentii un ovattato: «Entra.»

L'appartamento pieno di piante di Kacey aveva il suo odore, e quello delle candele profumate che amava. Inspirai a fondo, sia per riprendere fiato dalla rampa di scale che per riempirmi di lei.

Era seduta raggomitolata sul divano, con le gambe piegate sotto di sé. Il tavolino da caffè di fronte a lei era pieno di fazzolettini appallottolati. Aveva acceso solo la lampada accanto al divano, che illuminava di giallo le sue spalle curve. Il suo sguardo saettò verso di me mentre sedevo sulla sedia di fronte a lei. Persino con gli occhi rossi e il viso gonfio per il pianto, era incredibilmente bella.

«Vuoi qualcosa?» domandò. «Qualcosa da bere o...?»

Scossi il capo. «Sto bene.»

Mi schiarii la voce, i nervi tesi, e la fissai. La pelle liscia delle sue gambe, e il modo in cui erano piegate sull'angolo del divano, risvegliò in me un primordiale bisogno maschile. Volevo proteggerla. Tenerla tra le braccia e farle da scudo contro tutto ciò che poteva ferirla. Mettere il mio corpo tra lei e il mondo e, già che c'ero, allacciarmi quelle gambe attorno al corpo e scivolare dentro di lei...

«Mi dispiace, è così tardi,» disse.

«Ero comunque sveglio.» Mi chinai in avanti. «Raccontami cos'è successo.»

«Vorresti... Lascia perdere.»

«Cosa? Cosa posso fare?» *Qualunque cosa. Farei qualunque cosa per te.*

Il suo sguardo incrociò il mio, e la sua voce era

flebile quando mi chiese: «Ti siederesti accanto a me? Ti prometto che non cercherò di saltarti addosso o altro.»

«Certo,» dissi. Mi spostai dalla sedia al divano, lasciando tra noi solo pochi centimetri, ma lei colmò subito quella distanza, avvicinandosi a me. In automatico il mio braccio si posò attorno alle sue spalle.

Perché è ciò che fa un amico quando un'amica è turbata.

Se non fosse stato per il fatto che la mia amica aveva un profumo meraviglioso. E io ero fin troppo consapevole della pelle della mia amica che toccava la mia, e del modo in cui potevo avvertire le morbide curve del suo seno contro il mio petto. Avevo pensato che avrebbe pianto. Ero pronto ad accogliere un fiume di lacrime, e quello avrebbe contribuito a rafforzare la mia insistenza sul fatto che mi stessi solo comportando da amico gentile e di supporto. Ma lei si accoccolò addosso a me e mi circondò la vita con le braccia, e quando parlò la sua voce era affranta ma calma.

«Non avevo in programma di chiamare mio padre,» disse. «Non ho neppure pensato a lui oggi. Per sbaglio hanno dato lo stesso turno sia a me che a un'altra ragazza, perciò ho finito di lavorare prima. Intorno alle otto. Sono tornata a casa e ho acceso la TV, ho fatto zapping per un po' e sono capitata su *Abito da sposa cercasi*.» Sollevò la testa per guardarmi. «Lo hai mai visto?»

«Mai sentito nominare,» dissi.

«È uno sciocco, stupido e favoloso reality show in cui seguono diverse future spose che vanno a comprare l'abito per il loro matrimonio. Queste si portano dietro una cara amica per aiutarle a scegliere. O un gruppetto di amiche stronze. O una madre prepotente. Ma nell'episodio di stasera...» Kacey tirò su con il naso. «Una sposa ha portato con sé degli amici. E suo padre.»

Inspirò, e avvertii il tocco tremante del suo respiro contro il mio petto. La strinsi più forte.

«Perciò stava provando dei vestiti, ed erano tutti belli, ma nessuno sembrava adatto. Finché non ha provato Quello Giusto. E tutto il suo gruppo ha capito che era Quello Giusto perché hanno tutti iniziato a piangere. La sposa piangeva, e poi suo padre piangeva, e poi *io* ho pianto perché volevo così tanto quello che aveva lei.»

«Il vestito?»

Kacey mi diede una gomitata sul fianco. «Spiritoso. Il vestito era orrendo a dire il vero. Stile sirena. Sembrava avvolta nelle bende. Il *punto* è che io volevo quello che aveva lei con suo padre.»

Il suo corpo si incurvò, appoggiandosi ancora di più al mio. «Dimmi di più.»

«Questo papà... era un Marine in pensione e aveva un aspetto da super duro. Ma quando si trattava della figlia diventava un tenerone. Non si preoccupava di nascondere i suoi sentimenti. Ha detto alle telecamere che per lui sarebbe sempre stata la sua bambina. Ha detto quanto l'amasse e quanto fosse fiero di lei.» La voce di Kacey si incrinò e poi si spezzò. «Quella ragazza ha un rapporto splendido con suo padre, come io non l'ho mai avuto con il mio. Fa male. Detesto che faccia male. Vorrei che non mi importasse, ma non può smettere di importarmi. Non è possibile. È il mio papà. Gli voglio bene. Non dovrebbe provare anche lui lo stesso?»

«Dovrebbe, sì,» dissi. Sempre stringendola, mi allungai verso la scatola di fazzoletti sul tavolino e ne presi uno.

«Grazie,» disse lei, asciugandosi gli occhi.

«Quindi lo hai chiamato?»

«Come una stupida. Ho pensato: *Forse non avrò ciò che hanno quella ragazza e suo padre, ma posso iniziare da qualche parte. Posso provarci*. Non mi sono permessa di ripensarci, ho solo preso il telefono e l'ho chiamato. E ha risposto *lui*, non mia madre, e ho pensato che fosse un segno.» Prese un altro fazzoletto. «Già, un gran bel segno. Che sono una stupida idiota.»

«Non sei un'idiota,» dissi. «Cosa ti ha detto?»

«Era silenzioso, come al solito. Ma io ero nervosa, perciò ho iniziato a blaterare come una cretina. Gli ho detto che avevo mollato una rockband di successo e avevo gettato al vento milioni di dollari, fama e ricchezza. Per poter servire cocktail al Caesar's, perché sapevo che per me era più salutare. Che grazie a quello stavo meglio. Gli ho detto che vivo per conto mio, mi pago l'affitto e scrivo le mie canzoni. Gli ho detto che sono felice, anche se le mie canzoni non hanno ancora visto la luce al di fuori del mio taccuino.» Tirò su con il naso e seppellì la faccia più vicina al mio petto.

Le passai una mano tra i capelli. «Lui cosa ha detto?»

«Ha detto "Okay, bene".»

Aspettai, ma non arrivò altro.

«Okay bene, e poi?» chiesi.

«E basta. *Okay, bene*. Poi ha riagganciato. Lui ha... mi ha riattaccato in faccia.»

La mia bocca rimase spalancata per metà mentre lei singhiozzava contro il mio petto, le sue lacrime che mi bagnavano la maglietta. La cinsi anche con l'altro braccio e la strinsi a me. «Mi dispiace,» dissi. «Mi dispiace tanto.»

Lei si liberò dall'abbraccio e lanciò il fazzoletto

accartocciato. «Sono stufa di sentirmi così. Mi sento così patetica nel desiderare che il mio stesso padre abbia bisogno di me nella sua vita.» Abbassò lo sguardo sulle sue mani vuote. «Lui non ha bisogno di me.»

«Io sì.» Era la verità, e a volte la verità si rifiutava di farsi contenere. Esplodeva fuori, di solito nei momenti meno opportuni, ma anche quando ce n'era più bisogno.

Lei fece un sorriso triste, e posò una mano sul mio petto, nel punto in cui le sue lacrime avevano inumidito la mia maglietta. «Sei dolce. Non avevo nessuno, e tu mi hai dato amicizia e un posto in cui vivere.»

«Io ho bisogno di te,» dissi di nuovo.

I suoi occhi incontrarono i miei. «Davvero?»

Annuii. Dio, era così vicina che potevo sentire l'odore della sua pelle. Dolce come il caramello. «Gli amici servono per motivi diversi, giusto? Alcune cose puoi dirle ad alcune persone, altre cose puoi dirle ad altre.»

Lo sguardo di Kacey era risoluto. «Dimmi qualcosa che non puoi dire agli altri tuoi amici,» disse con dolcezza. «Qualcosa che puoi dire solo a me.»

Per alcuni istanti mi persi nelle pozze blu dei suoi occhi, ammutolito dalle migliaia di pensieri che volevo dirle.

«Ho paura,» confessai.

La sua mano scivolò sopra la mia. «Okay.»

«Ma chi non ne avrebbe?»

Lei non disse niente. Dai suoi occhi sentii confluire verso di me accettazione e fiducia. Potevo aprirle il mio cuore e lei mi avrebbe ascoltato, o potevo tenerlo per me e lei avrebbe capito.

«Mi osservano tutti, tutto il tempo. Mi sento come... non posso fare o dire nulla senza doverlo pesare con attenzione. Perché ogni cosa che faccio ha un significato, anche quando non ce l'ha. Non posso alzare la voce, arrabbiarmi o irritarmi perché non posso lasciare quel tipo di ricordo. Ho solo un numero finito di parole a disposizione. Devo sceglierle con cura.»

Lei annuì e mi lasciò continuare. Cosa che feci, dicendole più di quanto avrei voluto, confidandole tutto ciò che non potevo dire a nessun altro. Le parole fuoriuscirono da me e si posarono sul grembo di Kacey.

«E anche le mie azioni. Sono costantemente osservato, studiato, esaminato. Sono stanco dopo una lunga giornata di lavoro o è qualcosa di più grave? Mi trattano come se potessi rompermi. Come se tutto il mondo fosse una potenziale minaccia. Qualcuno potrebbe dire la cosa sbagliata e turbarmi, e che Dio ce ne scampi che possa turbarmi. Ma sono turbato.»

Kacey annuì.

«Provo paura e rabbia che mi sia successo questo,» dissi. «Mi prendevo cura di me, sai? Mi allenavo come un matto, mangiavo in modo sano, e comunque mi sono ammalato mortalmente. È come venire presi in pieno da un camion anche se hai guardato da entrambi i lati e la strada era sgombra.»

Mi sfregai con forza il ginocchio per non serrare la mano a pugno. L'altra stringeva con forza quella di Kacey. Avevo paura di lasciarle dei lividi sulle dita, ma non potevo allentare la presa.

«Perciò sì... ho paura,» dissi. «Ed è qualcosa che non posso dire agli altri miei amici.»

Lei mi lasciò andare la mano e si gettò tra le mie braccia, stringendomi il collo. «Grazie per avermelo detto.»

Mi paralizzai, i miei sensi pieni di lei. La morbidezza dei suoi capelli sulla guancia, il profumo di caramello della sua calda pelle. La cinsi con le braccia, rigide all'inizio, ma lei era così morbida. Si sciolse tra le mie braccia, *desiderosa* di essere stretta. E così come le avevo detto ciò che non potevo dire a nessun altro, volevo stringerla come non avevo mai stretto nessun altro. Accarezzarle i capelli, inspirare la sua dolcezza. Baciarla senza fermarmi mai...

Sollevò la testa dalla mia spalla, con le mani ancora allacciate intorno al mio collo. Mi guardò, le sue labbra si schiusero impazienti, i suoi occhi dolci e pieni di calore. Nel silenzio, sollevò una mano e la posò sul mio petto. Il mio cuore martellava sotto il suo tocco, e un sorriso dolce le affiorò alle labbra.

«Sembra così forte,» mormorò.

La punta della cicatrice era appena visibile sopra l'orlo del colletto. Kacey agganciò l'indice al bordo della maglia e la abbassò, rivelando un altro centimetro di quell'aggressivo segno rosso. Con la testa inclinata la studiò, passando il pollice sopra a quel vistoso rigonfiamento.

Lottai per non ritrarmi... e per chinarmi in avanti al suo tocco. A metà tra il panico e il desiderio, mi paralizzai, con l'eccezione del mio cuore galoppante.

«Sei la prima donna... la prima persona che tocca la mia cicatrice.»

«Non è giusto,» mormorò, e si chinò per posare un lieve bacio su quella brutta cucitura. Poi si accoccolò contro il mio petto, esausta e provata, al sicuro tra me e i cuscini del divano.

Mi appoggiai all'indietro, portandola con me. La tenni stretta, godendo della sensazione del suo corpo contro il mio, memorizzando la morbidezza dei suoi capelli che mi scivolavano tra le dita. Chiusi gli occhi, lasciando che tutti gli altri miei sensi assorbissero il calore e il conforto di avere una donna tra le braccia. Quella donna.

Ero tentato di restare per tutta la notte. Di darle il bacio del buongiorno e fanculo alle conseguenze. Ma quando la prima luce dell'alba filtrò dalla finestra, diedi uno sguardo all'orologio. Avevo quaranta minuti per andare a casa e prendere gli immunosoppressori. Se avessi tardato, le conseguenze avrebbero mandato a fanculo *me*.

Scivolai via dal divano, la coprii con una copertina e me ne andai in silenzio.

CAPITOLO 24
Jonah

Dena e Oscar erano felicissimi che Kacey fosse tornata in città, e insistettero che facessimo qualcosa di speciale per darle il benvenuto a Las Vegas. Avevo il sentore ci fosse un ulteriore motivo, ma mi commosse che volessero includerla nelle nostre solite uscite del lunedì.

«Kacey verrà con noi stasera,» dissi al telefono a Theo. «Una cena di benvenuto. Dovresti portare Sally.»

«Holly,» mi corresse lui.

Holly Daniels era la sua ragazza tira e molla. O la cosa più simile a una ragazza che avesse nella sua vita. Una donna minuta con una risata rumorosa e capelli corti e scuri, era una sua cliente al Vegas Ink. Lo prendevo in giro sul fatto che Holly all'inizio volesse solo un piccolo tatuaggio, ma avesse continuato ad andare lì finché non lo aveva conquistato. Ogni volta che vedevo le sue braccia piene zeppe di tatuaggi dovevo soffocare una risata.

«Quindi è una cosa tra coppie?» disse Theo.

«No. Beh...» Le mie mani salirono fino al colletto e alla punta della cicatrice, dove ancora sentivo il bacio di Kacey. Un lieve sfioramento delle sue labbra impresso sulla mia pelle e nella mia mente. Continuavo a ripensarci.

«Pronto?»

Tornai in me. «No, non è una cosa tra coppie. È una cosa tra amici. Porta Holly, porta qualcun altro o non portare nessuno. Come vuoi tu.»

«Dove andiamo?»

«Kacey vuole andare a cena e al casinò. Ho pensato che l'MGM Grand potesse essere una buona...»

«Non puoi andare in un casinò e stare in mezzo a tutto quel fumo. Non lo sa?»

«Lo sa,» dissi, «ma è stata una mia idea. Non è mai stata in un casinò, e l'MGM ha un'ottima ventilazione. Ho fatto delle ricerche.»

Lui borbottò qualcosa di sconclusionato.

«Avanti, fratello. Oscar e Dena hanno già detto di sì. Sarà divertente. Qualcosa di diverso.»

«Diverso,» disse Theo. «Gesù, sei preso male.»

«Sono ottimista,» dissi con un sorriso. «E dai, Teddy.»

Una pausa. «Dove ceniamo?»

«Al tuo preferito, il New Orleans Fish House,» dissi. «Con tutti i gamberetti super piccanti che riuscirai a mangiare. Alle otto in punto.»

Quello bastò a convincerlo. O forse voleva controllarmi come una dannata mamma chioccia per tutta la sera, ma acconsentì a venire.

Dissi a Kacey che sarei passato a prenderla alle sette e quarantacinque. Lei aprì la porta con indosso una camicetta oversize in un qualche materiale luccicante che le scendeva addosso come una cascata. Le scivolava sulla pelle come argento fuso, lasciandole una spalla scoperta e arrivandole fino alle cosce, da cui spuntava una minigonna nera. Ma erano le calze nere che le arrivavano appena sopra il ginocchio che mi drenarono il sangue dal cervello.

Si era tirata i capelli fin sopra la testa e li aveva tenuti fermi con una specie di molletta o fermaglio con una rosa nera di seta sopra l'orecchio destro. I suoi lineamenti meravigliosi erano truccati con un make-up effetto cat-eye nero e labbra rosso brillante. Una nuvola di profumo, il suo preferito, quello che teneva nella bottiglietta che avevo realizzato per lei, mi avvolse.

Ero così preso a fissarla che non avevo notato che anche lei stava fissando me.

«Wow, Fletcher,» disse. «Ti sei... dato una bella sistemata.»

Indossavo un completo grigio scuro con una cravatta blu chiaro che forse poteva, o forse no, essere dello stesso colore degli occhi di Kacey.

«Hai un aspetto...» Non finii la frase e la fissai, perché non esistevano parole.

Sorrise e si fece avanti per raddrizzarmi la cravatta. «Grazie.»

Una volta arrivati all'Emeril's New Orleans Fish House, l'hostess di sala ci accompagnò attraverso l'eleganza color ambra del ristorante sino al tavolo dove sedevano Dena, Oscar, Theo e Holly. Kacey, ovviamente, abbracciò Dena e Oscar su due piedi, e loro ricambiarono l'abbraccio, dicendole quanto avessero sentito parlare di lei, e stavolta il suo rossore era inequivocabile. Stava risplendendo di felicità al caldo benvenuto di Dena e Oscar, e non credevo che avrei potuto amare i miei amici più di quanto già non facessi.

«Che bello che sei,» disse a Theo, lisciando il

colletto della camicia. «Ciao, sono Kacey,» disse a Holly, le cui braccia piene di tatuaggi erano in mostra sotto la camicetta senza maniche. Soffocai un sorrisetto quando Kacey prese le mani di Holly per ammirarli.

«Wow, fantastici.» Si voltò verso Theo. «Li hai fatti tu?»

Lui annuì e fece spallucce.

Per quando finimmo gli antipasti, ogni scrupolo che potevo aver avuto sulla possibilità che Kacey non si integrasse era svanito. Lei e Holly parlarono di tatuaggi, e addirittura fece tirare su la manica a Theo per metterli a paragone, poi Kacey iniziò a conversare con Dena di poesia e cantautorato.

Oscar si chinò verso la mia sinistra. «Hai intenzione di mangiare o fisserai Kacey per tutta la notte?»

Non aveva senso negare. Neppure ci provai. «La fisserò per tutta la notte.»

Oscar sorrise e mi diede una pacca sul braccio. «Eccome.»

Al momento del dessert, Oscar fece virare la conversazione sul campeggio con un repentino cambio di argomento, e domandò a Kacey se ci fosse mai stata.

«Mai,» disse lei. «Non sono una tipa da avventure nella natura, ad eccezione della spiaggia. Dove andrete in campeggio?»

«Parco Nazionale del Great Basin.»

«È davvero straordinario,» disse Dena. «C'è un po' di tutto: deserto, foresta, lago. Lo adoreresti.»

«Dovresti venire con noi,» disse Oscar.

«Dovresti,» disse Dena. Si voltò verso Holly. «Anche tu. Così saremmo in sei.»

«Io ci sto,» disse Holly, mentre da dietro la sua spalla Theo lanciava sguardi di fuoco verso Dena.

«Sembra fantastico,» disse Kacey, poi si voltò verso di me. «Cosa ne pensi? Ti... piacerebbe la compagnia?»

Forse avrei dovuto essere cauto e attento, ma ero semplicemente felice. *Stasera proverò alla maniera di Dena. Sii felice. Sii normale. Una parte del cerchio, non da solo al centro.*

«Mi piacerebbe eccome.»

Le guance di Kacey si arrossarono in modo delizioso, e lei si voltò di nuovo verso Oscar. «Grazie per l'invito.»

«Non ringraziarmi, almeno non finché non avrai fatto la cacca nel bosco e non avrai sentito i leoni di montagna fuori dalla tua tenda. Sarà la tua iniziazione, dolcezza.»

«Fatti sotto,» rise Kacey.

E il suo sorriso fu la cosa più bella che avessi mai visto.

CAPITOLO 25
Kacey

«Dunque, a chi va un po' di gioco d'azzardo?» dissi mentre uscivamo dal ristorante. «Ho quaranta verdoni che mi bruciano in tasca.»

Dena si scambiò un'occhiata con Oscar, poi sbadigliò. «Ho esagerato con la crème brûlée,» disse. «Il letto mi chiama.»

«Sì, anch'io,» disse Oscar, rivolgendo un'occhiata a Jonah. «Perché voi ragazzi non andate senza di noi? Ci rifaremo un'altra volta.»

«Sicuri?» chiesi.

«La prossima volta,» rispose Dena, abbracciandomi.

«Io gioco,» disse Holly. «Sono anni che non lo faccio.» Tirò Theo per il braccio. «Ti va?»

Lo sguardo di Theo rimbalzò tra Oscar e Jonah, poi scosse il capo. «Non me la sento. Fine della serata.»

Holly mise il broncio e mi abbracciò per salutarmi. Theo mi cinse con braccia rigide e si chinò per portare la bocca al mio orecchio. «Cerca di restare meno di un'ora nel casinò. Non dovrebbe stare dove c'è fumo.»

«Chiaro,» dissi.

Theo parve esitare, i suoi occhi che saettavano verso Jonah e poi di nuovo verso di me. «Divertitevi,» disse. Si voltò di scatto, lasciandoci soli.

Osservai Holly fare una corsetta per raggiungerlo.

«Lui e Holly stanno insieme da parecchio?» domandai.

«Per i suoi standard, sì.»

«Oscar e Dena sono persone meravigliose.»

Jonah fece una smorfia. «Sono come un pessimo spettacolo di varietà.»

Scoppiai a ridere. «Forza. Ho promesso a Theo che saremmo rimasti al casinò solo per un'ora.»

«Gesù, è ridicolo.»

Feci scivolare una mano nell'incavo del suo gomito. «È il custode di suo fratello.»

Il casinò era a pochi passi dal ristorante. Entrammo in quello spazio poco illuminato, dove la maggior parte delle luci proveniva dalle slot machine, tutte disposte in lunghe file. Una legione di luci lampeggianti e splendenti. Coni di luce chiara erano puntati sui tavoli da blackjack, e si riflettevano sulle camicie bianche dei mazzieri e sulle carte bianche sopra il feltro verde.

«Qual è il tuo veleno?» chiese Jonah. «Blackjack? Roulette? Poker?»

«Blackjack,» risposi.

Il casinò era affollato e dovemmo camminare parecchio prima di trovare un tavolo con un posto libero, proprio alla destra del mazziere.

«Si parte da cinque dollari,» disse Jonah. «Vai e colpisci.»

«Per te non c'è posto.»

«Io guarderò e ti istruirò da lontano.»

«Non ho bisogno di essere istruita.»

Sollevò il sopracciglio. «Il posto alla destra del mazziere è il più importante del tavolo. Sei pronta per una responsabilità così seria?»

Lo guardai a occhi socchiusi. «Sono nata pronta.» Feci per sedermi, poi mi fermai. «Aspetta. Le figure valgono dieci, giusto?»

Jonah rise e io mi accomodai al posto vuoto. Lui si posizionò alle mie spalle per osservare lo svolgersi della mano.

Alla sinistra del mazziere sedevano due ragazzi giovani che sembravano prendere sul serio la loro posta di cinque dollari. Accanto a loro, due signore anziane chiacchieravano senza sosta e giocavano quasi sovrappensiero, contando il totale delle loro carte e lasciando o restando in automatico. Di fianco a loro, e alla mia destra, sedeva un anziano gentiluomo con un cappello da cowboy e una camicia di jeans. Tirò fuori un pacchetto di Marlboro Rosse dal taschino.

«Signore,» dissi. «Intendo vincere una mano e poi me ne andrò. Le dispiace non fumare sino ad allora? Per favore?»

Lui mi squadrò attraverso la pelle raggrinzita che gli circondava gli occhi e scoppiò a ridere. «Sei nel posto di fuoco, signorina. Sai come giocare per vincere?»

«Stia a vedere,» dissi. Mentre il cowboy metteva via le sigarette, mi chinai all'indietro verso Jonah. «Come si gioca per vincere?»

«Ti servono le fiches. Metti i soldi sul tavolo.»

Posai una banconota da venti dollari sul feltro verde. «Prendo una fiche,» dissi al mazziere, che mi diede una fiche a strisce bianche e blu con un venti stampato in oro sul fronte.

«Si parte da soli cinque dollari,» disse Jonah.

«Chi non risica non rosica, giusto?»

«Proprio così, signorina.» Il cowboy tirò fuori una fiche rossa da cinquanta dollari da una delle sue piccole torri di fiches e la posò come sua posta iniziale. «Ora fa' la cosa giusta, posto di fuoco. Conto su di te.»

Jonah alle mie spalle ridacchiò.

Mi chinai all'indietro. «Raddoppio a undici, vero?»

«Oh, *adesso* vuoi che ti insegni?» Fece scattare la lingua.

Il mazziere, un uomo inespressivo di circa trent'anni, fece scivolare le carte con destrezza davanti a ognuno di noi, a faccia in su. Ne distribuì a se stesso una coperta e una scoperta: un tre di fiori.

Gli altri giocatori furono fortunati, niente al di sotto di diciassette, e il cowboy divise i suoi otto, posando un'altra fiche da cinquanta dollari accanto alla prima. Fu ricompensato con due diciotto, e gongolò per la sua fortuna.

A me toccò un tre di quadri e un due di cuori.

«Mi prendi in giro, cazzo,» borbottai.

Il cowboy fece una smorfia nel vedere le mie carte. «Non bene, signorina.»

«Dillo a me. Carta.»

Un due di picche.

«Carta,» ripetei.

Un cinque di fiori.

«Merda.»

Il resto del tavolo iniziò a mormorare.

Jonah si chinò su di me. «Hai dodici. Il banco ha tredici, probabilmente.»

«Come lo sai? Sei come Rain Man?»

Il sorriso di Jonah colorò le sue parole. «No, ma *sono un ottimo guidatore*.»

«Ah-ah. *Aiuto.*»

Jonah si chinò di modo che il suo mento si trovasse appena sopra la mia spalla nuda. Il suo respiro era caldo sulla mia gola, e mi provocava dei piacevoli brividi che mi scorrevano lungo la schiena.

«È una strategia sicura presumere sempre che la carta coperta del mazziere valga dieci. Più di quelle nel mazzo.»

«Okay...»

«Perciò presumiamo che lui abbia tredici. Tu hai dodici, e la tua prossima carta sarà una figura...»

«Come... come lo sai?» Stavo cercando di mantenere la concentrazione ma, Cristo, Jonah aveva un buon profumo. La sua mano era posata sulla mia schiena, e il suo pollice mi accarezzava in lievi cerchi. Ero sicura che non si stesse neppure rendendo conto che lo stava facendo. Serrai le gambe.

«Probabilità,» rispose. «Hai preso molte carte basse. Ci sono buone probabilità che la prossima valga dieci. Lascia che il banco sballi. Non chiedere carta.»

Il sentimento riecheggiò con veemenza anche tra gli altri giocatori. «Non chiedere carta.»

«È *probabile*, non sicuro.» Mi guardai attorno. «Scusate, ragazzi, ma non posso accontentarmi di un patetico dodici.»

Forti proteste si levarono mentre sfioravo il feltro verde con le punte delle dita. «Carta.»

Il mazziere posò un otto di quadri.

«Venti.» Afferrai il braccio di Jonah e lo scossi. «Ho fatto venti.»

Lui scrollò la testa, ridendo. «Ebbene sì.»

«Che fortuna sfacciata,» disse il cowboy con una risatina. «Ora stai, signorina.»

«*Stai*,» gli fecero eco gli altri giocatori.

Feci un gesto con la mano sopra le mie carte. «Sto.»

Sul tavolo calò il silenzio, mentre il mazziere girava la sua carta coperta. Una regina che gli faceva fare tredici.

«I mazzieri devono arrivare a diciassette,» mormorò Jonah nel mio orecchio.

Il mio cuore partì al galoppo mentre osservavo il mazziere darsi carta e sballare con un fante di quadri. Il tavolo scoppiò in un'esultanza.

Jonah mi afferrò la spalla. «Porca miseria.»

«Ho vinto,» dissi, mentre il mazziere posava una seconda fiche a righe blu e bianche da venti dollari accanto alla mia prima.

«Non solo hai vinto,» disse Jonah. «Se ti fossi accontentata di dodici, il mazziere avrebbe aggiunto il tuo otto al suo tredici.»

«E avrebbe fatto ventuno,» dissi.

«Tutto il tavolo avrebbe perso.»

«Ha ragione, signorina,» disse il cowboy. «Sei una professionista, eh?»

«Chissà.» Presi la mia vincita e liberai il posto. «Buona fortuna a tutti! È stato bello.» Diedi un colpetto alla tesa del cappello del cowboy mentre lasciavamo il tavolo. «Adesso può fumare, signore.»

«Mi hai appena ripulito di duecento dollari, signorina fortunella,» disse lui, rivolgendoci una risata affannosa. «Forse è meglio che lasci, finché sono in tempo.»

«E adesso?» dissi a Jonah, prendendolo per mano. «Dove andiamo? Giuro che non mi sono mai divertita tanto da sobria in vita mia.» Mi fermai presso la lunga fila di slot machine, che ronzavano e rilucevano e facevano un suono metallico. «Le slot. Oh mio Dio, ti va? Solo un paio, poi ce ne andiamo, giuro.»

Jonah rise. «Come posso dirti di no?»

Andai allo sportello del cambio e tornai con quattro rotoli di nichelini.

«Vuoi giocare alle slot dei *nichelini*?» domandò Jonah.

«Voglio giocare a *qualche* slot, ma infilare quarti di dollaro dopo quarti di dollaro in una macchina mi sembra uno spreco. Così mi godo l'esperienza senza la sensazione di star buttando via una valanga di soldi.»

Jonah assottigliò lo sguardo e si lisciò il mento con fare pensieroso. «Molto saggia.»

«Simpaticone.» Gli presi di nuovo la mano. «Andiamo a giocare con i grossi scommettitori.»

Trovammo l'unica fila del casinò di slot di nichelini e ci mettemmo al lavoro. Jonah si tolse la giacca e la cravatta e le appoggiò sopra una slot vuota. Poi mi porse un secchiello di plastica da una pila dietro le slot.

«Per le tue vincite,» disse.

«Meglio se ne prendi due,» dissi, aprendo i miei rotoli di nichelini. «Mi sento fortunata... *pivello*.»

Le slot machine avevano dei bottoni da premere oltre alle leve per far girare le immagini di ciliegie, diamanti e lingotti. Jonah premeva il bottone, ma io insistevo a tirare la leva.

«Per ottenere il massimo effetto,» dissi.

«Davvero non hai mai giocato d'azzardo prima? Neppure al Caesar's?»

«Sono troppo presa a spacciare drink gratuiti, e quando finisco il turno voglio solo andarmene e cambiarmi d'abito. Cristo santo, dovresti vedere cosa ci fanno indossare. Toga, sandali dorati e cerchietti di foglie.»

Il tonfo metallico di una piccola manciata di nichelini colpì il vassoio di Jonah. Una piccola vittoria. Lo stesso toccò a me; quanto bastava per farci continuare a giocare.

«È buffo che abbiamo gli stessi orari di lavoro,» disse. «Dal mercoledì al sabato sera, dalle sei alle due del mattino? Proprio gli stessi.»

«Ho chiesto io quei giorni.» Mi voltai verso la slot e tirai la leva. «Perché sono i turni migliori.»

Con la coda dell'occhio vidi Jonah sorridere. «Sono i migliori.»

Feci scivolare il mio ultimo nichelino nella slot e non ne uscì nulla.

«Mi arrendo,» dissi con un sospiro. «Credo che il sistema sia truccato.»

Jonah rise. «Ti assicuro che lo è. Ho quasi finito anch'io...»

Infilò un nichelino, premette il bottone e le immagini sulla slot girarono e girarono. Un solitario diamante con scritto sopra *jackpot* si bloccò di colpo. Poi due. Poi tre, tutti disposti in una linea perfetta. Tutta la slot si accese con luci lampeggianti e musica, e un fiume di nichelini precipitò nel vassoio sottostante.

Saltai su dal mio sgabello, le mani premute sulla bocca. «Oh mio Dio, hai vinto. Hai *vinto*!»

Jonah aveva lo sguardo fisso, un mezzo sorriso sconvolto sulla bocca aperta. «Porca *puttana*, guarda qui.»

I nichelini continuavano a fuoriuscire, traboccando dal vassoio e riversandosi sulla moquette in una valanga tintinnante.

Lo afferrai per la spalla. «Oh mio Dio, quanto hai vinto?» Diedi un'occhiata ai premi riportati sopra la slot. «Dice che tre diamanti sono... cinquemila nichelini. Aspetta... Sono...»

«Duecentocinquanta verdoni,» disse Jonah, alzandosi in piedi con le mani sopra la testa.

«Hai fatto jackpot,» dissi, gettandogli le braccia al collo.

Lui mi guardò, le sue mani che si sollevavano piano. Le luci della slot machine si riflettevano rosse, blu e verdi nei suoi occhi. Il suono delle monete che cadevano diminuì nelle mie orecchie. L'intero casinò svanì in sottofondo.

«Proprio così,» sussurrò lui. Mi prese il volto tra le mani e mi baciò.

Mi paralizzai quando le sue labbra toccarono le mie, poi mi sciolsi contro di lui. La sua bocca morbida e calda mi privò della forza nelle gambe e barcollai all'indietro. Lui mi seguì, premendomi contro la fila di slot, i nichelini che ci scivolavano sotto ai piedi. Mi sfuggì un lieve gemito, un suono inconscio del desiderio che mi risaliva dal profondo. Non avevo saputo con quanta intensità lo desiderassi davvero, finché non mi aveva baciato.

Jonah sfiorò le mie labbra con le sue e poi si fece più vicino, premendo con più forza. Le mie labbra si schiusero per lui, e gemetti di nuovo sentendo per la prima volta il sapore della sua lingua che si intrecciava con la mia: dolce, e con una punta di calore speziato dalla cena. Volevo di più, ma lui si ritrasse per baciarmi le labbra, succhiandole lievemente ed esplorando ovunque, prima di tornare e andare più a fondo.

Le mie mani si fecero largo fino ai suoi soffici e spessi capelli. Tirai piano, avvicinandolo a me, aprii di più la bocca per accogliere tutto il suo bacio. Il suo corpo era del tutto premuto contro il mio, e lo volevo sulla mia pelle e nelle mie vene.

Questo. Questo… È sempre stato questo.

Jonah gemette appena, le sue mani che esploravano ogni centimetro di pelle a sua disposizione. Il collo, le spalle, il volto. Dio, il modo in cui mi teneva il viso, con le mani a coppa sulle mie guance... Mi stava baciando come se fossi qualcosa di delicato e prezioso, qualcosa che adorava e conservava con riverenza.

Il mio primo bacio. Il mio primo vero bacio.

Il rumore dei nichelini alla fine si arrestò. Jonah sfiorò un'ultima volta le mie labbra con le sue, poi si ritrasse. Aprì gli occhi.

E il mio cuore si spezzò.

«Kace,» sussurrò, il volto pieno di dolore. «Oh dannazione, non avrei dovuto farlo.»

Ogni sensazione bella e meravigliosa di quel nostro bacio mi venne strappata via. «Jonah...»

«Non posso farti questo. Né farlo a me stesso.»

Mi aggrappai a lui, tirandolo per le mani, ancora senza fiato. «Di cosa stai parlando...»

«È la vostra slot?» disse una voce stridula alle nostre spalle.

Jonah mi lasciò le mani e si voltò. Un'anziana signora, con un abito in poliestere e i capelli arricciati dalla permanente, stava sbirciando la luce gialla che brillava sopra la nostra slot.

«Stanno per venire a riempirla di nuovo,» disse. «Prendete i vostri soldi o no?»

«Certo, grazie.»

Jonah si mise a raccogliere i nichelini dentro i secchi di plastica. Io lo aiutai, e ogni volta che le nostre mani si sfioravano il desiderio mi risaliva lungo le braccia. Lo volevo. Volevo le sue mani su di me, la sua bocca sulla mia, il suo corpo dentro di me. Ma Jonah non mi stava guardando, e la sua bocca era serrata in una linea stretta, come se stesse cercando di non respirare.

I miei sentimenti si rimescolavano in me come un vortice di dolore, umiliazione e confusione. Avevo appena avuto un assaggio di qualcosa di buono e perfetto, e poi mi era stato strappato via.

Cambiammo i cinquemila nichelini con duecento-cinquanta dollari. Jonah cercò di infilarmi qualche banconota in mano. «Prendile. O almeno metà. Erano i tuoi nichelini, dopotutto.»

«Era il tuo jackpot.»

Io ero il tuo jackpot.

Lui scosse la testa, silenzioso e combattuto. La tristezza che emanava era come un migliaio di piccole frecce rivolte verso il mio cuore.

«Usciamo da qui,» dissi, tirandolo per un braccio. «Lontano dal fumo.»

«Sì,» disse lui con un sorriso amaro. «Non mi fa bene al cuore. Ogni cosa che faccio è per il bene del mio stupido cuore del cazzo.»

Uscimmo dal casinò e camminammo in silenzio, oltrepassando gli affollati marciapiedi della Strip per fare ritorno al suo pick-up. Il tragitto fino a casa mia fu silenzioso. Nel parcheggio, lasciò il motore acceso e serrò le mani sul volante con una forza tale che le sue nocche divennero bianche.

«Sono proprio uno stronzo,» disse infine. Si voltò per guardarmi per la prima volta da quando eravamo usciti dall'MGM Grand, e i suoi occhi erano intensi e prostrati. «Kace, mi dispiace.»

«Di *cosa*?»

«Non avrei dovuto baciarti. È stato stupido e sbagliato, e mi dispiace. Siamo amici. Dobbiamo restare amici. Mi sono fatto prendere dal momento, e tu eri… così bella.»

«Jonah…» Allungai una mano verso di lui, ma si ritrasse.

«Ti prego, no. Ho già fatto troppi casini per una

sola notte. Il mio autocontrollo è appeso a un maledetto filo.»

Calò un breve silenzio, durante il quale udii solo il battito del mio cuore, che martellava con forza contro il mio petto. Mi allungai di nuovo e gli staccai una mano dal volante. Il suo bracciale medico riluceva nella luce del lampione.

«Non devi dispiacerti. Non scusarti. Quel bacio è stato bellissimo. Non lo hai sentito anche tu? Era *giusto* e perfetto, e questo significa qualcosa. Jonah...»

«Dio, Kace,» sussurrò, la voce che gli si spezzava. «Devi andartene. Ti prego. Vai.»

«Non voglio farlo,» dissi, la mia stessa voce che si incrinava. «Non voglio sprecare un altro istante. Sono stata lontana da te per dodici giorni quando ho lasciato la band. *Dodici* giorni che non riavrò mai indietro.» Le lacrime adesso mi scorrevano liberamente lungo le guance. «Stammi a sentire. Ho più paura di non stare con te di quanta ne abbia di stare con te. O di cosa potrà accadere tra quattro mesi da adesso.»

La mano di Jonah strinse la mia con forza, e anche i suoi occhi brillarono.

«Quattro mesi,» disse, scuotendo il capo. «Sai perché ho una maledetta tabella di marcia? Perché tengo la testa bassa e lavoro ogni giorno affinché l'installazione sia pronta per l'inaugurazione? Non è solo per finire il lavoro. È perché solo quando faccio così, il tempo resta un'idea astratta. Anziché una sfilza lineare di giorni è... una sfera. Una sfera di vetro nella quale lavoro, vado a trovare la mia famiglia, bevo drink con gli amici, ancora e ancora, giro dopo giro. Ogni settimana non è diversa dalla successiva. È così che fermo il tempo.»

Le lacrime mi caddero fin sulla gonna. «E adesso io ho incasinato tutto?»

Lui scrollò la testa, gli occhi lucidi, la voce roca e con note tremanti. «No. Sei stata una luce brillante nel mio scialbo mondo oscuro. Ma se lascerai che ti baci di nuovo... se iniziassimo qualcosa adesso, il tempo non rimarrà fermo. La fine, la *mia* fine, non sarà una qualche cosa nebulosa a distanza. Mi correrà incontro, perché...»

La voce gli si strozzò, e io gli strinsi la mano con più forza, le nostre lacrime che scorrevano in contemporanea.

«Perché, cosa?» sussurrai.

«Perché, Kace, i giorni scorreranno finché non ne resterà che uno soltanto,» disse a denti stretti. «Quello in cui dovrò dirti addio.»

Le sue parole mi colpirono al cuore, incrinandolo e spezzandolo.

È reale. Come ha detto Lola. Non posso fingere che non lo sia.

Jonah esalò un respiro e si voltò, asciugandosi la guancia con la manica della camicia. «Sarà già fin troppo difficile come amici,» disse, la voce colma di astio. «Sarebbe molto peggio se provassimo ad avere di più. Se facessimo l'amore. Se ci...» Scosse il capo, la frustrazione che tingeva la sua espressione agonizzante.

«Jonah...»

«È tardi. Ho un sacco di lavoro da fare domani.»

Non sopportavo la fredda definitività del suo tono. Annuii in silenzio e mi allungai verso la portiera. «D'accordo. Grazie per la cena e per la mia prima volta al casinò...»

E per il mio primo bacio.

Jonah protese un braccio sul sedile per prendermi di nuovo la mano. La strinse con forza, premendosi le mie dita sulle labbra, poi mi lasciò andare.

CAPITOLO 26
Jonah

Alle prime ore del mattino del venerdì della gita in campeggio di Oscar, il mio telefono trillò per un messaggio da parte di Kacey.

Ieri a pranzo Tania mi ha detto che ha trovato un bonus di duecentocinquanta dollari sullo stipendio.

Chi lo ha detto che le slot dei nichelini non pagano? Risposi.

Non io, simpaticone :P

Esalai un sospiro di sollievo. Le cose non erano state tese tra me e Kacey in quell'ultima settimana, ma non erano neppure tornate del tutto normali. Lei era dolce come sempre, portava ancora il pranzo a me e a Tania al laboratorio o mi mandava casuali messaggini buffi come quello. Stava facendo ciò che le avevo chiesto di fare: essere mia amica. Stava rispettando la sua parte del patto, mentre io ero il bastardo egoista che l'aveva baciata e aveva quasi mandato tutto a puttane.

Nessuno di noi – Oscar, Theo o io – aveva un'auto o un pick-up grande abbastanza da ospitare sei passeggeri e l'attrezzatura da campeggio, perciò ci dividemmo in coppie. Il viaggio fino al Parco Nazionale del Great Basin durava quattro ore e mezza. Ero sicuro che io e Kacey avremmo trascorso tutto il tempo in un silenzio imbarazzato, mentre il bacio e tutto il resto aleggiava tra di noi.

Ma i lunghi silenzi e Kacey Dawson non andavano d'accordo. Quando passai a prenderla a casa era tutta sorrisi, e chiacchierò senza sosta di vari argomenti, incluso il campeggio stesso.

«Non ho mai trascorso una notte all'aperto,» disse. «Vedremo le stelle?»

«Vedrai così tante stelle che ti sembrerà irrealistico,» le dissi.

«Non ho mai visto il cielo pieno di stelle. Le luci della città le fagocitano sempre.»

«Lo so. La prima volta che ci siamo andati, non riuscivo a crederci. Lo adorerai.»

«Ne sono sicura,» disse Kacey, sistemandosi sul sedile e posando i piedi sul cruscotto. «Ma ancora non so se sia stata una buona idea portare la chitarra. Sarò *quella* tizia che si mette a cantare a una festa.»

«Ci hai privati fin troppo a lungo del tuo talento. Ci devi almeno una canzone. Consideralo il prezzo per l'ammissione nel gruppo.»

Mi tempestò di decine di altre domande sul viaggio, nessuna delle quali riguardava la situazione delle tende. Non che io sapessi nulla. Oscar mi aveva assicurato che "se ne sarebbe occupato lui", e aveva borbottato qualcosa a proposito del fatto che Holly e Kacey sarebbero state in tenda insieme.

Quando arrivammo al campeggio, il pick-up nero di Theo e il SUV grigio di Oscar erano già parcheggiati fianco a fianco, rivolti verso una radura ad Upper Lehman Creek. Gli alberi, un miscuglio di abeti, pini e querce, spuntavano in mezzo all'alta erba verde chiaro che ricopriva il terreno della foresta. Dal nostro campo riuscivo a vedere il ruscello. Si snodava attraverso il terreno del campeggio, scorrendo dolcemente sopra la pietra liscia. Al centro del campo c'era un anello in ferro per il fuoco, e Theo stava già montando la sua tenda arancione sul lato est.

Kacey corse ad abbracciare tutti, e Oscar mi prese da una parte.

«Holly ha cambiato i nostri piani, amico,» disse. «Non vuole separarsi da Theo. Sembra che tu e Kacey sarete in tenda insieme.»

Incrociai le braccia sul petto e sollevai un sopracciglio. «Sono un mucchio di stronzate.»

Oscar rise. «Tu e Kacey. Una tenda. È la volontà di Dio.»

«Sì, ma... lascia stare.»

«Wow, è fantastico,» disse Kacey raggiungendoci, il suo sguardo che vagava sul panorama. Era adorabile con quei morbidi jeans oversize arrotolati fino a metà polpaccio, anfibi neri, una t-shirt bianca attillata e una camicia a quadri verde di dieci taglie più grande. Quel giorno dovevano esserci trenta gradi. Kacey indossava comunque un berretto di lana, come se ce ne fossero tredici.

«Oscar, questo posto è bellissimo.»

«Vero?» Il suo sorriso era nostalgico. «Da bambino venivo qui ogni anno con i miei genitori. Alla fine, loro ne hanno avuto abbastanza, ma io non ho mai smesso di tornarci. Costringo i miei migliori amici e la mia ragazza a venire con me come minimo quattro volte l'anno.»

«Come minimo,» disse Dena, abbracciando Oscar da dietro, il mento poggiato sopra la sua spalla. «Ma mi piace un sacco qui. Lo trovo d'ispirazione.» Puntò gli occhi scuri su Kacey. «Spero che varrà anche per te. Ho sentito che hai portato la chitarra.»

«Già.» Kacey abbassò lo sguardo, prendendo a calci una ghianda. «Forse vi suonerò qualcosa. Vado forte con la Kumbaya.»

Oscar mi fece un cenno con il mento. «J, perché non le fai fare un giro del campo, per familiarizzare con la zona? Faremo montare la tua tenda da Theo.»

«Col cazzo,» brontolò Theo dietro di noi, inginocchiato su una soffice nuvola di nylon arancione, mentre dava indicazioni a Holly su come aiutarlo.

Mi voltai verso Kacey. I suoi occhi blu sembravano ancora più strepitosi nella foschia nuvolosa del Basin, anziché nell'implacabile calore bianco di Las Vegas.

«Vuoi vedere il ruscello?» chiesi.

«Voglio vedere tutto.»

* * *

Le feci fare un giro del campo, dentro al bosco e lungo il ruscello. Era largo appena pochi metri ma con una solida corrente di acqua fresca e cristallina. Kacey ci tuffò le mani e balzò all'indietro con un grido. Scrollò le mani per asciugarle e se le avvolse nella camicia.

«Ti prego, dimmi che non dovremo lavarci con quest'acqua,» disse, ridendo.

«Niente affatto. La città di Baker ha delle docce a pagamento.»

«Grazie a Dio.»

«Giusto una piccola escursione di quattro ore giù per la montagna.»

Il suo sorriso svanì. «Sul serio?»

«Per Oscar è tutto o niente. Vivremo alla buona, ragazza di città, per due interi giorni.»

Kacey mise il broncio. «È meglio che stasera ci siano delle belle stelle da vedere.»

«Te lo garantisco.»

Camminammo attraverso il bosco, l'unico suono proveniva dal ruscello che sussurrava e mormorava.

«Sai dove stai andando, Fletcher?» domandò lei, superando con attenzione un albero caduto.

Smisi di camminare. «Pensavo che avessi tu la mappa.»

«Molto divertente. Se ci perdiamo, non mangerò insetti, muschio o... licheni. Te lo dico subito.»

«Non ce ne sarà bisogno. Con tutta probabilità, lo Yeti ci prenderà prima.»

Kacey si paralizzò sul posto. «Ti prego, non scherzare. Bigfoot? Sul serio? Qui c'è Bigfoot? Ci sono... Bigfoot?»

«Bigfoot?» La mia risata partì come un rombo sommesso, aumentò il ritmo, e poi mi ritrovai a ridere così forte che le lacrime mi pungevano gli occhi.

«Smettila!» disse Kacey, dandomi una spinta giocosa mentre cercava a sua volta di trattenere le risate. «Mi spaventano. Ed esistono sul serio, sai,» insistette, puntandomi contro un dito. «Non puoi sostenere il contrario. Una volta ho visto un documentario... non ho dormito per una settimana.»

«Forza,» dissi, asciugandomi gli occhi. «Ti mostro perché siamo qui. Zona *de-Yetizzata*, promesso.»

Camminammo finché gli alberi non si diradarono, per lasciare spazio a una radura piena di erba alta che somigliava a capelli, proprio sul tetto del mondo. Le montagne si ergevano da tutte le parti, rivestite del verde chiaro e polveroso degli alberi estivi, che non era più il verde intenso della primavera ma neppure il rosso e oro dell'autunno. Sotto di noi, il bacino si estendeva per miglia, un lago blu argenteo nascosto tra altro verde. Non c'erano imbarcazioni a disturbarne la superficie; era liscio come vetro.

«È bellissimo,» mormorò Kacey, lo sguardo che vagava tutto intorno, e poi si alzava verso il cielo nuvoloso. «Se le nuvole si aprono, stanotte potremmo vedere le stelle.»

Annuii. «Se il cielo è abbastanza sgombro, puoi vedere il confine della Via Lattea.»

«Davvero? Sarebbe fantastico.»

Osservai il suo sguardo che seguiva un falco che si librava sopra il bacino. Vedere le stelle riflettersi nei suoi occhi... quello sarebbe stato fantastico. L'occasione di una vita.

* * *

Scese il crepuscolo, e ci sedemmo tutti e sei attorno al fuoco su sedie pieghevoli, ad arrostire hot dog e marshmallow. Chiacchiere e risate attraversavano quel cerchio, storie che finivano mentre altre le seguivano a ruota. Osservai il riflesso del falò gettare una luce sui volti delle persone che più amavo. Catturai ogni attimo in delle istantanee mentali.

Il volto di Oscar mentre rideva, la luce delle fiamme che si rifletteva sugli orecchini di Dena, lo strillo allarmato di Holly quando il suo marshmallow prese fuoco, Theo che sollevava un hot dog dritto davanti a sé e inclinava la testa per morderlo. E Kacey, con il mento poggiato sul palmo della mano, che mi lanciava occhiate di sfuggita, che si chinava verso di me...

Affidai quei momenti alla memoria, nella speranza di poterli portare con me ovunque fossi diretto.

Ben presto, l'unica luce rimasta fu quella della bassa

fiamma. Gli alberi si piegavano su di noi per formare una tettoia, e mentre controllavo se le nuvole si fossero aperte, dietro di essi erano visibili solo una manciata di stelle.

Finito di mangiare e raccolti i rifiuti, Dena inaugurò la parte artistica della serata recitando un paio di poesie: un po' di Walt Whitman, qualche riga di Thoreau. Concluse come il suo solito con Rumi, e sebbene la maggior parte delle poesie non mi toccasse, Dena recitò un passaggio che mi giunse forte e chiaro:

«*Tu non sei una goccia nell'oceano. Tu sei l'intero oceano in una goccia.*»

Guardai verso Kacey, seduta accanto a me. *Lei non è un semplice oceano. È un intero universo.*

Oscar esortò Kacey a suonare per noi.

«Abbiamo una rockstar tra noi,» disse a Holly.

«Davvero?» disse lei seduta accanto a Theo, le loro mani intrecciate.

«Ex rockstar,» disse Kacey. «E non credo che tu possa definirti una "star" se lasci la band otto nanosecondi dopo che è diventata famosa.»

Aveva ragione. Avevo sentito alla radio in laboratorio che la sua vecchia band stava spopolando nelle classifiche e aveva aggiunto altri quattro show al tour di concerti sold-out.

«Quale band?» domandò Holly.

«Le Rapid Confession,» dissi, mentre Kacey ripescava la sua chitarra dalla tenda.

Holly quasi sputò la birra che stava bevendo. «Stai scherzando? Cazzo, adoro quella band.»

Theo le scoccò un'occhiata irritata. Kacey si limitò a sorridere e si infilò la tracolla della chitarra.

«Perché te ne sei andata?» chiese Holly.

«Non faceva per me.» Kacey sedette a terra davanti

alla sua sedia, accanto alle mie gambe. La luce del falò le faceva risplendere il volto. «Dunque,» fece, accordando la chitarra. «Qualche richiesta?»

«Uhm, *sì*, che ne dici di *Talk Me Down*?»

Kacey fece un lieve sorriso ma tenne lo sguardo sulla chitarra. «Quella non la suono più.»

Ero nervoso da morire per chissà quale ragione. A parte qualche potente ma complicato riff di chitarra elettrica alla radio, non avevo mai sentito Kacey suonare. O cantare. Il mio stupido cuore batteva come se fossi io al centro della scena, e le mie mani erano così sudate che dovetti asciugarmele sui jeans.

«Perché non un po' di vecchia scuola?» disse Dena. «Tom Petty?»

Kacey annuì e strimpellò qualche nota. Poi le sue dita toccarono le cinque corde d'apertura di *Free Fallin'*.

«Bella,» mormorò Dena.

Gli accordi si ripeterono, poi Kacey iniziò a cantare.

Dopo due versi, chiusi gli occhi ed esclusi tutto tranne la sua voce. Pura e dolce, ma anche un po' graffiante. Tosta da morire con delle tinte di vulnerabilità. Cantava di una brava ragazza che amava la sua mamma, e di un cattivo ragazzo che le aveva spezzato il cuore. Kacey pizzicò le corde con più forza in conclusione della strofa, e toccò la nota alta del ritornello chiara e potente, arrotondandola verso la fine.

Prima della strofa seguente, sorrise a Dena, sussurrando: «Non mi abbandonare...» Dena si unì a lei, e noi la seguimmo a ruota. Cantammo il resto di *Free Fallin'* e passammo a *I'm Yours* di Jason Mraz, *Brass in Pocket* dei the Pretenders e *Wonderwall* degli Oasis.

Infine, Kacey cantò da sola *Chasing Cars* degli Snow Patrol, e la sua voce riempì l'aria della notte. Mi appoggiai allo schienale della sedia, riuscivo a vedere solo un lato del suo volto, illuminato dall'oro della luce del falò, mentre la sua voce dolce e roca chiedeva a qualcuno di sdraiarsi con lei e dimenticarsi del mondo.

Il dolore dentro il mio cuore mi risalì in gola, e sentii qualcosa cambiare in me. Uno spostamento. Una sconsiderata, egoistica speranza che forse, se Kacey ancora lo voleva, potevo sdraiarmi con lei quella notte, e tutte le notti a seguire, almeno quelle che ancora mi restavano.

La canzone finì. Seguì il silenzio.

Holly tirò su con il naso e si asciugò gli occhi. «Hai una splendida voce.»

Kacey sorrise mentre gli altri mormoravano concordi. Con uno scatto della testa, Theo riemerse dal suo sogno a occhi aperti come se fosse stato ipnotizzato. Risollevò di colpo tutte le sue barriere. La sua espressione si indurì, corrugò la fronte e poi bevve un lungo sorso di birra dalla sua bottiglia.

Gli occhi di Kacey, dolci e sereni nella luce del falò, cercarono i miei.

«D'accordo, bambini,» disse Oscar, prendendo una caraffa d'acqua per spegnere il fuoco. «Ora della nanna.»

* * *

Ci demmo tutti la buonanotte e ci ritirammo nelle nostre tende. Io e Kacey facemmo a turno ad aspettare fuori mentre l'altro indossava il pigiama. Lei indossò dei leggings e una vecchia camicia da uomo blu. La temperatura si era abbassata fino a circa quindici gradi, e la vidi rabbrividire mentre si infilava nel suo sacco a pelo.

Io mi infilai dei pantaloni di flanella e una t-shirt, e scivolai nel mio sacco. Restammo sdraiati in silenzio a fissare il tetto della tenda, un frammento di luce argentea delle stelle come sola illuminazione.

«Holly aveva ragione,» dissi. «Hai una splendida voce. Potresti avere una carriera da solista se lo volessi.»

Lei si girò sul fianco verso di me. «Se lo volessi...»

«Lo vuoi?»

«Non lo so. Giusto stamattina stavo cercando di concludere una canzone che avevo iniziato diversi anni fa. Su Chett. L'avevo scritta in strada. Tutto il dolore per il suo abbandono. Avevo spremuto le parole dal mio cuore e le avevo riversate sulla carta. Dio, il dolore che sentivo a quel tempo era così reale. Ma quando oggi le ho rilette... mi sono sembrate vuote. Addirittura sciocche.» Fece un sospiro. «Presumo che Chett non si meriti neppure una canzone. Ironico, dato che è il motivo per cui sono tornata a Las Vegas. Per scrivere di lui.» Si mosse dentro il sacco a pelo. «Immagino che sia il momento di trovare del materiale nuovo.»

Annuii, sforzandomi di trovare altro da dire.

Kacey si girò sulla schiena. «Questa tenda è pessima.»

«Scusa?»

«È la peggiore tenda di sempre,» disse, indicando il tetto di nylon angolare sopra le nostre teste. «Guarda. Che cavolo di senso ha dormire nella natura se non puoi vederla?»

«Ti protegge dagli agenti atmosferici,» dissi. «Solo un sottile strato di nylon ti separa dalla pioggia, dal vento... dagli *Yeti*.»

«Taci.»

«Il peggio che Madre Natura abbia da offrire.»

«E il meglio,» disse lei. «Voglio dire, non c'è neppure una finestra per vedere le stelle. Le tende di solito non hanno tipo degli schermi?»

«Alcune sì,» dissi. «Questa no.»

Kacey uscì dal sacco a pelo e lo arrotolò in un maldestro fagotto, che si mise sotto il braccio.

«Dove stai andando?»

«Voglio le stelle.» Si fermò davanti all'apertura della tenda e mi guardò da sopra una spalla, una domanda negli occhi.

Vieni?

Non attese una risposta e uscì. Verso dove non ne avevo idea, ma se non l'avessi seguita avrebbe potuto benissimo perdersi nel buio della foresta. Almeno, quello fu ciò che mi dissi mentre raccoglievo il mio sacco a pelo e la seguivo fuori.

CAPITOLO 27
Jonah

Il terreno era duro e freddo sotto i miei piedi nudi, mentre seguivo, come se fossero un faro, i capelli chiari di Kacey attraverso il bosco, lontano dalla radura di tende scure in cui dormivano i miei amici. Lei seguì il ruscello, e pensai di aver capito dove fosse diretta. L'unico posto che sapeva raggiungere era la radura vicino al margine della vallata, a circa cento metri di distanza dal campo.

Solo un paio di alberi erano al margine della radura, torreggianti colonne nel buio. Sotto, la vallata si apriva in dolci pendii di verde scuro che di notte sembrava quasi nero, e un tetto di stelle turbinava sopra come diamanti. La luna era enorme e piena, e proiettava una luce argentea su ogni cosa.

Posò il sacco a pelo sul punto più liscio, ricoperto da aghi di pino secchi ed erba alta. Rimase un istante in piedi, con la schiena rivolta verso di me, slanciata e illuminata dalla luce della luna. Voltò il capo, ammirando il panorama della vallata davanti a sé, poi lo sollevò verso le stelle. Le sue spalle si alzarono e si abbassarono in un profondo sospiro. Sentii il respiro riempire i miei stessi polmoni, assieme a un disperato bisogno di raggiungerla e abbracciarla da dietro, stringere il suo corpo contro il mio, infilarle una mano tra i capelli e baciarle la morbida pelle del collo.

Kacey distese il sacco e ci si infilò dentro. Posai il mio accanto al suo, e insieme ci sdraiammo sulla schiena, lo sguardo rivolto verso le stelle.

«È incredibilmente bello,» disse. «È straordinario come tutto questo sia lì, ogni notte, ma noi lo vediamo di rado.» Si girò su un fianco per guardarmi. «Sei davvero molto silenzioso stasera. A cosa stai pensando?»

A te. I miei pensieri sono pieni di te. Sempre.

«Posso dirti a cosa sto pensando io?» disse, prima che potessi risponderle. «In questo momento sto pensando che siamo sdraiati a meno di mezzo metro di distanza, ma in due diversi sacchi a pelo. Perché siamo amici. Tu sei lì, io sono qui, e stiamo fingendo che l'amicizia ci mantenga a distanza di sicurezza.»

Il mio cuore prese a martellare. «Lo so. Non avrei dovuto dirti di tornare a Las Vegas. E non avrei dovuto baciarti.»

«Dovevo tornare,» disse lei. «Anzi, non me ne sarei mai dovuta andare. Se mi fossi trasferita in qualsiasi altra città mi sarei sentita sola e triste, e avrei avvertito la tua mancanza. Quando me ne sono andata abbiamo perso dodici giorni. Voglio recuperare quel tempo, e non voglio perderne altro.»

«Kacey...»

«Non posso andare avanti così, Jonah,» disse, girandosi per guardarmi. «Da amici. So che dovrei provarci, ma non ci riesco. Non posso... non toccarti.

Voglio poterti baciare se ne ho voglia, e penso che lo voglia anche tu. Come il nostro primo bacio al casinò. Per me è stato tutto. Tutto.»

«Anche per me,» risposi. «Voglio baciarti di nuovo. Voglio baciarti così intensamente da non riuscire a respirare. Voglio stare con te ogni secondo della mia vita, ma... Dio, Kacey, quanto tempo ho? Come posso farti passare qualcosa del genere?»

«E tu allora? Andrai avanti così, da solo?» Scosse il capo. «Puoi fidarti di me. Fidati quando ti dico che posso farcela. Tu e io. Posso farcela. Qualunque cosa accada.»

«Mi fido di te. Il fatto che ti spingessi via non ha mai avuto a che fare con la sfiducia nei tuoi confronti. È che non volevo ferirti. È quello che ho sempre voluto, dal primo istante in cui ti ho vista. Proteggerti. Tenerti al sicuro.»

Lei a quel punto sorrise, gli occhi ricolmi di felicità. E, per la miseria, in qualche modo, persino con tutta la follia che stava accadendo nella mia vita, tutto si riduceva al chiedermi se Kacey fosse felice o meno. Volevo renderla felice in ogni modo possibile, perché era ciò che lei faceva per me. Poco alla volta, giorno dopo giorno, come la luce del sole che filtrava tra le crepe di una casa abbandonata e con le porte sprangate, Kacey stava penetrando dentro di me. Strappava via le serrande, spalancava le porte e lasciava entrare la luce.

«Vieni qui,» dissi.

Si agitò dentro il sacco a pelo per un istante, poi ne uscì. Il mio cuore mancò un battito alla vista delle sue gambe nude, un guizzo di biancheria rosa, e il contorno dei suoi seni sotto la camicia. Aprii il mio sacco a pelo e lei vi scivolò dentro, il suo corpo che si incurvava alla perfezione con il mio, giusto e perfetto come il nostro bacio.

Sospirò, il respiro tremante mentre metteva le mani sul mio volto. «Scusa se me ne sono andata.»

«Ti avevo detto io di farlo.»

«Sarei dovuta restare. Non avrei proprio dovuto andarmene. E ti prometto, Jonah, che non ti lascerò più. Mai più.»

«Sarò io a lasciarti,» dissi, la voce poco più che un sussurro. Quelle parole rimasero in sospeso tra noi, il fulcro di tutto il nostro dolore, le lacrime e le esitazioni.

Ma Kacey sorrise, *sorrise*, mentre lacrime coraggiose le scivolavano lungo le guance. «Non ancora. Non stasera. Potremmo non avere mesi o anni, ma abbiamo momenti. Mille momenti. Migliaia e migliaia. Prendiamoci ogni momento, afferriamolo e prosciughiamolo. Okay?»

Abbassai lo sguardo su di lei. «Okay.»

«Questo è un bel momento,» sussurrò.

«Uno dei migliori...» Lasciai che la mia testa scivolasse incontro alla sua. Le nostre labbra si sfiorarono, e le sue si schiusero subito per me. Le nostre lingue si incontrarono, e rabbrividii mentre una scarica elettrica mi attraversava, bruciandomi come una miccia.

«Dio,» sussurrai contro la sua bocca.

«Questo,» ripeté in un sospiro. «Questo momento.»

Mi attirò in un bacio, che stavolta proseguì ancora e ancora. La sensazione di averla sotto di me era perfetta, si incastrava alla perfezione con me, e le nostre bocche si muovevano perfettamente all'unisono, le lingue che scivolavano e si toccavano con estrema delicatezza. Il bisogno che cresceva e ribolliva tra noi si innescò e prese fuoco. Le mie mani divennero bramose. Lei gemeva e si premeva contro il mio tocco, mentre anche le sue mani vagavano. Tra i miei capelli, lungo la mia schiena, intorno alla vita. Raggiunse la mia erezione e la accarezzò attraverso i pantaloni di flanella.

«Jonah...» Si spinse contro di me, attirandomi più vicino con la gamba. «Lo voglio. Così tanto. Puoi?»

«Oh, sì che posso,» dissi. «E *intendo* farlo.»

Emise un lieve suono di desiderio nella mia bocca mentre la baciavo con intensità, le mie mani che cercavano i suoi seni sotto la maglietta. La sensazione di averli sotto i miei palmi, il loro peso, e la sua pelle soffice contro le mie mani ruvide. Tutto di lei, il suo respiro, il suo profumo, il modo in cui mi baciava... non avevo mai desiderato così una donna. Mai.

«Non smettere di baciarmi,» mi sussurrò contro la bocca, quando mi ritrassi per respirare. «Morirò se lo farai...»

Le mie labbra furono di nuovo sulle sue, i nostri corpi si muovevano insieme, i suoi fianchi che si sollevavano per andare incontro ai miei. La tenni stretta a me e mi strusciai con forza su di lei, come se fossimo già nudi e fossi dentro il suo corpo.

Le sue dita lottarono contro i bottoni della camicia. «Toglimela,» sussurrò.

Io invece la aprii con uno strappo, facendo saltare i bottoni, e lei emise un gridolino a metà tra la sorpresa e il desiderio, e i suoi seni furono liberi. L'aria fredda le fece subito indurire i capezzoli e ne presi in bocca uno, succhiando e avvolgendolo con la lingua. Il desiderio mi risalì dall'inguine alla testa. Inebriato dal desiderio e dal bisogno, mi spostai sull'altro seno, mentre lei inarcava la schiena contro la mia bocca.

«Oh Dio, *sì*...» La sua voce sfumò in un sibilo e la sua mano si infilò dentro i miei pantaloni. Chiuse le dita attorno alla mia dolorosa erezione, accarezzandola.

«Se continui a fare così,» dissi, la bocca sul suo collo, che succhiava e mordicchiava, «non sarà una serata molto divertente per te.»

«No,» disse, «Tu verrai con me. Verremo insieme.»

«Sei ottimista.»

«E tu non sei abbastanza svestito,» rispose. Mi sfilò la t-shirt e la lanciò via. Pelle contro pelle, i suoi seni premuti contro il mio petto. Avevo le mani intrecciate tra i suoi capelli e le tenevo la testa mentre baciavo la sua dolce e sensualissima bocca di caramello.

«Lo voglio... te...» Volevo sentire tutta la sua deliziosa morbidezza e il suo calore.

Mi tolsi pantaloni e boxer. Lei si sfilò le mutandine e mi attirò di nuovo a sé. La sua bocca si avventò ancora sulla mia e le sue gambe si schiusero, e io ce l'avevo così duro...

«Merda, non ho niente...»

«Il taschino della camicia,» mi sussurrò contro il collo.

Avrei potuto piangere per il sollievo, ma ci sarebbe voluto troppo tempo. Ripescai un preservativo dal taschino della camicia strappata che ancora in parte indossava e ruppi l'involucro. Nel giro di qualche secondo, ero pronto.

«Jonah,» sussurrò, spalancando le cosce e prendendo il mio uccello in mano per guidarmi. «Ti voglio così tanto...» Smise di colpo di parlare, inarcò la schiena e scivolai dentro di lei.

Ero senza parole. Senza pensieri. C'era solo la pura e perfetta sensazione della sua calda e umida intimità che mi accoglieva, mi tratteneva, mi stringeva e mi avviluppava, finché non fui dentro di lei quanto più possibile. Poi le sue unghie si piantarono nelle mie scapole, sollevò i fianchi e affondai ancora di più.

«Gesù, Kace,» gemetti. Le afferrai il fianco con una mano, sollevandole il corpo per avvicinarla al mio. Affondai dentro di lei, avvicinandola a me a ogni spinta, mantenendo un ritmo lento. Nella luce della luna, il suo volto era contratto dal piacere, gli occhi chiusi, la bocca aperta, gola e schiena inarcate per prendermi ogni volta fino in fondo.

«Jonah,» esalò. «Ancora... ti prego...»

I suoi fianchi si sollevavano e riabbassavano con più rapidità, e io mi adattai al suo ritmo, muovendomi all'unisono senza neanche rendermene conto. Allacciò le gambe attorno alla mia vita, spingendo via il sacco a pelo. Non sentivo freddo. Solo la sua pelle sulla mia, il dolce calore del suo corpo e i suoni del suo piacere crescente soffocati contro la mia spalla.

«È così bello,» dissi, muovendomi più veloce. «Come può essere così bello?»

«Sei tu. Dio...» Sgranò gli occhi sopra la mia spalla. «Devi vedere le stelle.»

La cinsi con un braccio e rotolai sulla schiena, portandola sopra di me. Lei si sollevò contro il cielo, cavalcandomi. E, Dio santo, le stelle... Milioni di stelle che vorticavano in un brillante sfondo alla bellezza di Kacey. Non erano nulla rispetto a lei. Nulla.

Si sfilò dalle spalle la camicia strappata e la gettò via. La sua pelle nuda riluceva diafana e radiosa, l'inchiostro scuro dei suoi tatuaggi che le circondava le braccia come rampicanti. Il suo seno, pieno e bellissimo mentre si alzava e abbassava, la schiena inarcata, i capelli come seta bianca che le scivolavano lungo la schiena.

Lottai per non venire, aggrappandomi al mondo per aspettarla, per fare quanto in mio potere per renderle il tutto bello in modo impossibile. I suoi ansiti si trasformarono in grida, il mio nome sussurrato che aumentava sempre più di volume nella sua bocca. Si inclinò all'indietro, posò le mani sulle mie cosce dietro di lei, inarcando il corpo e aprendosi per me. Mi distrusse. Non ce la facevo più. Mi tirai su a sedere per metà, afferrai con forza i suoi fianchi e la spinsi giù mentre mi sollevavo dentro di lei, ancora e ancora.

«Vieni, Kace,» ruggii a denti stretti. «Lascia che ti veda venire.»

Lei gridò e il suo corpo ebbe un sussulto, per poi stringersi con forza attorno a me. La vista del suo volto mentre veniva, la sua incredibile bellezza, il fatto che avesse quell'aspetto per merito mio, che fossi io a darle quel piacere mi portarono al limite.

Mi sollevai un'ultima volta e venni più intensamente di quanto avessi mai fatto in vita mia. Venni ancora e ancora, esplodendo dentro di lei, che adesso mugolava, la voce che si spezzava per poi precipitare infine nel silenzio, rotto solo dal nostro respiro affannato.

Kacey mi guardò, un sorriso frastornato in volto. Pian piano, si abbassò sopra di me, premendomi i seni contro il petto ansimante. Infilò la testa sotto il mio mento, e sentii la morbidezza dei suoi capelli contro il collo. Feci uno sforzo e sollevai le braccia tremanti per stringerla, la pelle setosa della sua schiena nuda sotto le mie mani. Fissai la volta di stelle sopra di noi, quasi perso.

E quasi ritrovato.

«Tutto bene?» sussurrò.

«Oh sì.»

«Il tuo cuore batte così forte.»

Feci scivolare la mano tra i nostri petti. «Anche il tuo.»

La sentii ridere contro la mia pelle nuda. «È stato assurdo,» sussurrò. «Non ho mai... cioè, *sì*, ma non così. Mai così.»

Una stella cadente attraversò il profondo blu scuro del cielo, lasciando una scia costellata di diamanti. «Già,» sussurrai. «Mai così.»

«Credi che gli altri ci abbiano sentito?»

«Sono abbastanza convinto che l'intera area dei tre Stati ci abbia sentito.» Feci scorrere pigramente le mani lungo la sua schiena. «Un ranger del parco arriverà da quella collina da un momento all'altro per indagare su chi stia torturando un leone di montagna.»

«E chi sarebbe il leone di montagna in questo piccolo scenario?»

«Tu, ovvio. Ho i segni degli artigli per provarlo.»

Kacey si accoccolò più vicina a me. «Non mi importa chi ci abbia sentiti,» mormorò dopo un istante. «E comunque vogliono questo per te. Oscar e Dena.»

«Vogliono che scopi?»

«Vogliono che tu abbia qualcuno.»

Annuii. «Già. Immagino di sì.»

Kacey sollevò il capo. «E adesso hai me.» Il suo sguardo si abbassò per un secondo, poi si risollevò per incontrare il mio. Esitante.

Sorrisi con dolcezza a quella donna bellissima che giaceva nuda assieme a me, la sua pelle che sfiorava il duro rigonfiamento della mia cicatrice e non ne era spaventata.

«Sto con te, Kacey. Non posso non stare con te.»

«Non si torna indietro, okay? Niente ripensamenti.

Se lo facessimo, perderemmo solo tempo. Non voglio sprecare un solo istante con te. Neanche uno.» Si sollevò sui gomiti. «Me lo prometti? Che non si torna indietro?»

La presi per le spalle e la attirai a me, poi le accarezzai i capelli. Il suo sguardo si intensificò, e capii che mi stava ancora chiedendo di fidarmi di lei, quando nessun altro lo aveva fatto.

«Non si torna indietro,» dissi, e sigillai quel voto con un bacio che era dolce e delicato, ma anche pieno di propositi. I miei migliori propositi, nonostante le mie peggiori paure.

Piccoli momenti, giorno dopo giorno. È ciò che ho da dare.

Approfondii il bacio, e il bisogno di prenderla crebbe di nuovo. Lei gemette piano dentro la mia bocca e sentii il suo corpo iniziare a muoversi contro il mio.

«Non è che hai un secondo preservativo in quel tuo magico taschino?» domandai tra un bacio e l'altro. «Ti prego, di' di sì.»

Kacey rise contro le mie labbra. «Controlla tu stesso.»

Allungai la mano destra verso la camicia abbandonata. Sentii un fruscio nel taschino e la mia testa ricadde per il sollievo.

«Sapevi che stanotte avremmo dormito insieme?»

«Ci speravo.»

Sollevai un sopracciglio mentre strappavo l'involucro. «*Due volte*?»

La sua voce, il suo sguardo e il suo sorriso si addolcirono. «Ci speravo così tanto...»

Mi prese dentro di sé, e mentre il mio corpo era devastato dal piacere, avvertivo le emozioni più agrodolci, che al tempo stesso mi facevano librare in aria e precipitare al suolo: la gioia di avere quella donna nella mia vita, e la profonda sofferenza per averla incontrata troppo tardi.

Ti avrei amata per sempre, Kacey, se solo ne avessi avuto l'occasione.

CAPITOLO 28
Kacey

Il sole era ben oltre l'orizzonte quando io e Jonah facemmo ritorno al campo, mano nella mano. Adesso che potevo toccarlo non volevo smettere di farlo. Il mio corpo ancora ronzava come un cavo ad alta tensione, e anziché sentirmi sazia di due orgasmi da perdere la testa, ne volevo ancora.

Ci avvicinammo al cerchio di tende e trovammo tutti gli altri già svegli e seduti accanto a un basso fuoco, a sorseggiare il caffè. Si bloccarono tutti per fissarci. Oscar iniziò ad applaudire piano, finché Dena non gli diede una gomitata nel fianco, nascondendo un sorriso dietro la mano e guardandoci con occhi pieni di calore. Holly mascherò una risatina imbarazzata nella spalla, anche se sembrava stanca, come se non avesse dormito molto la notte prima. Theo si limitò a fissarci inebetito, la sua espressione illeggibile. Incrociai i suoi occhi con un sorrisetto che lui non ricambiò, e anzi distolse rapido lo sguardo.

Jonah si fermò e osservò tutti che lo stavano guardando. «Avete sentito ieri notte? Un leone di montagna. Anche piuttosto rumoroso.»

Tutti scoppiarono a ridere. Eccetto Theo.

Diedi un colpetto al braccio di Jonah e mi accomodai attorno al fuoco. Lo sguardo cupo di Theo mi seguì, facendomi formicolare la pelle. Dena mi porse un thermos di caffè caldo e scuro. I nostri occhi si incrociarono, e i suoi erano pieni di calore e di qualcosa di simile alla gratitudine.

Mi sedetti a terra tra i piedi di Jonah, appoggiandomi con i gomiti alle sue ginocchia. Un incastro perfetto.

Tutto quanto, pensai sorseggiando il caffè. *Davvero perfetto.*

Più tardi facemmo un'escursione nel bosco, seguendo un sentiero impervio che tagliava in basso verso un piccolo corso d'acqua chiamato Lago Stella. I ragazzi fecero rimbalzare dei sassi sulla superficie, insultandosi a morte l'un l'altro in una gara affettuosa ma spietata. Io, Holly e Dena passeggiammo lungo il perimetro, sotto un cielo plumbeo che minacciava pioggia.

Holly era stata silenziosa per tutta la mattina. Era rimasta vicina a noi durante la camminata ma aveva parlato pochissimo, le mani infilate nelle tasche frontali della felpa.

«Ho imbrogliato sulla regola "niente cellulari" e ho controllato gli aggiornamenti meteo,» disse infine. «Un'enorme tempesta si abbatterà da queste parti.»

Io e Dena alzammo lo sguardo all'unisono. Il cielo era piatto e grigio, e in lontananza si stavano addensando nuvole scure e pesanti.

«Dunque mi stavo domandando se saremmo ripartiti prima,» disse Holly. «Tipo oggi. E nel caso, posso chiedere un passaggio a qualcuno di voi?»

L'espressione di Dena si animò per la preoccupazione. «Perché? Cos'è successo?»

«Io e Theo ci siamo lasciati,» disse Holly.

«Quando?» chiesi.

«Ieri notte.» Si rigirò il piercing al sopracciglio. «Subito dopo che tutti sono andati a dormire.»

Dena mi rivolse un'occhiata, poi tornò a guardare Holly. «Mi dispiace tanto, Holly. Posso chiederti perché?»

«È uno stronzo, ecco perché,» disse lei con un fuoco improvviso. «Mi ha detto che era stanco di provare a far funzionare qualcosa che chiaramente non funziona. È sempre stato un po'... altalenante con me. Ma stavolta mi è sembrato... definitivo.» Gli occhi le si riempirono di lacrime, che rapida scacciò via. «Ad ogni modo, non voglio trascorrere tutto quel lungo viaggio di ritorno da sola con lui.»

«No, certo che no,» disse Dena, cingendola con un braccio. «Puoi venire con noi. Scoprirò cosa ne pensa Oscar di questa potenziale tempesta e vedremo il da farsi, okay?»

Holly annuì. «Grazie mille. Lo apprezzo. Ritorno al campo. Sono stufa della natura.» Mi guardò, la voce indurita dall'irascibilità. «Ti sei presa il fratello buono.»

Io e Dena la osservammo voltarsi e risalire in tutta fretta il sentiero, poi ci guardammo a occhi sgranati.

«Beh, da un lato,» disse Dena mentre proseguivamo la passeggiata, «è stato un gesto schifoso da parte di Theo lasciarla mentre è bloccata a centinaia di miglia da casa. Dall'altro, non so perché l'abbia portata con sé, tanto per cominciare. È vero che è la cosa più vicina a una ragazza che abbia mai avuto, ma non ha davvero mai funzionato.»

Feci spallucce. «Non è quella giusta.»

«No, di sicuro. Non sta cercando quella giusta. E non dovrebbe farlo.»

«No?»

«Gli amanti non si incontrano finalmente in qualche luogo. Sono sempre stati l'uno nell'altro,» recitò.

Sorrisi, sentendo un calore farsi largo nel mio bassoventre, insieme a un ricordo sensoriale di Jonah che scivolava dentro di me. «Questa mi piace,» dissi.

«Anche a me,» disse Dena con la sua voce dolce, il genere di tono pacato che mi faceva sentire come se mi stesse dicendo qualcosa che soltanto io potevo ascoltare. «Rumi, di nuovo. Non smette mai di sorprendermi come le sue opere siano ancora così vere e potenti, centinaia di anni dopo che è vissuto.»

Ci fermammo e osservammo i ragazzi che lanciavano i sassi. Persino a cinquanta metri di distanza, riuscivo a vedere la risata nella postura di Jonah e Oscar, e la torva scontrosità in quella di Theo.

«Jonah è uno degli uomini migliori che abbia mai conosciuto,» disse Dena. «È stata dura vederlo negare quella parte di sé che brama l'amore e vuole prendersi cura di qualcuno. Quando ha fatto l'ultima biopsia... ha preso la decisione di non farsi più coinvolgere da nessuno. Usava la rottura con Audrey come copertura. Ma adesso sta con te. Ha *abbandonato* quella decisione. Adesso ha una possibilità.»

«Una possibilità per cosa?»

«Per essere felice. È felice con te.» Gli occhi scuri di Dena si fissarono con intensità nei miei. «Non salterà fuori da un aereo né visiterà zone remote del pianeta. Non ha una lista dei desideri da esaudire. Vuole solo finire la sua installazione. Ed ero preoccupata, tutti lo eravamo, che non fosse abbastanza. Non dubito che la finirà. Ma volevo che *condividesse* la sua bellissima arte con qualcuno. Adesso lo sta facendo.»

Mi prese la mano e la strinse. «Non devi dirmelo. Sono sicura che abbia lottato per proteggerti. Per tenerti...»

«A distanza di sicurezza,» dissi.

Sospirò e annuì. «Ha allontanato moltissimi amici per lo stesso motivo. Ma non è riuscito a tenere lontana te, è così?»

Scossi il capo, un sorriso che mi distendeva le labbra. «No, infatti.»

«Certo che no,» disse Dena ridendo, poi voltò lo sguardo verso Jonah. «Siete sempre stati l'uno nell'altro.»

CAPITOLO 29

Jonah

Oscar confermò che un forte temporale era previsto in giornata sul Basin. Dall'aspetto delle nuvole scure che si stavano formando, disse che sarebbe arrivato nel giro di un'ora al massimo.

«Avevo visto il meteo prima che partissimo,» disse Oscar, «ma speravo che l'avremmo scampata, perciò ci ho provato. Scusate, ragazzi.»

«Che sfiga,» mi disse Kacey. «Ho scoperto che il campeggio mi piace. È pacifico qui. Lontano dalla città, dalle auto e dalla gente. E volevo più tempo da trascorrere qui con te.» Alzò lo sguardo su di me e mi accarezzò la mascella, poi il suo sguardo si spostò verso gli altri che stavano facendo i bagagli. «Possiamo restare? Voglio vedere la pioggia.»

Le cinsi la vita con le braccia. «I temporali qui sono piuttosto spiacevoli,» le dissi. «Sicura di volerlo?»

Annuì. «Ricordati che sono di San Diego, dove una pioggerellina che dura più di cinque minuti viene considerata un acquazzone.» Premette il suo corpo contro il mio e mi sfiorò la bocca con le labbra. «Voglio danzare sotto la vera pioggia.»

La fissai, mentre tutto il sangue mi confluiva dal cervello verso sud. «E allora restiamo.»

«Occhio ai leoni di montagna,» disse Oscar. Ammiccò due volte con le sopracciglia. «Riesci sempre a capire se stanno venendo da quanto forte ruggiscono.»

Lei abbassò le spalle. «Non mi permetterai mai di dimenticarlo, vero?»

«Mai.»

Theo si avvicinò e ci prese da parte.

«Immagino di non potervi convincere a non farlo, vero?»

«Vuole provare la pioggia,» dissi.

«La vera pioggia,» disse Kacey. «Non l'ho mai vista prima. Sono una scema, lo so...»

«E io sono preoccupato da morire che il sistema immunitario di Jonah non sopporti la pioggia fredda. Abbiamo tutti un compito qui.»

«Te lo assicuro, Teddy,» disse Kacey. «Lo voglio in salute tanto quanto te.»

«Gesù, ragazzi, sono proprio qui,» dissi.

Theo mi guardò per un lungo istante. «Sì, ci sei.» Scosse la testa e mi puntò contro un dito. «Resta all'asciutto.»

«Parola di scout,» dissi, sollevando una mano.

Theo fece un verso e iniziò ad allontanarsi. «Non sei mai stato uno scout.»

«Ci puoi giurare,» dissi. Attirai Kacey a me non appena le auto scomparvero giù per la collina. La strinsi forte e la baciai con intensità.

«Devi aspettare la pioggia,» mi sussurrò contro le labbra.

«Non voglio,» risposi, le mani che scivolavano sotto la sua camicia. Ora che potevo toccarla, non riuscivo a tenere le mani lontano da lei. Non ne avevo mai abbastanza della sua vicinanza, del suo corpo, dei suoi baci...

«Devi restare all'asciutto,» disse, guidandomi verso la tenda. «Lo abbiamo promesso a Teddy.»

Dentro la tenda, le tolsi di dosso tutto ciò che indossava tranne la vecchia camicia da uomo. Proprio mentre si lasciava andare contro di me, pronta per concedersi, il cielo si aprì. Un fascio di luce illuminò il mondo dall'altro lato della tenda. Kacey si tirò su a sedere e scostò l'apertura della tenda, osservando gli obliqui torrenti di pioggia all'esterno.

«Oh mio Dio. È pioggia vera.»

Scivolò fuori dalla tenda e le sfuggì un gridolino quando l'acqua fredda la colpì, inzuppandola all'istante. «Oh merda, Theo aveva ragione. È fredda da morire.»

«Torna dentro,» dissi.

«Non ancora,» fece lei, lasciandosi investire dall'acqua, i fianchi che dondolavano leggermente. «Vorrei che potessi venire a danzare con me.»

«Quando dopo tu starai tremando dal freddo e io sarò asciutto, mi ringrazierai.»

«Mi scalderai col tuo corpo?»

«Puoi giurarci.»

Chiuse gli occhi e lasciò che la pioggia le cadesse addosso, con il viso rivolto verso il cielo. Il seno era visibile attraverso il tessuto bagnato della camicia, i capezzoli turgidi, e riuscivo a vederne il profilo, ogni linea e ogni curva. L'acqua faceva scorrere dei rivoli lungo le sue guance, come fossero lacrime, ma il suo sorriso era tranquillo e riservato.

«Potrei sentirmi sola qua fuori.»

«Ti sto guardando,» dissi. «Mi piace guardarti.»

«Mi piace che tu mi guardi,» disse. Si tirò su i capelli dalle spalle, e anche il suo seno si sollevò.

Inspirai, lottando contro l'impulso di raggiungerla. Di mettere le mie mani su di lei.

Aspetta. Aspetta... e vedrai.

Kacey lasciò cadere le braccia e aprì gli occhi. Aveva le labbra socchiuse, l'acqua che le scivolava lungo il mento, e si passò con lentezza la lingua sul labbro inferiore. Senza che il suo sguardo lasciasse mai il mio, sollevò di nuovo le mani, stavolta verso la camicia. Si sbottonò i primi quattro bottoni e nulla più, rivelando la perfetta porzione di pelle liscia tra i seni. Con le dita scostò il materiale fradicio e si sfiorò un capezzolo turgido.

«Gesù...» dissi, la voce arrochita dal desiderio.

Le sue mani scivolarono più in basso, verso l'orlo della camicia, e lo sollevarono. Un dolore sordo mi assalì all'inguine, la bocca mi si fece secca come se stessi morendo di sete, e lei era lì, fradicia sotto la pioggia.

«Vieni qui,» dissi.

«Se lo faccio, tu mi toccherai?» chiese, le dita che le sfioravano la pelle nuda tra le cosce.

«Sì,» dissi in ginocchio.

«Poserai la tua bocca su di me?»

«*Sì.*»

Le sue dita si mossero in lenti cerchi. «Qui?»

«Dio, sì.»

Avanzò piano verso di me, mentre con le mani slacciava il resto dei bottoni. L'ultimo si sganciò quando raggiunse l'ingresso della tenda, e la camicia le scivolò dalle spalle, finendo per terra.

«Hai ragione,» disse, gettandosi dentro l'asciugamano che le stavo porgendo. «Ho freddo.»

La avvolsi nel telo e la tirai dentro, in ginocchio, mentre la mia bocca trovava subito la sua. La sua pelle era gelida ma il calore della sua lingua che scivolava contro la mia...

«Kacey... ti voglio...»

La baciai, le mie mani che le frizionavano il corpo con l'asciugamano, asciugandole la pelle e lasciandola calda e soffice.

«Odori di pioggia,» le dissi, spostando la bocca tra i suoi seni. Lei gemette piano mentre le prendevo un capezzolo e lo riscaldavo con la mia lingua, per poi mordicchiarlo e succhiarlo per mantenerlo turgido.

«Jonah... Dio, cosa mi stai facendo?»

Le sue dita si contrassero tra i miei capelli mentre mi spostavo verso l'altro seno, succhiando e sfiorandolo con i denti, e intanto le asciugavo la schiena e i fianchi. Poi le agganciai un braccio attorno alla vita e la feci distendere a terra. Le passai l'asciugamano sullo stomaco, in basso tra le cosce, lungo ciascuna gamba, e poi lo gettai via. Lei rimase distesa e aperta davanti a me, le labbra leggermente schiuse e gli occhi che brillavano di desiderio. Avevo voglia di spogliarmi e affondare dentro di lei, soddisfare quella sofferenza. Ma c'era qualcosa di elettrizzante e potente nel fatto che fossi del tutto vestito mentre lei giaceva nuda sotto di me.

Eppure, ero del tutto suo. Lei mi possedeva. Nessun'altra donna mi aveva mai fatto sentire così, distrutto, completamente disfatto e, nonostante ciò, completo. Kacey mi faceva sentire tutto d'un pezzo. Sano. Invincibile. E il mio corpo moriva dalla voglia di mostrarglielo.

Mi chinai su di lei, posando la mia bocca sulla sua, e le nostre lingue si intrecciarono in un bacio audace e brutale. Lei portò una mano sulla mia erezione, mi accarezzò attraverso il tessuto dei pantaloni e io gemetti al suo tocco. Volevo che stringesse con forza la sua mano attorno a me, volevo lasciarmi andare...

«Voglio che sia bello per te...» sussurrai.

«È già bello,» disse, mordicchiandomi il labbro inferiore.

Scossi il capo. «Posso fare di meglio.» Spostai la bocca sul suo orecchio. «Voglio farti venire con tanta intensità che l'intera cazzo di vallata ti sentirà.»

Le afferrai i polsi e glieli bloccai sopra la testa. I nostri occhi si incrociarono e restarono fissi gli uni negli altri, quelli di lei che rispecchiavano la lussuria nei miei. La baciai di nuovo, in modo intenso e rude, e lei ondeggiò sotto di me, i fianchi che si sollevavano per andare incontro ai miei, mentre spingeva contro le mani che la tenevano bloccata.

Le lasciai i polsi e feci scorrere la lingua e i denti lungo la pelle liscia della sua gola, tra i seni, posandole baci a bocca aperta lungo lo stomaco. Quando raggiunsi le cosce stava gemendo, e mi concessi un istante per inalare il suo odore, prolungai quell'istante per un altro mezzo secondo, poi chinai la testa tra le sue gambe e la assaggiai.

Lei gridò, sollevando i fianchi e inarcando la schiena. Feci vagare la mia lingua sulla sua pelle più sensibile, dimenticandomi del pressante bisogno che mi scorreva nelle vene come un incendio. Mi addentrai più a fondo, con più intensità, la mia bocca che la esplorava, finché lei non gridò il mio nome.

Sì, pensai. *Sì. Più forte...* Il suo corpo si irrigidì, la schiena si inarcò. Posò le mani sulla mia testa e mi tirò più a fondo contro di sé mentre veniva sulla mia lingua, la sua voce che riempiva la tenda. Sarei potuto rimanere lì, ma lei si sollevò sui gomiti, esausta e senza fiato.

«Jonah,» ansimò. «Vieni qua. Ti prego...»

Scostai la mia bocca da lei, lasciandola tremante e bagnata, poi mi tolsi la maglia e i jeans. Con mani tremanti mi aiutò a infilare un preservativo – Cristo, ce l'avevo mai avuto così *duro*? – poi risalii lungo il suo corpo.

Mi cinse il collo, tirandomi a sé e baciandomi, baciando via il suo sapore dalle mie labbra, mentre spalancava le cosce per me.

«Ti voglio da morire,» dissi.

Lei annuì in silenzio, a labbra strette. Le schiuse di colpo in un grido quando mi spinsi dentro di lei.

«*Sì*...» sibilò. «Oh Dio, sì...»

Sì, concordò il mio corpo. *Sì* per come mi incastravo alla perfezione con il suo calore. *Sì* per la cazzo di bella sensazione che provavo ad averla attorno a me. *Sì* per il sapore dolce della sua bocca. *Sì* per le spinte dei nostri corpi verso il limite. E, *Dio, sì* per lei, quella donna che era esplosa nella mia vita come una bomba, distruggendo la mia routine, riportandomi in vita quando già mi ero rassegnato alla morte. *Sì* per il suo caos, le sue emozioni forti, il suo disperato bisogno di essere toccata, stretta e amata. E *sì*, più di qualunque altra cosa, *cazzo, sì,* per il fatto che voleva *me*, che aveva sguinzagliato tutta la sua caotica imperfezione su di *me*.

«Sì,» sussurrai. Per tutto. Per noi. Per *lei*. «Sì...»

Sentii il lento crescendo in lei, sentii le sue grida che aumentavano nel ritmo, una più acuta dell'altra. Le sue mani si aggrapparono al mio collo, le sue gambe si strinsero attorno alla mia vita. Mi spinsi a fondo, con forza e lentezza, preso dal mio ritmo ma attenendomi al suo. Stava di nuovo venendo, un altro orgasmo che montava dopo il primo, ravvivando la fiamma. Ce la misi tutta per aspettare, ma infine lei gettò la testa all'indietro e sollevò i fianchi verso i miei come in un'offerta. La afferrai con forza e affondai in profondità, e se non venimmo insieme ci andammo davvero vicino.

* * *

Poco dopo mezzogiorno finalmente la pioggia si placò, e io e Kacey recuperammo la tenda e i nostri bagagli. I nostri sguardi si incrociarono mentre lavoravamo. L'aria tra noi era densa, piena dell'amore che avevamo fatto. E il mio cuore si stava riempiendo di lei.

Mandammo un messaggio a Theo per fargli sapere che eravamo vivi e asciutti, poi partimmo verso Las Vegas. Tenni la mano destra sulla sua coscia e lei intrecciò la sua mano sinistra tra i miei capelli. Parlammo e ridemmo come al solito, ma nel mezzo ci furono silenzi caldi e profondi che non c'era bisogno di riempire con nulla.

Facemmo a malapena in tempo a chiudere la porta del mio appartamento quando lei fu di nuovo tra le mie braccia e la premetti contro il muro, baciandola e strappandole di dosso i vestiti. Odorava ancora di pioggia e del caffè caldo della nostra sosta per il pranzo. Volevo lavarmi via la strada di dosso. Di dosso a entrambi. Eravamo un *noi* adesso, e la cosa alimentava la mia lussuria quasi quanto il corpo di Kacey.

In qualche modo riuscimmo ad arrivare in bagno e a farci una doccia, quasi incapaci di ripulirci perché non riuscivamo a smettere di toccarci. Ci baciammo attraverso le passate di spugna insaponata. Cercai di prenderla contro il muro, ma scivolò via dalle mie braccia e si mise in ginocchio. Colpii le piastrelle con le scapole. Fissai con sguardo perso il soffitto appannato mentre la sua deliziosa bocca disfaceva quel poco di sanità mentale che mi era rimasta.

Fuori dalla doccia, le asciugai la pelle come avevo fatto nella tenda, poi la feci sedere in cima al lavabo così da poterle spalancare le cosce e infilare la bocca tra le sue gambe. La leccai finché lei non fece cadere le cose dal lavandino, con grida che fecero tremare il mio armadietto dei medicinali. Volevo andare più in profondità e con più intensità, così che lei potesse urlare più *forte*. Avevo bisogno che mi riempisse la bocca e le orecchie, volevo tutto ciò che poteva darmi. Tutti i momenti che riuscivo ad afferrare prima che mi scivolassero via dalle dita. Prima che *io* le scivolassi via dalle dita.

Affamati, ordinammo la cena da un ristorante giapponese e riuscimmo a restare vestiti abbastanza a lungo per mangiare.

«Adesso vieni a letto,» disse.

Mi sdraiai sui cuscini, e lei mi salì sopra. Si aggrappò alla sponda del letto sopra la mia testa, i suoi capelli che mi cadevano addosso come pallida pioggia, i suoi seni che dondolavano mentre mi cavalcava, abbassandosi con forza quando io mi sollevai per andarle incontro. E quella volta, senza alcun dubbio, venimmo insieme.

CAPITOLO 30
Kacey

Mi svegliai avvolta da lui. La testa posata sulla sua spalla, il braccio abbandonato sul suo petto. Mi stiracchiai e sbirciai per vedere se fosse già sveglio. Dormiva davvero poco il mio Jonah, ma non sembrava mai stanco. Persino la notte precedente, rimasto a corto di fiato dopo aver fatto l'amore, si era ripreso in fretta.

Il mio Jonah, pensai. *Adesso è mio e io sono sua.*

Sfiorai la cicatrice con le dita. Nella luce del mattino, lì in bella vista, potevo esaminarla per la prima volta. Si estendeva per tutta la lunghezza dello sterno, fino a poco sopra la lieve linea degli addominali, che erano stati più pronunciati prima che si ammalasse. Avevo visto le sue foto del Sudamerica, senza maglietta. Forse proprio nello stesso punto in cui aveva contratto il virus. I suoi muscoli erano stati più definiti allora, ma c'erano ancora.

Perché lui è forte, pensai con fierezza.

Jonah mi prese la mano che gli stava toccando la cicatrice. «Non molto bella, vero?»

«Non è male,» dissi con dolcezza.

«*Questo* è bellissimo,» disse, ruotandomi la mano per studiare il tatuaggio che mi partiva dal polso e procedeva fin nella parte interna del braccio, quasi al gomito. Era una chitarra, di cui erano tracciati solo i contorni, creati con note musicali e chiavi di violino. «Mostrami gli altri. Presentameli.»

Mi tirai su a sedere, per mostrargli la rosa che sbocciava sulla mia spalla destra, avvolta da rampicanti spinosi e boccioli, e che mi scendeva lungo il braccio. «Questo l'ho fatto a Seattle. Il sugar skull l'ho fatto a Portland, e queste stelline,» gli mostrai la manciata di minuscole stelle nere sul dito medio destro, «le ho fatte a San Diego. Il mio secondo gesto di aperta ribellione contro mio padre. Il primo era suonare la chitarra elettrica. Il secondo è stato questo tatuaggio impossibile da nascondere, soprattutto quando *suonavo* la suddetta chitarra elettrica.»

Jonah fece una lieve risata mentre mi accoccolavo di nuovo contro di lui.

«Che ore sono?» chiesi.

«Quasi le sette.» Mi diede un dolce bacio sulla tempia. «Devo andare al lavoro. Stasera poi c'è la cena domenicale a casa dei miei.»

«Ah, sì. Ricordo la prima domenica, quando Theo mi ha espressamente *non*-invitato alla cena di famiglia.»

Jonah fece un verso che avrebbe potuto essere una risata. «Beh, adesso ti invito io. Puoi venire?»

Mi sollevai su un gomito. Era così bello, i capelli scuri contro il cuscino bianco. «Vuoi che conosca i tuoi genitori?»

Annuì e si rigirò una mia ciocca di capelli tra le dita. «Voglio che ti conoscano. E soprattutto non voglio stare lontano da te più del necessario.»

«Sei proprio bravo in queste chiacchiere da letto, vero?»

«Ho fatto pratica, si vede?»

«Chiaramente.»

Zittì la mia risata con i baci. Gesù, perfino di prima mattina aveva un buon sapore. Così pulito. Mi ritrassi con un lieve sospiro e posai il mento sul suo petto. «Mi piacerebbe conoscere i tuoi. Anzi, rettifico, sono nervosa da morire al pensiero di conoscere i tuoi, ma stasera non posso. Ho dovuto prendere il turno di un'altra ragazza al Caesar's per coprire il week-end. Servirò drink gratis con indosso una toga dall'una alle nove.»

«Domenica prossima?»

«Domenica prossima può andare,» dissi. «Avrò una settimana per prepararmi. E una settimana perché Theo si abitui all'idea. Ancora non sono sicura di piacergli. Per niente.»

Jonah esibì un sorriso buffo. «Penso che tu gli piaccia parecchio.»

«Non lo dimostra molto bene. E la povera Holly, il modo in cui l'ha mollata in mezzo al bosco?»

«Già, quella è stata una carognata,» disse Jonah. «Uno di quei Bigfoot avrebbe potuto prenderla e fare di lei la propria compagna.»

«Oh, ma sarai esilarante?» Mi chinai per baciarlo di nuovo, solo perché potevo. Il bacio si approfondì e iniziò a trasformarsi in qualcosa di più, poi la sveglia di Jonah sul comodino suonò.

«Le medicine,» gli dissi, baciandolo attorno alla bocca.

«Sì, le medicine.»

Indossai una maxi-maglia e della biancheria, lui si mise i pantaloni del pigiama e una canotta bianca.

Andammo in cucina insieme, e lui mi spiegò il suo programma.

Mi spiegò velocemente come preparare il suo frullato proteico. Iniziò a buttar giù una pillola dopo l'altra mentre io mescolavo polveri e integratori. Ben presto, dovette aggrapparsi al bancone e respirare, in preda a un'ondata di nausea.

«Non sono sicuro di cosa sia peggio,» disse, a testa bassa. «Quando arriva, oppure il fatto che so che sta arrivando.»

Gli versai un bicchiere d'acqua e gli massaggiai la schiena.

Questo è reale. Stare con lui significa questo.

Un sussurro nella mia mente mi disse che non avevo il fegato per riuscire a gestire qualcosa di peggio. Lo mandai giù, zittendo quel pensiero. Io *volevo* stare con lui. Non solo farmi trascinare da un momento emozionale sotto un cielo stellato, ma respirare al suo fianco durante un attacco di nausea.

«Hai qualche altro effetto collaterale?» domandai.

Annuì, bevendo un lungo sorso d'acqua. «Insaziabile arrapamento.»

Feci una risata nasale. «Ho notato. Che altro?»

«Gli steroidi causano un'eccessiva crescita pilifera. Ovunque. Passo due ore abbondanti al giorno a rasarmi via tutto.»

Lo guardai, assottigliando gli occhi.

«Anzi, sono lieto che tu sia qui,» disse. «Ho dei punti davvero difficili da raggiungere nella schiena.»

«Simpaticone.» Alzai gli occhi al cielo e gli baciai la punta del naso. «Dai, dico sul serio. O almeno ci provo.»

«Ho la nausea, a volte mi si gonfiano le caviglie, ma

non per molto.» Scrollò le spalle. «Non ho molti altri effetti collaterali. In questo senso sono fortunato.»

Annuii mentre lui si metteva a prepararmi il caffè. Mi sedetti su uno sgabello per berlo, proprio di fronte a lui, che mandava giù il suo frullato proteico. Déjà-vu. Tranne per i postumi della sbornia.

Jonah incrociò il mio sguardo. Il suo sorriso si allargò, caloroso e quasi orgoglioso. «Guardati un po',» disse con dolcezza. «Proprio come un tempo, ma è tutto diverso.»

«Diverso migliore,» dissi, e mi arrampicai a metà sul bancone per baciarlo.

«Aspetta...» cercò di dire, ma il mio bacio fu più rapido.

Feci una smorfia e mi sedetti di nuovo sulla sedia.

«Ho cercato di avvisarti,» rise lui.

«Mmh. Sa di erba e sterpaglie, una punta di latte in polvere e un pizzico di schifo.» Mi pulii la bocca col dorso della mano mentre Jonah rideva. «Intendo imparare a prepararti qualcosa che abbia un sapore migliore di... qualunque diavolo sia quella roba.»

«Scoprilo e ti ricompenserò con generosità.»

«A letto?»

«A letto. Sul bancone. Il pavimento, il divano...»

«Questo non è un premio, è la nostra attuale vita,» dissi, scivolando giù dallo sgabello per raggiungerlo e baciarlo di nuovo. Non mi fregava niente del retrogusto. Ogni volta che avessi avvertito il bisogno di baciarlo, lo avrei fatto. Non avrei più vissuto la vita a metà. Dovevamo andare in full tilt, proprio come facevano i giocatori d'azzardo. Avrei chiesto carta invece di stare. Sempre.

Ci vestimmo, e Jonah mi riaccompagnò a casa. Saltai

già dal pick-up e feci il giro fino al lato del volante. «Buona giornata, chiamami dopo.»

«Lo farò,» disse.

Lo baciai con intensità, la mia mano che scivolava verso la sua nuca, mentre la sua si chiudeva a coppa sulla mia guancia.

«Già mi manchi,» dissi.

Lui mi sfiorò la mascella con il pollice e disse con dolcezza: «Ci sentiamo dopo, Kace.»

Lo guardai allontanarsi, e fu come se un orologio invisibile avesse iniziato a ticchettarmi in testa. Stava facendo il conto alla rovescia dei secondi mentre al tempo stesso li aggiungeva, per andare a formare i minuti, e infine le ore, fino a quando lo avrei rivisto.

«Momenti,» mormorai tra me e me, mentre il caldo del Nevada mi investiva. «Abbiamo migliaia di momenti.»

* * *

Verso le undici, stavo guardando un film in TV mentre mi frizionavo i capelli con un asciugamano dopo la doccia, quando qualcuno bussò alla mia porta, con una forza tale da farla tremare. Tolsi il volume alla TV e afferrai il telefono, pronta a premere il pulsante per la chiamata di emergenza.

«Chi è?»

«Theo.»

Beh, cazzo. Posai il telefono e aprii la porta. Theo riempiva la soglia, le braccia tatuate e muscolose incrociate sull'ampio petto.

Incrociai a mia volta le braccia. «La prossima volta portati un ariete. È più efficace.»

«Posso entrare o no?»

«Accomodati.»

Mi sfilò accanto di proposito, ma una volta in casa parve incerto. Si ficcò le mani nelle tasche davanti dei jeans.

Proprio come fa Jonah, pensai.

Theo fissò il televisore muto, dove Jon Cryer stava danzando come un adorabile matto in un negozio di dischi.

«È *Bella in rosa*,» gli dissi. «Lo hai mai visto?»

Fece un verso di diniego.

«È un classico. Tutti si infervorano perché alla fine Andie si mette con Blane anziché con Duckie. Ma sinceramente, se il film fosse durato un altro anno, Blane le avrebbe spezzato il cuore. E Duckie sarebbe stato lì per lei, come ha sempre fatto. Non sto dicendo che Blane sia *pessimo* per lei. Niente affatto. Si rendono felici l'un l'altro, ma Duckie? Duckie sarà lì per un bel po'.»

Guardai il film muto per un paio di secondi prima di rendermi conto che Theo mi stava fissando come se fossi una qualche forma di vita aliena.

«Scusa,» dissi. «Mi faccio prendere la mano con i film degli anni Ottanta. Hanno una certa filosofia di vita per me.» Spensi la TV. «Dunque. Posso offrirti qualcosa da bere?»

«No.»

Stava sfoderando una discreta espressione ostile, ma non mi intimidiva. Persino un istante dopo, quando il suo sguardo su di me si fece più duro, diventando qualcosa di simile alla rabbia.

«Okay allora,» dissi. «Vuoi dirmi il motivo di questa visita? Sono certa che tu non sia venuto qui per una lezione su *Bella in rosa*.»

«Tu e Jonah,» fece. «Andate a letto insieme.»

«Credevo che lo avessimo già stabilito al Great Basin.»

Theo iniziò a passeggiare nel mio piccolo salotto, le mani che gli arruffavano i capelli. «Ascolta, c'è un sacco di roba che devi sapere se intendi stare... con lui. Roba che lui non ti dirà perché è troppo testardo.»

«Tipo?»

«Il suo sistema immunitario è una merda, okay? Per via delle medicine che deve assumere. Se prende un raffreddore o un'infezione, non è come quando tu o io ci ammaliamo. Può ucciderlo.»

«Ne sono consapevole,» dissi. «Adesso sembra in salute...»

«Già, *adesso*. Quattro mesi fa ha preso un raffreddore non so dove, e si è trasformato in polmonite. È rimasto in ospedale per due giorni.»

Rabbrividii senza volerlo. «Oh. Okay.»

«Perciò devi fare attenzione. Se anche solo *pensi* che ti stia venendo qualcosa, devi stare alla larga da lui. Non puoi... baciarlo né dormire nel suo stesso letto. Promettimelo.»

Annuii. «Certo. Jonah me ne ha parlato e capisco. Farò attenzione.»

«E quando fate sesso...» Il volto di Theo divenne scarlatto e puntò lo sguardo ovunque nella stanza tranne che su di me. «Devi andarci piano con il sesso.»

«D'accordo, diciamo che questo rientra nella categoria del "non sono affari tuoi".»

«Non se c'è in gioco la sua dannata vita,» proruppe Theo. «Ogni cosa che fa è affar mio.»

«Credo che Jonah possa gestire le sue questioni di letto, mister dispotico,» dissi, cercando di alleggerire l'energia tra di noi. «Sa come muoversi. Senza doppi sensi.»

Il volto di Theo divenne ancora più rosso. «Forse, o magari no,» rispose. «Come ho detto, è un bastardo testone.»

E tu sei l'emblema della grazia e del tatto, Theodore. Ma tenni quel commento per me. «A me sembra che se la cavi piuttosto bene con la cautela,» dissi. «E lo farò anch'io. Lo farò, Theo, promesso.»

Lui annuì, il suo sguardo duro ancora inflessibile. Continuai a reggerlo, lasciando che mi vedesse. Nonostante le sue maniere brusche, Theo mi piaceva. Era la famiglia di Jonah e anch'io volevo piacergli, soprattutto adesso che io e Jonah stavamo insieme.

«Promesso,» ripetei.

Rimise le mani in tasca. «D'accordo.»

«C'è altro che ti disturba?»

«Voglio sapere che intenzioni hai.»

Sgranai gli occhi. «Le mie *intenzioni*? Di fare di lui un uomo onesto?»

Risi e feci per dargli una spintarella giocosa, ma lui si scansò. «Te ne andrai.»

Mi paralizzai, la risata che mi moriva in gola. «No che non lo farò,» dissi piano. «Non farei mai...»

«Questa è roba seria, cazzo,» disse Theo. «È il resto della sua vita. Lo capisci? *Il resto della sua vita*. Se gli farai del male...»

Appoggiai il fianco al retro del divano per sostenermi. «Fargli del male è l'ultima cosa che voglio.»

Ci fissammo attraverso il salotto. Pian piano, il bagliore d'acciaio degli occhi di Theo si addolcì. Tirò fuori le mani, cercò un modo per tenerle impegnate, poi incrociò le braccia al petto. «Okay. E cosa succederà quando peggiorerà? Cosa farai?»

«Io non ragiono così,» dissi, e sentii montare la rabbia. «Che ne dici della speranza? Che ne dici di *non* essere così dannatamente sicuro che non abbia alcuna chance?»

«Ce l'ha una chance. Ce l'ha...»

Le braccia gli ricaddero lungo i fianchi, e le sue spalle si incurvarono appena. La sua espressione parve crollare in pezzi, rivelando il dolore sotto di essa. Mi ricordai che Jonah mi aveva detto che Theo gli era rimasto accanto ogni istante della sua malattia. Era lì quando Audrey se n'era andata. Era seduto accanto a Jonah quando erano stati letti i risultati dell'ultima biopsia. Aveva avuto un posto in prima fila per tutte le cose tremende della vita di Jonah. Sarei stata cieca a non accorgermi che quello aveva fatto sì che si assumesse la responsabilità di suo fratello nel solo modo in cui sapeva farlo.

«Sei un bravo fratello,» dissi con dolcezza. «Non c'è bisogno che te lo dica, ma lo farò. Lo sei.» Mi avvicinai a lui e gli posai una mano sul braccio. Le sue spalle si alzarono e abbassarono in modo sprezzante, ma non si ritrasse dal mio tocco.

Esitai. «Tu come stai?»

Fece una smorfia. «Cosa?»

«Penso... forse non ti viene chiesto tanto spesso. Soprattutto di recente. Perciò te lo chiedo. Come stai?»

Mi fissò, le folte sopracciglia aggrottate, come se stessi parlando in una lingua straniera. Sotto la mia mano, gli venne la pelle d'oca, e i peli leggeri del suo avambraccio si sollevarono. Lo notammo entrambi nello stesso momento, e lui si ritrasse.

«Sto bene,» disse, avanzando verso la porta. «È di lui che dobbiamo occuparci.» La porta sbatté alle sue spalle.

«Okay,» dissi, rivolta allo spazio vuoto. «Bella chiacchierata.»

CAPITOLO 31

Kacey

Il giorno seguente, un lunedì, arrivai al laboratorio per mezzogiorno con due buste di cibo da asporto in mano. Insalata di pollo con rucola e capperi per me e Jonah, e insalata di pollo impanato alla Buffalo per Tania. Dovetti destreggiarmi tra le borse e il vassoio con tre frullati mentre aprivo la porta a scomparsa del laboratorio, che cigolò e protestò, ma per qualche miracolo riuscii a non rovesciare nulla.

Tania e Jonah stavano lavorando ai lati opposti di un cannello. Jonah teneva gli occhi assottigliati per la concentrazione mentre ruotava e dava forma al vetro incandescente.

«Aria,» disse.

Dietro di lui, Tania soffiò nel tubo. Il vetro si gonfiò.

«Proprio così,» fece Jonah, lo sguardo sul pezzo. «Perfetto.»

Non appena fu sicuro interromperli, mi avvicinai. «Ehi, qualcuno ha fame?»

«Da morire!» Tania mi strinse in un abbraccio che

sapeva di sudore e carta bruciata. «Ci vizi con tutte queste visite a pranzo. Non che mi lamenti...»

Ricambiai l'abbraccio, pensando che adesso lì avevo cinque amici. Non ero mai rimasta abbastanza a lungo in un posto per averne così tanti.

Guardai dietro la spalla di Tania, verso Jonah. Lui sorrise tra sé e sé, come se fosse soddisfatto, e appese il cannello al soffitto. Ci raggiunse e mi salutò con un bacio.

«SkinnyFATS,» disse Tania, leggendo il nome sulle buste. «Adoro questa catena.» La sua testa scattò in alto. «Un momento, cos'è appena successo?»

«Niente,» disse Jonah, dandomi un altro bacio.

«È successo di nuovo.» Tania spostò lo sguardo da lui a me, e viceversa. «Quando è *successo*?»

Scoppiai a ridere. «Nel fine settimana.»

«Due volte domenica,» aggiunse Jonah.

«Oh mio Dio.» Alzai gli occhi al cielo.

«Per la miseria!» Tania mi abbracciò di nuovo, poi coinvolse anche Jonah. «Sono così felice per voi. È fantastico.»

«Nah, è solo il pranzo,» disse Jonah, frugando nella busta e tirando fuori un frullato arancione. Mi guardò con un sopracciglio inarcato. «Avevano finito il terriccio?»

«Appena finito, simpaticone,» lo punzecchiai.

Il suo telefono squillò. Lo tirò fuori dalla tasca posteriore e controllò il numero. «È Eme,» disse. «Ehi, sono Jonah...» Prese a camminare per il laboratorio per rispondere alla chiamata, con il costante sibilo delle fornaci accese e il ronzio dell'aria condizionata.

«Chi è Eme?» chiesi a Tania mentre sistemavamo il pranzo su un tavolo con attorno delle sedie pieghevoli, ben lontano dal fuoco e dai vassoi di vetro fuso.

«Eme Takamura,» disse Tania, infilzando con la forchetta un boccone della sua insalata. «È la curatrice della galleria che esporrà l'installazione di Jonah al Wynn.»

Sgranai gli occhi. «La sua installazione sarà al Wynn? Non è quel super hotel?»

«Super mega,» disse Tania. «Jonah non te lo ha detto?» Fece un verso nasale quando io scossi il capo. «Figurarsi. È modesto al punto da essere fastidioso. Comunque, Eme ha sentito parlare di lui dalla Carnegie, e dopo aver visto alcuni dei suoi lavori ha predisposto di ospitare il suo progetto nella galleria del Wynn.»

«È incredibile.»

«Quel che è incredibile siete tu e Jonah. Sono così contenta per voi che quasi non riesco a sopportarlo.»

«Sembri sorpresa,» dissi.

«Scherzi?» rispose lei con la bocca piena di verdure. «Sono scioccata. Pensavo davvero...» Lasciò la frase in sospeso e si pulì la bocca con un tovagliolo.

«Pensavi cosa?»

Tania guardò prima me, poi si voltò verso la porta, da cui vedevano Jonah camminare e parlare. «Il Jonah che conosco io è sempre stato così serio. Concentrato sul suo lavoro, sai? Da quando sei tornata in città è diverso. Sorride di più. Ride di più. È sempre stato simpatico, ma adesso è un simpatico più gentile e dolce. Si fa ancora il culo al lavoro, e lo fa fare anche a me, ma è come se una specie di peso o di ombra gli fosse stata tolta dalle spalle. E adesso scoprire che voi due state insieme...» Scosse il capo. «Non capita tutti i giorni che lasci entrare qualcuno nella sua vita. Sei la prima da che lo conosco. È una cosa grossa. Forse adesso rivaluterà di lasciare di nuovo avvicinare gli altri.»

«Almeno per l'installazione,» dissi. «Voglio che la vedano tutti.»

«Anch'io. Ha così tanto talento. Ed è davvero un bravo ragazzo. Altruista. Forse troppo altruista, che cerca di proteggere tutte le persone a cui tiene al punto da negarsi la felicità.»

La porta si riaprì con un cigolio e Jonah fece ritorno, rigirandosi il telefono tra le mani. «Eme voleva un aggiornamento sui progressi. Le ho detto ancora due settimane, e poi potremmo iniziare a spostare le scatole sul posto.»

«Due settimane basteranno,» disse Tania.

Ma Jonah, che continuava a studiare il display del suo telefono, sembrava pallido.

«C'è qualcosa che non va?» domandai.

«Eme ha detto che ha mandato gli inviti per l'inaugurazione dell'installazione,» disse, la voce tesa. «Grossi nomi, un sacco di suoi contatti. Ne ha mandato uno allo studio di Chihuly.»

Tania si portò le dita alle labbra. «E...?»

Lo sguardo di Jonah saettò tra noi. «Le hanno risposto dicendo che Dale è molto impegnato a inizio ottobre, ma farà del suo meglio per partecipare.» Jonah si passò una mano tra i capelli. «Eme ha mandato un invito allo *studio*. Pensavo che magari avrebbero mandato qualcuno di rappresentanza, nel caso.»

«Ma potrebbe venire *Dale*?» Tania si alzò in piedi. «In persona?»

«Porca puttana,» dissi.

«Oh mio Dio, porca puttana sul serio.» Tania gettò le braccia al collo di Jonah, che da sopra la sua spalla sembrava frastornato. «Porca...» Lo allontanò, afferrò la forchetta e trangugiò un paio di bocconi. «Mangia.

Muoviti. Rimettiamoci al lavoro. Ci sono un paio di parti dell'acqua che voglio finire.»

«E i raggi di sole,» disse Jonah.

«E porca *merda*, Dale Chihuly. In persona.» Dopo un ultimo boccone, Tania corse verso la stanza sul retro, lasciando me e Jonah da soli. Mi alzai e gli feci scivolare le braccia attorno al collo, stringendolo forte. Tenni le mani intrecciate tra i suoi capelli e lo guardai negli occhi.

«Guarda un po' il mio talentuoso ragazzo.»

«Ragazzo, eh?» Mi cinse la vita con le braccia. «Io...» Distolse lo sguardo con una risatina. «Stavo per fare una battuta, ma *ragazzo* mi piace troppo.»

«Dale Chihuly, per la miseria,» dissi.

«Lo so. È surreale. Ma non è sicuro. È impegnato. Potrebbe non farcela...»

«Oppure sì.» Abbassai lo sguardo e gli feci scivolare una mano sul petto. «Come posso aiutarti? Forse posso contattare qualche tuo vecchio amico dell'università o della Carnegie?»

Jonah si irrigidì. «Non saprei. Vedremo. Adesso ho troppo lavoro da fare.»

«Ci penso io.» Lo tirai più vicino. «Verrai esposto al *Wynn*, per la miseria. È roba grossa. Non pensi che sarebbe grandioso che ci fossero anche tutti i tuoi vecchi amici?»

«Non parlo con loro da un anno,» disse Jonah. «E la prima cosa che sentono da parte mia è un invito a una mostra in galleria? Mi prenderanno per uno stronzo presuntuoso.»

«Non se lascerai che me ne occupi io.»

Jonah si appoggiò all'indietro, facendomi scivolare le mani lungo le braccia per prendere le mie tra le sue. «In questo momento non posso farmi distrarre dalle rimpatriate, Kace. Il fatto che possa venire Dale Chihuly mi manda già abbastanza in merda il cervello. Lo apprezzo, ma ho davvero troppo da fare. Okay?»

«Okay,» dissi. «Promettimi solo che ci penserai.»

«Lo farò.» Mi attirò di nuovo a sé e mi baciò a lungo e con intensità. «Ragazzo,» mormorò.

«Sai cosa fanno le ragazze per i loro ragazzi?»

«È una domanda trabocchetto?»

«Si prendono cura di loro. Tu ti sei preso cura di me sin dal giorno in cui ci siamo incontrati. Adesso tocca a me.»

Lui sospirò con un sorrisetto. «Vedremo.»

CAPITOLO 32
Kacey

Il resto della settimana trascorse in un lampo. Jonah lavorava sodo al laboratorio. Io servivo cocktail al Caesar's di notte, e di giorno scrivevo canzoni, una mezza dozzina almeno, ma nessuna che mi avesse fatto scattare qualcosa. L'invito a Chihuly aveva reso Jonah un fascio di nervi. L'approssimarsi della cena domenicale con i suoi genitori fece lo stesso con me.

Andai a fare shopping in un negozio di abiti usati per cercare qualcosa di più semplice del mio solito look. Qualcosa che mi coprisse i tatuaggi e che non fosse in pelle o vinile. Spulciai gli scaffali, consumata dal desiderio di fare una buona impressione. Tutto ciò che trovai fu l'eco di mio padre, che mi diceva che delusione fossi. Tutti i vecchi demoni mi seguirono nel camerino mentre provavo abito dopo abito. Con ognuno di essi mi sentivo un'impostora. Tornai a casa a mani vuote.

«O gli piaccio o non gli piaccio,» mormorai tra me e me una volta a casa, mentre indossavo i miei vestiti di sempre e mi applicavo il solito eyeliner cat-eye e il rossetto rosso. Bevvi una Coca Light, desiderando che ci fosse dentro un goccio di rum.

Mi legai i capelli in una treccia laterale e scelsi un vestitino nero senza maniche. Era lungo fino a metà coscia, quasi in corrispondenza degli stivali neri, che mi arrivavano appena sopra il ginocchio.

Jonah si presentò a casa mia con indosso dei jeans e una camicia nera con le maniche arrotolate fino ai gomiti, i capelli ancora umidi dopo la doccia.

«Hai un aspetto fantastico,» dissi, agganciandomi una lunga collana con un pendente argentato dall'aspetto celtico. «Come al solito.»

«È la mia battuta,» disse lui, squadrandomi da capo a piedi. «E tu... sei bellissima, cazzo.»

Sentii le guance in fiamme e mi lisciai per la bilionesima volta le pieghe del vestito. «Avevo pensato di indossare un vestito normale. Ma mi sembrava sbagliato. Cioè, io sono così. I tatuaggi, i capelli e il trucco... Non è un atteggiamento da rockstar, sono io.»

Jonah fece un passo avanti e mi tirò a sé. Le sue mani mi accarezzarono le braccia tatuate. «Mi piace,» disse. «Mi piaci tu.»

«Vorrei solo piacere a *loro*. Ho paura di non essere ciò che si aspettano.»

«Stammi a sentire.» Mi strinse più forte. «I miei non si aspettano *nessuno*. Già solo il fatto che io porti qualcuno a cena va a tuo favore. Fidati, mia madre andrà pazza per te.»

Alzai lo sguardo verso di lui. «E tuo padre?»

Jonah mi scostò con delicatezza una ciocca di capelli dagli occhi. «Lui ti adorerà.»

* * *

I Fletcher vivevano in una modesta casa a due piani in un delizioso quartiere suburbano di Belvedere. Superammo file su file di case, tutte separate da giardinetti rocciosi e recinzioni in ferro battuto. Il pick-up di Theo era già parcheggiato lungo il marciapiede di fronte a casa Fletcher. Non lo avevo più visto né gli avevo parlato dalla sua inaspettata visita della settimana precedente. Sentii un altro nodo allo stomaco mentre scendevo dall'auto.

Alle sei meno dieci di una sera di fine luglio, il calore si era assestato su una sopportabile temperatura di trentadue gradi. Las Vegas era ufficialmente casa mia da tre settimane, e ormai mi stavo abituando al clima.

Mi aggrappai al braccio di Jonah, e lui mi condusse lungo il breve tragitto fino alla porta d'ingresso. «Merda, non ho portato nulla a tua madre,» dissi. «Possiamo tornare indietro? Ho visto un negozio di fiori lungo la via...»

La porta si aprì, e una donna bassa e paffuta ci sorrise sulla soglia. Doveva avere circa cinquantacinque anni, con capelli castani che le arrivavano all'altezza del mento, e indossava dei pantaloni e una camicetta a maniche corte.

«Mi sembrava di aver sentito delle voci,» disse.

«Ehi, mamma,» disse Jonah.

Lei lo abbracciò stretto e gli tenne il viso tra le mani per un istante, mangiandoselo con gli occhi. «Hai un aspetto meraviglioso,» disse. Si voltò verso di me. «Non ha un aspetto meraviglioso? E tu devi essere Kacey.» Scese gli scalini per abbracciarmi. «Sono così felice di conoscerti.»

Il suo abbraccio profumava di pane caldo, e mi placò i nervi. «Anche io sono felice di conoscerla, signora Fletcher,» dissi, lacrime inspiegabili che mi riempivano gli occhi. Non ricordavo l'ultima volta che mia madre mi aveva abbracciata.

«Ti prego, ti prego, chiamami Beverly.» Si avviò dentro casa, facendoci cenno di seguirla. «Theo è già arrivato, e le lasagne sono quasi pronte. Ti piacciono le lasagne, Kacey?»

«Le adoro,» dissi, facendo scivolare la mano verso quella di Jonah.

«Ho dimenticato di dirti che è una da abbracci?» mi sussurrò lui.

Annuii. «La *adoro.*»

Beverly ci guidò attraverso il salotto. Era arredato in modo semplice, un po' ingombro dei bellissimi pezzi in vetro di Jonah in bella mostra sui tavolini, sugli scaffali e sui davanzali. Una galleria di foto su una parete mostrava le opere di Theo, talentuoso sin da bambino, e Theo e Jonah in ogni fase delle loro vite: campionati giovanili di baseball, ritratti di scuola, foto del ballo del liceo. Fianco a fianco dall'asilo all'adolescenza, uno con un sorriso radioso, l'altro immusonito o imbronciato.

«Sei adorabile da tutta la vita,» dissi, fermandomi a esaminare la foto delle medie, i denti di Jonah oscurati dall'apparecchio.

«Procediamo, qui non c'è niente da vedere,» disse, tirandomi con delicatezza verso la cucina.

Theo era seduto davanti all'isola, con il ripiano marrone di granito screziato coordinato al bancone. La credenza era di un caldo bianco graffiato. Come il salotto, anche la cucina era semplice e ingombra. Il cuore della casa, piena di calore, profumi confortanti e buon cibo. L'ultimo brandello di nervosismo mi abbandonò, e andai ad avvolgere le braccia attorno a Theo da dietro, dandogli un bacio sulla guancia.

«Che bello vederti, Teddy.» Profumava di buono,

una fresca e forte colonia sopra l'odore più tenue del sapone.

Tollerò il mio abbraccio e il bacio, e si chinò in avanti verso la bottiglia di birra.

Beverly chiuse lo sportello del forno e mi rivolse un sorriso complice. «Theodore si chiama così in onore del bis-bisnonno di mio marito, che si faceva chiamare Teddy. Ma Theo si rifiuta di rispondere a quel nomignolo. Vero, tesoro?»

Theo serrò la mascella. «Non che nessuno mi dia retta, cazzo.»

«Linguaggio,» disse una voce sulla porta della cucina. Il signor Fletcher ci raggiunse all'isola. Era un uomo alto e slanciato, con capelli scuri che si stavano ingrigendo ai lati. Mi porse la mano come se fossi un potenziale socio in affari. «Henry Fletcher,» disse, stringendo la mia con decisione. «È un piacere, signorina.»

Jonah mi rivolse uno sguardo divertito, ma io annuii con educazione. «Grazie, signore. È un piacere conoscerla.»

«Niente *signore* qui. Puoi chiamarmi Henry o Henry.» Fece l'occhiolino. «Come preferisci.»

«Qualcosa da bere, cara?» chiese Beverly, aprendo il frigo. «Ho birra, bibite, vino. Per te Jonah ho preso della birra analcolica.»

«Ne prendo una anch'io,» dissi.

Beverly mi porse una bottiglietta color verde. «È una serata così piacevole che ho pensato di cenare nel giardino sul retro. Ti va bene, Kacey? Possiamo restare dentro, se preferisci.» Una cadenza nervosa aleggiava sulle sue parole. E non teneva mai ferme le mani. Si agitavano, sistemavano, facevano cose.

«Fuori è perfetto,» dissi.

«Magnifico,» rispose lei. «Vado ad accendere le

lanterne che ha fatto Jonah al primo anno alla Carnegie. Di certo non hai mai visto nulla di così bello in vita tua.»

«Sono davvero notevoli,» disse Henry.

«Ci credo,» risposi. «Il lavoro di Jonah è straordinario.»

Jonah fece un gesto di sufficienza. «Finitela.»

«Straordinario, sì,» disse Beverly, posando gli occhi sul figlio.

«E ripaga ampiamente l'investimento per la retta,» aggiunse Henry.

«Papà,» disse Jonah pacato.

Le spalle muscolose di Theo si incurvarono e prese un lungo, intenzionale sorso dalla sua bottiglia di birra.

«Sto soltanto constatando un dato di fatto,» proseguì Henry. «Quello delle arti non è un settore facile con cui mantenersi. Bisogna orientare i propri talenti in modo appropriato.»

«E non sprecarli a lavorare in un salone di tatuaggi,» disse Theo.

Come un bastone che si incastrava tra le ruote, la leggerezza della stanza si arrestò di colpo. Henry e Theo si scambiarono delle lunghe, intense occhiate.

«Chi vuole aiutarmi ad apparecchiare?» domandò Beverly, con una punta stridula nella voce. Si diresse verso un armadietto e tirò fuori una pila di piatti.

«Ci penso io.» Theo glieli tolse di mano e uscì dalla porta, diretto verso il patio.

«Aiuto anch'io,» dissi, prendendo tovaglioli e posate e seguendolo.

La signora Fletcher sorrise raggiante, e la sera riprese a scorrere.

«Meraviglioso!»

* * *

Il tavolo da pranzo esterno si trovava sotto un pergolato, con appesi grappoli di sfere di vetro come eleganti frutti. Mangiammo lasagne, pane e insalata verde. Del buon cibo fatto in casa. Il genere di pasto che mia madre preparava quando ero piccola. Ma l'ora di cena a casa mia era sempre stato un evento cupo e freddo, durante il quale io parlavo sempre a voce troppo alta, anche quando rimanevo in silenzio. La presenza granitica e opprimente di mio padre aveva reso il buon cibo polvere nella mia bocca.

Il tavolo dei Fletcher era pieno di risate, chiacchiere interminabili e battibecchi. Aleggiava un po' di tacita tensione tra Theo ed Henry, ma Beverly la stemperava con storie dell'infanzia dei suoi figli che mi fecero strozzare col pane.

«Giuro,» disse, versandosi un bicchiere di Cabernet. Il terzo, notai. «Il lago Tahoe ha un'enorme spiaggia. *Un sacco* di sabbia per tutti. Milioni di granelli, e questi due litigavano per un secchiello.»

Diedi un colpetto a Jonah alla mia destra. «Avete litigato per della *sabbia* in *spiaggia*?»

«Così parlò la figlia unica,» disse Jonah. «L'appropriazione della sabbia è cruciale per i bambini di quattro e sei anni.» Gettò un'occhiata a Theo con un sorriso sornione. «Così come le farfalle immaginarie.»

Theo gli puntò contro la forchetta. «Non ci provare.»

Jonah lo ignorò. «Una volta Theo si è incazzato con me perché aveva catturato una farfalla immaginaria e io l'avevo fatta volare via.»

Theo si allungò sul tavolo per punzecchiare il fratello con la forchetta. «Sta'. Zitto.»

«Adoro questa storia,» sospirò Beverly.

«Sei l'unica,» disse Theo.

Jonah scansò via la forchetta e posò i gomiti sul tavolo, fissando il fratello con affetto. «Theo aveva chiuso le mani a coppa in aria e mi aveva detto di aver catturato una farfalla. Ho chiesto di vederla, ma aveva paura che volasse via.»

«Quando è successo?» chiesi.

«La settimana scorsa,» disse Jonah.

«Fai vent'anni fa, coglione,» borbottò Theo.

«Linguaggio, per favore,» disse Henry.

Jonah abbassò la voce, smorzando il tono provocatorio. «Alla fine disse che potevo tenerla. Mise le sue mani tra le mie, il tutto mentre descriveva le ali della farfalla: azzurre, con il contorno nero. Mi disse di come le apriva e le chiudeva, quasi respirassero. Mi disse persino come le sue zampette sembravano capelli neri contro la mia pelle. Te lo ricordi, Theo?»

Osservai l'uomo tatuato duro e muscoloso seduto di fronte a me, che rivolgeva occhiatacce al fratello. Eppure, riuscivo facilmente a vedere il dolce bambino che era stato, intento a descrivere una farfalla inesistente ma preziosa.

«Ma io non fui abbastanza cauto,» disse Jonah. «Aprii troppo le mani e Theo disse che la farfalla era volata via. Piangeva e piangeva.»

«Hai finito, cazzo?» sbottò Theo.

«Linguaggio,» mormorò Henry.

Adesso il volto di Jonah era del tutto serio. «Non mi sono mai scusato per averla fatta scappare,» disse. «Ho cercato di prendergliene un'altra, una monarca arancione e nera, ma lui voleva la farfalla azzurra. Ed era sparita per sempre. Mi dispiace, fratello.»

Theo si mise dritto. «Fai sul serio?»

Jonah fece spallucce. «Giusto per chiarire le cose.»

I fratelli si fissarono in silenzio. Un silenzio pieno di amore, nonostante il tono duro di Theo. Pieno di quel ricordo e di migliaia di altri simili.

«Dunque,» Beverly batté le mani, «chi ha buone notizie?» Si voltò verso di me. «Credo che tutti abbiano buone notizie dalla settimana appena passata, magari anche solo una piccola.»

«Jonah ha una notizia fantastica.» Misi una mano sopra la sua e la strinsi. «Vero?»

Sua madre si chinò in avanti. «Cosa, caro?»

Jonah giocherellò con la forchetta, e il suo sguardo saettò verso Theo e poi di nuovo verso il piatto. «Dunque, Eme Takamura... la curatrice della galleria, dice che Dale Chihuly cercherà di partecipare all'inaugurazione della mia installazione.»

Beverly si portò una mano alla gola. «Davvero? Tesoro, è una notizia meravigliosa.»

«Notevole,» disse Henry. «Ben fatto, figliolo.»

Jonah si appoggiò allo schienale della sedia. «Beh, aspettate, non ha detto che verrà *di sicuro*. Solo che ci proverà.»

«Comunque, anche solo il fatto che lo consideri,» disse Henry, «significa che ha preso nota del tuo lavoro.»

«Suppongo di sì,» rispose Jonah.

«Cazzo, è fantastico,» disse Theo. «Meglio per lui che si presenti. Sarebbe un idiota a non farlo.»

Per una volta non venne redarguito per il suo linguaggio. I due fratelli si scambiarono un altro sguardo pieno di significati, e io mi ritrovai a sorridere, come se fossi diventata una traduttrice delle loro silenti conversazioni.

«Theo ha buone notizie,» disse Jonah. «Uno dei

suoi clienti verrà fotografato per la rivista *Inked*. Verrà citato per uno dei suoi disegni.»

Sulle labbra di Theo fece capolino il più piccolo dei sorrisi.

«È meraviglioso,» disse Beverly.

«Inquinamento del corpo, ecco cos'è,» fece Henry.

Jonah sbatté con forza la bottiglia vuota sul tavolo. «Gesù, papà.»

Mi appoggiai allo schienale della sedia, lottando contro l'impulso di nascondere i tatuaggi sulle mie braccia nude.

«Che c'è?» disse Henry. «Nessuno più di me è un sostenitore dei talenti dei propri figli. Theo è un artista eccezionale, ma il pensiero che passi la vita a disegnare addosso agli altri mi lascia allibito.»

«Perché è arte,» disse Theo. «È arte permanente che la gente porta con sé. E quando avrò un posto mio, sarò un legittimo imprenditore.»

«Sarebbe un rischio,» ribatté Henry.

«Possiamo non farlo proprio ora?» disse Jonah.

Mentre gli uomini di casa Fletcher si fissavano in cagnesco, pensai che Henry non era neanche lontanamente intimidatorio come mio padre, ma la sua disapprovazione verso Theo mi lasciava lo stesso cattivo sapore in bocca che mi aveva sempre lasciato mio padre.

«Non tutti coloro che sanno disegnare possono diventare tatuatori,» dissi nel silenzio. «È una capacità speciale, essere in grado di prendere la visione di qualcuno e trasformarla in realtà. E ha assolutamente ragione a dire che è un rischio. L'artista deve disegnare in modo perfetto la prima volta, perché non c'è una seconda possibilità. Jonah può riciclare il vetro e ricominciare da capo. Theo ha una sola occasione. Non può disfare e rifare.»

Sentivo tutti gli occhi su di me ma io stavo guardando solo Theo, che mi fissava a sua volta come se non riuscisse a credere che fossi vera.

«Io sono di parte, ovvio,» dissi, passandomi una mano lungo il braccio. «Ma non lo vedo come inquinamento del corpo. È espressione. Ognuno dei miei tatuaggi significa qualcosa. E fare un tatuaggio a qualcuno ne fa parte tanto quanto averlo addosso. Per via della fiducia e della collaborazione con l'artista.» Il silenzio si fece più profondo. Feci spallucce e bevvi un sorso di birra finta. «È solo la mia opinione.»

Henry si mosse sulla sedia. «Suppongo che sia un modo di vederla.»

Tutti parvero espirare all'unisono. La mano di Jonah trovò la mia sotto il tavolo e la strinse.

Beverly si alzò in piedi, raccogliendo i piatti. «Chi vuole il dolce?»

CAPITOLO 33
Kacey

Erano quasi le undici quando ci salutammo. Beverly mi attirò a sé per un lungo abbraccio. «Sono così felice di averti conosciuta. Torna anche domenica prossima. Ogni domenica. Puoi?»

Annuii, sciogliendomi nel suo abbraccio. «Mi piacerebbe.»

Mi lasciò andare e si rivolse a Jonah. «Ci vediamo la settimana prossima, tesoro?»

«Certo,» disse lui.

Lui le diede un bacio sulla guancia, e lei un buffetto sulla sua. Poi Beverly rimase immobile per un istante, gli occhi che senza remore memorizzavano ogni dettaglio del volto di suo figlio.

Distolsi lo sguardo, con gli occhi che mi pungevano. Percepii un cambiamento nella mia anima mentre assistevo a quel momento tra una madre e suo figlio. Per tutto il tragitto verso casa mia, non riuscii a pensare a qualcosa da dire. Le parole non erano sufficienti. Forse avrebbero potuto persino rovinare tutto…

«Quello che hai detto a Theo è stato fantastico,» disse Jonah.

«Era la verità.»

«Ma è stata una novità. Papà è così duro con lui e ormai è sordo ai miei tentativi di difenderlo ogni volta. Gli serviva una prospettiva nuova.»

«Temevo di aver oltrepassato il limite.»

«Niente affatto.»

«Ho sentito dei vaghi echi di mio padre in tuo padre. Non fraintendermi, lui non ha nulla a che vedere con il mio. È solo che so come si sente Theo.»

«Come se non fosse mai abbastanza.»

«Come minimo. Davvero vuole aprire uno studio suo?»

«Sì, ma a meno che non ottenga un mucchio di soldi per un anticipo, gli serve un cofirmatario per un prestito. Ed è un grosso motivo di contrasto tra lui e mio padre. I miei genitori hanno dovuto accendere un secondo mutuo per aiutarmi a pagare le spese mediche, perché la mia assicurazione ne copriva solo una parte.»

«Oh.»

«Theo non se ne sarebbe mai lamentato, ovvio. È solo che i nostri genitori mi hanno sempre sostenuto al cento percento, mentre nel suo caso un po' meno. Le cose sono tremendamente sbilanciate.»

Jonah si immise nel parcheggio del mio appartamento e fermò l'auto.

«Deve essere così dura per lui,» dissi.

Jonah mi sfiorò la guancia con le nocche. «Credo che stasera tu lo abbia un po' conquistato. E i miei genitori ti adorano. Sapevo che sarebbe stato così.»

«È stata una bella serata,» dissi. Mi sganciai la cintura e gli salii in grembo, a cavalcioni. «Chiudiamola con il botto.»

«Con il botto o con una botta?» mormorò Jonah, le sue mani che risalivano lungo le mie cosce mentre le nostre bocche si sfioravano.

«Entrambi.» I nostri baci divennero presto più appassionati, persino quando un'auto di passaggio illuminò l'interno dell'abitacolo e il volante mi si piantò nella schiena.

«Non è facile come sembra nei film,» disse Jonah, ansimando. «Cambio di location?»

Annuii. «Di sopra,» dissi. Poi, con un rauco accento strascicato del Sud, aggiunsi: «*Portami a letto e fammi impazzire.*»

Jonah aggrottò la fronte. «*Brivido Caldo*?»

«*Top Gun.*»

«Ci sono andato vicino.»

In camera mia, l'ironia di Jonah volò via e lui prese fuoco. Non mi ero mai sentita così desiderata da un uomo in tutta la mia vita. I suoi baci mi lasciavano il segno, le sue mani mi spogliarono dei miei abiti. I suoi occhi erano dilatati, il loro marrone scuro quasi nero. Gli sfilai la maglietta e armeggiai con la lampo dei suoi jeans.

«Tienile,» disse, sfiorando le calze autoreggenti che indossavo sotto gli stivali. «E anche la collana.»

Un brivido caldo mi percorse nel sentire il desiderio nella sua voce. Aveva il fiato corto mentre mi fissava, nuda ad eccezione delle calze di nylon nere lungo le gambe e del corno argentato ricurvo tra i seni.

«Kacey...»

Emisi un piccolo sospiro, sentendo le gambe cedere. Ci afferrammo l'un l'altra e lui mi spinse contro la parete della camera, strapazzandomi la bocca con la lingua, i denti e le labbra. Lo sentivo tra le mie cosce, duro e pronto. Mi allungai verso il comodino accanto a me e ripescai a tastoni un preservativo.

Lui mi strinse i fianchi, trattenendosi a fatica mentre io strappavo la confezione e glielo infilavo. Poi le sue mani scivolarono sotto di me, mi sollevarono, e io avvolsi le gambe attorno alla sua vita mentre lui gemeva nella mia bocca. Gli portai le braccia al collo, le unghie che affondavano nella sua pelle e i denti che mordevano la porzione di muscolo tra il collo e la spalla. La sensazione di averlo dentro di me era già così intensa, così inebriante e bollente, che ero in delirio.

«Non l'ho mai fatto così. Lo giuro...» dissi sulla sua pelle, stringendolo e aggrappandomi a lui.

«Neanche io,» rispose, ritrovando la mia bocca. «Non voglio altro che questo. Che te...»

Il suo corpo si mosse contro il mio con forza e rapidità. Mi riempì, la forte pressione che trasformava una dolce brama di piacere in qualcosa che rombava e divorava. Lo strinsi a me il più possibile, accogliendo le sue spinte in profondità mentre il barlume di desiderio nel mio ventre bruciava più del vetro fuso.

Le mie scapole grattavano contro il muro per l'intensità dei suoi movimenti. Il suo nome uscì prima in un sussurro dalla mia bocca, poi in un grido dalla mia gola, mentre lui affondava dentro di me ancora e ancora, finché non mi portò al limite e io precipitai. Il mio corpo tremò e si strinse attorno a lui. Jonah proruppe in gemiti ringhiati all'apice del piacere, profondi e di petto, e *Dio* se non erano i suoni più erotici che avessi mai sentito in vita mia.

Il movimento dei suoi fianchi rallentò. Mi lasciò le gambe, facendomi riportare i piedi a terra, ma il suo corpo mi tenne ancora premuta contro il muro, le sue mani strette attorno ai miei polsi. In quella solida presa, la sua bocca divenne delicata, e alleviò le sfregature della barba e i morsi dei suoi precedenti baci sulla mia pelle. Bisogno carnale e tenera cura. Desiderata e adorata.

Amata.

Jonah fa l'amore con me, pensai, ricambiando il suo bacio, le mie dita delicate sulla sua pelle dove lo avevo graffiato. *Non importa quanto duri o brutali siamo, lui comunque fa l'amore con me.*

«Mi fai sentire così bene, Jonah,» sussurrai. «Più che bene. Come se potessi ricominciare di nuovo.»

«Kacey.» Mi prese il volto tra le mani, i suoi occhi scuri intensi nei miei. «Tu mi fai sentire vivo.»

Mi diede un altro bacio, lento e delicato, mentre io bruciavo di speranza, certa che non ci restassero migliaia di momenti, ma milioni.

Milioni.

CAPITOLO 34

Kacey

«Sei mai stato in spiaggia?» domandai a Jonah. «Non sul lungolago, ma il vero oceano?»

Eravamo sdraiati a letto un martedì notte. Di solito era la nostra serata fuori, ma avevamo deciso di restare a casa a rilassarci.

«Certo. Perché?»

«Mi manca. Crescendo, la spiaggia era una parte importante della mia vita quotidiana. Marinavo la scuola al mattino, e con la mia migliore amica andavamo in una caffetteria sul lungomare di Pacific Beach, o in un locale per la colazione con tavole da surf appese alle pareti. Restavamo in spiaggia fino a dopo pranzo, poi tornavamo a scuola per non saltare l'ultimo appello. A volte ci costava un viaggetto nell'ufficio del vicepreside. La maggior parte delle volte no, ma ne valeva sempre la pena.»

Jonah mi accarezzò una guancia. «Sei piuttosto carina per essere un'amante della spiaggia.»

«Cappelli a tesa larga e crema protezione fattore cinquanta,» dissi. «E mi piace nuotare o stare a mollo in quel grande oceano. Grande e infinito. Se pensi che le stelle del Great Basin fossero spettacolari, aspetta di veder sorgere la luna sopra il Pacifico.»

Si strofinò contro il mio orecchio. «Sembra che tu voglia organizzare un viaggio.»

«Vorrei proprio portarti a San Diego. Camminare sulla spiaggia e andare in tutti i posti fichi che adoravo.»

«E vedere i tuoi genitori?»

Rabbrividii. «No. Dio, no. Sarebbe imbarazzante e spiacevole...»

«Posso gestire le cose imbarazzanti e spiacevoli. Se vuoi vederli, dovresti farlo.»

«Non voglio. Voglio stare con te, in tutti i luoghi che amavo di più.» Sollevai il capo per guardarlo. «Puoi farlo? Due giorni. I voli sono piuttosto economici, e ho ancora qualcosa dei soldi delle Rapid Confession...»

«Dovresti risparmiarli. Non spenderli per me.»

«Voglio spenderli per *noi*. Ma se non puoi prenderti del tempo libero dal laboratorio, lo capisco.»

«Posso.»

Gli accarezzai il volto. «Davvero?»

«Se per te è importante, posso.»

Emisi un piccolo strillo entusiasta e lo baciai. «Andiamo lunedì e martedì prossimo. Così non togliamo del tempo ai tuoi genitori. Certo, a Theo verrà un colpo...»

Jonah rise. «Forse, ma visto quanto meravigliosamente felice appari in questo momento, ne vale la pena.»

* * *

Le raccomandazioni per la sicurezza in volo di Theo durarono mezz'ora. Da cosa fare se la pressione della cabina dell'aeroplano fosse scesa, ad assicurarci di portare tutte le medicine di Jonah e di riporle nel modo corretto, così che non ci venissero confiscate ai controlli di sicurezza. E, ovviamente, dove fosse l'ospedale più vicino al nostro hotel. Comunque, non davo mai per scontata la preoccupazione di Theo per Jonah. Gli diedi una pacca sulla guancia e gli dissi che mi sarei presa cura di suo fratello.

Avevo prenotato un posto con il nome più adatto a San Diego: il Surfer Beach Hotel su Pacific Drive. La sua vicinanza alla spiaggia lo rendeva un po' caro per il mio budget, ma volevo che potessimo camminare in spiaggia di notte, al mattino o in qualunque momento ne avvertissimo il bisogno. Il prezzo era giustificato.

Al noleggio auto dell'aeroporto, Jonah mi condusse verso una Ford Mustang decappottabile nera.

«Non avrai pensato che il viaggio fosse tutto a spese tue, vero?» domandò, tenendomi la portiera aperta. «Ho dei risparmi. Detto tra noi, possiamo rendere questi due giorni assolutamente strepitosi.»

Abbassammo la capote, alzammo la musica e Jonah avviò il motore con uno scoppio di risa. Cantando a voce alta, ci avviammo lungo l'autostrada sgombra dopo il traffico del mattino e arrivammo in hotel alle dieci. Avevamo tutta la giornata a disposizione.

«Cosa vuoi fare per prima cosa?» gli chiesi, allacciandomi il reggiseno del bikini nero.

«Cosa vuoi fare per seconda cosa?» rispose, gettandomi sul letto.

«Sì,» sussurrai, e mentre lui mi depositava baci lungo il collo, le sue mani si occuparono del nodo sul retro del mio costume. «Prima questo.»

Erano le undici passate quando ci dirigemmo in spiaggia.

Trovammo un posto vicino alla riva, e io mi tolsi le infradito per seppellire i piedi nella calda e soffice sabbia.

«Lo senti questo odore?» chiesi, inspirando a fondo.

«Di alghe?» domandò Jonah, adocchiando un groviglio che era stato spinto a riva e intorno al quale ronzavano dei moscerini.

«L'*oceano,*» dissi.

Fece scivolare le braccia attorno a me da dietro. «Voglio sentirlo nei tuoi capelli dopo che avremo nuotato,» mormorò. «E più tardi sulle lenzuola...»

Mi voltai e lo baciai, facendo scendere le mani sul suo petto e sulle sue braccia. La sua pelle era calda e unta per la crema solare. Lo tirai verso l'acqua.

Il freddo dell'oceano mi assalì con intensità, togliendomi il fiato, poi si trasformò in un dolce refrigerio. Mi tuffai sotto la schiuma di un'onda, com'ero solita fare da bambina. L'acqua fredda sul volto e la corrente dell'oceano erano proprio come le ricordavo, e la nostalgia era così forte che ci misi un attimo a rendermi conto di dove mi trovassi. Ma c'era Jonah. Il mio qui e ora, e quel momento era immenso come l'oceano.

Jonah si tuffò di schiena sopra un'onda e scomparve sotto la superficie. Riemerse, il sole che riluceva sulle gocce lungo il suo petto. L'acqua gli incorniciava il viso mentre si spostava i capelli dagli occhi. Mi morsi le labbra, un brivido che mi risaliva lungo le cosce.

Jonah mi raggiunse a nuoto e mi baciò. Dio, che buon sapore aveva. Era il suo, pulito e caldo, ma mescolato a un pizzico di acqua salata. Gemette nella mia bocca, poi si allontanò di colpo con un rantolo.

«Porca miseria,» disse. Sentivo la sua erezione premere contro di me. «Sai di caramello salato.» Mi baciò di nuovo, e tirò il mio bacino contro il suo. «Dovremo venire a vivere qui.»

«Ah sì?» dissi, mettendogli le braccia attorno al collo.

«Letteralmente qui, dentro l'acqua. Se esco ora, mi arrestano.»

Risi e camminai all'indietro, più in profondità nell'oceano, schermando la parte frontale del suo corpo con la mia. Caddi all'indietro, portandolo con me, e ci baciammo sopra la superficie e sotto di essa, per poi riposarci nell'acqua, restando entrambi in silenzio.

Jonah mi prese tra le braccia mentre galleggiavo sulla schiena, la mia testa nell'incavo della sua spalla, e avvertii il fugace desiderio di poter *davvero* vivere lì. Non a San Diego, ma dentro quella giornata, in quei momenti, ancora e ancora, per sempre.

* * *

Cenammo da Chart House, un ristorante affacciato sulla spiaggia che costava un occhio della testa, ma la vita era troppo breve e i soldi erano fatti per essere spesi.

In seguito, passeggiammo lungo la riva, mano nella mano, senza scarpe. La luna piena era sospesa sopra l'orizzonte. La sua luce si propagava sull'oceano scuro in un cono di argento fuso.

«È stata un'ottima idea,» disse Jonah. Smise di camminare e gettò uno sguardo verso le onde. «Ogni decisione che ho preso da quando ti ho conosciuta lo è stata. Portarti a casa quella prima notte, mangiare in quel diner, lasciarti restare da me per qualche giorno, chiederti di tornare quando te ne sei andata.»

«Su alcuni aspetti sono stata un po' insistente,» dissi.

«Grazie al cielo lo sei stata.» Si voltò verso di me, e il suo sguardo illuminato dalla luce della luna era ardente. «La mia famiglia e i miei amici mi chiedono cosa voglio. Cosa voglio fare o vedere oltre a lavorare il vetro. E io ho sempre detto solo cosa *non* voglio. Non voglio viaggiare in qualche posto sperduto, solo per dire di esserci stato. Non voglio scalare una montagna o saltare giù da un aereo. Un po' di esaltazione e poi di nuovo con i piedi per terra. Quei momenti confezionati non sono ciò che voglio.»

Mi accarezzò i capelli con una mano, tirandomi a sé.

«*Questo* è quello che voglio. Tu e io, in un posto come questo. Fuori dal tempo. Che passeggiamo sulla spiaggia, che mangiamo, nuotiamo o facciamo l'amore quando ne abbiamo voglia.» Lo sentii trattenere il fiato, e le parole che seguirono le pronunciò con voce roca. «Questo è vivere. Kace *è* proprio questo che volevo, ma non sapevo a chi chiederlo.»

Sentii le lacrime pungermi gli occhi, e feci una risatina ansimante. «Ero io.»

«Eri tu.» Mi prese il volto tra le mani, sfiorandomi le labbra con le sue. «Sempre e solo tu.»

* * *

Facemmo molte cose il giorno seguente, iniziando con una passeggiata sulla spiaggia al mattino presto e una colazione alla caffetteria Pannikin.

«Qui è dove io e la mia migliore amica Laura venivamo quando saltavamo le lezioni,» dissi. «Questo edificio una volta era una stazione ferroviaria.»

Jonah strappò l'angolo del suo tovagliolo, riducendolo con attenzione in piccoli pezzetti. «Casa dei tuoi deve essere vicina allora.»

«Circa due miglia a est,» dissi. «Ma non siamo qui per quello. Le cose che amo di San Diego sono ben lontane da casa mia.»

Jonah sorrise con dolcezza. «Mostramele tutte.»

Per pranzo lo portai alla mia bancarella di taco di pesce preferita, poi mangiammo una ciambella dal miglior negozio di ciambelle del mondo. Passeggiammo sul lungomare di Pacific Beach, affollato di pedoni e skateboarder.

«Vuoi vedere il posto dove ho dato il mio primo bacio?»

«Non particolarmente.»

«Che c'è? Pensi di non poter battere il quattordicenne Ricky Moreno con il suo apparecchio e l'alito cattivo?»

Le labbra di Jonah si incurvarono con malizia mentre mi passava una mano attorno alla nuca e mi baciava. Un bacio da uomo, esigente e profondo, che mi lasciò senza fiato.

«Ricky chi?» mormorai.

Lui inarcò il sopracciglio in quel modo che adoravo. «Puoi dirlo forte.»

Riprendemmo a camminare, le braccia che si incrociavano l'una sulla schiena dell'altro.

«Il bacio all'MGM Grand per me è stato davvero il primo,» dissi.

«Il bacio del jackpot?»

«È stata la prima volta che un uomo mi ha baciata perché quelli erano il posto e il momento perfetti per un bacio. Il momento giusto. Non perché sperava che avrebbe portato a qualcosa di più.»

«Ma io volevo che portasse a qualcosa di più,» rispose Jonah. «A questo. A noi.»

Sorrisi per il calore che si diffuse dentro di me a

quelle parole. «Era la prima volta anche in questo senso.»

La giornata scivolò via mentre vagavamo per San Diego, per poi fare ritorno in hotel. Per fare l'amore, e dormire un po'. Ci facemmo una doccia e andammo a cena in un localino, dopodiché salimmo sulla decapottabile a noleggio mentre il crepuscolo lasciava il posto alla notte.

«C'è ancora tempo se vuoi andare a trovare i tuoi genitori,» disse Jonah. «Non rinunciare a causa mia, Kace. Non è una cosa che riguarda me.»

Presi un respiro. «Davvero non ci tengo a vederli o a parlare con loro. Ma magari... potremmo andare nei pressi della casa. Non mi dispiacerebbe.» Era la verità: volevo, avevo bisogno, di sapere se casa mia era ancora tale.

Jonah accese il motore. «Andiamo.»

«D'accordo. Ma... tira su la capote, okay? Così non mi vedranno.»

Lui sorrise e premette il bottone. La capote dell'auto si distese e si abbassò, rimettendosi in posizione.

Diedi indicazioni a Jonah per raggiungere il quartiere di Bridgeview, dove le case erano più piccole rispetto ai colossi di Mission Hills a ovest.

«Quella,» dissi, il cuore che mi martellava nelle orecchie. «Fermati qui.»

Jonah accostò lungo il marciapiede. Dall'altra parte della strada, appena più in basso, c'era la casa a due piani con la vernice blu chiaro e le rifiniture bianche. La vecchia Subaru dei miei genitori era parcheggiata sulla strada.

«Non possono usare il garage,» dissi con fare assente. «È pieno di vecchi mobili e anticaglie che mio padre ha ereditato alla morte di mia nonna.» Osservai la casa, indugiando sui quadrati di luce gialla che provenivano dalle finestre frontali. «Sono a casa,» dissi a bassa voce.

Jonah si chinò sopra il cruscotto, la testa sulla mia spalla. Mi prese la mano e me la strinse. «Qualunque cosa tu voglia fare, Kace.»

La casa era offuscata dalle lacrime che mi riempivano gli occhi. «Sono così orgogliosa che tu sia con me, Jonah. Farebbe schifo vedere mio padre perdersi quanto di meraviglioso c'è in te, solo perché si vergogna di me.»

«Vuoi entrare da sola?»

«Non penso di poterlo fare.»

«Magari è cambiato,» disse. «È freddo al telefono, ma forse se vedesse il tuo viso da vicino. Se vedesse quanto sei bella e quanto lo ami. Perché è tutto lì, nei tuoi occhi, Kace. Potrebbe vederlo, e le cose sarebbero diverse.»

«Non lo so,» dissi lentamente.

La porta d'ingresso si aprì e ne uscirono i miei genitori.

Afferrai la mano di Jonah in una morsa, guardandoli dirigersi verso la macchina. Alla luce dei lampioni riuscivo a vedere che mia madre, piccola e minuta come un uccellino, indossava un bel vestito blu abbinato a una borsetta nera. Accanto a lei, mio padre era alto e slanciato nel suo completo blu elettrico e la cravatta gialla.

«Stanno uscendo,» dissi.

«Puoi farcela,» mormorò Jonah con dolcezza.

Chiamai a raccolta il mio coraggio, la mia volontà, aggiungendoli al travolgente desiderio di parlare con i miei genitori. Fui sopraffatta dalla nostalgia nell'averli rivisti dopo quattro anni, nonostante il fatto che solo una minima parte dei ricordi con mio padre fosse buona.

«Okay,» dissi, e mi allungai verso la maniglia della portiera.

Ma poi mio padre si fermò accanto allo sportello del passeggero della Subaru. Si voltò verso mia madre.

«Aspetta,» sussurrai, posando una mano su Jonah per fermarlo.

Mio padre stava dicendo qualcosa. Eravamo troppo lontani perché potessi sentire, ma riuscii a vedere la testa di mia madre scattare verso l'alto. Il suo sorriso fragile e impostato sbocciò in qualcosa di sincero e gioioso. Si scostò i capelli all'indietro, un gesto spontaneo, quasi infantile, che non le avevo mai visto fare prima. La sua risata fluttuò lungo la strada, e mio padre le sfiorò il mento con il pollice. La carezza di un amante. Romantica.

«Papà.» La mia bocca mimò la parola senza emettere alcun suono, mentre lui apriva lo sportello del passeggero per mia madre. Quando fece il giro per passare dalla parte del guidatore, camminò quasi pavoneggiandosi, il suo volto granitico e spigoloso era diventato dolce e divertito.

«Kace, se ne stanno andando,» disse Jonah.

«Lasciali andare,» sussurrai.

«Sei sicura?»

Ma l'auto si stava allontanando dal marciapiede, scomparendo lungo la strada. Le mie dita si sollevarono dal finestrino in un piccolo cenno di saluto.

Le dita di Jonah mi accarezzarono la nuca. «Perché?»

«Sembravano così felici,» sussurrai. «Non li avevo mai visti così... era proprio un bel momento, sai? Se fossi uscita e li avessi sorpresi, sarebbe stato rovinato.»

La sua mano giocherellò con delicatezza tra i miei capelli. «Mi dispiace.»

«Forse lui è migliore,» dissi, «ora che io non ci sono più. Non sto cercando di fare la martire. Intendo solo che... forse *è* più felice. Il che significa che *loro* stanno meglio insieme. Non vorrei mai incasinare tutto questo. Dio, sembravano così innamorati...» Inspirai e ricambiai lo sguardo di Jonah con un debole sorriso. «Torniamo in hotel. Domattina abbiamo il volo presto.»

Mise in moto l'auto, guidò per un paio di metri, poi si fermò bruscamente al lato della strada. Si voltò verso di me, una mano sul volante, l'altra sul retro del mio sedile.

«Quando sarai pronta, tornerai qui,» disse. «E tuo padre forse ti parlerà e farete pace, o forse si aggrapperà alla sua stupida rabbia e ti respingerà. Se lo farà, allora è un dannato idiota. Voler essere amata da lui non significa che hai dei problemi, Kace. È lui ad avere dei problemi perché ti ha lasciata andare. È *lui* che ci perde. Vorrei detestarlo per ciò che ti ha fatto, ma invece mi sento solo triste per lui.»

A quel punto mi baciò con fierezza, come se stessimo siglando un patto, la sua mano stretta tra i miei capelli.

«Avevi bisogno di toglierti quel peso dal petto, vero?» domandai.

«Già,» confermò.

«Ti senti meglio?»

«Molto.» Rimise in moto l'auto e ripartì di nuovo.

Mi voltai verso il finestrino per guardare mentre superavamo la mia vecchia casa. «Anch'io.»

CAPITOLO 35
Kacey

Fine settembre

Ero seduta sul mio letto, la chitarra in grembo e il taccuino aperto accanto a me. Picchiettai una penna sulla parte bassa della Taylor acustica, sospirando davanti alle pagine bianche. Quel giorno le parole non arrivavano. Non c'era verso. Chett era un soggetto morto per me, e non volevo scrivere di mio padre. In sostanza, ero troppo felice per andare a scavare nell'abisso oscuro del mio passato.

Il che, tutto sommato, era un problema piacevole da avere.

Io e Jonah stavamo insieme ormai da sei settimane. Una coppia. Quasi ogni sera, dopo il lavoro, lui veniva a casa mia oppure andavo io da lui. Lui non aveva bisogno di dormire molto, e io ero una nottambula che al mattino non doveva andare da nessuna parte. Trascorrevamo le ore più buie persi l'uno nell'altra, a fare l'amore, a volte in modo duro e brutale, altre volte lento e dolce, poi parlavamo, mangiavamo e ridevamo prima di ritornare a letto.

Avevamo la nostra piccola routine. Le domeniche sera a casa dei Fletcher, le cene all'aperto sotto le lucenti lampade di Jonah. Un sacco di risate, buon cibo e conversazioni ancora più buone. Il martedì era la nostra serata fuori, distributore di cupcake, uno spettacolo delle fontane del Bellagio, oppure restavamo a casa a vedere un film.

Lui aveva lasciato una scorta delle sue medicine nella mia cucina, e io avevo comprato un frullatore in un mercatino per potergli preparare i frullati. E quasi ogni giorno portavo il pranzo al laboratorio, dove lui e Tania stavano lavorando sodo per finire i pezzi dell'installazione. La mostra in galleria al Wynn era a sole due settimane di distanza, ma Jonah diceva di sentirsi sicuro che ce l'avrebbe fatta.

Ce la farà, pensai. *E anche di più. È in salute. Il suo corpo è forte.*

Sentivo la forza del suo corpo quasi ogni notte. La mia fiammella di speranza ormai era una torcia, e neppure un uragano avrebbe potuto estinguerla.

Il telefono sul comodino prese a squillare, distogliendomi di colpo dai miei pensieri.

«Pronto?»

«Kacey Dawson?» chiese una voce di donna.

«Sono io.»

«Signorina Dawson, sono della rivista *Sound Addiction*. Mi stavo chiedendo se avesse qualche commento da fare riguardo alle recenti voci che riguardano la sua vecchia band, le Rapid Confession.»

Mi accigliai. «Quali voci?»

«Si vocifera che il tour sia a rischio di cancellazione

per via di alcuni screzi tra Jeannie Vale e la nuova chitarrista, Elle Michaels. È la verità?»

«Non ne ho idea.»

«Si parla anche di una difficile causa legale con il proprietario di un locale. I fan si lamentano che i concerti non siano più validi come quando c'era *lei* sul palco.»

«Beh, cavolo, mi fa piacere sentirlo dire.»

«Dato che il suo rimpiazzo, la signorina Michaels, a quanto pare è sul punto di andarsene, o di essere licenziata, dipende dalla persona con cui parla, mi domandavo se per caso avesse pensato di ritornare con la band?»

Sorrisi. «Neanche per un istante.»

«Interessante, signorina Dawson. Nessuno è riuscito ad avere un commento da lei sul suo addio alla band. Vorrebbe rilasciarlo adesso?»

«No, ma grazie per la telefonata.»

Riagganciai e chiamai il numero di Lola. Segreteria telefonica.

«Lola, sono io,» dissi. «Che diavolo sta succedendo? Ho appena ricevuto una chiamata da una rivista a proposito della cancellazione dei concerti. Richiamami.»

Conclusi la chiamata e fissai il mio vecchio laptop. Lo usavo solo per guardare tutorial di trucco su YouTube. Digitando un paio di parole nella barra di ricerca di Google avrei potuto ottenere le risposte alle mie domande, ma non ero del tutto sicura di volerle sapere. I miei giorni da chitarrista delle Rapid Confession adesso sembravano lontanissimi. E mi stava bene così.

Mi arrivò un messaggio da parte di Lola: *Adesso non*

posso parlare. Le RC soffrono senza di te. Jimmy vuole parlarti. Giusto per informarti.

Merda, l'ultima cosa che volevo era che la mia vecchia vita venisse a invadere quella nuova. A parte qualche occasionale telefonata con Lola, mi ero lasciata la band alle spalle. I soldi scarseggiavano, e non ero affatto vicina ad avere neppure una canzone decente all'attivo, ma...

Ero felice.

Risposi al messaggio. *Digli che se lo scordi.*

Nessuna risposta. Lola poteva essere impegnata o stare per salire su un aereo, ma c'erano buone speranze che avrebbe riferito il mio messaggio. Pensai di scrivere io stessa a Jimmy, ma sarebbe stato come far calare un martello sulla mia piccola bolla di vetro di felicità.

«Neanche per sogno,» borbottai. Controllai l'orologio. Era quasi ora di pranzo. Misi insieme qualche sandwich e delle insalate, e li portai al laboratorio.

Quando scesi dall'auto, Jonah uscì dalla porta. «Come stai?» gli chiesi a gran voce nel piccolo parcheggio.

«Fine.» disse.

«Fine?» ripetei io, confusa.

Era uscita anche Tania. Spalancò le braccia, ripetendo: «Fine.»

«Avete *finito*?» chiesi. «L'installazione? Tutta quanta?»

«Fine,» disse Jonah. «Con nove giorni di anticipo.»

Tania scoppiò a ridere. «Ho bisogno di abbracciare qualcuno, a parte il capo qui, o scoppierò.»

«Me,» esclamai, iniziando a correre. Abbracciai fortissimo Tania, poi mi voltai e gettai le braccia al collo di Jonah.

«Porca miseria,» disse. «È finita.»

All'improvviso, quella parola non mi piacque. All'improvviso, la terra scomparve da sotto i miei piedi. Travolta da migliaia di emozioni, strinsi a me Jonah, tirandomelo più vicino, stranamente spaventata di lasciarlo andare. Spaventata da qualcosa che non potevo ancora nominare.

Finita.

La fine.

Mi ritrassi quanto bastava per guardarlo negli occhi. «Sei soddisfatto?»

«Credo di essere ancora sotto shock. Ci lavoro da così tanto...» Espirò a lungo e fece un sorriso sghembo. «Eme dice che manderà un camion per gli ultimi pezzi e per la roba che verrà venduta.»

«Non ci posso credere.» Gli presi il volto e lo baciai. «Sono così fiera di te.»

«Grazie,» disse, eppure i suoi occhi sembravano rispecchiare l'emozione sconosciuta che mi ostruiva il cuore. Mi guardò fisso negli occhi con la sua espressione frastornata, poi scosse lentamente la testa. «È *finita*...»

CAPITOLO 36

Jonah

«Jonah,» disse Eme Takamura, stringendomi la mano. «Felice di rivederti.»

La curatrice della galleria Wynn era vivace e ben vestita con un completo gessato grigio scuro, che si adattava alla perfezione alla sua figura minuta. Era una donna d'affari dalla testa ai piedi, tranne per un fiore d'ibisco rosso di seta infilato dietro l'orecchio, che le dava una nota artistica di colore.

«È così eccitante,» disse mentre attraversavamo l'atrio. La sua voce era calorosa e con un lieve accento. «La mia squadra è sul posto, in attesa delle tue istruzioni per assemblare il tuo capolavoro. La tua assistente ha inviato i bozzetti e il diagramma via fax e Wilson, il nostro caposquadra, mi ha detto che le dimensioni sono azzeccatissime. Ci sta alla perfezione.»

«Ottimo. Davvero una bella notizia.»

«Ti senti bene, Jonah?» chiese, guardandomi. «Sembri un po' pallido.»

«Sono nervoso da morire,» dissi con una risatina. «Voglio che non faccia schifo.»

Lei scoppiò a ridere, un suono delicato e contenuto che le veniva dal fondo della gola. «Sì, anch'io preferirei che non facesse *schifo*. Ma dai pezzi che ho visto, ancora nelle scatole, bada bene, credo che sia un destino evitabile.»

«A proposito di nervosismo, qualche notizia dal signor Chihuly?»

«Sfortunatamente, no. Ma nella mia mente, questo significa che punta ancora a vedere la mostra nella serata di inaugurazione. La mancanza di notizie la considero una buona notizia.»

«Anch'io.»

Mi guidò verso la galleria, una piccola area a forma di L, spiegandomi come sarebbe stata esposta la mia installazione. L'ala più estesa avrebbe ospitato i pezzi singoli in vendita, e l'installazione sarebbe stata in quella più piccola.

In quest'ultima erano già state montate le impalcature, e una squadra composta da due uomini e una donna stava spostando con cautela le scatole da un magazzino adiacente. Ogni scatola era numerata e vi era scritta sopra la generica posizione dei pezzi nell'installazione.

Eme mi presentò Wilson, il caposquadra. Immaginai che dovesse avere una cinquantina d'anni, un tizio enorme e muscoloso, che dava l'impressione che avrebbe più che altro spaccato i pezzi di vetro.

Dovette aver intuito i miei pensieri, perché proruppe in una risata mentre mi stringeva la mano, e disse: «Sono in prestito da uno studio di vetro di Los Angeles. So che sembro un boscaiolo, ma non romperò nulla.»

«Mi fido,» dissi. Non che avessi scelta. Sentivo

piccole scosse di nervosismo alle mani e ai piedi, che me li rendevano intorpiditi.

Ci siamo. Sta succedendo davvero.

«La mia assistente dovrebbe essere qui a minuti,» dissi. «Aspettate che la chiami per sentire a che punto è.»

«È qui,» gridò Tania, arrivando di corsa. «Scusatemi tanto. Incidente sul vialone. Uno brutto, per giunta. Era tutto bloccato.»

Le fu presentata la squadra, poi tutti gli sguardi si posarono su di me.

«Pronto?» disse Tania.

Presi un profondo respiro. «Facciamolo.»

* * *

Ci fermammo intorno alle quattro. Gli altri se ne andarono, e io e Tania sprofondammo su una panca, ispezionando il lavoro fatto sino a quel momento.

«Sarà fantastico,» disse lei. «Guardalo. Non ne abbiamo assemblato ancora neanche un terzo ed è già mozzafiato. Ce l'hai fatta.»

«Ce l'abbiamo fatta. Non sarebbe successo senza di te.»

Alzai lo sguardo sulla mia opera, verso le spirali gialle e le strisce blu che per il momento erano state legate insieme e sospese al soffitto. «Pensi che a Kacey piacerà?»

«Tesoro, Kacey andrà fuori di *testa*.» Mi posò un braccio sulla spalla. «E se non ti disturba che lo dica, sono felice che ci sia lei a condividere tutto questo con te. Che tu abbia lei con cui condividerlo.»

«Anch'io,» dissi. Per tutto il giorno, tra le difficoltà

fisiche e mentali di assemblare l'opera, i miei pensieri non si erano mai allontanati da Kacey. Era stata con me tutto il tempo. Un centinaio di volte mi ero fermato per guardarmi dietro la spalla, certo che lei mi stesse osservando.

Mi mancava.

Tania mi diede uno strattone alla maglietta. «Vogliamo uscire? Andiamo a cena?»

«Non ho fame,» dissi. «E comunque tra poco devo andare all'A-1.»

«Cavolo, dovresti mollare. Nel giro di una settimana diventerai famoso.»

Mi sgranchii le spalle. «Di questo non ne sono sicuro.»

«Lo sono *io*. Hai visto la lista degli invitati di Eme?» Fece un basso fischio. «Anche senza Chihuly, ci sarà un pubblico importante, e verranno tutti per vedere te.» Si alzò dalla panca e allungò la schiena. «Forse dovresti prenderti la serata libera. Portare Kacey fuori da qualche parte per festeggiare.»

«Buona idea. Forse lo farò.»

Mi scompigliò i capelli. «O magari dovresti prenderti la serata libera e farti una dormita. Hai l'aspetto di uno che ne ha bisogno.»

Dopo che se ne fu andata, rimasi ancora seduto per qualche istante, guardandomi intorno nella stanza.

Sta succedendo.

Mi alzai. O meglio, ci provai. L'aria mi si bloccò di colpo nei polmoni, poi scomparve senza che io l'avessi buttata fuori. Cercai di inspirarne altra, ma non riuscii ad andare oltre la gola, come se avessi una fascia d'acciaio stretta al petto.

Oh merda...

Mi sedetti di nuovo, facendo rapidi respiri affannati.

Piano. Piano, tranquillo, mi dissi, anche se il cuore

mi stava martellando nel petto. Mi guardai intorno in cerca di qualcuno rimasto indietro per chiudere o del custode. Feci per prendere il telefono e chiamare il 911...

No! Non è così grave. Non è...

Poco alla volta, la stretta sulle costole si allentò. Infine scomparve del tutto, e riuscii a inspirare a pieni polmoni.

Stanchezza. Avevo lavorato troppo sodo. Tutto lì.

Annuii, mi alzai con cautela dalla panca e uscii dalla galleria. Il mio passo era sicuro, il respiro profondo e regolare. Ma ogni terminazione nervosa chiamava Kacey a gran voce. Avevo bisogno di lei. Ogni respiro scandiva i secondi che passavano senza di lei, e me li sentivo scivolare tra le dita come sabbia.

* * *

Seguii il consiglio di Tania e mi diedi malato all'A-1. Era la prima volta che lo facevo, nei cinque mesi che avevo lavorato lì. Harry era incazzato che l'avessi avvisato così all'ultimo minuto, e mi domandai perché il pensiero di lasciarlo in difficoltà non mi disturbasse poi tanto.

Perché Kacey è più importante che guidare avanti e indietro per la Strip tutta la notte.

Avevo un bisogno quasi disperato di vederla. Mi sfregai le mani sulle cosce come se fossi un fattone in crisi di astinenza. La chiamai, e sebbene anche lei dovesse lavorare, riuscì a tirarsene fuori.

Portai la mia bellissima ragazza in un ristorante elegante a Mandalay Bay, che si affacciava sulla scintillante Strip. Kacey era più radiosa di tutte le luci fuori dalle vetrate, e mi prese in giro più di una volta perché continuavo a fissarla.

Il cibo era delizioso, proprio quello che mi ci voleva

dopo una lunga giornata estenuante dal punto di vista fisico ed emotivo. Quando lasciammo il ristorante, il mio bisogno di stare con Kacey si era ormai trasformato in un intenso desiderio di stare da solo con lei. Avevamo in programma di vedere un altro spettacolo di fontane al Bellagio, ma mentre aspettavamo il conto, scivolai ancora più vicino a lei sul divanetto.

«Voglio portarti a casa,» le dissi in un orecchio, le mani che accarezzavano il tessuto liscio del suo abito. Indossava degli elaborati stivali fino alla coscia che si chiudevano sul davanti e un vestito nero con i bottoni, tutti sganciati eccetto un paio al centro. L'apertura nel tessuto mostrava il morbido avvallamento della sua scollatura, e si scostava appena sopra i suoi stivali mentre camminava.

«Niente spettacolo acquatico?» domandò.

«Ti dispiace se lo saltiamo?»

La sua mano scivolò tra le mie gambe, sopra i pantaloni. Trovò la mia erezione crescente e la strinse con delicatezza.

«Preferisco decisamente questo,» mi sussurrò.

A casa mia, sciolsi i lacci dei suoi stivali, uno alla volta, e sganciai i bottoni del suo vestito, sempre uno alla volta, finché non rimase solo con il reggiseno e le mutandine neri di pizzo. Poi festeggiammo l'installazione.

Festeggiammo a lungo e con intensità quella notte, fino a crollare sui cuscini, esausti e appagati. Sentivo il corpo pesante e vibrante mentre gli orgasmi scemavano. Kacey era rilassata e sfinita, rannicchiata contro il mio fianco con la testa posata sulla mia spalla. L'orologio della radio segnava le due e un quarto del mattino.

«Sei stato intenso stanotte,» disse.

«Non ti ho fatto male, vero?»

«Dio, no.» Si accoccolò più vicina. «Potrei non riuscire a camminare domani, ma ne sarà valsa la pena.»

Mi allungai verso il basso per baciarle i capelli. «Faccio solo quello che hai detto al Great Basin. Prendo ogni momento e lo prosciugo.»

«Mi stavo domandando...» Fece scivolare le dita sul mio petto, sopra la cicatrice e lungo la spalla. «Se avessi più pensato al fatto di lasciarmi invitare alcuni dei tuoi vecchi amici dell'università all'installazione della settimana prossima. E anche della Carnegie, sebbene il preavviso sia poco. So che non...»

«Sì,» dissi senza pensare. «Invitiamone alcuni. Gli amici a cui ero più legato.»

Kacey sollevò la testa per guardarmi, con un sorriso raggiante. «Davvero?»

Annuii. «Cercherò di ripescare qualche indirizzo e-mail per te. Sono certo che mi considereranno uno stronzo per aver aspettato fino ad ora...»

«Mi assicurerò io che non lo facciano. Spiegherò che eri impegnato, che avevi una scadenza, ma che adesso il progetto è concluso.» Kacey si sollevò sui gomiti, le curve del suo seno premute contro il mio petto. «Sono così felice che tu abbia cambiato idea. Posso chiederti perché?»

Stavo per dirle che era per renderla felice, o che davvero volevo vedere i miei vecchi amici. Ma invece optai per la verità.

«Non lo so. Tenerli a distanza non sembra più così importante come prima.»

Tracciò un disegno sul mio petto con la punta delle dita. «Forse è perché hai ottenuto ciò che ti eri prefissato di fare. Niente distrazioni.» Fece un sorriso timido. «Beh, tranne una.»

«Una bellissima, straordinaria distrazione.» Attirai

la sua bocca verso la mia, baciandola all'inizio con dolcezza, poi con più intensità.

Devi andarci piano...

«Aspetta un attimo,» mormorai contro le sue labbra. «Ho bisogno di acqua. Ne vuoi un po'?»

«Certo.»

Mi alzai e mi diressi nudo in bagno. La luce mi abbagliò appena la accesi, e trasalii per l'accecante riverbero. Cercai di prendere uno dei due bicchieri sul lavandino ma lo mancai, perché all'improvviso le intense luci presero a danzarmi davanti agli occhi. Mi aggrappai al ripiano, mentre il pavimento mi vorticava sotto i piedi e il respiro si faceva affannoso.

Che diavolo...?

Quell'episodio, o qualunque cosa fosse, passò nel giro di qualche istante. La vista mi si schiarì e feci un paio di respiri profondi, finché il mio equilibrio non si fu riassestato. Un effetto collaterale delle medicine, probabilmente. O magari avevo esagerato con Kacey. Doveva essere quello. Persino mentre la prendevo come un assatanato mi ero reso conto che era troppo. Ma quella sera non riuscivo ad averne abbastanza di lei. Avevo bisogno di riempirmi le mani di lei, di toccarla ovunque, di inspirarla, assorbirla, come se potessi portarla con me anche quando saremmo stati lontani.

Piano, con calma. Rilassati. L'installazione è pronta e hai tutto il giorno libero per vederla.

Riempii entrambi i bicchieri d'acqua con mani ferme e tornai in camera.

«Grazie,» disse Kacey, poi bevve il suo bicchiere mentre io mi infilavo di nuovo a letto. Lo posò sul comodino e una volta che ebbi finito prese anche il mio. «Ora... dov'eravamo?»

Mi baciò con dolcezza, poi in modo seducente, ma

io la allontanai con delicatezza. «Sto accusando il colpo della giornata. O è quello, o mi hai sfinito. Sono abbastanza certo che sia la seconda.»

Lei sbuffò con un sospiro teatrale. «Sedotta e abbandonata.»

«Lo so. Vieni qui.»

La avvolsi tra le mie braccia, portandomi la sua testa sotto il mento, e le baciai i capelli. Persino dopo del sesso passionale e sudato, profumava ancora di caramello. Mi riempii i polmoni di lei, portandola con me nel sonno, dove sognai una barca che si dondolava con dolcezza e una riva che si allontanava pian piano.

CAPITOLO 37
Kacey

Era la sera dell'inaugurazione dell'installazione di Jonah alla galleria Wynn. Non mi ero sentita così nervosa ed elettrizzata dalla sera prima del primo grande concerto delle Rapid Confession.

Miracolosamente, non volevo bere. Non bevevo da quando avevo lasciato la band, e non avevo più fumato neanche una sigaretta. Ne sentivo il bisogno di quando in quando, ma non avrei mai fumato vicino a Jonah, e se avessi fumato in casa mia, quando lui fosse venuto il fumo sarebbe stato dappertutto.

Perciò avevo abbandonato entrambi quei vizi. Uno per me, uno per lui.

Indossai un abito nero lungo fino a metà coscia sul davanti, con ampie spalline e con la gonna che sul retro mi arrivava fino alle caviglie.

«È asimmetrico,» avevo detto quel giorno a Jonah al telefono. «Davanti festaiola, dietro elegante. Credi che sia appropriato?»

«Non saprei,» aveva risposto. «La mia preoccupazione principale è con quanta facilità si può togliere.»

Quella battuta era stata un sollievo. Quell'ultima settimana Jonah era stato distratto, nervoso e stressato. Non avevo ancora visto la sua opera finita, e l'attesa mi faceva aggrovigliare lo stomaco mentre mi legavo i capelli sopra la testa, lasciando ricadere qualche ciocca. Mi truccai come al solito, smoky eye e rossetto rosso, poi mi misi a passeggiare per il salotto, aspettando. Diedi un'occhiata fuori dalla finestra e individuai una limousine nera che si immetteva di fronte al mio palazzo, proprio mentre il mio telefono suonava per l'arrivo di un messaggio:

Sono qui, ma in ritardo. Vieni giù?

Corsi giù e arrivai sul marciapiede proprio mentre l'autista apriva lo sportello del passeggero e ne usciva Jonah. Quando mi vide si paralizzò per un istante con la bocca spalancata.

«Ci penso io,» disse all'autista, che si toccò il berretto e tornò a sedere dietro al volante.

«Buonasera,» dissi.

«Sei...» Scosse il capo, avvicinandosi e passandomi le braccia attorno alla vita.

«Non serve,» dissi. «Adoro i tuoi taciti complimenti.»

«Ogni volta che ti vedo penso: *Ci siamo. Non può proprio essere più bella di com'è adesso.* E poi ti vedo la volta successiva.»

Mi vennero le lacrime agli occhi e gli passai una mano lungo il risvolto dell'abito grigio scuro. «Sei... così affascinante, Jonah. Dio, che problema ho?» Mi premetti con cautela il retro del polso sotto un occhio, poi mi sventolai una mano in faccia. «Non so cosa mi stia succedendo. Questa è una serata speciale per te e sono così felice e orgogliosa... entusiasta di vedere la tua bellissima opera. Merda, dovevo portarmi dietro un pacchetto di fazzoletti. So che ne avrò bisogno.»

Jonah si chinò e mi baciò sulle labbra. «Grazie di essere qui con me.»

Sentivo la tensione accumulata sui suoi muscoli. La sua espressione era turbata, come se avesse un migliaio di pensieri in testa e volesse dire altro. Ma sopra di noi si accesero le luci dei lampioni. Stava iniziando a calare la notte, e Jonah si voltò per farmi entrare in limousine.

«Omaggio dell'A-1?» domandai.

«Dio, no,» disse Jonah, sedendosi accanto a me. «Me l'ha mandata Eme. È un po' ridicola, ma non potevo mandarla via e rovinare la serata all'autista. Ma sono lieto che non sia dell'A-1, altrimenti i ragazzi mi avrebbero fatto una testa così.»

«Adoro Eme per averlo fatto,» dissi. «Te lo meriti.»

«Non ne sarei così sicuro,» rispose Jonah.

La limousine si allontanò dal marciapiede e lui si voltò a guardare Las Vegas sfrecciarci accanto fuori dal finestrino. Stava dondolando una gamba, e feci scivolare la mia mano nella sua. La tenne saldamente per tutto il tragitto, e quando arrivammo al Wynn me la strizzò in modo quasi doloroso.

«Porca miseria,» mormorò.

L'ingresso dell'hotel era un viavai di berline, limousine e auto, da cui uscivano ospiti vestiti in modo semi-casual.

«Non pensavo ce ne sarebbero stati così tanti,» disse Jonah. «Eme deve aver invitato mezza Las Vegas.» Si voltò verso di me, il suo bellissimo volto contorto dal panico. «Cosa faccio se la detestano?»

Stavo per dirgli che non l'avrebbero detestata, ma sapevo per esperienza personale, dopo aver messo in mostra la mia anima e riversato il mio cuore in una canzone per poi darla a qualcun altro, che dire "ovvio che non la detesteranno" non serviva granché per contrastare quel genere di ansia.

«*Tu* la adori?» chiesi. «L'installazione è proprio come l'avevi immaginata?»

Jonah annuì. «Sì, lo è.»

Sorrisi e feci spallucce. «Fine della storia.»

Lui scoppiò in una breve risata. «Beh, è stato facile.» Mi accarezzò una guancia, scrutandomi con intensità, e aprì la bocca per dire qualcos'altro. Invece poi mi baciò, proprio mentre l'autista ci apriva la portiera e giungeva il momento di entrare.

Nella zona più estesa della galleria a forma di L si trovavano i pezzi individuali in vendita, ognuno posizionato su un semplice supporto rettangolare di varie altezze. Bottiglie e vasi con strisce colorate che formavano trame complesse ma precise. Sfere e cubi che contenevano assurdi bouquet di fiori. Un agglomerato di fiori selvatici viola e gialli con delle api che vi svolazzavano sopra. Un altro che sembrava sospeso sott'acqua, dalla forma indistinta e fluida. Altri pezzi pendevano dal soffitto in un intreccio di vetri multicolori. Alcune erano lampade, con le lampadine nascoste tra le spirali.

Dovetti mordermi l'interno guancia mentre camminavamo tra la gente vestita in modo elegante che ammirava il meraviglioso lavoro di Jonah. Sorseggiavano champagne da flûte di cristallo o mangiavano delicati stuzzichini dai vassoi dei camerieri di passaggio. Una corrente di conversazioni mormorate e impressionate si propagava tra la folla in movimento. In ogni direzione in cui voltavo la testa, sentivo ospiti esclamare quanto fosse bella quell'opera e quanto fossero disposti a pagare per portarsela a casa.

Jonah stava guardando dritto di fronte a sé, la mano che stringeva con forza la mia, mentre eravamo diretti verso il lato più corto della L, dove si trovava l'installazione. Girammo l'angolo e ci unimmo alla folla raccolta lì davanti, le cui voci e ansiti erano rivolti verso il soffitto.

Un mare...

Guardai anch'io verso l'alto. Tre metri sopra di noi c'era una cascata di vetro in tutte le sfumature del blu. Strisce e spirali, alcune con della schiuma opalescente sul bordo. Scivolavano giù da una sfera posizionata al centro. Un sole arancione, rosso, dorato e giallo. Una palla di fuoco piena di lava fusa.

In fondo alla cascata, l'acqua si trasformava in un placido blu creato con fiamme di vetro, come piastre di forma squadrata con i bordi ondulati, ognuna delle quali era lunga mezzo metro e larga altrettanto. Delle foglie di ninfea verdi, sormontate da mazzi di fiori di cristallo rosa, costellavano il lago azzurro che si dipanava fino al pavimento. Luci nascoste in posizioni strategiche illuminavano la fauna tra l'acqua e la vegetazione: pesci di vetro con scaglie di bronzo, cubi di corallo e alghe, e persino un polpo, con i tentacoli allungati e allargati.

La mano di Jonah strinse la mia con una forza tale che mi fecero male le nocche.

«Jonah, è...» Non avevo parole per descriverlo. Si voltò verso di me e io riuscii solo a ricambiare il suo sguardo.

«Grazie,» disse.

I miei occhi pian piano individuarono tra la folla Tania, Dena e Oscar, i genitori di Jonah e Theo. Poi Eme Takamura ci vide. Ci indicò senza una parola, in attesa che gli sguardi seguissero il suo dito, poi iniziò ad applaudire. Il resto della folla si unì a lei quando si rese conto che l'artista era tra loro. Ben presto, tutta la sala stava applaudendo e Jonah fece un passo indietro, sopraffatto. Lo spinsi in avanti con delicatezza.

«Sono tutti per te,» sussurrai. «Vai a prenderteli.»

* * *

Il resto della serata fu un po' confuso. Dena, Oscar e Theo rimasero con me, mentre Jonah, Tania e i Fletcher furono trascinati da Eme a conoscere vari artisti, collezionisti e critici. Il mio sguardo non era mai sazio dei saluti e dei complimenti che Jonah riceveva per il suo bellissimo lascito. Poi si avvicinarono i suoi amici dell'università, e Jonah fu circondato e abbracciato, ancora e ancora, da persone che non vedeva più da due anni.

«Il suo lavoro è stupefacente,» disse Dena, ammirando una grande scultura a forma di uovo piena di frammenti a forma di prisma e con gemme pastello che fluttuavano tra di loro. «Avevamo visto le sue opere all'università, ma questo... è davvero di tutt'altro livello.»

«È un maledetto genio,» disse Theo. Era meno elegante di chiunque altro, anche se era comunque estremamente affascinante con la camicia nera con le maniche arrotolate fino a sotto i gomiti, che metteva in mostra i suoi avambracci tatuati.

«Niente accompagnatrice, T?» chiese Oscar.

Theo scosse il capo.

«È la prima volta.»

Theo fece spallucce e borbottò qualcosa di incomprensibile attorno al collo della bottiglia di birra.

«Chihuly è qui?» chiesi. Se fosse arrivato l'idolo di Jonah, la serata sarebbe stata completa.

Dena scrutò la folla in lungo e in largo per tutta la sala. «Non credo proprio. Almeno non *ancora*.»

«Verrà,» disse Oscar.

«Gli conviene,» fece Theo.

Aveva appena finito di dirlo quando la folla si aprì in due per far passare un uomo, affiancato da un entourage di altri quattro. Era basso, paffuto e con il doppio mento, tutto vestito di nero. I capelli argentei gli sfioravano le spalle e aveva una benda nera a coprirgli l'occhio sinistro.

«Theo...?» sussurrai, afferrandogli la mano.

«È lui,» disse Theo.

La mia mano strinse forte la sua e mi mancò il fiato quando quell'uomo, quel mastro vetraio, quella *leggenda* avanzava verso Jonah e gli picchiettava sul braccio. Jonah si voltò. La sua espressione si capovolse, passando dallo stupore allo shock e alla riverenza.

«Gesù, guardalo,» disse Theo a bassa voce.

Sbattei le palpebre per scacciare le lacrime quando Dale Chihuly porse la mano a Jonah e lui la strinse. Ero troppo lontana per sentire cosa si stessero dicendo, ma Chihuly parlava in modo animato, gesticolando con le braccia e indicando in varie direzioni con le dita. La testa di Jonah faceva avanti e indietro. La sua bocca mimava "grazie" a ripetizione. Poi lui e Chihuly girarono dietro l'angolo della L e scomparvero dalla nostra vista.

«Oh mio Dio, Theo,» sussurrai.

Alzai lo sguardo e lo vidi sbattere furiosamente le palpebre, la mascella così serrata che i muscoli gli pulsavano. Guardò verso di me, le pupille dilatate, e lasciò che le lacrime si accumulassero.

«È venuto,» disse Theo. «E il lavoro di Jonah gli piace. Lo abbiamo visto succedere.»

Annuii, lottando per ricacciare indietro le lacrime.

«Lo abbiamo visto,» disse. «Sai cosa intendo?»

Lo sapevo. Jonah aveva incontrato il suo idolo. Il suo eroe aveva lodato il suo lavoro. Io e Theo avevamo assistito. Sarebbe rimasto per sempre uno dei momenti più preziosi delle nostre vite.

* * *

Jonah e Dale Chihuly rimasero seduti per un'ora su una panca di fronte alla cascata di vetro, immersi in una conversazione, mentre la folla intorno a loro si diradava. Alla fine, il maestro si alzò, strinse la mano di Jonah in modo sentito, poi quelle di Eme e Tania, e lasciò la galleria con il suo piccolo entourage.

«Tutto venduto,» disse Eme, consultando il suo iPad. «Abbiamo venduto tutto quanto. Ogni singolo pezzo. Andato.»

Jonah si passò una mano tra i capelli, guardando i suoi lavori che lo circondavano, il suo volto felice, stordito e un po' provato.

«Congratulazioni,» dissi, abbracciandolo stretto. «Ma mi serve una parola migliore. Una più grande.»

«Persino *lei* è senza parole,» disse Oscar, indicando Dena con il pollice. «Neppure una citazione di Rumi.»

Dena scosse il capo, una mano che le copriva in parte un sorriso tremulo. «Non ne ho proprio.»

Oscar rimase a bocca aperta. «Sentito, signori e signore? Jonah si è ricongiunto ai suoi vecchi amici, ha venduto ogni pezzo della mostra, incontrato il suo idolo e, sorpresa delle sorprese, lasciato Dena Bukhari senza parole.»

Dena gli diede una spinta. «Per tua sfortuna era solo una perdita temporanea.» Sollevò il suo bicchiere di vino. «Rumi dice: *Lascia che la bellezza di ciò che ami sia ciò che fai*. Brindo al nostro caro amico Jonah, la cui mostra è la personificazione di queste parole. Hai creato così tanta bellezza, amico mio, che il mondo non può che esserti grato per questo.»

Durante il viaggio verso casa in limousine, sedetti con la tempia posata contro la spalla di Jonah. «Dena ha ragione, sai,» gli dissi. «Il mondo dell'arte impazzirà per te. E te lo meriti in tutto e per tutto.»

Lui annuì contro la mia testa. «Un lascito,» disse. «Non volevo altro.» Mi sollevò il mento con le dita e mi guardò, la fronte corrugata nella penombra. «Non ho mai pensato di chiedere altro.»

Una punta di disagio inquinò la mia felicità, come una goccia di inchiostro nero in una ciotola di acqua pulita. «Stai bene? Sembri un po'…»

«Stanco,» rispose Jonah. «Stasera è stata… surreale. Più di quanto avessi mai immaginato. Mi sento un po' stordito.»

«Andiamo a casa tua,» dissi, la mano sulla sua coscia. «Per festeggiare.»

Mi sorrise e mi prese la mano. «Hai in mente qualcosa di particolare?»

«Posso pensare a un paio di cose.»

Ma una volta a casa, dopo che si fu tolto il completo e fu uscito dal bagno con i pantaloni del pigiama, fu tutta un'altra faccenda.

«So che più tardi me ne pentirò,» disse, lo sguardo che vagava su di me, distesa sul suo letto con della biancheria di pizzo rossa. «Ma sono piuttosto esausto. Mi dai qualche ora per ricaricarmi?»

Incassai il colpo e gli diedi un bacio della buonanotte. Mi accoccolai accanto a lui e chiusi gli occhi, convinta di risvegliarmi nel bel mezzo della notte per i suoi baci sul collo, la sua solita linea di attacco. Invece, riaprii gli occhi alla luce del giorno. L'orologio sul comodino segnava le sei del mattino. Jonah stava ancora dormendo, il suo respiro caldo che aleggiava sopra di me.

Non è niente di che, pensai. *Ha lavorato senza sosta alla sua opera per mesi. Non c'è da sorprendersi che abbia toccato il fondo. Gli serve un lungo riposo, e se l'è meritato.*

Sonnecchiai finché non suonò la sveglia un'ora dopo, per segnalare che era il momento delle medicine. Andò in cucina e io vagai tra il sonno e la veglia, in piacevole attesa del suo ritorno, certa che a quel punto avremmo fatto l'amore. Ma invece scivolò di nuovo dentro il letto, mi strinse tra le braccia e si rimise a dormire.

A quel punto rimasi sdraiata del tutto sveglia, ad ascoltarlo respirare. Dentro e fuori, un metronomo sussurrante, che teneva il tempo, contando alla rovescia i minuti.

Quando alla fine si svegliò, alle nove meno un quarto, fissò l'orologio accigliato, come se non riuscisse a credere a ciò che vi stava leggendo. Vidi un bagliore di paura nei suoi occhi, e lo sentii penetrare anche nel mio cuore.

«Vieni qui,» sussurrai. Lo baciai con intensità e lui ricambiò subito, grato. Cademmo l'uno nell'altra, afferrandoci e dondolando finché la testiera non sbatté contro il muro.

Dopodiché, mi dissi che era stata l'intensità con cui avevamo fatto l'amore a far piombare di nuovo Jonah nel sonno.

Nient'altro.

CAPITOLO 38
Kacey

Erano passati due giorni dall'inaugurazione. Due mattine in cui Jonah aveva dormito fino a tardi, si era svegliato solo per prendere le medicine e poi era tornato a letto. Due giorni in cui aveva ciondolato per casa, scrollando Facebook sul telefono, a malapena parlandomi, o guardando qualcosa alla TV. Due giorni di tensione crescente tra noi che non aveva un'origine, ma che mi spaventava a morte.

Il terzo giorno, andammo a fare colazione al Baby Stacks café, un ristorante di pancake lungo la Strip. Era diventata mia abitudine ordinare lo stesso tipo di cibo che mangiava Jonah, in parte per solidarietà, ma anche perché di recente mi sentivo più in salute. Ogni cosa che avevo fatto da quando mi ero trasferita a Las Vegas mi aveva giovato alla salute, sia mentale che fisica.

La cameriera venne a prendere il nostro ordine.

«Io prendo un'omelette di bianco d'uovo...» iniziai.

«Gesù, Kace, prendi i pancake se li vuoi,» disse Jonah. «Ordina quello che vuoi.» Il sorriso giunse un secondo troppo tardi. «Fanno dei pancake micidiali.»

Lo fissai mentre lui si voltava verso la cameriera. «Io ne prendo una porzione piccola, un decaffeinato e un contorno di patate arrosto.»

«Le patate arrosto sono troppo grasse,» dissi.

Lui porse il menù alla cameriera senza guardarmi. «Una porzione non può far male.»

Io ordinai l'omelette di bianco d'uovo con contorno di frutta e un caffè. La cameriera prese i nostri menù e si allontanò. Jonah teneva gli occhi fissi sul tavolo, le sopracciglia aggrottate, e stava rigirando il cucchiaino tra le mani, come se fosse stato un piccolo cannello.

«Ehi,» dissi con dolcezza.

Dovetti ripetere il suo nome per tre volte prima che alzasse lo sguardo.

«Scusa, Kace, che c'è?»

«Dimmelo tu. Ultimamente passi da un eccesso all'altro.»

«Ah sì?»

«Sì. Mi sento frastornata nel tentativo di starti dietro.»

Lui curvò appena le spalle e allungò un braccio sul tavolo per prendermi la mano. «Scusa. Di recente sono un po' distratto. Non sono abituato a tutto questo tempo libero. Non so cosa fare di me stesso. Presumo che mi renda un pochino irritabile.»

Sì, okay. Questo ha senso.

Gli strinsi la mano. «Perché non vai comunque al laboratorio? Potresti fare qualcosa solo per te.»

Lui scrollò le spalle e borbottò qualcosa che somigliava a un "forse", e tirò via la mano.

Silenzio.

«Tania mi ha detto che tre diverse gallerie vogliono la tua installazione,» dissi infine. «Londra, Parigi e New York. È la triade del mondo dell'arte, vero?»

«Perché, Las Vegas non è abbastanza?» Fece un gesto di sufficienza con la mano. «È vetro. Come pensano di poterlo trasportare attraverso l'oceano mi sfugge, ma possono provarci.»

Mi appoggiai all'indietro sulla sedia, sentendomi come se stessi facendo colazione con un estraneo. O peggio, con mio padre.

Ci furono altri dieci minuti di silenzio prima che arrivasse il nostro cibo. Sbocconcellai la mia omelette, l'appetito scomparso. Jonah fissò il suo piatto e infine prese un pezzo di patata con la forchetta. Lo guardai da sotto le ciglia mentre masticava lentamente, come se fosse un grumo di argilla. Lo mandò giù a fatica accompagnandolo con un sorso d'acqua. Poi spinse via tutto il piatto.

«Forse non ho poi così tanta fame.»

* * *

Dopo quella che avrei chiamato per sempre La Peggior Colazione in Assoluto, andammo al Vegas Ink. Volevo un nuovo tatuaggio, e avevo preso un appuntamento per visitare lo studio di Theo e vedere il suo lavoro.

Jonah non disse quasi nulla durante il tragitto. Ma proprio quando il silenzio stava iniziando a diventare opprimente, all'improvviso ritrovò il sorriso, mi prese una mano e se la portò alle labbra.

Il Vegas Ink si trovava in un piccolo centro commerciale poco lontano dalla Strip. Le sue pareti erano rosso fuoco e ricoperte di esempi incorniciati del lavoro dei suoi artisti. Le sedie erano in finta pelle con super imbottitura, anch'esse rosse, e tre artisti erano chini sui loro clienti, tra i quali c'era anche Theo. Il ronzio degli aghi era quasi soffocato dalla musica heavy metal sparata fuori dallo stereo. Una receptionist con la testa rasata ci disse che avrebbe avvisato Theo che eravamo arrivati. Ci accomodammo in sala d'attesa, che in realtà non era altro che una panca imbottita accanto alla porta d'ingresso, di fronte a una parete di fotografie. Vecchi clienti mostravano tatuaggi appena fatti, con la pelle ancora arrossata.

Jonah sprofondò con pesantezza sulla panca e prese un numero della rivista *Inked*.

«Hai già qualche idea su cosa farti?» chiese. Era la prima volta che parlava di sua spontanea volontà in tutta la mattinata.

«Per niente,» dissi. «Ma sono impaziente di vedere il lavoro di tuo fratello.»

«Ha un talento incredibile,» disse Jonah. «Mio padre gli rompe davvero troppo le palle. Te ne accorgerai quando darai un'occhiata al suo portfolio.»

Annuii e aspettai finché Theo non girò l'angolo, esclamando: «Ehi, ragazzi.»

Il solo fatto che sembrasse allegro e vivace mi riempì di sollievo, e in pratica saltai in piedi. «Ehi. Grazie per aver trovato del tempo per me.»

Theo fece un cenno con il mento a Jonah. «Vieni anche tu?»

«Andate avanti voi,» disse. «Devo fare una telefonata a Eme. Devo vedere cosa sta succedendo con i pezzi venduti.»

«Non mi aiuti a scegliere qualcosa?» domandai, incredula. Mi sforzai di allargare il mio sorriso. «O in quale punto del corpo farlo?»

Dietro di me, Theo tossì.

«Sorprendimi,» rispose Jonah. Tirò fuori il cellulare; conversazione chiusa.

Con le guance in fiamme, seguii Theo fino alla sua

postazione, passando accanto agli altri artisti. Uno era un enorme tizio corpulento con la testa calva tatuata, che stava mettendo una spruzzata di fiori viola sul braccio di una donna. L'altra era una giovane donna vestita di nero e con del trucco pesante. Aveva grandi occhi verde chiaro, quasi da cartone animato sul suo volto minuto. Sembrava una fatina gotica. Mi fece un cenno con il capo mentre disegnava il sangue che colava dalle zanne di un cobra sibilante dietro il polpaccio di un giovane uomo.

Mi lasciai cadere sulla sedia di Theo e presi un fazzoletto dalla scatola che usava per ripulire il sangue. Mi tamponai gli occhi, ma non c'erano lacrime. Le mie emozioni erano troppo ingarbugliate perché il mio corpo sapesse cosa farci, perciò rimasi seduta, ansiosa e tesa. Di fronte a me, Theo si appoggiò all'armadietto a specchio in cui teneva la macchinetta, gli aghi e l'inchiostro.

«Avete litigato?» chiese a voce bassa.

«No,» dissi. «O sì. Cioè, forse ho fatto qualcosa che lo ha fatto incazzare, ma non lo so. Di recente si comporta in modo così strano. Da dopo l'inaugurazione della galleria.»

L'espressione granitica di Theo si fece più dura ma i suoi occhi andarono in un'altra direzione, riempiendosi di preoccupazione e di qualcosa che somigliava molto alla paura. Mi resi conto che stavo per spaventarlo a morte senza un valido motivo, e feci un gesto di sufficienza con la mano.

«Sai che c'è? Stamani in effetti mi ha detto di sentirsi distratto. Con il fatto che non deve andare tutto il giorno al laboratorio, non è sicuro di cosa fare con se stesso. Credo sia solo in fase di decompressione.»

Theo annuì lentamente. «Ha senso.»

«Adesso posso vedere il tuo lavoro?»

Theo mi porse uno spesso raccoglitore a tre anelli, pieno di foto ed esempi della sua arte. Jonah aveva ragione, il talento di Theo era incredibile. Avevo visto parecchi tatuaggi. Ognuno dei miei era stato fatto da qualcuno di diverso, per me tutti bellissimi e perfetti.

Theo li stracciava tutti. Nel suo portfolio c'era di tutto: disegni base profilati di nero, lettere in ogni font o grafia che si potesse desiderare. Tatuaggi da motociclista, come rose, teschi e serpenti. Ritratti realistici, forme astratte e complesse, paesaggi onirici, creature fantastiche, icone della cultura pop. Pagine su pagine di visioni. Se fossi stata in una condizione mentale migliore, avrei potuto trascorrere ore china sui suoi lavori, e di certo non sarei riuscita a scegliere un'unica idea o concetto.

«Sei straordinario, Teddy,» dissi. «Questo è il meglio che abbia mai visto. Voglio qualcosa che non abbia nessun altro, ma mi rendi difficile la selezione.»

Voglio che Jonah sorrida di nuovo.

Chiusi il raccoglitore e glielo restituii. «Lasciami pensare, okay? Ti chiamo o ti mando un messaggio se mi viene un'idea.»

«Certo,» disse, buttando il raccoglitore nel cassetto superiore dell'armadietto e richiudendolo.

«Scusa se ti ho fatto perdere tempo,» dissi, scivolando giù dalla sedia.

«Non lo hai fatto, Kacey,» rispose. Era la prima volta che pronunciava il mio nome.

Facemmo ritorno in sala d'attesa. Jonah era seduto scomposto sulla panca e stava scrollando sul telefono con fare assente. Quando ci avvicinammo, alzò lo sguardo.

«Trovato qualcosa?» chiese.

Mi lasciai cadere accanto a lui e gli diedi un bacio

sulla guancia. «Non ancora. Tuo fratello ha un talento incredibile, devo pensare a qualcosa che sia degno di lui.»

Theo scosse il capo, le grosse braccia incrociate sopra la t-shirt nera.

«Tutto quello che vuoi, lui può farlo,» disse Jonah, mettendo infine via il suo telefono.

I fratelli si scambiarono uno sguardo, quello di Theo che lo scrutava con attenzione. «Stasera ci vediamo con Dena e Oscar,» disse. «Ci stai ancora?»

Jonah fece un sorrisetto amaro, un'espressione così insolita per lui che dovetti sbattere le palpebre per due volte. «Non c'è bisogno di attenersi ad alcuna routine adesso,» disse. «Che senso ha? Ti mando un messaggio e ti faccio sapere.»

Theo fece cadere le braccia lungo i fianchi. «Oscar e Dena si aspettano di uscire...»

«Non ho detto no, ho detto *ti faccio sapere*.»

I due fratelli si fissarono l'un l'altro, poi Jonah si riscosse e fece una risata arrabbiata. Si alzò e varcò la porta senza rivolgermi nemmeno un'occhiata.

Feci un debole sorriso a Theo. «Ci sentiamo presto.»

Lui mi afferrò un braccio con forza, per poi allentare la presa ma senza lasciarmi andare. «Se hai bisogno di me... se lui ha bisogno di me, chiamami subito. Okay?»

Feci per protestare, invece mi ritrovai ad annuire. «Okay,» risposi con un filo di voce.

Uscii dal Vegas Ink e salii sul pick-up di Jonah, che si trovava nel parcheggio con il motore già acceso.

Lui non mi guardò quando chiusi la portiera, e a quel punto non ce la feci più.

«Che diavolo sta succedendo?» domandai. «Te ne sei andato e mi hai lasciata lì?»

«Fuori fa caldissimo, cazzo,» disse Jonah. «Sono venuto ad accendere l'aria condizionata.»

«È ottobre,» sbottai. «Ci saranno *forse* venti gradi.»

«Quindi sei qui da tre mesi e improvvisamente sei un'esperta?»

Sgranai gli occhi. Non mi si era mai rivolto così. Neanche una volta. «Che ti è successo?» chiesi. «Sei diverso da dopo l'inaugurazione della galleria. È successo qualcosa? Dale Chihuly ti ha forse detto qualcosa che ti ha turbato?»

Jonah scosse il capo. «No,» disse, addolcendo la voce. «No, niente del genere. Ha detto cose meravigliose sul mio lavoro... non riesco neppure a ricordare le parole ma posso ancora sentirle, se la cosa ha senso.»

«Allora cosa ti disturba? Puoi dirmelo.»

Jonah incrociò il mio sguardo per la prima volta da quelli che mi sembravano giorni, e per un breve istante vidi gli occhi calorosi e marrone scuro dell'uomo che conoscevo. Poi si alzò un muro, e mi strinse la mano.

«Non mi disturba nulla. Perché non ho niente da fare. Niente più lavoro. Stasera ho voglia di vegetare e guardare un film. Qualche classico degli anni Ottanta da suggerire?»

Annuii piano. «Ho noleggiato il DVD di *L'aereo più pazzo del mondo*.»

«*Certamente non puoi essere serio!*»

«*Sono serio*,» risposi senza convinzione. «*E non chiamarmi Shirley*.»

Era una versione goffa e penosa del nostro solito umorismo. Una patetica imitazione delle nostre tipiche battutine.

Forse ha solo bisogno di farsi una bella risata, pensai.

Una volta arrivati a casa mia, ci incamminammo sulle scale esterne in cemento che portavano al secondo piano. Le chiavi erano finite in fondo alla mia borsetta. Solo quando riuscii a fatica a tirarle fuori mi resi conto che Jonah non era più dietro di me.

Mi voltai. Il piccolo pianerottolo era vuoto. «Jonah?»

Tornai indietro da dov'ero venuta, quasi in punta di piedi.

Era seduto a metà delle scale, con la schiena rivolta verso di me. Il modo in cui le sue spalle si alzavano e si abbassavano, così rapide, mi fece attorcigliare le budella per l'orrore come un vapore velenoso.

Non riesce a respirare.

Scesi di nuovo le scale con gambe di piombo, aggrappandomi alla ringhiera di metallo arrugginito. Mi sedetti accanto a lui, imponendomi di rimanere calma e di non alimentare il panico.

«Ehi.»

Aveva i gomiti posati sulle ginocchia, le mani e la testa a ciondoloni mentre inspirava l'aria. «Ho cercato di salirle troppo velocemente,» disse tra un respiro e l'altro. Gettò indietro la testa, con l'aspetto di chi aveva appena corso uno sprint di cinquanta metri.

«Va tutto bene,» dissi. «Sono qui.»

La mia mente ripensò a ogni volta in cui Jonah aveva salito le scale, o sollevato un pesante cannello, o fatto l'amore con me in modo energico. Ogni occasione in cui era rimasto senza fiato, per il danno che la CAV stava facendo al suo cuore. Ma non si era mai protratta così. Si era sempre ripreso in fretta.

Sempre.

«Ho mentito,» disse Jonah, come se mi avesse letto

nel pensiero. Stava recuperando il respiro con lentezza, un'inspirazione alla volta. «Non stavo andando troppo veloce. Stavo camminando.»

Mi guardò, inspirando, espirando, il sudore che gli imperlava la fronte, e i suoi occhi… oh Dio, la paura che vidi nei suoi occhi. Un cattivo presagio che mi terrorizzò fin nel profondo dell'anima. Distolse lo sguardo, e senza un'altra parola si tirò su in piedi e iniziò a salire di nuovo le scale. Un piede su uno scalino. Poi l'altro. Avrei voluto toccarlo, aiutarlo, ma non potevo. Non potevo ammettere a me stessa che aveva bisogno di aiuto.

Una volta entrati in casa, andò in cucina e si versò dell'acqua. Si accasciò contro il ripiano, inspirando a fondo e in modo regolare.

«È la prima volta che succede?» chiesi, il mio stesso respiro che non scendeva sotto la gola.

«No,» rispose. «Va e viene. Da prima dell'inaugurazione.»

«È stata nove giorni fa,» dissi. «Hai…?»

Le parole mi si strozzarono in gola con un singulto, mentre Jonah rovesciava il contenitore di medicine suddivise giorno per giorno sul bancone. Le pillole e le capsule si sparsero in un'ondata di blu, bianco e arancione, rotolando e picchiettando sul pavimento di linoleum a buon mercato.

Mi paralizzai in salotto, incapace di parlare.

«Pensavo…» Jonah si mangiò le parole, le ingoiò, poi le risputò fuori tutte d'un fiato. «Pensavo che sarebbe stato abbastanza. Ma è solo vetro, cazzo. È della merdosa sabbia riscaldata. A chi cazzo importa?»

«Di cosa stai parlando?» dissi, ritrovando la voce. «Il tuo lavoro? È bellissimo…»

«È una cazzata. Non significa niente. Non è importante.»

«Certo che lo è.»

Esplose in una risatina incredula. «No, Kace. No. *Tu* sei importante. Sei la cosa più importante della mia vita, e io sono stato così *stupido* a pensare… a sperare…»

Lasciò la frase in sospeso e scosse il capo, le labbra premute insieme, gli occhi che brillavano.

«Non parlare così,» riuscii a dire dopo un breve silenzio. «Ti sei stancato, e allora? Hai avuto una settimana estenuante, culminata in un evento enorme. Mi sono sentita allo stesso modo dopo il mio primo grande concerto.»

Andai in cucina e mi accucciai, raccogliendo le pillole. Erano dappertutto, e le lacrime nei miei occhi le confondevano in piccole macchie blu, bianche o arancioni. Recuperai il contenitore che era scivolato sotto il frigorifero e ci rimisi dentro le medicine. Tutte le pillole sbagliate nei giorni sbagliati, ma avrei potuto sistemarle. Avrei potuto sistemare tutto. Conoscevo il suo regime. Sapevo cosa andasse dove. Potevo sistemarlo.

«Non puoi buttarle via,» dissi, tirando su con il naso e asciugandomi gli occhi. «Ne hai bisogno. Sono importanti.»

Jonah si voltò per posare i palmi delle mani sul bancone dietro di lui, la testa a ciondoloni, le parole che scivolavano fuori. «Non stanno funzionando.»

«Sì, invece.»

«Kacey…»

«*Tu non ti arrendi,*» strillai, facendolo sobbalzare. Facendo sobbalzare *me* per l'isteria che si celava sotto la superficie. Lo fissai, piena dell'ostilità che era appena fuoriuscita da lui. «Sei *stanco*, ecco tutto. Vai a farti un pisolino. Impila i cuscini sul mio letto e fai un pisolino. Io ripulisco qui e ordino la cena. Ci guarderemo quel film e ci spaccheremo dalle risate, okay?»

Non mi rassicurò né mi disse che avevo ragione. Si tirò su dal bancone e andammo in camera mia. Impilai i cuscini e lui si sdraiò senza protestare, affondando pesantemente nel letto.

Perché è stanco e ha bisogno di fare un pisolino, pensai, chiudendo le imposte. *Ecco tutto*.

Si gettò un braccio sugli occhi, senza dire nulla. Ero sulla porta quando mi chiamò.

«Sì?» Mi aggrappai al telaio della porta.

«Mi dispiace,» disse da sotto il braccio. Adesso sembrava davvero distrutto. Tremendamente esausto. «Mi dispiace tanto, cazzo.»

«Non c'è nulla di cui dispiacersi. Riposati e basta. Ti sentirai meglio dopo un pisolino.»

Tornai in cucina. C'erano ancora delle pillole sparse dappertutto. Le recuperai, le raccolsi e le infilai nel contenitore alla bell'e meglio. Il coperchio era rigonfio. Le pillole mi caddero dalle mani tremanti e rotolarono di nuovo via. Corsero via da me. Tutto stava scivolando via da me. Scivolai contro lo sportello del frigorifero e mi accucciai con le ginocchia al petto, singhiozzando nelle mani premute sopra la bocca.

Piansi molto, grandi singhiozzi che mi strozzarono e soffocarono. Piansi finché non mi fece male la faccia. Sapevo che era rossa e segnata dalle lacrime, gli occhi gonfi. Dovevo smetterla prima che Jonah si svegliasse e mi vedesse così.

Afferrai le ultime pillole da terra e mi rialzai, tremante. Posai con cautela il contenitore sul bancone, poi mi sciacquai il volto nel lavello con l'acqua fredda. Mi tamponai il viso con un canovaccio e tornai in punta di piedi verso la mia stanza.

Jonah stava dormendo, senza più il braccio a coprirgli gli occhi. Le sue palpebre chiuse erano lisce, il suo respiro profondo e regolare. Sulla sua fronte c'era solo un piccolissimo cipiglio, come se qualunque cosa lo stesse turbando lo avesse seguito nel sonno.

Tornai in salotto e ripescai il cellulare dalla borsa. Avrei ordinato una pizza. Vegetariana. Per lui era meglio. O magari un'insalata. Troppo formaggio su una pizza...

Aprii la rubrica e selezionai un nome. Mi rispose una voce profonda e burbera.

«Teddy,» sussurrai, le lacrime che mi riempivano di nuovo gli occhi. «È iniziato.»

Parte Tre

Un uomo che vive pienamente è pronto a morire in qualsiasi momento – Mark Twain

CAPITOLO 39
Kacey

Il giorno dopo, Jonah venne ricoverato al Sunrise Medical per una biopsia miocardica. Qualcuno, non ricordavo chi, mi aveva detto che era una procedura in day hospital, ma il suo dottore, il dottor Morrison, voleva che Jonah passasse la notte lì per altri esami. Analisi dei reni e pannello epatico, e un ECG.

«Lei è la sua ragazza?» domandò il dottor Morrison in corridoio fuori dalla stanza di Jonah. Theo era in piedi accanto a me.

«Sì,» dissi, stringendomi le braccia. «Kacey Dawson.»

«Piacere di conoscerla, Kacey,» disse il dottor Morrison. Era un uomo adorabile, con una barba brizzolata e occhi attenti e gentili. Mi piacque all'istante, ma mentre ci scambiavamo convenevoli nella mia mente gli stavo urlando contro...

Lo aggiusti.

Lo faccia stare meglio.

Me lo restituisca.

Il dottor Morrison ci illustrò ciò di cui Jonah

avrebbe avuto bisogno mentre si riprendeva dalla biopsia. «L'ideale sarebbe che qualcuno rimanesse con lui per le ventiquattr'ore dopo la procedura. Presumendo che venga dimesso domani mattina come previsto.»

«Perché non dovrebbe essere dimesso?» chiesi.

«Al momento non c'è alcun motivo. Aspettiamo che arrivino i risultati degli esami e da lì vedremo, okay?»

A quel punto ci lasciarono entrare nella stanza di Jonah. Era disteso a letto in posizione reclinata, con una flebo di liquido chiaro appesa dietro di lui e collegata alla sua mano destra, l'ago fissato con un pezzo di scotch appena sopra il braccialetto medico. Ci rivolse uno sguardo in saluto. Era stato cupo e silenzioso per tutta la mattina. Inaccessibile. Io e Theo ci sedemmo ciascuno da un lato del letto, e lui non guardò nessuno dei due, bensì fece zapping tra i canali della TV silenziata appesa alla parete, con fare assente.

«Mamma e papà stanno arrivando,» disse Theo.

«Non c'è bisogno che vengano.»

«Sei in ospedale,» ribatté suo fratello, contenendo a fatica una nota stridula nella voce. «Credi che nostra madre resterà a casa?»

Jonah fece spallucce e non disse nulla.

«Oscar mi ha mandato un messaggio,» proseguì Theo. «È al lavoro e vuole venire. Sia lui che Dena. Ho detto loro che non è un'emergenza.»

«Bene.»

Posai la mano sopra quella di Jonah, facendo attenzione alla flebo. Lui non reagì, non si mosse per prendere la mia mano né mi guardò. Mandai giù il dolore che ruggiva dentro di me. *Non sono abbastanza forte per questo. Non lo sono, non lo sono, non lo sono...*

Theo incrociò il mio sguardo, fissandomi con intensità. Come quello di Lola, pronto e in attesa che crollassi proprio poco prima di un grande concerto, solo che stavolta la posta in gioco era un miliardo di volte più alta.

Sapevo sarebbe successo, mi dissi. *Ero* consapevole *che non sarebbero state lunghe passeggiate sulla spiaggia di San Diego e fare l'amore tutta la notte, ogni notte. È questo. È reale, e adesso tu resterai al suo fianco e sopporterai, cazzo.*

Solo che non avevo davvero pensato che saremmo davvero arrivati a questo punto. Mi ero sempre aggrappata a una piccola fiammella di speranza, e adesso si stava spegnendo.

Un'infermiera e un tecnico portarono dentro un carrello, e Theo si alzò per lasciare loro spazio. Mentre il dottor Morrison e il tecnico si occupavano delle macchine, il dispositivo che teneva traccia del battito di Jonah suonò più velocemente, tradendo l'espressione impassibile del suo volto.

«Ehi,» sussurrai.

Lui annuì, lo sguardo fisso davanti a sé.

«Vuoi tenermi la mano?»

«La spezzerei.» Voltò la testa sul cuscino e mi guardò per la prima volta in tutta la mattina. Tra i lineamenti freddi e piatti del suo volto, gli occhi erano segnati dal terrore. Perché stava succedendo. Eravamo a quel punto terrificante, ed era peggio, molto peggio, di quanto avessi mai potuto immaginare.

Non posso, non posso, non posso...

Lasciai andare la sua mano. «Magari Theo, allora...»

Il mento di Jonah si sollevò appena, poi ricadde.

Lasciai il mio posto a Theo. Questi gli prese la mano e li guardai scambiarsi un'occhiata. Solidarietà.

Theo sapeva cosa fare, e Jonah confidava che lui lo facesse.

Il tecnico gli fece una puntura di anestetico al collo, appena sopra la clavicola, mentre il dottor Morrison preparava uno strumento dall'aspetto orribile.

«D'accordo, Jonah,» disse il dottor Morrison, «sentirai una lieve puntura e poi un po' di pressione.»

«Bugiardo,» disse Jonah, l'intero corpo in tensione e le nocche bianche che stringevano la mano di Theo.

«Mi dichiaro colpevole,» disse Morrison, lo sguardo che saettava dalle sue mani al monitor che mostrava le riprese della piccola telecamera, che adesso stava penetrando lungo la giugulare di Jonah. E potei vedere tutto. Potei vederla all'interno del corpo di Jonah, dove imboccò una stretta strada oscura verso il cuore che lo stava tradendo.

«Ci siamo quasi,» disse il dottor Morrison. «Stai andando benissimo. Cerca di stare rilassato.»

«Espira,» mormorò Theo. «Non trattenere il fiato.»

Jonah fece uscire l'aria dal naso, tenendo i denti serrati. Il monitor cardiaco continuava a segnalare novantotto battiti al minuto.

«Eccoci,» disse il dottore, e Jonah chiuse gli occhi.

Attraverso il catetere, Morrison inserì un biotomo: un dispositivo con piccole pinzette sulla punta. Questo prelevò un pezzetto del tessuto cardiaco di Jonah, poi ritornò indietro lungo la vena.

Jonah fece un suono profondo di petto, e io dovetti premermi le mani sulla bocca per non fare lo stesso.

«Eee... ci siamo.» Il dottor Morrison si avvicinò al vassoio su ruote. Il tecnico mise il piccolo pezzo di tessuto cardiaco in un contenitore e lo etichettò per portarlo al laboratorio, mentre l'infermiera si dedicava al punto dell'incisione. Morrison si sfilò i guanti di lattice blu e li gettò in un contenitore per i rifiuti.

«Sei stato bravissimo,» disse, dando una pacca alla gamba di Jonah. «Ah, e ci sono i tuoi genitori.» Fece un sorriso caloroso a Henry e Beverly sulla soglia della porta. «Abbiamo appena finito. Dovremo avere i risultati domani mattina.»

«Magnifico,» disse Beverly con un sorriso teso e nervoso. Mi fece un cenno di saluto con il capo e andò al fianco di Jonah. «Come stai, tesoro? Hai un aspetto magnifico.»

«Sono stanco,» disse Jonah, con lo sguardo nel vuoto. «Adesso vorrei riposarmi un po'.»

«Oh.» Beverly deglutì. «Ma siamo appena arrivati...»

«Ha bisogno di riposare,» disse Henry. Prese sua moglie per le spalle. «Forza, Beverly. Tutti quanti. Lasciamolo dormire. Possiamo fargli visita tra qualche ora...»

«No,» disse Jonah. «Domattina. Tornate domattina.»

«Domattina?» La mano di Beverly si aggrappò al colletto del cardigan che indossava.

«In attesa dei risultati di alcuni esami, terremo Jonah in osservazione questa notte,» disse il dottor Morrison. «Solo per precauzione.»

Nessuno si mosse. Gli sguardi saettarono da una parte all'altra, finché il dottore non si schiarì la voce e fece un gesto deciso verso la porta. Uscimmo tutti fuori, e io aspettai che Jonah mi guardasse o mi richiamasse. Non lo fece.

In corridoio, i Fletcher fecero delle domande. Theo rispose. Il dottor Morrison elaborò. Io rimasi in un silenzio attonito, ascoltando il cigolio delle scarpe di gomma sul linoleum mentre le infermiere ci passavano accanto. Dei macchinari suonarono in allarme e una voce in un interfono chiamò un medico.

«Kacey?»

Sobbalzai. Mi stavano tutti fissando. Il sorriso di Beverly era una smorfia glaciale, i suoi occhi pieni di panico. «Resterai con Jonah dopo che verrà dimesso, domani?»

«Certo,» dissi, consapevole dello sguardo di Theo su di me. «Infatti, dovrei andare a casa e preparare un paio di cose per restare da lui...»

Gli occhi color whisky di Theo incrociarono i miei. Nel suo sguardo implorante potei sentire l'eco di una precedente conversazione.

Te ne andrai...

Scossi il capo verso di lui, come se avesse parlato a voce alta. «Vado a preparare una borsa,» dissi. «Poi tornerò. Lo farò... io...»

A quel punto, Beverly posò una mano sul mio braccio. «Sai, Kacey, ho voglia di un caffè. Ti uniresti a me?»

Inspirai e annuii. «Sì, certo. Sicuro.»

Con la sua mano ancora agganciata al mio gomito, ci dirigemmo alla mensa al primo piano. Un luogo che di solito associavo alla scuola, pieno di risate, gridolini e chiacchiere a voce alta. La mensa dell'ospedale era poco popolata e silenziosa come una biblioteca. Solo un paio di persone occupavano i tavoli e stavano mangiando in silenzio. Uno o due pazienti in sedia a rotelle sedevano con delle infermiere o dei membri della famiglia.

Beverly si sistemò a un tavolinetto accanto alla finestra mentre io prendevo due tazze di caffè. Restammo sedute senza berlo per un lungo istante di silenzio, osservando degli uccellini neri che saltellavano per il cortile sottostante.

«È difficile per te essere qui, vero?» disse Beverly dopo un istante. «È difficile per tutti noi, ma a differenza tua, noi conosciamo Jonah da tutta la vita. Prima del virus. Prima del trapianto. Ma tu lo hai conosciuto appena pochi mesi fa. Quando era già ammalato.»

Annuii.

«Ed eccoti qui,» disse. «Era ammalato quando lo hai conosciuto, eppure eccoti qui. È una cosa straordinaria, credo, cominciare così vicino alla fine.»

«Io... ho paura.» Posai la tazza prima che le mie mani tremanti la facessero rovesciare. «Non credo di essere abbastanza forte.»

«Posso raccontarti una storia, cara?» Il suo tono voleva dire: "ti racconterò una storia e tu starai a sentire". Ma la accolsi con piacere. Mi serviva una distrazione. Avevo bisogno che le parole di qualcun altro spingessero via la paura e il panico che mi stavano rimbalzando tra i pensieri come lampi.

«Quando è nato Jonah, io sono cambiata. In profondità. Per sempre. Penso che sia così per ogni neomamma. Trascorri nove mesi portando quell'esserino dentro di te, quel piccolo estraneo, finché infine nasce, e vedi il suo volto...»

Il suo sguardo era fisso oltre la finestra, oltre gli uccellini, a un istante di ventisei anni prima. «Quando ho visto il volto di Jonah per la prima volta, è stato come rivedere qualcuno dopo una lunga assenza. Non un incontro, ma un ricongiungimento.»

Si allungò verso di me e mi diede una breve pacca sulla mano. «Amo entrambi i miei figli allo stesso modo, ovvio. Ma sono così diversi. Io e Theo abbiamo trascorso tutta la vita a imparare a conoscerci, e non è mai stato semplice. Ma con Jonah è stato spontaneo.»

Beverly aggrottò le sopracciglia, come se stesse cercando di ricordare qualcosa che aveva ormai dimenticato. «Avevo già conosciuto Jonah. So che è così. Chiamala reincarnazione o come ti pare. Non sono religiosa, e neppure particolarmente spirituale. Ma non posso fare a meno di sentire che l'universo è un luogo immenso, e che l'anima di un essere umano è infinita, anche se il corpo è temporaneo.» Annuì tra sé e sé, adesso più sicura. «Avevo già conosciuto Jonah, e so che lo rivedrò di nuovo. E questo mi dà conforto. Non molto, ma almeno un po'.» Si voltò verso di me. «E tu, Kacey. Tu mi dai conforto. Molto più conforto di qualunque altra cosa in questi giorni.»

Mandai giù il groppo incastrato nella mia gola, ma comunque non riuscii a muovermi. Le parole di Beverly mi avvolsero e mi strinsero finché non riuscii a sentire altro che la sua voce e il battito del mio cuore che martellava nel petto.

«Sono certa che sai che Jonah aveva una ragazza seria al college,» disse.

«Audrey.»

«Sì. Ragazza carina, ma seria. Ambiziosa. Era... precisa riguardo a come voleva che fosse la sua vita.» La bocca di Beverly divenne una linea sottile, e la sua voce si fece più dura. «Ero arrabbiata con lei per aver lasciato Jonah quando aveva più bisogno di lei. Furiosa. Ma vuoi sapere una cosa strana? Il giorno dopo che ha lasciato il Paese, *proprio il giorno dopo*, abbiamo ricevuto la chiamata per un donatore compatibile. Non è assurdo?»

Non dissi nulla. Non era necessaria alcuna risposta, comunque.

«Jonah era in sala operatoria quando lei se ne andò. Cercai di pensare a dei modi per riferirgli la notizia e consolarlo. Ero certa che ne sarebbe stato devastato. Tradito. Eppure, se ripensavo al loro tempo insieme, non riuscivo a ricordare nulla che qualificasse quella come una perdita. Nulla di significativo in *tre anni*. Il suo sguardo non si illuminava quando la guardava. La sua voce non cambiava quando pronunciava il suo nome. Non aveva mai parlato di lei con... ammirazione. Solo fatti.

"Io e Audrey stiamo pensando di andare a Cabo. Io e Audrey andremo all'inaugurazione di una galleria. Io e Audrey andiamo a cena con degli amici..." Era una cronaca di fatti irrilevanti.» Mi guardò, e il suo sorriso si contrasse con imbarazzato rimorso. «È meschino e indelicato, ma è la verità.»

«Capisco.»

«Il suo cuore non sta bene adesso, ma sotto altri punti di vista è molto più in salute. Punti di vista per cui avevo sempre sperato quando stava con Audrey, ma che non avevo mai visto.»

Avvertii una stretta al petto, l'aspettativa di qualcosa che avevo bisogno di sentire, qualcosa che mi avrebbe salvata dal mio vacillante coraggio.

«Jonah ha sempre insistito che non parlassimo di cose da fare prima di morire,» disse Beverly. «"Non farmi una lista dei desideri, mamma". Ma noi madri... abbiamo tutte la nostra lista personale per i nostri figli, speranze che nutriamo per loro. Sogni e aspirazioni. La mia lista è piena, e tutte le cose che Jonah potrebbe non sperimentare mai pesano su di me. Davvero molto. Un matrimonio, figli suoi...» Mi guardò, le labbra le tremavano e gli occhi brillavano. «Innamorarsi ed essere ricambiato. Questa è la più pesante di tutte. Ma adesso ci sei tu. E il modo in cui parla di te...» I suoi occhi si riempirono di lacrime che non riuscì più a contenere. «Il suo sguardo si illumina e la sua voce si trasforma quando pronuncia il tuo nome. Il suo sorriso quando entri in una stanza è una delle cose più belle che io abbia mai visto.»

Un calore pungente iniziò a propagarsi dentro di me, riscaldandomi dal brivido glaciale della paura e del dolore. Beverly si allungò verso di me, mi asciugò una lacrima dalla guancia e mi prese il mento.

«E sai cos'è anche più bello di quello, Kacey? Il *tuo* sguardo si illumina quando mio figlio è nei paraggi. La *tua* voce si trasforma quando pronunci il suo nome. E il sorriso che hai quando lo guardi e pensi che nessuno ti stia osservando... Quelli sono doni per cui non sarò mai in grado di ringraziarti. Sapere che il mio Jonah è amato. Lascerà questo mondo amato, vero?»

Annuii, le lacrime che mi scorrevano dagli occhi. «Sì,» sussurrai. «È amato, e sarà amato per sempre.»

Il sorriso di Beverly brillò tra le lacrime come un raggio di sole attraverso la pioggia. «Meraviglioso.» Mi diede una piccola pacca sulla guancia e lasciò cadere la mano. «Posso spuntarlo dalla mia lista, allora.»

CAPITOLO 40
Jonah

Sei settimane

Il dottor Morrison mi illustrò tutto. I risultati della biopsia erano come mi aspettavo: l'ispessimento delle arterie stava accelerando, e gli esami del sangue mostravano che il numero degli anticorpi che il mio sistema immunitario aveva sviluppato contro il cuore trapiantato stava aumentando vertiginosamente. Il collasso cardiaco era imminente. Ero di nuovo sulla lista dei trapianti con uno status di emergenza, ma per aggiungere danno alla beffa gli immunosoppressori avevano messo a dura prova i miei reni, compromettendo le mie chance di un secondo trapianto. Agli occhi del Consiglio, non ero un candidato papabile.

Sei settimane. Non più mesi.

Manciate di giorni.

Poco più di un migliaio di ore.

Ma in quelle ore, migliaia e migliaia di momenti...

Fissai i granelli di polvere che danzavano in un raggio di sole mattutino che filtrava dalla finestra. Luce vera e calda, rispetto alla violenta illuminazione dei neon sopra di me.

Il dottor Morrison si protese sul letto per posarmi una mano sopra il polso. «Jonah.»

Inspirai a fondo, ed espirai con un burrascoso sospiro di sollievo, come se qualcosa di pesante che mi aveva premuto sul petto adesso se ne fosse andato.

La mano del dottore si strinse sul mio braccio. «*Jonah*?»

«Sto bene,» dissi, voltandomi verso di lui. «Molto bene, a dire il vero. Sapere la verità nuda e cruda... è meglio. Mi sento meglio.»

Stranamente, riuscivo a respirare di nuovo. Quel contorto intreccio di ansia, paura e terrore stava svanendo. Le mie emozioni erano state in caduta libera per una settimana, da quando mi aveva colto il primo accenno di immotivato affaticamento, appena prima dell'inaugurazione della galleria. Kacey aveva detto che passavo da un eccesso all'altro, ma quello descriveva a malapena la mia gamma di emozioni. Cambiavo umore all'improvviso, arrabbiato e in preda al rimorso, spaventato da morire e smanioso di fare pace. Passavo attraverso i cinque stadi del dolore, uno dopo l'altro, ognuno dei quali durava meno di un minuto, poi ritornavo al principio e ricominciavo. Avevo dovuto allontanare tutti la notte precedente, persino Kacey, per poter far fronte all'inevitabile.

A quel punto guardai il dottor Morrison, un senso di pace che mi pervadeva, e un profondo sollievo dalle caotiche emozioni degli ultimi giorni.

«Vorresti parlare con qualcuno?» mi chiese il

dottor Morrison. «Uno psicologo, magari? O il cappellano?»

«Vorrei sporgere un reclamo con la commissione sanitaria,» dissi. «Peggior. Biopsia. Di sempre.»

Lui ridacchiò. «Sei sempre stato uno dei miei pazienti preferiti, Jonah. Sempre.» La sua risata si placò. «Mi sono già preso la libertà di spiegare la situazione.»

«Grazie,» dissi. «Non è la parte migliore del suo lavoro, immagino.»

«Non lo è mai. Ma loro sapevano che era una probabilità e la stanno prendendo bene. O meglio, bene quanto ci si possa aspettare. Sono qui fuori in attesa.»

«Dena e Oscar?» chiesi.

Il dottor Morrison annuì. «Anche Tania.»

Annuii. «E la mia ragazza?»

Sorrise. «Lei è qui.»

«Sono qui,» gli fece eco una voce sulla porta. Kacey era sulla soglia, con una mano sullo stipite della porta. Il volto pallido, gli occhi gonfi e arrossati, i capelli legati in una coda di cavallo disordinata da cui erano sfuggite varie ciocche. Era così incredibilmente bella che a malapena riuscivo a respirare.

«Fuori dai piedi, doc,» dissi.

«Con piacere.» Lui si alzò, e Kacey gli passò accanto di corsa, buttandomi le braccia al collo come meglio poteva su quel letto e seppellendo il volto nel mio collo.

«Devo dirti una cosa,» disse, la voce ovattata.

«Anch'io devo dirti una cosa.» La allontanai quanto bastava per guardarla, per scostarle i capelli appiccicati alle guance dalle lacrime, come fibre di vetro. «Sono stato un tale stronzo con te, Kace. Mi dispiace. Stavo dando di matto. Ogni istante avvertivo un'emozione diversa e...»

«Ti amo,» disse lei.

La fissai.

«Ti amo,» ripeté. «Sono innamorata di te.»

Le sue parole mi penetrarono nel cuore. Non l'organo malfunzionante nel mio petto, ma la parte di me che batteva per lei, che viveva per lei. Mi sentii ricolmo di calore e di una felicità che non pensavo fosse possibile provare. Non in un momento come quello. Non in un luogo come quello.

La mano di Kacey scivolò sulla mia guancia, gli occhi che si riempivano di lacrime. «Il tuo volto in questo preciso istante? Mai in un milione di anni mi sarei immaginata che un uomo mi guardasse come mi stai guardando tu proprio adesso. Ti amo,» ripeté. «So che vuoi proteggermi, e non funzionerà. E ti amo ancora di più per questo. Non puoi tenermi a distanza di sicurezza. Te l'ho detto, non c'è alcuna distanza di sicurezza. Non c'è mai stata.»

«Hai ragione,» sussurrai. «Non c'è mai stata. Ti amo. Ti amo così tanto...»

Lei abbassò di nuovo la testa, posandola proprio sul punto dolorante dall'incisione, ma non mi importava. Amore e dolore, volevo tutto.

«Ti amo,» dissi. «Dio, non avrei mai pensato che mi sarebbe successo.»

«Ma così è stato,» sussurrò lei. «È successo, e adesso tutto ciò che possiamo fare è prenderci cura l'uno dell'altra. Vivere ogni piccolo istante, giusto? Come ci siamo promessi. I piccoli istanti. Ne abbiamo così tanti. Migliaia e migliaia.»

«Troppi per poterli contare,» dissi. Tirai su con il naso con forza, mentre le mie braccia la cingevano e la tenevano stretta. Il più stretta possibile, e le baciai i capelli. «E questo qui è... il momento migliore della mia vita.»

Ci tenemmo stretti a lungo, e ripensai alle scelte che Kacey aveva fatto per giungere a quel momento. Per essere lì con me, sapendo che non sarebbe durata.

«Sei così coraggiosa,» dissi. «La persona più coraggiosa che conosca.»

«Niente affatto,» disse lei. «Coraggiosa o spaventata a morte, non ho altra scelta che amarti.» Sollevò la testa e tirò su con il naso. «È tutta colpa tua, a dire il vero. Sei così dannatamente amabile.»

Feci una breve risata. «Pensavo di essere un simpaticone testardo.»

«Anche quello.» Si asciugò gli occhi. «Ci sono un paio di persone in corridoio che vogliono dirtene quattro. Posso farle entrare?»

Annuii, sorridendo. «Sì. Tutte quante. Li voglio tutti.»

Entrarono tutti, i miei migliori amici, i miei genitori, mio fratello. Osservai la cerchia di persone che più amavo e richiamai alla mente il discorso che avevo provato un centinaio di volte negli ultimi sei mesi. Pensavo che lo avrei recitato da solo. Che avrei dovuto affrontare l'inevitabile a mani vuote. Ma Kacey Dawson era lì, le dita intrecciate alle mie. Non ero solo, e le mie mani non erano vuote.

Mi schiarii la gola dolorante. «Okay ragazzi, il piano è che non c'è alcun piano. Niente viaggi. Niente avventure. Niente lista dei desideri. Questo è quello che voglio: passare del tempo insieme. Facciamo dei barbecue e delle colazioni. Una bella cena in un ristorante elegante, o colazione da Mulligan's. O dei cupcake da un distributore. Parliamo, raccontiamoci battute stupide, ridiamo un sacco e... viviamo.»

Cenni di assenso e mormorii assenti.

«Quello che *non* voglio è che mi venga chiesto come mi sento un centinaio di volte al giorno,» dissi. «Prometto che ve lo dirò se avrò bisogno di qualcosa, ma tutto ciò di cui potrei mai aver bisogno o che potrei volere è proprio qui in questa stanza. Siete gli amori della mia vita. Non voglio altro che stare insieme a voi quanto più possibile. In questo modo, quando arriverà il momento...» Deglutii a fatica, la vista che offuscava i volti dei miei cari. «Non dovrete preoccuparvi se sono stato felice. O se abbia dei rimpianti. Non ne ho.» Guardai verso Kacey, la mia bellissima ragazza, e toccai la sua guancia segnata dalle lacrime. «Nessun rimpianto.»

«Nessuno,» sussurrò. Si baciò le punte delle dita e me le portò alle labbra.

Mi concessi un istante per ricompormi, poi mi asciugai rapido gli occhi.

«Quindi, eccovi il mio grande discorso. Vi amo tutti, e questo è quanto. Adesso andiamocene da qui.»

Il mio pubblico fece una lieve risata tra sospiri e colpi di tosse, e fu come se un'orribile tensione li avesse abbandonati. Non volevo alcuna impassibilità da macho né che si trattenessero. Volevo che fossero davvero loro stessi e nient'altro.

Volevo i loro momenti.

CAPITOLO 41

Jonah

Due giorni dopo, Theo venne a casa mia nel tardo pomeriggio.

«Dov'è Kacey?» chiese.

Gli porsi una birra dal frigo e per me presi un tè verde. «È a fare la spesa.»

Theo annuì, lasciandosi cadere sul divano. «Stasera non lavori?»

«Mi sono dimesso oggi,» dissi, sedendomi all'altra estremità. «Harry mi ha chiesto se fossi stato arruolato da un'altra azienda di limousine.»

«Cosa gli hai detto?»

«Che il suo è l'unico servizio di limousine con cui avrei lavorato in tutta la mia vita.»

«Cazzo, Jonah...»

«Che c'è?» dissi, sorridendo. «Avanti, era un po' divertente.»

Theo fece uno sbuffo con il naso, rigirandosi la birra tra le mani. «Morrison ha detto che i tuoi reni sono andati.»

«A quanto pare,» dissi.

Lui mi guardò. «Ed è per questo motivo che non sei in cima alla lista dei trapianti.»

«So dove vuoi andare a parare.»

«Sto solo dicendo che potrei darti un rene,» disse Theo. «Sarebbe compatibile. Il tuo corpo non lo rigetterebbe perché abbiamo lo stesso sangue. Siamo fratelli. Sei mio fratello...» La sua voce si spezzò. Sedette con le spalle curve, i gomiti posati sulle ginocchia. Aspettai finché non si fu ricomposto e gli posai una mano sul braccio.

«Alla fine le medicine lo distruggerebbero, e nel frattempo il mio corpo distruggerebbe il secondo cuore grazie al mio merdavigliosamente raro tipo di tessuto.» Gli diedi una pacca sulla spalla. «Perciò tieniti i tuoi dannati organi interni.»

A quel punto lui rise. Una risata flebile, ma vera. «D'accordo. Ma di' solo una parola e sarà tuo. Qualunque cosa tu voglia o di cui tu abbia bisogno... se posso dartela, è tua. Okay?»

«Potrei avere un favore da chiederti.»

La sua testa scattò verso l'alto. «Qualunque cosa. Dilla, dammi *qualcosa*...»

Ma in quell'istante il pomello della porta si mosse. Gli rivolsi uno sguardo, sollevando un dito. «Non adesso...»

Kacey varcò la porta, le braccia cariche di buste della spesa. «Ehi, i miei due uomini preferiti al mondo in un unico posto. Dev'essere il mio giorno fortunato.»

Theo si alzò per prenderle le borse. Lei sorrise e gli scompigliò i capelli. Poi si misero a sistemare la spesa, battibeccando con leggerezza per tutto il tempo mentre io rimasi seduto sul divano, e il mio sorriso se ne andò verso un luogo in cui loro non potevano vederlo.

* * *

Cenammo a casa dei miei genitori quella sera, come facevamo ormai quasi ogni sera. Oscar, Dena e Tania erano sempre invitati. Volevo trascorrere quanto più tempo possibile assieme ai miei cari.

Fin da subito, Kacey si mise a chiacchierare con Tania, e Dena andò ad aiutare i miei genitori a preparare i piatti per la cena. Oscar rivolse un'occhiata furtiva verso la cucina e avvicinò la sedia alla mia. Si passò le mani avanti e indietro sopra i jeans, come se fossero sudate.

«Che succede, amico?» domandai. «Sei nei guai con Dena?»

Un sorriso fece capolino sulle sue labbra, poi svanì di nuovo. «No, ma potrei esserlo se non faccio questa cosa nel modo giusto.» Sbuffò l'aria fuori dalle guance e disse: «Voglio chiederle di sposarmi.»

Mi appoggiai allo schienale della sedia, il petto rigonfio di felicità. Ma Oscar era già abbastanza nervoso senza che io riversassi su di lui la mia emotività. Mi finsi del tutto sconvolto. «Ma Oscar, sono solo *sei anni*. Sei sicuro? Non vorrei che corressi troppo...»

«Lo so, lo so.» Fece una breve risata e si passò le mani tra i capelli tagliati corti. «Non ho mai voluto stare con nessun'altra ma non credevo di aver bisogno, o di desiderare, una qualche cerimonia o un pezzo di carta per renderlo ufficiale. Ma vedendo tu e Kacey in queste ultime settimane...» Il sorriso si congelò sul volto di Oscar, gli occhi sbarrati come se potesse bloccare le sue emozioni prima che venissero rivelate. «Quando ami qualcuno tanto quanto io amo Dena, allora te la tieni stretta, giusto? Il più a lungo possibile, il più forte possibile.»

«Sì, amico,» dissi con dolcezza. «Mi pare più che giusto.»

Oscar annuì e ci prendemmo un istante; lui sorseggiò la sua birra e io attesi finché non fu pronto per parlare di nuovo.

«Perciò, quand'è il grande giorno?» chiesi.

«Prima deve dire di sì,» disse Oscar, poi si schiarì la voce. «Ma c'è un'altra cosa di cui voglio parlarti. La data. Voglio che tu ci sia. Che mi faccia da testimone. Las Vegas è la capitale dei matrimoni lampo.» Si bloccò nel vedermi scrollare il capo e muovere le mani. «Cosa?»

«Non puoi fare un matrimonio lampo con Dena Bukhari,» dissi. «Te la immagini la nostra ragazza con l'abito tradizionale iraniano in una pacchiana cappella e con Elvis come officiante? No, no. Con lei bisogna fare le cose per bene.»

Oscar si mosse sulla sedia. «Questo lo so. Ma i suoi genitori sono a Londra e i suoi nonni in Iran. Solo per la questione dei visti ci vorranno sei mesi.»

Mi chinai in avanti e diedi una pacca sulla spalla al mio amico. «Mi basta sapere che accadrà. Sono felice per te, amico. Per entrambi. Dalle il matrimonio che entrambi vi meritate. Io sarò lì con lo spirito.» Gli diedi una stretta al braccio. «Letteralmente.»

Oscar scoppiò a ridere e distolse lo sguardo. «Mi mancherai, amico,» disse alla sua bottiglia di birra.

«Grazie per averlo detto,» risposi, perché sapevo quanto fosse dura per lui farlo. «Mi mancherai anche tu. Entrambi. E sono davvero, davvero felice di sapere che vi prenderete cura l'uno dell'altra.»

«Lei si prenderà cura di *me*,» disse Oscar. «Io trascorrerò il resto della mia vita cercando di non mandare tutto a puttane.»

Risi, e anche lui rise, e superammo quell'ostacolo emozionale come la ruota di un carro che infine riusciva a passare sopra una roccia. Non mi servivano le lacrime di Oscar né sentirmi dire una manciata di parole sentimentali per sapere che teneva a me. Avevo solo bisogno di stargli accanto, e questo bastava.

Dopo il dessert, mio padre picchiettò il bordo del suo bicchiere di vino con il coltello, e tirò fuori un pezzo di carta ripiegato dal taschino della camicia.

«Questa è arrivata con la posta oggi pomeriggio,» disse. «È dalla Carnegie Mellon. Ho immaginato fosse della pubblicità o una qualche lettera prestampata. Per fortuna l'ho aperta.» Si schiarì la voce e iniziò a leggere. «*Gentile signore. Con la presente la informiamo che lei, Jonah Miles Fletcher, ha ottenuto il diploma di Maestro in belle arti presso l'università Carnegie Mellon, e tutti gli onori, benefici e diritti che ne conseguono...*»

C'era dell'altro, ma il tavolo proruppe in ovazioni e applausi, sovrastando la voce di mio padre. Kacey mi gettò le braccia al collo, poi spinse indietro la mia sedia e mi si arrampicò in grembo. Le tenni il volto tra le mani, fissando il profondo blu dei suoi occhi. Lei era così tanto. Avrei potuto trascorrere un migliaio di vite intere e non averne mai abbastanza di lei.

Lei è un universo...

Mi resi conto in quell'istante che il mio lascito di vetro era tremendamente incompleto. La serata volse al termine, iniziò una lenta migrazione verso la porta, con abbracci, strette di mano e cappotti che venivano infilati. Presi Tania da parte.

«Sì, signor Maestro in belle arti?» disse. «Come posso servirla?»

«Falla finita,» dissi. «Non ce l'avrei fatta se non fosse stato per te.»

Lei fece un gesto di sufficienza. «Non è stato nulla.»

«È stato tutto. Ti devo così tanto. E io...»

Si chinò verso di me. «Sì...?»

Sorrisi. «Ho pensato che tanto valeva chiederti un'ultima cosa.»

Tania fece una risata nasale e mi diede un colpetto al braccio. «Sono *molto* costosa, lo sai.»

Le presi le mani tra le mie. «Ci vediamo domani al laboratorio?»

Il suo volto si illuminò. «Una nuova opera?»

«Un'ultima opera,» dissi. «L'opera più importante della mia vita.»

CAPITOLO 42
Kacey

Guidai verso casa di Jonah con le farfalle nello stomaco.

«Per cosa stai sorridendo?» chiese lui.

Gli rivolsi uno sguardo rapido. «Continuo a pensare alla conferma del tuo diploma.» Il che era vero solo in parte. Avevo dei progetti per la serata, e una volta rientrati in casa, lo condussi verso il divano.

«Ho una sorpresa per te,» dissi.

«Prevede che tu sia nuda?»

«Forse,» gli dissi da dietro la spalla, mentre mi dirigevo verso il bagno. «Dammi un minuto.»

Tirai fuori la scatola che avevo nascosto sotto il letto. Dentro c'erano una decina di candele, che sparsi per tutta la stanza, sul comò e sul comodino, due sul davanzale. Una volta spente le luci, la stanza risplendeva per quelle sfere di tenue bagliore giallo.

Il compito era concluso, e chiamai Jonah perché mi raggiungesse.

Si fermò sulla soglia e guardò prima le candele, poi

me. Si appoggiò con l'avambraccio sollevato contro lo stipite, il sopracciglio inarcato. «Ma non sei nuda.»

«Non ancora,» dissi, avvicinandomi a lui e passandogli le mani sopra la t-shirt. «So che dobbiamo andarci piano, perciò ho fatto qualche ricerca.»

«Ricerca,» fece Jonah, circondandomi la vita con le braccia. «Che parola erotica. Che cos'hai ricercato?»

«Sesso tantrico,» sussurrai. Poi scoppiai a ridere. «Oh cielo, sembra davvero ridicolo. Ma ho letto qualcosa al riguardo, e credo possa andare bene per noi. Che sia sicuro.»

Il dottor Morrison non aveva espressamente proibito il sesso, ma erano finiti i giorni in cui Jonah mi prendeva contro il muro in un impeto di passione sfrenata. Avevamo dormito insieme solo due volte da quando era stato dimesso dall'ospedale, e nonostante gli sforzi di andarci piano, in entrambi i casi era rimasto spaventosamente senza fiato. Era come se la CAV avesse accelerato, come un masso che si era avvicinato poco alla volta verso il ciglio di un ripido pendio e adesso stava rotolando giù, e guadagnava via via sempre più velocità.

«Ti va di provare?» chiesi.

«Come se potessi dirti di no.» Si avvicinò e ci baciammo, spogliandoci.

«Vai a sederti sul letto,» gli dissi. «Posizione del loto.»

«Non parlo il *tantrese*.»

«A gambe incrociate.»

Si sedette al centro del letto come indicatogli. Non appena strisciai sopra di lui, i suoi occhi illuminati dalla luce delle candele si sgranarono, e le palpebre gli si socchiusero per il desiderio. Mi sedetti sul suo grembo, avvolgendogli le gambe attorno alla vita, ma non lo presi dentro di me, cosa che in qualche modo sembrò ancora più intima.

«Mi piace,» disse lui contro il mio collo. La sua bocca si spostò sul mio mento. «Baciami.»

«Non ancora,» dissi. «Dobbiamo prima seguire tutti i passaggi.»

«Passaggi? C'è un manuale che posso consultare?»

«Smettila di ridere.»

«D'accordo. Scusa. Il sesso tantrico è una faccenda seria. Il primo passo è...?»

«Primo passo: abbracciami in modo da stare comodo e guardami negli occhi. Da nessun'altra parte.»

Jonah posò le mani sulle mie cosce, e io mi aggrappai alle sue braccia. Fissai dritto nell'intenso velluto marrone dei suoi occhi.

Per non più di tre secondi.

Entrambi scoppiammo a ridere, i nostri corpi inquieti per il nervosismo. Riprovammo, ridemmo ancora, e continuammo a provare. Pian piano le risatine scemarono. Mi rilassai e mi sentii sprofondare nel suo sguardo. A ogni battito di ciglia, la mia memoria rievocava un momento che avevamo condiviso, migliaia e migliaia di momenti, dalla prima volta in cui mi ero risvegliata sul suo divano a quello stesso istante, con la luce delle candele che riverberava sui nostri corpi.

«E adesso?» chiese lui con dolcezza.

«Adesso condividiamo il respiro,» dissi, avvicinandomi di modo che le mie labbra sfiorassero le sue. «Troviamo il ritmo.»

Successe in fretta. Nel giro di pochi istanti, stavamo respirando l'uno per l'altra, respiravamo come se fossimo una cosa sola. Lui inspirava ciò che io espiravo. Io respiravo l'aria che lui buttava fuori, riempiendomi i polmoni di lui. Il mondo e le sue necessità svanirono. Il tempo cessò di esistere. Solo ora. Quell'istante. E non mi serviva altro tranne ciò che lui mi stava dando.

Con ogni respiro, i miei pensieri scomparvero. Mentre mi immergevo sempre più a fondo nella bellezza dei suoi occhi, sentii *me stessa* cessare di esistere. Non io. Non lui. Solo noi. Le nostre pelli fuse insieme, a creare una terza presenza, condividendo l'aria, condividendo i nostri corpi.

La sua presa sui miei fianchi si serrò e mi sollevò sopra di sé. Il ritmo del nostro respiro si interruppe mentre scivolava dentro di me.

«Sì.» La sua bocca mimò la parola senza alcun suono.

Sì, così...

Mi chinai in avanti, premendo i seni contro il suo petto segnato dalla cicatrice. Gli cinsi la schiena con le braccia, le gambe intorno ai fianchi, accogliendolo quanto più a fondo possibile.

Jonah mi passò un braccio attorno alla vita. L'altra mano risalì verso il mio viso, il pollice che mi accarezzava le labbra. Il nostro respiro si sincronizzò di nuovo. Non ci muovemmo tranne che per respirare.

«Tu,» sussurrò.

«Tu...» Tutto ciò che sapevo, sentivo o vedevo. *Tu*. Il mio intero mondo tra le sue braccia. La profondità che si celava nei suoi occhi. Il suo duro e potente calore dentro di me. Un piacere lieve e pulsante che aumentava di minuto in minuto, finché non iniziò a farci muovere.

Le nostre labbra si trovarono in un bacio intenso e delicato. Inspirando, portai i fianchi all'indietro. Espirando, li spinsi in avanti. Jonah mi imitò, muovendo il suo bacino contro il mio. Una marea, che fluiva e defluiva. Onde dell'oceano che si infrangevano con delicatezza sulla riva mentre ci baciavamo e condividevamo il respiro. A occhi aperti, senza mai interrompere il contatto visivo, la forte agonia del piacere che aumentava sempre più, che diventava sempre più intensa.

«Kace,» sussurrò.

Intrecciai le dita tra i suoi capelli, aggiungendo nuovi punti di contatto, nuove connessioni. Lo sentivo in ogni poro, ogni respiro e battito dei nostri cuori. Non avevo mai provato nulla di simile in tutta la mia vita. Lui era un universo. Il mio amore per lui era altrettanto infinito.

Le lacrime ci riempirono gli occhi mentre i nostri corpi si muovevano e scivolavano, conducendoci verso un agrodolce crescendo di piacere. Lacrime d'amore. Di dolore. Per le settimane che avevamo trascorso, e per gli anni che non avremmo avuto. Per la gioia e le risate, lo struggimento e la sofferenza. Per quell'uomo solitario e la donna perduta che lui aveva salvato. Per noi, e per il momento sempre più incombente in cui ci sarei stata solo io.

Chiusi gli occhi, sprofondai nel suo bacio, e mi arresi all'orgasmo. Si sollevò e infuriò attraverso di noi, delicate onde al rallentatore anziché una marea travolgente.

«Guardami,» sussurrò. «Non smettere.»

Aprii gli occhi.

«Ti amo, Kacey.»

«Jonah.» I miei occhi non vedevano altro che lui. Il mio respiro era per i suoi polmoni, le mie lacrime inumidivano la sua pelle. Le mie mani erano fatte per accarezzargli i capelli. Ero nata per sentirlo per sempre tutto intorno a me.

«Jonah... Mio Jonah...»

CAPITOLO 43
Jonah

Girai il cannello avanti e indietro. Il vetro all'estremità era delle dimensioni di una palla da bowling per bambini, ma sembrava cento volte più pesante. Il respiro mi entrava e usciva dal petto in modo affannoso e superficiale; non potevo più fare respiri profondi, a meno che non fossi seduto.

«Tania...»

Lei mi prese il tubo di mano, mentre io mi lasciavo cadere sulla panca, e lo posò sulla sponda. Ripresi a ruotare e dare forma. Presi il morsetto e segai il collo, con le braccia pesanti come il piombo. Tania era lì, con le mani coperte da spessi guantoni, chiuse a coppa sotto la sfera.

«Fermati se hai bisogno,» mi disse.

Non le risposi. Non avevo fiato, e comunque non volevo fermarmi. La palla di vetro si staccò dal tubo e Tania la afferrò con destrezza. La portò verso la fornace, ma era troppo grossa perché riuscisse a reggerla mentre apriva lo sportello.

Usando il cannello come un bastone, mi alzai in

piedi e percorsi quei tre metri con quanta più velocità mi era possibile. Aprii lo sportello della fornace, e Tania depositò con cautela il vetro al suo interno, mentre io mi accasciavo contro la parete, annaspando in cerca d'aria.

Lei si tolse i guantoni per impostare il timer di raffreddamento, poi mi prese per le braccia.

«Dimmi...»

Avevamo un accordo permanente, io e la mia cerchia. Loro non chiedevano se avessi bisogno di aiuto fintantoché promettevo di dirglielo se mi fosse servito.

«Sto bene,» dissi, ed era la verità. Il cuore mi stava schizzando nel petto, rapido e irregolare, ma stava andando via via calmandosi. I miei polmoni inspiravano sempre più aria, e alla fine riuscii a spingermi via dal muro.

Tania mi prese sottobraccio e mi aiutò. Insieme, guardammo attraverso lo sportello in vetro della fornace.

«È fatta,» dissi. Mi ci erano volute due ore al giorno per quattro giorni, ma era pronta.

«È la cosa migliore che tu abbia mai realizzato,» mormorò Tania.

«Perché amarla è la cosa migliore che io abbia mai fatto.»

Chiudemmo tutto, ripulimmo il tavolo da lavoro e ci dirigemmo verso le porte a scomparsa. Mi fermai e mi voltai, guardando lo spazio che per me era stato come una seconda casa.

«Hai dimenticato qualcosa?» chiese lei.

«No, stavo solo...»

Dicendo addio.

«...ricordando.» Guardai verso la mia assistente.

Aveva le lacrime agli occhi. «Ti occuperai della mia ultima opera?»

Lei annuì. «È stato un onore e un privilegio lavorare con te.»

«Altrettanto, Tania. Vorrei solo poter restare per ammirare la tua brillante carriera.»

«Anch'io lo vorrei, dannazione,» disse con fervore, e mi gettò le braccia al collo. «Anche se non so se la definirei brillante...»

Io sì. Aveva fatto domanda per lo Studio Chihuly a Seattle. Sapevo che l'agente di Dale aveva ricevuto la mia lettera di raccomandazione, e sapevo che erano "davvero entusiasti" del lavoro di Tania. Sapevo che si sarebbero presto messi in contatto con lei per fissare una serie di colloqui e del tempo in studio.

Avrei potuto dirle cosa aspettarsi, ma alcuni momenti, come quello in cui avrebbe aperto la lettera dello Studio, erano fatti per essere vissuti mentre accadevano.

Sapevo anche quello.

CAPITOLO 44

Kacey

Una mattina, Jonah fu più lento del solito ad alzarsi dal letto, e riuscì ad arrivare solo fino alla cucina prima di fermarsi a riposare con le mani sul ripiano, riprendendo fiato. Trascorse il resto della giornata sulla poltrona in salotto.

La velocità del suo declino mi terrorizzava. I secondi scivolavano via, portando con loro i nostri momenti. Lottavo per aggrapparmi a essi. Per fare qualcosa con loro che fosse più della paura, del dolore e dell'agonia. Perdere Jonah era un'agonia, e se mi fossi fermata a pensarci, persino per un istante, mi avrebbe sopraffatta.

Dovevo continuare a muovermi. Restare a galla, per il bene di Jonah e mio. Facevo telefonate, preparavo le sue medicine e gli facevo da mangiare. Facevo la doccia con lui, aiutandolo con shampoo e bagnoschiuma, e poi gli davo una mano a uscire dal box e ad asciugarsi. Ne facevo un gioco provocante, ma a parte qualche intenso bacio, il corpo di Jonah stava smettendo di funzionare.

Avevo lasciato il lavoro al Caesar's settimane prima, e vivevo con gli ultimi soldi delle Rapid Confession.

Anche quei fondi iniziavano a scarseggiare, ma non c'era alcuna possibilità a quel punto che lasciassi solo Jonah. Se avessi perso l'appartamento, pazienza. Per il momento vivevo a casa di Jonah, e in quanto al dopo, quel nebuloso *dopo*, avevo un sacco di amici a Las Vegas da cui farmi ospitare finché non mi fossi rimessa in piedi.

Come se l'universo volesse mettermi alla prova, un pomeriggio Jimmy Ray mi chiamò e mi offrì tutto ciò che avrei potuto desiderare: un nuovo contratto con le Rapid Confession, un contratto aggiuntivo da solista per scrivere e produrre il mio album, e un anticipo che mi avrebbe sistemata per anni.

«L'etichetta ti vuole disperatamente,» disse. La sua voce era cordiale, ma riuscivo quasi a sentire l'odore della sua disperazione attraverso il telefono. «Elle è una brava ragazza, ma non è te. Hai letto i giornali? I fan ti rivogliono. *Noi* ti rivogliamo.»

Avrei voluto ridere per quanto era ridicolo. Jimmy che mi lisciava come un venditore di auto usate o un giostraio a una fiera. Ciò che offriva era così superficiale e artificioso rispetto a ciò che avevo con Jonah. Nonostante tutto il dolore che stava per arrivare e, perdio, sarebbe stata una valanga di dolore, ne valeva la pena. Jonah valeva ogni cosa.

«No, grazie, Jimmy.»

Lo sentii sussultare e balbettare. «No *grazie*? Intendi rifiutare tutto questo per cosa? L'autista di limousine?»

«Sì.»

«Senti, micetta, questa è la mia ultima spiaggia. Non voglio gettare sale sulle ferite, ma Lola dice che sta morendo. E tu vuoi scegliere lui rispetto a tutto ciò che ti stiamo offrendo?»

«No,» dissi. «Non sto scegliendo nulla. Non c'è nessuna scelta. Non c'è mai stata.»

Il silenzio non aveva mai avuto un suono più bello.

Riattaccai.

Il giorno dopo, controllai il mio conto in banca dal laptop con un occhio strizzato, preparandomi mentalmente a vedere una serie di zeri, o numeri in rosso con un grosso, grasso segno negativo davanti. Invece, il mio conto segnava quasi cinquemila dollari. Avevo ricevuto un bonifico da un conto della galleria Wynn.

Trovai Jonah seduto sul divano a guardare *Harry ti presento Sally*; ormai l'avevo del tutto convertito alla Chiesa del Cinema Anni Ottanta. Mi piazzai di fronte a lui, con le mani piantate sui fianchi, e feci del mio meglio per sollevare un sopracciglio senza l'aiuto del dito.

Lui socchiuse gli occhi di fronte al mio timido tentativo. «O hai davvero un brutto mal di testa... o stai cercando di leggere qualcosa stampato a un miglio di distanza.»

«Cinquemila dollari sono misteriosamente comparsi sul mio conto in banca.»

Il sorriso di Jonah venne meno. «Mi dispiace che non siano di più.»

«*Di più*?» Mi lasciai cadere sul divano accanto a lui. «Cosa sono? Da dove vengono?»

«È ciò che resta delle vendite della galleria dopo aver saldato il mutuo dei miei genitori e aver dato a Theo abbastanza per un anticipo per il suo salone di tatuaggi.»

«Il suo salone. Porca miseria, sei un fabbricante di sogni.»

«Credo in lui,» disse Jonah con semplicità. «Credo in te. Cinquemila non sono molti, ma sono abbastanza perché tu possa restare a vivere qui, trovare un nuovo lavoro e continuare a lavorare al tuo album. O qualunque cosa tu voglia fare.»

«Non mi servono,» dissi, la gola che mi si riempiva di lacrime. «Posso inventarmi qualcosa...»

«So che puoi,» disse. «Puoi farcela da sola, ma se posso renderti le cose più semplici, intendo farlo.»

Scossi il capo, ricacciando indietro le lacrime. Non potevo piangere troppo in quei giorni. Una volta iniziato, temevo che non mi sarei più fermata.

Jonah mi attirò a sé e mi accoccolai contro di lui, la schiena contro il suo petto. In TV, la sfera di Capodanno era calata ed Harry stava correndo alla festa da Sally, per dichiararle il suo amore per lei. Perché voleva che il resto della sua vita cominciasse il prima possibile.

«La mia vita è cominciata su questo divano,» sussurrai. «Nell'istante in cui mi sono risvegliata quella mattina.»

Lui annuì contro la mia testa. «Anche la mia, Kace. Anche la mia.»

* * *

Quella notte ci sdraiammo a letto insieme, baciandoci con delicatezza. Le mie mani vagavano sulla sua pelle, tentando di memorizzare ogni cosa di lui. Sperando, desiderando che la lieve fiammella del desiderio si ravvivasse e prendesse fuoco.

«Tesoro, sono così stanco,» disse lui.

«Non c'è problema,» dissi con un ampio sorriso, sforzandomi di rendere la mia voce tremante seducente e giocosa. Gli passai le mani sul petto, verso l'elastico dei pantaloni del pigiama. «Magari un po' di stimolazione orale?»

Jonah scosse il capo contro il cuscino. «Non stasera, Kace.»

Era il decimo "non stasera" di fila, e il sorriso mi scivolò via dal volto come la maschera inconsistente che era.

Non stasera. Ma dietro gli occhi di Jonah, dietro il calore, la tristezza e l'infinità di pensieri che celavano, lessi ciò che stava dicendo in realtà.

Non questa sera.

Né nessun'altra sera.

Mai più.

«Okay,» dissi, il respiro trattenuto nel petto che all'improvviso pesava migliaia di chili. Le lacrime mi bruciavano gli occhi e fui troppo lenta nel voltarmi e troppo debole per riuscire a trattenerle.

«Questa è la parte che odio di più...»

«Shh.»

«Mi dispiace.»

«*No*. Non devi dispiacerti, Jonah. Se ti dispiace significa che avresti voluto che tra noi non fosse mai successo nulla, e io non sono dispiaciuta per questo. Tu lo sei?»

Scosse il capo, anche lui con gli occhi pieni di lacrime. «Questi ultimi mesi sono stati tutto.»

«Tutto. Io non ho rimpianti. Ma adesso piangerò un po', okay? Non posso farne a meno. Non posso...»

Non posso perderti, era ciò che avrei voluto dire, ma lo avrei perso, perciò piansi e lui mi strinse a sé finché non smisi di farlo.

Mi asciugai gli occhi, poi mi tolsi la maglietta e mi sganciai il reggiseno.

«Che stai facendo?» mormorò con il tono misurato e assonnato che ormai doveva usare per dire qualunque cosa, per avere abbastanza fiato per parlare.

«Voglio starti vicina.» Mi accoccolai stretta contro di lui. Sapeva di calore, sapone e del suo odore, che era unicamente suo.

Jonah mi tenne stretta e si addormentò subito – era sempre davvero molto stanco – ma io rimasi sveglia per molte ore, il mio cuore forte che batteva contro il suo, debole. Desiderai che tutte le forze che avevo convergessero dentro di lui. Cercai di visualizzare una corrente di energia, vibrante e dorata, che scaturiva da me e penetrava dentro di lui. Per farlo stare meglio. Per farlo stare bene.

Non lasciarmi.

Il mattino dopo, si svegliò a corto di fiato, a malapena in grado di tirarsi su a sedere senza aiuto. I nostri sguardi si incrociarono, e lui mi sfiorò la guancia con le dita. «È ora.»

Pensavo che gli sarei crollata addosso a quel punto, singhiozzando e piangendo, lasciando fuoriuscire tutto il dolore. Dio solo sapeva quanto lo volessi. Ma poi avrei dovuto portarlo in ospedale, e quell'ultimo momento, lì nel nostro letto, sarebbe stato sprecato a piangere.

Così lo baciai come un'amante, un bacio lungo e profondo, pieno di tutto ciò che avevo. Di ogni goccia dell'infinito amore che si celava dentro di me.

Baciai Jonah Fletcher con tutto il mio cuore, e con ogni parte della mia anima che lo avrebbe amato per sempre.

CAPITOLO 45
Kacey

Sistemarono Jonah in una stanza privata, a pochi passi dall'ascensore, dalla cappella, dai distributori automatici e dai bagni. La sua cerchia di amici e familiari, I Sette, ci chiamavo, aveva accesso a tutto ciò di cui avevamo bisogno, cosa che ci permise di accamparci in sala d'aspetto.

Nessuno stava via per più di poche ore alla volta, e quando lo faceva si informava ogni minuto via messaggio:

Sta bene?

Qualche notizia su un donatore?

Cosa dice il dottore?

Le risposte rimasero le stesse per le prime ventiquattr'ore: Jonah stava riposando, nessuna notizia di un donatore, e il dottore diceva che era improbabile trovarne uno. I reni di Jonah, devastati dalle medicine, stavano smettendo di funzionare ed era stato messo in dialisi, cosa che lo rendeva del tutto inidoneo per un secondo trapianto di cuore.

«Se mi avesse permesso di donargli uno dei miei...»

disse Theo. Aveva un aspetto terribile, occhiaie scure sotto occhi iniettati di sangue. Non si faceva una notte di sonno decente da settimane.

«Non sarebbe servito,» disse il dottor Morrison. «Il suo numero di anticorpi sarebbe comunque rimasto troppo elevato. La CAV troppo inarrestabile.»

«Quindi lo hanno semplicemente tolto dalla lista?»

«Niente affatto,» disse il dottor Morrison. «Jonah non è mai stato rimosso dalla lista dei trapianti. Ma se un nuovo cuore fosse stato disponibile, ne avremmo già avuto notizia. Mi dispiace molto.»

Si voltò per rivolgersi ai Sette. «In questo momento, la cosa migliore per Jonah è starsene comodo e trascorrere del tempo con voi.»

«Non sta soffrendo, vero?» chiese Henry.

«No,» disse con gentilezza il dottor Morrison. «E farò tutto ciò che è in mio potere perché continui a essere così. Ve lo prometto.»

* * *

Durante i due giorni successivi affollammo la sua camera, chiacchierando e ricordando. Ridendo al suo capezzale e uscendo in corridoio per piangere. Il terzo giorno, mentre Jonah faticava ogni minuto di più, un'istintiva comprensione fece presa sul gruppo.

Era il momento di dirsi addio.

Tania, Oscar e Dena entrarono a turno da soli nella sua stanza. Poi i Sette divennero i Quattro: i Fletcher e io.

«Come stai?» chiesi a Theo. Eravamo accasciati sulle poltrone della sala d'attesa, mentre Henry e Beverly erano dentro con Jonah.

«Mio fratello sta morendo e non c'è una maledetta cosa che io possa fare al riguardo. Ecco come sto.»

Mi fissai le mani durante un istante di silenzio.

«Tu come stai?» chiese.

«Non riesco proprio a stare ancora seduta qui da sola,» dissi. «Posso... tenerti la mano?»

Theo si spostò per sedersi accanto a me. La sua mano grande e forte avvolse la mia. Studiai i tatuaggi che gli percorrevano l'avambraccio.

«Disegni tuoi?»

«Alcuni.»

«Cosa ti ha fatto avvicinare ai tatuaggi?» La mia voce sembrava quella di qualcuno che aveva gridato per ore: intrisa di lacrime e roca.

«La perennità,» disse Theo. «Quella del tatuaggio è un'arte che entra in profondità. Lascia tracce di sangue. Non si può mai lavare via. Rimane.» Guardò verso di me con i suoi occhi color whisky. «Tu sei rimasta.»

Sorrisi. «Voglio un tatuaggio da te.»

«Dimmi cosa.»

«Non ne sono ancora sicura. Ci penserò su.»

Lui annuì e aspettammo, mano nella mano. Poi i Fletcher uscirono, Beverly che appariva fragile e delicata, Henry dritto come un fuso, impassibile e rigido, il loro dolore che ribolliva sotto la superficie.

«Theo, caro,» disse Beverly con voce tremante. «Vuole te.»

Theo entrò, e io rimasi seduta in mezzo ai Fletcher, tenendo la mano di lei e appoggiando la testa contro la spalla di lui. Non erano i miei genitori, ma li amavo. E mi sentivo amata da loro in un modo in cui non mi era mai capitato con i miei. Persino l'affetto riservato di Henry era un milione di volte più caloroso di quello di mio padre.

Non avevo più ripensato a lui da San Diego. O a mia madre. Non avevano mai conosciuto Jonah, e adesso non avrebbero più potuto farlo.

Peggio per loro, pensai con amarezza, ma nell'istante successivo quell'amarezza si trasformò in fiero orgoglio, e persino in gioia. Avevo conosciuto Jonah Fletcher. Ero stata amata da lui, ed era un privilegio che avrei portato con me per il resto della mia vita.

Theo ricomparve, e sembrava frastornato. Mi rivolse uno strano sguardo che non riuscii a definire, poi disse: «Ha chiesto di te.»

Jonah era sdraiato sul letto d'ospedale, in posizione reclinata come nella poltrona nel suo appartamento. Una cannula gli partiva da sotto il naso, apportando ossigeno, ma il suo respiro era irregolare. I suoi occhi scuri risaltavano sul volto pallido. I capelli, prima spessi e setosi, adesso erano sottili e fragili. Tubi ed elettrodi gli correvano lungo il braccio destro, tenuti fermi dal nastro di carta. La macchina della dialisi non faceva altro che borbottare di continuo accanto al letto. Un'altra monitorava il suo battito cardiaco. Non capivo i numeri della pressione sanguigna, ma il ticchettio elettrico del cardiofrequenzimetro suonava rapido e agitato alle mie orecchie.

«Mi hai fatta chiamare?» dissi, sedendomi sulla sedia accanto al letto. Posai i gomiti sul materasso e presi la sua mano nella mia.

«Sto estorcendo promesse,» disse, tra respiri corti e affannati. «Nessuno... può dire di no a uno... nella mia posizione.»

Cercai di trovare una risposta arguta, ma non me ne venne nemmeno una. Solo il tremendo desiderio che fosse in qualunque altra posizione eccetto quella.

«Vuoi qualcosa?» chiesi. «Qualunque cosa.»

«No, Kace. Solo tu. Qui con me.»

Annuii. «Sono qui. Non vado da nessuna parte.»

Lui sorrise con un debole movimento delle labbra. «E quella promessa.»

«Di cosa si tratta?»

«Promettimi,» disse Jonah. La sua voce era debole e flebile, ma il suo sguardo era intriso di un'intensità disperata.

«Cosa, tesoro...»

«Ama di nuovo.»

Lo fissai per un istante, poi scossi il capo.

Lui lottò per inspirare. «C'è molto di più di noi in serbo per te, Kace. Ti prego... non limitarti. Hai così tanto da dare. Così tanto amore, Kacey... Così tanto.»

Avvertii una stretta al petto. «In questo momento non riesco nemmeno a pensarci, Jonah...»

«Col tempo,» disse lui. «Promettimelo. Se troverai qualcuno...»

«Mai.»

Intrecciò le dita con le mie. «No. Lo farai. Amalo. Amalo con tutta te stessa. Come hai amato me. Amalo *più* di così.» Chiuse gli occhi. «Sono così felice, Kace. Non lo sono mai stato così tanto in vita mia. È... un dono. Lo sai?»

Feci scorrere la punta delle dita lungo il suo viso. «Lo so.»

Lui aprì pian piano gli occhi. «Fai sentire qualcun altro... come mi sento io adesso. Okay? Promettilo.»

Avrei voluto scuotere la testa e dirgli che non potevo farlo. Che non avrei mai potuto farlo. Non avrei mai potuto provare per qualcuno quello che provavo per lui.

«Ti amo, Kace,» disse, prendendo aria con piccoli singhiozzi ansanti. «Ti amo così tanto. Promettilo...»

«Ti amo, Jonah. E... Okay. Sì, lo prometto.» Le lacrime mi scivolarono lungo le guance mentre annuivo. «Te lo prometto.»

I suoi occhi si chiusero di nuovo. Il suo corpo si accasciò sui cuscini e parve inspirare con facilità, ed espirare sollevato. Gli angoli della sua bocca si sollevarono, poi si distesero. Sorrise. Era bellissimo così. Pacifico. Sereno.

«Devo dirti una cosa,» dissi. «So che sei stanco. Basta che ti riposi e ascolti.»

Sempre sorridendo, lui annuì. «Sono ancora qui.»

«Ti amo,» dissi. «Sei la cosa migliore che mi sia mai capitata. Non cambierei un solo istante del tempo trascorso insieme. Neppure uno.»

«Kace...» sospirò lui. La sua mano nella mia tremò, cercando di sollevarsi. Lo feci per lui, e premetti la mia guancia contro il suo palmo. Le punte delle sue dita massaggiarono con lentezza i miei capelli.

«Ho il cuore a pezzi,» dissi. «Eppure sono così felice. Tu mi rendi felice. Il tuo amore mi ha resa forte. Mi hai resa una persona migliore...» I singhiozzi erano come dei piccoli coltelli nella mia gola, e le parole cercavano di schivarli. «Essere amata da te, Jonah... è il più grande onore della mia vita.»

Lui mi guardò, le lacrime che scorrevano sul suo volto pallido. «Dio, tu... così bella,» sussurrò. «Così bella. Non voglio smettere di guardarti... ma... stanco.»

«Dormi,» dissi, sollevandogli il bordo del lenzuolo. «Io sarò qui quando ti sveglierai. Sarò qui per tutto il tempo.»

Mi chinai su di lui, gli baciai con delicatezza le labbra e gli presi il volto tra le mani. «Ti amo.»

«Ti amo, Kace. Ti amo...» I suoi occhi si chiusero, e nel giro di un minuto si addormentò.

Posai la testa dolorante sul letto accanto a lui, esausta oltre ogni dire. Prosciugata e svuotata di tutto. Niente gioia né dolore né speranza né rimpianti.

Non avevo lasciato nulla di non detto.

Con la testa accanto al fianco di Jonah, sprofondai nel sonno, dove sognai di fluttuare su un mare di vetro. Sospesa e senza peso, con la bellezza che mi circondava in nastri di colore e vortici di luce. Tranquilla. Pacifica.

Felice.

CAPITOLO 46
Jonah

Kacey...

Nessun rimpianto.

Solo amore.

Solo te.

Riuscivo a vedere la riva che si allontanava sotto un cielo pieno di stelle. Milioni e milioni di stelle. Milioni e milioni di momenti. Tutti con il suo nome.

L'amavo più di quanto avessi mai amato qualcuno, e il mio amore era stato ricambiato. Quella consapevolezza era al sicuro dentro di me, chiusa a chiave nel mio cuore, e quando smisi di lottare e lasciai che i miei occhi si chiudessero...

Non riuscivo più a vedere la riva, ma sapevo che era lì.

Un vento sussurrava, come un respiro. Il mio ultimo respiro.

Ti amerò per sempre.

CAPITOLO 47
Kacey

Q*uattro giorni dopo...*

Ero seduta sul mio letto, con ancora indosso il vestito nero sebbene il funerale fosse finito da molto. Le mie mani stringevano un fazzoletto appallottolato, umido di lacrime e annerito dal mascara.

Dagli sprazzi che riuscivo a ricordare, era stata una bellissima commemorazione. Erano venuti gli amici della Carnegie, assieme ai professori e agli istruttori. Un rappresentante dello Studio Chihuly aveva portato una splendida scultura di gigli bianchi in vetro per la madre di Jonah, e un biglietto di condoglianze scritto da Dale in persona. Il mondo aveva perso troppo presto un vibrante nuovo talento, aveva scritto.

Un ministro aveva parlato, Dena aveva recitato una poesia, e tutti a turno avevano detto qualcosa su Jonah, raccontando storie buffe, condividendo ricordi struggenti. Avevo ascoltato le persone ripetere ancora e ancora come le avesse fatte ridere, come avesse tirato fuori il meglio da tutti. Come la sua fiducia in loro li avesse resi coraggiosi. Quella parte mi sembrava di essere stata io a dirla.

In seguito, Beverly era venuta verso me e Theo, che stavamo l'uno accanto all'altra, con una piccola urna di bronzo in mano.

«Il deserto, di notte, sotto le stelle,» aveva detto, mettendo l'urna tra le mani di Theo. «È quello che voleva. Ma io non posso farlo. Non posso...»

Neppure io posso, pensai, seduta da sola sul mio letto. *Non voglio stare qui senza di te. Ho bisogno di te.*

Solo un bussare alla porta di casa mi fece alzare e muovere. Fuori c'era Tania, ancora con l'abito indossato al funerale, gli occhi segnati di rosso. Tra le braccia aveva una scatola di cartone.

«Non posso restare,» disse. «Domani parto per Seattle e ho ancora un sacco di cose da impacchettare.» Mi mise la scatola tra le mani. «Ma questo è per te.»

«Cos'è?»

«Jonah lo ha fatto per te. Io l'ho aiutato, ma ha fatto lui il lavoro. Dio, il suo talento artistico... Era un vero maestro. Metteva un respiro della sua vita nel vetro. Non lavorerò mai con nessuno migliore di lui.»

Ci dicemmo addio abbracciandoci, entrambe rattrappite dal dolore, entrambe consapevoli che se avessimo indugiato lì saremmo crollate. Facemmo affrettati progetti di rivederci quando, nel giro di una settimana, sarebbe tornata. Se fosse tornata.

Portai la scatola verso il divano e la posai sul tavolinetto da caffè per aprirla.

Al suo interno c'era una sfera di vetro, all'incirca

delle dimensioni di un melone, pesante e scura. Stelle di cristallo si dispiegavano nel blu scuro e nel nero. Un pianeta, rosso, verde e nero, aleggiava al centro, circondato da vortici e spirali di luce azzurro chiaro che sembravano possedere un'illuminazione propria. Un pezzo del cielo notturno intrappolato in un'orbita.

«L'universo,» mormorai, cullando la sfera nel mio grembo, sfiorando con le mani la sua superficie liscia. La sua straordinaria bellezza mi toglieva il fiato. Temendo di romperla, frugai nella scatola in cerca di un qualche tipo di supporto su cui posizionarla.

Sul fondo della scatola c'era un biglietto. Misi da parte con cautela la sfera e, con mani tremanti, tirai fuori il foglio ripiegato. I miei occhi si riempirono di lacrime quando riconobbi la sua calligrafia. Toccai quelle parole, sentendo la sua voce parlarmi dietro ogni tratto di penna.

Kacey,

se stai leggendo questo, significa che io sono (spero) in qualche diner del paradiso, a riempirmi la bocca di bacon e patatine fritte, e a bere birra vera. Una volta finito, darò un rotolo di nichelini di mancia al cameriere. Perché chiunque può fare jackpot, giusto? Basta giocare.

E tu devi vivere. Sei stata tu a insegnarmelo. La mia vita era stantia e chiusa a doppia mandata finché non sei arrivata tu. Incolore e cupa finché non sei arrivata tu. Tenevo per me il mio cuore spezzato, finché non sei arrivata tu. Lo hai preso tra le tue delicate mani e gli hai ridato vita. E anche a me.

Mi hai insegnato come trovare vita dentro a ogni

momento. Hai guarito il mio cuore, Kacey, quando nient'altro poteva farlo.

Questa palla di vetro e fuoco è quanto di più simile a ciò che sei stata per me e che io possa mostrarti. Ho cercato di mettere tutto ciò che sei e tutto ciò che provo per te in un unico posto. Ma catturare la tua enormità è impossibile. Non è abbastanza. Nulla sarà mai abbastanza.

Tu sei un universo, Kacey.

Continuavo ad aspettare di trovare il punto in cui il tuo amore e la tua bellezza sarebbero finiti, in cui il tuo cuore generoso sarebbe finito. Non l'ho mai trovato. E mai lo farò. Non so come o perché tu abbia scelto di amare me, e tu hai *scelto. Te ne saresti potuta andare e salvarti. Invece, hai deciso di restare, e così hai salvato me. Questo è il mio lascito: ti ho amata e sono stato amato da te.*

Sono in pace, e prego Dio perché ti conceda la stessa felicità che tu hai dato a me. Spero che l'amore che proviamo compensi il dolore di quando me ne sarò andato.

Vivi appieno, canta a squarciagola. Condividi la tua bellezza con questo mondo, e sappi che io veglierò su di te dall'altro.

Ti amo con tutto me stesso, Kacey. Mio angelo, mio cuore.

Tuo, Jonah.

Mi strinsi la lettera al cuore, proteggendola dalle lacrime che mi scivolavano giù dal mento.

Che l'amore che proviamo compensi il dolore...

Mi sentii annuire, mentre un sorriso si faceva largo tra le lacrime. Se avessi potuto rifare tutto da capo, lo avrei fatto. Non avrei cambiato un solo istante, se non per dirgli prima che lo amavo, e che stare con lui non era una scelta, proprio come non lo erano mangiare o respirare.

«Nessun rimpianto, Jonah,» gli dissi, le mani che sfioravano il pezzo di universo. «E ti amerò per sempre.»

Epilogo

KACEY

Theo guidò verso ovest, nel cuore del deserto, sulla County Road 20555. Niente fari che ci passavano accanto. Nessuna luce di strada o di città, e neppure la luna offuscava il cielo pieno di stelle. Non la calotta di polvere di diamanti del Great Basin, ma centinaia di piccole macchie argentee nel dipinto notturno sopra di noi.

Restammo in silenzio lungo il tragitto attraverso il terreno scosceso, colline basse e scure che si innalzavano da tutti i lati attorno a noi.

«Qui sembra andare bene,» disse Theo, mentre i fanali illuminavano una piccola piazzola di sosta che si affacciava sul deserto. Sotto la luce delle stelle, il panorama era un'altura ondulante di forme indistinte, che si estendeva per miglia.

Theo parcheggiò sul ciglio fangoso, poi fece il giro per aprirmi lo sportello del passeggero. Tenevo l'urna al sicuro tra le mie braccia, il suo rivestimento bronzeo caldo, per via del contatto con la mia pelle, e pesante. All'esterno, il vento soffiava freddo e pungente.

I fanali proiettavano coni di luce gialla attorno a noi, che si rifletterono sull'urna quando Theo me la sfilò con delicatezza dalle braccia. Nessuno dei due parlò mentre lui rimuoveva il coperchio e lasciava che il vento portasse via le ceneri. Alla luce del pick-up, lo guardai sollevarle verso il cielo, dove vennero sospinte in uno sbuffo d'aria, come fumo, e poi svanirono.

Mi sentivo slegata, come se il vento potesse portare via anche me. Sollevarmi e farmi dissolvere in un milione di frammenti, per poi farli volare verso il cielo.

Poi, la sua mano si chiuse attorno alla mia.

«Resta qui,» disse Theo con dolcezza. Sentii il battito del suo cuore attraverso il palmo della sua mano, calda e forte contro la mia, che mi tratteneva dall'essere spazzata via. Mi manteneva integra.

Le mie dita si strinsero attorno alle sue, mentre entrambi fissavamo i confini dell'universo, dove adesso viveva Jonah.

«D'accordo.»

Continua in:
Una sola promessa

Ringraziamenti

Grazie per aver scelto di leggere un nostro romanzo. Speriamo che l'esperienza vi sia piaciuta e che vi abbia regalato qualche ora di relax. Vi chiediamo gentilmente di lasciare una recensione su Amazon e/o Goodreads, così da aiutare altri lettori a scegliere questo libro.

Ringraziamenti

Vorrei rivolgere un enorme ringraziamento alle seguenti persone per il loro supporto, amore e solidarietà. Ognuno di voi ha contribuito a dar vita a questo libro.

L.B. Simmons, Robin Hill, Angela Bonnie Shockley, Maryam, Melissa Panio-Petersen, Nathalie Raven, Elaine Glynn, Jennifer Balogh, Kathleen Ripley. E mio marito Bill, per l'incredibile supporto, per aver tenuto i bambini così da lasciarmi tempo per scrivere, e perché crede in me.

Un grazie immenso anche al dottor Colin Lenihan per le sue competenze mediche riguardo ai complessi meandri del trapianto di cuore e del rigetto cronico. Qualsiasi libertà presa rispetto alla realtà scientifica è da imputare al mio tentativo di arricchire la storia, sebbene mi sia attenuta ai suggerimenti del dottor Lenihan il più possibile, per fornire una rappresentazione realistica.

Molte grazie a Gregory T. Glass, che mi ha istruita sulla raffinata (e splendida) arte del vetro soffiato. Grazie per aver dato vita alle capacità e al talento artistico di Jonah.

Ai miei lettori, le blogger, gli amici in questa meravigliosa community… davvero non saprei cosa avrei fatto senza di voi. Siete voi che fate sì che questo incredibile, spaventoso, meraviglioso viaggio valga la pena, e apprezzo tutto ciò che fate. Mi date la carica e condividete la mia voce, e di questo vi sarò grata in eterno.

Per ultimo, grazie alla mia editor, Suanne Laqueur.

Tu ti occupi di sistemare i miei casini, mi mostri i momenti nascosti e li fai uscire allo scoperto, e mi dai la forza mentale di andare avanti quando invece vorrei sbattere la testa contro il muro per l'ansia e la frustrazione. Non ci sarà mai un giorno in cui farò tutto questo senza di te. Sei un universo.

Playlist

Lightning Crashes, Live
Hurricane, Halsey
Chandelier, Sia
Yellow, Coldplay
My Heart Will Go On, Celine Dion
Like a River, Bishop
Free Fallin', Tom Petty
Chasing Cars, Snow Patrol
Spirits, the Strumbellas
Hallelujah, Rufus Wainwright, testo di Leonard Cohen

Riguardo all'autrice

Emma Scott è un'autrice bestseller di USA Today e Wall Street Journal di romanzi emozionanti, con personaggi in cui arte e amore si intrecciano per guarire i cuori e in cui l'amore vince sempre.

Se vi piacciono le storie che fanno riflettere, con storie realistiche ed eroi di buon cuore, apprezzerete i suoi romanzi.

Mi sono innamorata di Connor Drake. Non volevo e ho cercato di controllare i miei sentimenti, ma mi sono innamorata lo stesso di lui, delle sue parole, della sua poesia, della sua anima. La dolcezza e la bellezza della sua anima hanno un legame diretto con la mia. Scrive come se sentisse il mio cuore, il suo ritmo, e compone il testo perfetto che accompagna ogni battito e movimento.

Amo Connor... allora perché sento quest'attrazione inspiegabile per il suo migliore amico, Weston? Irascibile, imbronciato, pensieroso, Weston Turner è in grado di stenderti con un solo sguardo. Con la sua intelligenza, caratterizzata da un'arguzia tagliente e una lingua biforcuta, è l'esatto opposto di Connor, eppure tra di noi c'è qualcosa di elettrizzante. I fili spinati con cui Weston si circonda non possono tenermi lontana.

Tuttavia, più tempo trascorro con questi uomini, più le mie emozioni diventano aggrovigliate e confuse. Quando si arruolano entrambi nella Riserva dell'Esercito, in un momento complicato in Medio Oriente, temo che non verrò mai a capo di ciò che attanaglia il mio cuore: la sensazione che tutto andrà in rovina... per entrambi.

Mai più permetterò a qualcuno di giocare con il mio cuore.

Mai più lascerò che il romanticismo e il desiderio muovano le mie azioni

Mai più permetterò a un uomo o a più di mettersi tra me e i miei obiettivi.

Mai più amerò senza sentire di essere ricambiata appieno.

Non finché non saprò che è reale. E se mi ci vorrà un'eternità per trovarlo, allora sarà così.

Erano i miei voti e, dopo quello che era successo con Connor e Weston, ero determinata a mantenerli. A proteggere il mio cuore. E poi lui è tornato a casa e i miei voti sono divenuti le sue promesse. Stringeva il mio cuore tra le mani con adorazione e affetto. Mi ha aiutato a trovare lo scopo principale della mia anima. Mi ha amato con un amore così puro e vibrante, che sapevo che non avrei mai provato niente di simile in un centinaio di vite. Era reale. finché non lo è più stato. Finché il mio mondo non è crollato quando ho scoperto che l'amore profondo che pensavo di aver trovato era nascosto in una rete di bugie, così delicata e debole che non l'avevo nemmeno notata. Finché non è stato troppo tardi.

Un'unica regola. Niente più uomini.

Due anni fa, ho lasciato un matrimonio che pensavo che sarebbe durato per sempre e l'unica cosa che mi è rimasta è Dick. E no, non mi sto riferendo in maniera British a quello che sta tra le gambe del mio stupido ex. Sto parlando del peloso cane di settanta chili che il suddetto ex mi ha scaricato davanti alla porta. Ma dovendo scegliere tra Dick e qualsiasi uomo, sceglierei Dick ogni giorno. Quindi perché mi ritrovo ad ansimare come il mio cane ogni volta che mi trovo davanti West Hudson, il mio sexy nuovo vicino?

Vero, quel magnifico veterinario è bello in modo peccaminoso. E il mio nuovo coinquilino ha reso impossibile evitare di avere una conversazione con quel-l'uomo di cui non ho bisogno. Finché non accade la tragedia e un idiota decide di investire Dick. Ed è stato il peccaminosamente bello Hudson a venire in suo soccorso. Evitarlo è stato impossibile.

Doveva essere solo una storiella, una botta e via.

Avevamo le nostre ragioni per mantenerla tale. La mia unica regola, e suo figlio di cinque anni.

Solo che le cose non sono andate proprio così.

Una volta è diventata due, poi tre e poi... insomma, ci siamo capiti.

Prima che me ne accorgessi, mi aveva già dato ben più che cuccioli e favole.

E quella stupida regola?

Avrei dovuto rispettarla, perché ora in ballo c'è molto più che il mio stupido cuore.

Quixote
EDIZIONI
CASA EDITRICE DIGITALE

www.quixoteedizioni.it

Facebook Group

Scansionami

Printed by Amazon Italia Logistica S.r.l.
Torrazza Piemonte (TO), Italy

13,50

50265148R00254